LING
SHANG
YUE

岭上月

升 玄 著

黄河出版传媒集团
阳 光 出 版 社

图书在版编目（CIP）数据

岭上月 / 升玄著. -- 银川：阳光出版社，2016.12
ISBN 978-7-5525-3408-5

Ⅰ. ①岭… Ⅱ. ①升… Ⅲ. ①长篇小说 – 中国 – 当代
Ⅳ. ①I247.5

中国版本图书馆CIP数据核字(2016)第311534号

岭上月　　升玄　著

责任编辑　申　佳
封面设计　晨　皓
责任印制　岳建宁

黄河出版传媒集团
阳光出版社　出版发行

出 版 人　王杨宝
地　　址　宁夏银川市北京东路139号出版大厦（750001）
网　　址　http：//www.yrpubm.com
网上书店　http：//www.hh-book.com
电子信箱　yangguang@yrpubm.com
邮购电话　0951-5014244
经　　销　全国新华书店
印刷装订　宁夏凤鸣彩印广告有限公司
印刷委托书号　（宁）0003780

开　　本　889mm × 1194mm　1/16
印　　张　25.5
字　　数　400千字
版　　次　2016年12月第1版
印　　次　2016年12月第1次印刷
书　　号　ISBN 978-7-5525-3408-5
定　　价　39.00元

岭　上　用

壹

又回到这地方。

有种时空倒错的感觉。专家仔细看着周围的一切，曾经熟悉的一切好像变得有些不太一样。广场上的灯光将漆黑的夜晚映照出一片光亮。几辆小车静静地停在那里。身着军大衣的保安站在门前，面对漆黑的夜晚在想事，又仿佛什么都没想，显然已经做好度过黑夜的准备，慵倦的身体早已进入夜晚的状态。又是个漫长的夜晚，他会像个守夜人一样，伴随黑夜来临直到天明。

对面远处的公路上，车辆仍在流动。随着夜的来临，车辆会越来越少，直至于无。有那么两三个小时，路上没有一辆车。这是一天难得的时刻。人们彻底放松下来。路是静的，夜是静的，空气也像凝固似的，万物停止运动。平时喧嚣的办公楼里，阒静得能听到一根针着地的声音。

灯光透过窗玻璃，将一些菱形图案映在墙上、地面上，有些变形与夸张，这些熟悉的图案曾伴他度过好几年。今晚，它们依旧出现，似乎喻示着什么。他不愿开灯，生怕这些熟悉的东西从眼前消失。刚刚她还在这里，就在这个菱形图案的中央不偏不倚。不过那时是白天，她并不知这里还存在什么隐形的图案。现在，他盯着这个空当当的图案发呆，也不愿再干别的事情。

夜晚有些不一样，就连刚刚出现过的她，也产生一种不很真实的感觉。随即他否定自己的看法，这肯定是真的，因为还能清晰地感到她的体温存在，它上升很快，这很奇特。现在他对这个菱形图案更加痴迷，宁可坐在影子斑驳的世界里胡思乱想，也不愿开灯。因为此刻光亮的空间已毫无意义。

第一次拥着她时，那感觉还有点生涩，现在好多了。他坐在这里，面对寂寞的长夜，并不觉得孤单。他希望永远这样待下去，将那个新奇的瞬间无限拉长。

她叫蔷虹，在市文化馆工作。到这里工作不久，由于收集资料的缘故，来到文化馆，那是头一次见到她。文化馆在政府街上，这条曾经最为宽广繁华的街道，现在看上去有些狭窄。两边的槐树并不高，好像已经定型，给人有些沧桑的感觉。陈旧的街道，过时的树木，透出些许落魄的情态。在快速变化的城市进程中，这里明显滞后了。

在同事老王的陪同下，他们一同进入政府街。专家曾好奇地问，这就是政府街？

这就是政府街，老王肯定地说。

怎么不像政府街？

老王看着他，满面笑容地说，因为政府搬走了，搬到新区。他的话有点诡异，但猜不出诡异的缘由。

那文化馆怎么没搬？

文化馆没钱。

没钱就不搬了？

那是肯定的。

他的话再次让专家感到好奇。他似乎隐藏着秘密似的，说得特别肯定，但说上一句就停了下来，让他猜测后面的东西。尤其是那莫名的笑容，更增加了专家心中的疑惑。

专家心中疑窦丛生时，他说了一句，到了。

专家停了下来，抬头看去，只见面前一栋灰褐色的三层小楼矗立面前。它掩映在慵懒的槐树后面，看上去非常陈旧。这是20世纪六七十年代的典型建筑，与这个时代格格不入，就是与不发达的这个城市相比，也明显落后了。

他们一同进入馆里。一位戴着深度近视眼镜的老同志接待了他们。老王开门见山地介绍起来。这是自治区史志办的洪专家，要到咱们馆里收集有关地域文化方面的资料，你可要好好配合。这是文化馆的刘馆长。只见刘馆长伸出手来，他们握手。

刘馆长一边握手一边说着欢迎的话，说着就双手握住专家的手。专家见状马上双手握在一起。他俩就像多年重逢的故交似的，两双手紧紧地握在一起。

老王又说话了，你看这副眼镜，就知道馆长的学问有多深了。

刘馆长急忙打断他的话，说这是骂我呢。在洪专家面前逞能，哪就是关公门前耍大刀，找残呢。

说着他们上了楼，楼道很窄，似乎仅能容纳一个人通行。

我们这里条件不好，请多担待。刘馆长不停地自谦。

好着呢。专家也跟着应合。

不要看这里楼旧，文化可是深着呢。老王再次提醒着。

我知道，要不这么远跑来弄啥。专家刚一说话，几个人都笑了起来。

楼道里传来的秦腔声铿锵有力，而唢呐声婉转悠长，干鼓则敲得急促紧凑，好像已经进入戏的高潮。

这里在排节目?

对，我们准备一个折子戏，马上就要演出了。

文化馆挺热闹的嘛。

文化馆干啥的都有，吹拉弹唱，样样齐全。

说着走进一个套间。椅子上站起一位女子，她个头高挑，打扮入时，尤其是红色上衣特别显眼。她热情地注视他们的到来。

不知怎的，专家第一眼就觉得她与这里的氛围不一样。在这个处处溢满古旧气息的空间里，她的存在无疑是个奇迹。

刘馆长说，这是我们馆里的小蔷，专门负责民俗文化方面的研究，以后你直接找她就行了。说着，把洪专家介绍给小蔷。小蔷大方地伸出手，他们的手握在一起。

专家感觉初次见面的这个人，仿佛很早就相识似的。她举止大方得体，说着欢迎的话，很快消除由于初次见面而遇到的局促。特别是她的是两只眼睛很有神采，完全没有那种小地方待久了的扭捏情态。

他们就这样相识了，大约两年前。两年中他们多次接触，初次的大方表现，并没有让后来的事情得以继续发展。尽管她每次都热情配合他查阅许多资料，但事情似乎仅仅局限在这个层次。

专家没有想到，两年后看似正常的工作关系突然发生戏剧性变化，从此她彻底走进他的心里。

不知什么时候起，广场上的灯光发生了变化。专家望着窗外的灯光，它竟然没有入夜那样醒目，似乎暗淡下去。他朝远处看，对面的白马山影影绰绰地出现在视野里，完全不是刚才漆黑一团的模样。

专家好奇地走到楼道东面的窗户下。一轮圆月从东边的小山头刚刚露出脸。这是城中的古雁岭。山势不高，距离很近，让爬出山头的月亮格外亲近，似乎触手可及。

妩媚的月亮充满无限的亲和力，仿佛要将苍茫的大地搂入怀里似的，以她的柔情温润万物。如此动人情景，他以前怎么就没注意呢。望着近在咫尺的可人之物，他的思绪飘散开来。

刚才她还坐在对面，现在人去屋空，将他一人撂在这个白天喧闹夜间异常阒静的楼上，但他不觉得孤单。明月下，在这个城市里，终于有了一个他可以无限遐想的人。

她轮廓清晰，面颊白皙，长发披肩，显得开朗大方。专家觉得她是这片土地上的一个例外，如此高天厚土孕育出这般形象，说明这里的文化已经出现变数。

专家看着端坐对面的人说，你跟我想象的不一样。

怎么不一样？她的语调轻柔。

你给人的印象不是这样，比想象还要热情、开朗、活泼。

哦，这才仅仅是个开头。

说这话时，她充满果敢坚毅的气质。

你是不是差点离开这里？她的问话很突然。

专家有些惊诧地看着，猜测她是随意说说还是知道真实情况。没有呀，这不还坐在这里。

她微笑了一下说，你肯定没说真话。

他有些好奇。你从哪里搞来的情报？

呵呵，你的神情已经告知一切。

哦，说明我还不够老练。

老练就没意思了。知道你不在的日子里我是怎么过的吗？

可能会有一些思念吧。

岂止一些，我都有些承受不了，以前从未有过这种现象。说这话时，她神情自若，眼睛里有灼热的光芒出现。

专家再也忍受不了这样的场面，他起身到桌子对面，轻碰了一下她的胳膊。她站了起来。他们双目对视片刻，随即紧紧地拥在一起。有一阵，他们一动不动地站着，任体温在双方的身体里交叉跑动、迅速蹿高。

你知道我有多喜欢你？

知道。

那为啥不主动些？

还是有顾虑。

想得太多会耽误事的。

这个也知道。

以后还顾虑吗？

再不了。

说着，他们双目相对。瞬间嘴唇触在一起，那吻热烈湿润持久，完全将自己交与对方。

突然，一阵敲门声响起。他们迅速松开拥抱，彼此惊诧地看着。她马上起身告辞，专家前去打开已经响起的房门。

在接近门口的瞬间，她回头一瞥，眼睛有些铮亮地看着，神情里充满无奈与遗憾。专家猛地感到人生的局促与尴尬，仿佛被裹挟其中不能停步。几乎没有什么自由是属于自己的，有的就是这种仓促与不安。

进来的是一位办公室职员，他递来一个小纸袋，说一位外地挂职者已经离开本市。当时你不在，他就将这个小礼品留下，让转交给你。这是普洱茶。说完他转身出门。

专家握着这茶饼，心中涌出酸楚的滋味。它圆形包装，酷似铁饼，质地很硬。

现在两个铁饼似的普洱茶摆在桌子上，与此相关的人物一个都不见了。望着它，他的思绪有些复杂，曾经的过去与还不很明了的未来混杂在一起，让他捋不出个头绪。夜，诡异得让人不能确切知道其蕴藏的真实含义。

贰

走进这个地方，正值隆冬。积雪覆盖大地，山川银装素裹，四处白莽莽一片。车子速度很慢，纯粹在路面上滑行。平坦的高速路上积满厚厚的雪，如果没有绿色的高速护栏，路面与大地很难分得清楚。优雅的绿色护栏犹如广袤大地上划出的美丽弧线，它飘逸洒脱，在洁白的高原上无限延伸。

车子在有车辙的雪地上一辆接着一辆慢慢滑动。大雪覆盖，车速受限，平时飞驰而过的桀骜情形，此刻通通变成谨小慎微的乖巧模样，看上去倒也有另一番景致。

对于要去的地方，专家的心里始终没有底，有种老想着地却无法附着的感觉不断生发，就像难以牢固附着路面的轮胎一样，只能滑动着缓慢向前。这可能就是人生的命运，有时候想停下来都难。

三天前，单位领导找他谈话，说院里经过慎重考虑，决定让他到固原挂职两年，说，固原这个地方很重要，是宁夏的半壁河山，尤其历史悠久，文化底蕴深厚，历史上从来都是军事要塞，作为汉唐帝国的北大门，其作用非常大。如此重要的地方，有许多东西值得深度挖掘。你是搞地方史研究的，需要接地气，多搞点第一手资料，对于研究有好处，这样容易出成果。

领导说完后，问还有啥想法。专家看着领导，只见其面容平和，语调平稳，但透出一种不容违抗的坚定与威严。

怎么事前我一点也不知道。说这话时，专家的语气尽量和缓，不想给领导造成不服从组织安排的印象。

哦，事先我们也没有想过。最近上面有要求，条件允许的地方，必须下派干部进行挂职锻炼，所以才有了这样的决定。经过认真考虑后，觉得你比较合适。这是认真考虑后作出的决定。生活上有啥困难尽管说。

面对动之以情、晓之以理的谈话，洪专家感觉不能再有任何推托的理由。他说，困难倒是可以克服，就是感觉太突然了，没有任何思想准备。

哈哈，这个慢慢就适应了。任何事情，最开始的时候，总是以突然的形式出现。当你知道后，就不会再有突然的感觉。锻炼一下有好处，有事的话，你还可以回来。那边的事，我们已经协调好了，他们会照顾好你的。

领导的话无懈可击，他不能再说什么。就这样，过了三天，专家怀着复杂的心情出发。不凑巧，又赶上大雪封山的日子，他的心里多少出现一些惆怅。

临走之前，专家特意在网上搜索固原这个地方。尽管以前也来过好几次，但毕竟了解还不够全面。对要去的这地方，尽可能多一些了解，做到心中有数。

固原是一座历史名城。战国秦长城从城北面经过，距城最近处仅 10 多里。汉武帝时曾设安定郡，固原是安定郡和高平县的驻地。出土文物中，有汉代陶制排水管，系城市下水道所用，可见城市规模已相当可观。南北朝至唐代，在此设原州。宋代置镇戎军、怀德军、德顺军。

明神宗万历三年 (1575 年)，固原城扩建，分为内城和外城，城墙砖包，高大雄伟。清朝以后，因战争和地震的破坏，固原山城逐渐衰落。现在所见到的城墙遗迹，有内城和外城，内城即宋代的镇守军城，外城系明代万历三年所筑。

固原地势险要，为军事重镇，是兵家必争之地，也是交通咽喉要道。固原周围，历代均有雄关固锁。秦国的秦昭王在这里修筑长城，以拒义渠。汉代设萧关，是关中北面门户。唐代设陇山关，是全国六个上关之一。唐代原州七关，也在固原境内。著名的丝绸之路北线由长安经过固原而至西域各国。明代沿长城设九边重镇，固原镇是九镇之一。由于它在军事上起着“外阻河朔，内当陇口，襟带秦凉，拥卫畿辅”的重大作用，因此是历代帝王到宁夏最多的地方。

固原的悠久历史，由此可见一斑。它弥漫着一股从历史深处涌来的气息，浸透在字里行间。向着这个悠久而神秘的地方靠近，专家的内心出现莫名的冲动。

还没有到达目的地，已感觉深入久远的过去和峥嵘的岁月。

领导说得好，这样的地方容易出成果，尤其是从事地方史研究的人，应该将挂职作为一种荣耀，而不该有别的想法。这样的地方还适合打仗，只可惜斗转星移、时过境迁，它已丧失自身存有的优越条件，现在已经无仗可打。他要到一个古战场古要塞，是缅怀辉煌的过去，还是凭吊血染关塞的英雄，自己也弄不清楚。但是，他不能停下前进的脚步。

走了好半天，车子仍然行进在苍茫的大地上。两边不远处的山脉，就像两道巨型屏障，陪伴他很长时间都不曾消失。积雪覆盖的山脉，并未因为大雪的遮蔽而温驯柔和，反而更加冷峻超拔。这条看不到尽头的长川，白雪覆盖，苍茫邈远。他穿行其中，向着沧桑而又曾经辉煌的高地一步步靠近。

眼前，仍然是不断出现的崇山峻岭，忽而峻耸独尊，忽而连绵起伏，山岭逶迤长时间陪伴着他，不肯从视野里消失。专家已隐约嗅到战火硝烟的气息，此刻他正穿越时空，进入著名古要塞的辉煌历史与峥嵘岁月里，像个慷慨悲歌之士，满怀豪情义无反顾地走向战场的最前沿。

不知怎么，在冰天雪地里突然出现一种奇妙的感觉，他想要是早出生几百年，他一定是个勇猛无比慷慨赴死的英雄好汉，绝不会在胆略上输给任何人。现在空有一腔热血，充其量也只是模拟一番而已，不敢再有任何造次。

正想着，固原到了。

在这里，两道相向而行的高大山脉突然合拢，围成一个巨大的弧形盆地。这个盆地海拔很高，不同于一般的盆地。只不过周围的山势更高，才让它成为典型的高原盆地。在这个盆地里，出现一座城市。这正是他要去的地方。

眼前一派繁荣景象。高楼林立，马路宽阔，路上车水马龙、川流不息，与其他城市没啥两样。他目测了一下，最高的大楼超过二十层，完全没有在路上想象的古城堡、古要塞的冷峻模样与险恶情形。

高速路出口的不远处，一位等待接站的人在一辆黑色的小轿车旁，正全神贯注地盯着高速路的出口。车子刚一出来，他就果敢地举起手，示意自己的存在。这是典型的单位里的人，看不到一丝一毫兵勇壮士的模样。他的思绪马上从历史的隧道往回撤退，生怕由于自己的迟钝怠慢接站的人。

车子停了下来，这个人把头伸进车窗，问是不是洪专家到了。他是市方志办专门负责接人的王贵，大家都叫他老王。当得知来者正是他要接的人时，他直率地说，欢迎洪专家的到来，辛苦了。我在前面带路，你们跟上就行。

就这样，专家正式进入这个城市。他没有想到，就是这个老王，成了将他引入固原历史与现实的第一人。他中等个头，面部特征大众化，给人留不下啥深刻印象，只是眼睛有点小，在一双镜片后面放射灼人的光芒，年纪四十刚过，但看上去有些沧桑，似乎比实际年龄大了些。

与王贵相处是缘分，他的认知方式与态度很有感染力，并深刻影响着这个初来乍到者。他时而机敏，时而幽默，时而愤世嫉俗，时而怪话连篇，以自己的方式认知诠释这个世界。对于规矩准则、道德风俗、人情世故这些事关安身立命的东西，他的看法总是别出心裁，语言奇谲怪异。王贵属于有才的那类，因为有才便充满自信。自信发作时，常会夹杂夸张与故弄玄虚的东西，似乎在宣扬自己的无所不能。

当然，王贵不是万能的。面对复杂难办的事情，他更多的是义愤填膺，那双小眼睛里时常放射出愤怒的光芒。这时，你感觉在他的身上，正义的东西还是存在的。周秦之遗风犹在，熙熙乎曲而有直，直而不倨，性格刚毅，朴实无华。

王贵，这个几年来不离不弃的同事，让初到固原的洪专家了解到许多未知的东西，同时也把许多未知不解留在记忆里。他看上去有些神秘，就像这个地方神秘文化孕育出的一个古怪精灵，熠熠发光。

不知怎么，见到王贵总让专家有种莫名的感觉，但是很长时间他都说不出这种莫名源自何处。一个神奇的夜晚，他忽然感觉有个怪异形象在暗夜里闪闪发光，定睛一看，原来是高深莫测的阴阳形象。

对了，这个王贵就是活脱脱的阴阳。阴阳是集传统民俗之大成的精灵，常常头戴瓜皮帽，眼罩蛤蟆镜，奔走于乡间故道，活动于各种场所，参透人道事理，于阴阳二界进进出出。但是，碍于同事的情面，专家后来一直没把这个想法说出口。他不知自己顾虑什么，这个想法一直牢牢憋在心里，不让其有丝毫的外露。

阴阳在当今社会里究竟如何生存与发展，专家对这个问题充满好奇。他悉心观察并认真思考，希望能破解难题。蓦地，专家觉得自己感兴趣的领域非常宽泛，从历史到现实，从群体到个体，观察的视角在不停转换，有时好像也没啥规律，属于碰到啥吃啥的那种。

厚重的历史，上古的遗风，阴阳似的人物……所有这些，让曾经惆怅彷徨的专家，眼前为之一亮，已经完全进入另一世界。他已暂时忘却自己的处境。

叁

在王贵的带领下，洪专家来到方志办。

方志办在市府的大楼上。这楼有十几层，而方志办就在顶层。当走进办公室时，王贵有些兴奋地说，你来固原挂职，领导很重视，专门安排到这个套间里。这里功能齐全，里面住人，外面办公，享受我们市级领导的待遇。说着，带他走进里面。

谢谢领导的关心。这里视野很开阔，风景的确不错。专家说。他没想到无意中说出这句应酬性的话，后来得到应验。由于楼层高，可以经常眺望远处的群山，想些似是而非的事情。就像今天这样一个神奇的夜晚，完全由于方志办楼层高这一独特优势而生发感慨。如果住在一楼，可能就没这个心思了。

这是新区。市府搬来后，方志办也跟着过来了。我们虽说是参公单位，但政府待我们不薄，把采光最好的楼层让给我们，好让我们挖掘历史，多出成果。王贵继续说着鼓励性的话。

洪专家听不出他话里的确切含义，类似杂文的语言，好像赞美又似嘲讽。他径直说，这里不仅采光好风景好，而且人也不错，看来要在这个风景宜人的地方待下去了。

你们挂职干部都是候鸟，待上一阵子就飞走了，真要待下去的永远是我们。

听到挂职这个词，专家意识到它与任职还有些不太一样，似乎更带有权宜之计的意思。正胡思乱想之际，王贵说，咱们先见一下主任，人家是这里的头儿。

说着，就把他带到不远处的主任房间。

主任急忙起身迎接。他大约五十开外，个头高大，那种自来卷发翻卷着向后梳理，好似这里一座座的山峰叠加涌动。一看外形就知是个精明能干的领导。

主任满脸喜悦，说些欢迎之类的话，从书柜里抱出三卷本的固原史志，码起来接近一尺厚。他说，洪专家，这是我们近几年的研究成果，还请你多指正。

哪里，我学习还来不及呢。请主任以后多多指教。

我说的是真话。你们区上的同志见识广，视野开阔，研究的方法手段都很新，帮我们把把关。

主任，我是来学习的。这里历史悠久，文化底蕴深厚，学问功底好，治学态度严谨。要学习的东西很多，我会认真做好每件事，不敢有半点懈怠。

那好，我们以后合作干些事情，弄点有分量的东西出来，也算你的职没有白挂。王贵专门负责你的生活安排，有啥事就找他。千万不要客气，都是一家人，要是太客气，哪就见外了。

主任，我会按照您的要求干好工作的。

说完，专家回到自己的办公室。

现在，在这个地方一待就是两年。差不多跑遍了这里有名气的地方，也到了原先说定的挂职期限，但还不见有任何动静。专家原以为可能会一直这样待下去，没想到事情突然出现变化。从工作到生活，变化之大，有些超乎他的想象。

此刻，专家想得最多的还是文化馆。为何别的单位都已搬走，唯独留下文化馆在那里煎熬。难道真的因为没钱，就得长久地留在那里。

这个古旧的地方，距离市政府有三公里路程。这个距离在城市尤其是地级市不算近。每次他都要到那里去查资料，需要跑上一阵子，不是很方便。当然，他的心思王贵肯定看了出来。至于馆里其他人，他不能肯定。

专家发现一个奇怪的现象，每次他刚一出现在馆里，馆里的人就说蔷虹在屋内，尽管他并不是每次都去找她。这可能就是当地人表达情感的方式，既含蓄又露骨。而老王更是如此，他常会赤裸裸地说，要不咱们再去查查资料。弄得他都不好意思再去那个地方，似乎查资料成了不干正事、别有用心的代名词。

现在，蔷虹出现在他的办公室里，这是个历史性的变化。他用不着虚情假意地装作去查资料，承受各种讥讽与奚落，还得装着啥事都没发生一样。尽管好多爱管闲事的人，还在旁敲侧击，但对于这些，他不再放到心上。

此刻，唯一遗憾的是蔷虹不在身边。要不，他们会站在一起欣赏天上的星星与月亮，遥望并不能看透的黑夜，说着情意绵绵的话。瞬间，他觉得挂职是件很好的事，世上再没有比挂职更逍遥的事。这可能超出院长当年的预料。

原来的单位鞭长莫及管不到你，现在的单位知道你不久要走，懒得管你。生活上有人照顾你，工作上却没人要求你。工作上有无起色说不清，而与工作毫不相关的其他方面却风生水起般膨胀起来。

两年来，一直若即若离的蔷虹，竟奇迹般地出现在眼前。能拥着她说些私密的情话，感受她的体温升高和心跳加快，这在两年前是绝对无法想象的。现在，这个神话故事竟奇迹般地来到现实生活中，还能再说挂职不好、条件艰苦之类的胡话，哪纯粹就是福折得不行了。

这里的夜晚非常迷人，这是专家以前从未想到的。来这里已经两年多，此刻感到如此温馨受用，他都有点陶醉得不知东南西北了。啊，固原，谁说这里只有兵燹，没有爱情，它的柔情一点不比彪悍差。

想到刚刚离开固原不久的挂职干部，他留下两坨铁饼似的普洱茶，专家的心里出现怪异的感觉。他的心意自然是好的，想用普洱茶留住未竟的情谊。然而，就是那两个圆圆的东西，差点坏了他的大事。在他们如胶似漆缠绵之际，它竟然鬼使神差地出现了。留下这位有心之人未竟的心愿，也把他惊吓出一身冷汗。

这位已经结束挂职生涯的兄弟活得潇洒多了。他年纪不大却特别老练，据说在很多地方挂过职。由于经常接触，给专家留下的印象很是深刻，此刻由于他的离开，这种印象更加凸显出来。

他抓工作一套一套的，有事没事把属下叫来了解情况听汇报，弄得他们一个个紧张兮兮的。有一次，专家不解其故，专门请教他。他说，这你就不明白其中的奥妙了。我问你，一个好的领导应该是个啥形象，对工作一丝不苟才是最关键的。你让属下觉得对待工作的态度非常认真，他们就会尽心竭力地去办事。如果你让别人觉得干与不干一个样，那谁还会认真做事。所以，时不时听汇报是一种工作需要，倒不在乎能听到什么。

专家听到这话如梦初醒，他说，难怪现在许多领导喜欢听汇报，原来有这种奥妙在里边。

你以为呢，这跟做学问还是有区别的。再说，现在做学问也有门道呢，能把学问做活而不是做死，那才是真正的学问家。说着，他高深莫测地笑了笑。

那请教一下学问该咋做?

这个你把我考住了，这玩意挺高深，咱可真的没考虑这么多。接着，他又说，下午还有个会议需要主持，晚上还有个接待需要到场。一天到晚都是这样，这可不是一般的忙呀。说完，转身离去。

看着外地挂职者离开此地，专家想到自己的处境。对于如何挂好职，心中确实没数。人家才是真正的专家，在忙碌中觅得逍遥，工作没得说，玩得也够档次，最后洒脱顺利地离开此地，听说回去就提拔了。自己浪了个虚名，搞了两年的研究，没有出现突破性的进展。到了该回去的时候，竟然安静得没有一点风声，别人说上几句好听的话，就飘飘然不知东南西北。

这夜，如此诡谲。平时不曾考虑的事，不知怎么都一个劲地往上涌，弄得他无暇歇息。

这注定是个不眠之夜。月至中天，万籁俱静，月光照在被四山围拢的高原盆地里，大地温顺安良，像在倾听一个没有结局的离奇故事。在窗边伫立许久，专家进入套间的卧室里，简单地洗漱后躺在床上。

不知过了多久，他醒了过来。此刻月已西斜，估摸距离天亮不会很久。想这一夜注定不会睡得很好，索性不再强迫自己，完全放松下来，等待黎明的到来。谁知一放松，反而又睡着了。一觉醒来，天已大亮，他慵懒地躺了一会儿起身下地，开始追赶白天的太阳。

肆

晚上休息得怎么样？王贵问。

专家说，还行，就是睡不踏实，过一会儿就醒了。

是经常醒来还是睡着不？王贵问得更细。

不一定。有时这样，有时不是。

哦，好多同志初来乍到时都有这样的反应，就是睡不踏实，大概也算高原反应吧。

这里海拔多少？

一千六七的样子。

这个海拔应该不算高。

因人而异，有的人瞌睡轻，反应就比较敏感。

我可能属于反应比较迟钝的那种。中间偶然醒来，但很快就睡着了。

你算是幸运的。我见过有孽障的，他们晚上睡不着，到了半夜还在折腾，中间又常常醒来睡不踏实。到了天快亮时，瞌睡来了起不了床。折腾上几天，人就开始消瘦。

你没有反应吗？

有，但不明显。我可能属于不太孽障的那种。

你属于比较幸运的。

说着，他有些沧桑的脸上堆满惬意的笑容。

专家判断不出这笑容的确切含义，是幸灾乐祸，还是谦逊随和，似乎两者都有。生活中有这样的人，他的笑容就是一种自生自在的生活态度。电视上看见一位安监局长，在查看车毁人亡的现场时，他竟露出开心的笑容。由此引来网民的愤怒，他们随即人肉搜索，欲将这个没有人性的东西绳之以法。

后来，他果然被关了起来。但当手戴铐子面对法官时，他仍然露出这种熟悉的笑容。这时，大伙儿就想，这种笑容可能并不代表对百姓的冷漠，而是他惯常的生活态度。他不可能对自己也这样冷漠呀。

现在，王贵始终一副笑嘻嘻的模样，该不会又一个安监局长吧。专家心里想着，但没有说出口。

咱们不说海拔的事，说说该如何开始下一步的行动。专家说。

好，你有啥打算，我全权配合。

你说我们下一步该如何深入调查？切入点在哪里？

王贵又露出高深莫测的笑。笑过之后，他们开始策划下一步的行动。

王贵说，欲知固原的历史，有两个人是必须采访的，他们简直就是固原的活字典，啥都能说得头头是道。找到这两个人，就用不着跑冤枉路了。一个就是方志办已经退休的吴先生，那可是干了一辈子的研究。另一个是位年轻的学者，不要看他年纪轻，学问深着呢。还有几个已经离开此地。

那就先采访吴先生，找到本人，感受就不一样。至于以后，该跑的路还是要跑的，现在不是强调要亲历亲为嘛。专家说。

于是，他们开始下一步的行动。

下午，他们准时到达吴先生的家里。刚进院子，只见一位头顶光秃、精神矍铄的老人出门迎接，他的眼睛里放射出光芒。当说明来意后，急忙将他们迎进门并安置在雅致的沙发上。

吴先生家里布置得古朴典雅，墙上挂满字画，书卷气浓郁。老人端坐书桌前，身后的书柜摆满书籍，他像栖身于安乐城堡的主人似的挥洒自如，在属于自己的王国里傲视群雄，其自信达观的神情溢于言表。他让老伴泡上两杯浓浓的铁观音端给客人，随后开始侃侃而谈。他的话单刀直入，瞬间让他们走进历史的深处，在那里尽情遨游。

老先生说，洪专家，你来这地方考察调研，那肯定是找对了地方。固原的历史极其悠久，在春秋战国时代就有记载了。《诗经》里称这里为大原，也叫太原。好多人误以为是今天的山西太原。那就大错特错，相差十万八千里。

这里历来是兵家必争之地。地理位置重要，地势也很独特。西南高，东北低，中间多衍地（地势低的平坦之地）。东部多丘陵，南部多林地，西部多山地，北部多川地。全境大体上属于高原。有诗云："原之四周，如山如阜，如岗如陵，如川方至，层出不穷。"说得特别形象。

主峰曰六盘山，亦称关山、陇山，在固原的西南处。不过，关陇之称谓，历来争议较多。因此，有了大小关山、大小陇山的区别。但再怎么争，这道山系的主峰六盘山是绕不过去的。此山就在固原。

所以，就将这里称为大陇或大关山。六盘山，也是许多河流的发源地，因此被称为黄土高原上的奇葩，也有人称它黄土高原的水塔。干旱的黄土高原能称上水塔的，我还没有再听说过。

这样的地方，好是好，也招来战争与灾难。历史上，战争从未停止。他们不是争夺水源，就是争夺草场与战马。多少英雄豪杰、奸贼枭雄都留下足迹，他们称王称霸出尽了风头，而百姓的确遭殃，苦不堪言。

说着，老先生停了下来，看着王贵说，我是不是有些王婆卖瓜了。老王，我们是熟人，说多了你是不会介意的。可人家洪专家是客人，初来乍到，那就不一样了。

洪专家连忙说，老人家，我正听得起劲呢。您几句话，就把我吸引住了，高兴还来不及呢。

那就好，愿意听的话，我就多说点。

请您接着讲，我是出门碰见观世音了。在老先生面前，洪专家虔诚得像个小学生。

老先生又说了起来。这固原的历史说起来就长了，恐怕三天三夜都说不完。我先拣最主要的说，你以后可以慢慢深入细细品尝。在中国历史上，秦始皇、汉武帝、李世民、成吉思汗、毛泽东等伟人都来过固原。这样的地方，你听说哪里有？

固原最有名的是萧关。这些年对于萧关的具体位置，学界还在争论不休。有的说在甘肃环县，有的说在宁夏同心，也有说萧关就是这一带关口的总称，并不特指某个地方。不过，瓦亭峡、三关口这些地方，那可是铁板上钉钉子，实打实的，自古以来，名气就很大。秦汉时期的萧关，实际上就是指三关口。

这个瓦亭峡并不长，也就十来里。但峡谷里的三关口，那可是历史上响当当的关口要塞。那里发生的战争从周朝时就有记载，以后秦汉、魏晋、隋唐、宋元、明清，几乎没有停止过。可以毫不夸张地说，在中国的版图上，再找出一个有如此丰富历史内涵的峡谷，恐怕很难。

洪专家好奇起来。那为啥知道的人并不多？

你提的问题特别好，这是一两句很难说清的话题。不瞒你说，就是现在当地的固原人，知道的也并不多。我想这跟历代的正统皇权思想有关。他们认为守好边关是应尽的责任，没有必要大力宣扬。边关的作用丧失了，这里似乎就该从历史的视野里消失，这好像理所当然。

萧关作为关中的北大门，它的作用大小只有当朝的统治者才最清楚。但他们只关心这个地方牢靠不牢靠，至于守关的人辛苦与否，他们是不会理睬的。因此，默默奉献就成了当地守军与百姓应尽的责任。这个品质几千年延续下来，你看现在的固原人，隐忍与奉献不也成了他们现在的品质。

老先生一句话逗乐了在座的两位。

吴先生功底深着呢，几句话就把历史讲活了。一直坐在那里倾听的老王终于发话了。

你抬举我呢。老先生说着并惬意地笑了。只见其头顶光秃，但精神矍铄，思路清明，口齿伶俐，完全不像年近七旬的老者。

洪专家，我看只有到实地看看，再听老先生的讲解，就更清晰了。老王提醒。

我正听得过瘾呢。

咱们不要一次把事情办完。留着慢慢享用，那才有意思呢。

听老王这么说，他们起身离开。

老先生怀着依依不舍的心情，一直把他俩送出大门。走出很远，发现老先生还站在那里。他俩挥手告别，老先生也举手，送别两位远去的人。

一路上，专家都在兴奋地谈及采访的事。他感慨地说，没想到，刚一阵工夫，老人家就把一些似是而非的东西全讲透了，让自己完全融入固原的历史之中。他说，要将这项工作进行到底。说这话时，表现出一种前所未有的坚定信心。

忽然，他有些不解地问王贵，老先生正说得起劲呢，你怎么突然就让老人家中断了呢？

王贵神秘地说，老人年纪大了，悠着点有好处。我看他今天有些兴奋，咱们不要弄出别的事。

哦，洪专家有些惊奇地看着他说，没想到你的心还挺细的。

只见王贵哈哈地笑了笑。他的嘴巴很大，笑得有些夸张。

他们又回到方志办。

夜晚来临，专家仍待在办公室。白天上班的同志已经离开，这栋平时喧闹的大楼，此刻出奇的静。

当太阳从西边的山巅落下后，暗淡的天空突然出现一道光亮。这是否就是难得一见的光霁现象？瞬间这种光亮消失，大地被黑夜吞噬，仿佛进入万劫不复的境地。此刻，白天的兴奋完全消失，变成一种挥之不去的阴郁。夜幕浓厚得撕不开一点缝隙，让人心头压抑感倍增。

天地瞬间合为一体，同时进入黑暗的怀抱之中。不知怎的，每当这个时刻来临，专家都会产生一种莫名的忧伤。他说不清何故，就是承受不了这样一个时刻的来临。

夜深沉下来，完全处于黑暗的状态时，他的心情才会慢慢变好。他在想，忙碌了一天的人们现在开始放松，进入家庭的温馨氛围里，他们会在那里得以休憩。当再一个白天来临时，他们已经做好充分的准备，能够坦然面对来自任何方面的挑战。

而他，似乎并不能有真正的休整与憩息，心里始终绷得紧紧的，悬着的心老也放不下来。望着无边的黑夜，一向自信的他，竟然开始惶恐不安起来。这是从未想到的，也未曾遇见过的。

伍

有些癫狂的专家，开始寻找这里安之若素的根本所在。

当又一个黄昏到来时分，他再也忍受不了这种无端折磨，便索性一个人走出方志办，到大街上寻找问题的真实答案。

新区比较冷清。天黑下来后，街上的车辆明显变少，而路上的行人更少。偶有骑摩托车、自行车的，急匆匆地在马路上驶过，看得出他们正急着回家。

专家一个人沿着马路走，几乎碰不见行人。宽阔的马路，除了流量变小的汽车外，陪伴他的就是一闪而过的摩托车。新区的夜晚是寂寞的，很少碰见人，要真正繁华起来，还有待时日。

他边走边回想老先生的话，这个地方自古名气很大。但是，现在也不得不承认这样一个现实，在迈向现代化的进程中，它处于刚刚起步的阶段。这阒静与冷清，说明发展的道路依然漫长。

路边行人稀少，倒让专家的思维空前活跃起来，他感觉自己已经进入老先生描述的古战场氛围中。空气里充斥着冷峻与寂寥，看上去格外凝重。这静有些不太正常，似乎一场残酷的厮杀即刻就要爆发。也有些像残酷的厮杀之后，出现瘆人的安静时刻。

正胡思乱想之际，隐约传来异样的声音。他屏气凝神，仔细捕捉空寂之处难得的稀奇声响。寻着声音前行，越走声音越大，看见不远处，街上的行人增多起来，知道已靠近喧闹的老城区。

老城区给他最初的印象就是远处飘荡的这种声音。唱词一阵，锣鼓镲子一阵，二胡声极度渲染，类似小型的交响乐。他听出来了，这是秦腔特有的声音，苍凉、悲苦，撼动天地，在夜的苍茫中极其夸张，也传送得很远，好像要刺破这无底的黑夜。

街的拐角处站着不少人，他们自发围成一个圆圈，形成人工搭建的小舞台。在场的观众个个表情严肃，认真欣赏这种发自肺腑的唱腔。专家凑到跟前仔细听了起来，唱词听不太清，但能感知其中的撼人力量。

专家想，已经找到融入此地的具体路径。这种苍凉浑厚的唱腔，给他苦苦思考而不得要领的问题一个满意的解释。

一曲终了，只见一位中年妇女从人群里走到场地中央。她和几位乐器伴奏者简单聊了几句，彼此合计了一下。经过一个短暂的，要是不注意就会忽略的演奏前的协调过程，突然沉寂的器乐又突兀地响了起来。

此刻，场地中央的这位妇女遥望远处，神情严肃，等待切入的节奏。突然间她唱了起来，声调沉郁高亢，感情浓烈诱人。歌声划破漆黑的夜晚，传送得非常遥远。唱着唱着，她的一只手伸了出去，像祈求，也像诉说。在演唱的同时，有了相伴的动作。

未开言来珠泪落，
叫声相公小哥哥。
空山寂静少人过，
虎豹豺狼常出没。
除过你来就是我，
二老爹娘无下落。
你不救我谁救我，
你若走脱我奈何。
常言说救人出水火，
胜似焚香念弥陀。

这段唱词专家听得特别清楚。她几句就把场子烘了起来，后面越来越高亢急促，迅速进入高潮。专家从未听到如此动人的声音，它一个劲地往心里钻。这声音放到中国最美声音的遴选中也毫不逊色。穿透力极强的唱腔，让他在漆黑的夜晚心潮澎湃，不能自已。

她的唱段停下后，自觉地往边上靠了靠。这时，从人群里走上一个男子。他高大威猛，气度不凡，对伴奏者轻点了一下头，示意现在可以接着进行。

随着器乐的响动声，他说出一句似说似唱的词：

> 你把我心哭软了……

说这话时，他的眼睛很大，表情奇异，真假难辨。

唱词中有这样的过渡，专家没有经见过。似随意调皮，又似严谨认真，如此机巧的安排的确睿智高明。在这里，专家最大的感受是，他们能将两种截然相反的表情与气质奇迹般地融为一体，让你分辨不出来。调皮中蕴含严谨，严谨中浸透轻松，成了这里别具一格的文化特色。

专家正在梳理自己的想法时，这位上台者随即开始撕心裂肺的演唱。

> 你二老啥时无去向，
> 我的父不知在哪方。
> 你在一旁哭声放，
> 我在一旁痛肝肠。
> 前路茫茫无定向，
> 声声不住叫爹娘。
> 孤儿幼女相依傍，
> 同病相怜两情伤。
> 猿啼虎吟山谷响，
> 我也觉得心惊慌。

唱完后，他向旁边那位女士微笑了一下，示意她可以接着往下进行。原来，他俩扮演的是一对受尽苦难的情侣，在互相倾诉衷肠。那位退在一边的女士又走到场地中央，开始她那似喜似殇的演唱。

后来，他们越唱越投入，在这个黑夜里，仿佛找到那份丢失已久的珍贵情谊。合作结束后，场子上出现一阵轰动。大伙儿一致叫喊着再来一个，不愿放过这么幸福的时刻。

这位男子向大伙儿招招手，说，有福要慢慢享用，一下子用完了，那才是傻熊呢。说着，在自信满满的状态中走下舞台。

下面又有人自告奋勇地上台演唱，专家离开。他觉得这位唱歌的男子说得对，有福要留着慢慢享用，一下子享尽那是不明智的表现。这么好的艺术也该慢慢享用才对，今后的日子还长着呢。

专家离开街边的演出场地，向着城市的深处走去。对于这里，他的认识才刚刚开始。许多深奥的东西遮蔽在不起眼的外表之下，让人很容易忽略。他下定决心，不管时间长短，一定要了解这里的一切。它的神秘奇异，强烈地鼓动着他。

不远处，又出现类似的演出活动。他们都是自发组织的，属于自娱自乐。这个城市对于秦腔这种传统剧种特别感兴趣，到处都有吼秦腔的活动，将整个古老要塞吼得震动不已。

专家边走边憧憬边思考，觉得自己正在走进这个城市的深处。不一会儿，走到广场的中央。广场上的人很多，聊天、闲逛、锻炼的，什么人都有。他漫无目的地转悠着，打开所有的接收系统，尽可能多地接收来自周围的信息。

正值早春季节，天还有些寒意。然而，禁锢了一个冬天的人们，再也忍受不了待在房间里的折磨，纷纷跑出来吮吸春天的气息。

在广场的拐角处，那里灯光稍暗，一对年轻人坐在凳子上闲聊。无意间听到他们的对话，觉得这声调既古朴又现代，他说不清自己产生了什么样的感受。

最近好着吗？

好着呢。

关键一个问题是没事干。

没事干？

哦，最近网上认识一个女子。

你行呀，哪还叫没事干。干头，快给哥说说。

我们网上聊了几次，就把她约出来吃饭。

她来了没？

来了。那天我假装喝多了，她就急，不知该咋办。过了一阵，我说实在走不动了，需要休息一下。我们就进了附近的宾馆。

后来呢？

急啥呢，听我慢慢说。她一个劲地问我好些了吗，我躺在床上就是装着醒不来。

后来呢？

后来她上卫生间了。

快说啥！

我就将准备好的催眠药灌到她的饮料瓶里。

她喝了没？

喝了，后来她就躺在床上不动弹了。

你干啥了没？

那天电视播的是外国足球赛，我一直看。没想到她就醒来了。她一下子从床上翻身下床，说这么晚了，家里人不放心，她得马上回去。说着，就出门回去了。

这个哥们突然从石凳上跳了起来，手指这位讲述者，几乎是痛斥道，你个土锤，活该你娃一辈子单身。

听到这里，专家快速离开现场。他深切地感到，现代生活已经融入这个古老的边关要塞。这哥俩也许在自导自演、自娱自乐，但他们确实生活得非常幸福，看不见由于战争，由于兵燹，由于人为的破坏，曾经给这个安详快乐的山城带来太多的灾难。人们正尝试着享受娱乐化的生活。这样一个幸福场景的出现，凝聚多少人的鲜血与智慧。

走到广场另一边，远处城墙在灯光的映照下影影绰绰。这就是久负盛名的固原古城墙。如今，它只剩下这一小段，孤寂中兀自矗立，似孤傲似倾诉，从历史的长河中走出，经历时光的严酷冲刷，顽强地存在至今。

望着古城墙，专家伫立良久。他在想这样的古城，对于今天的太平盛世，究竟意味着什么。

站在古城里，思绪又开始不自觉地回溯固原城的历史。

固原城位于六盘山东麓，清水河上游，是军事要塞，自然环境俱佳。秦始皇、汉武帝曾来过此地。公元前 114 年在这里设安定郡，治所高平，距今已有 2100 多年的历史。光武帝刘秀据高平城剿灭盘踞陇右一度特别嚣张的隗嚣。十六国的匈奴人赫连勃勃杀死其岳父没奕干，自称“大夏天王”，建都统万城，固原为陪都。北魏重臣宇文泰在击败高平起义领袖万俟丑奴后，将其子托于原州刺史李贤，从此开始左右西魏、建立北周的过程，也开始筑原州城。从北魏开始，改高平镇置原州。

安史之乱后，吐蕃内侵，原州城沦为边外孤城。两宋时期，镇戎军（固原原州区）成了宋代在西北的军事边防重镇。元代古原州城被废弃。开城安西王府是固原历史上空前绝后的宫殿式建筑。

明代，固原城的建设达到辉煌，固原的称谓至此开始出现。明代在北方边境设九大军事重镇，固原为其一，也是陕西三边总督驻节之地。明万历时，固原城建设达到顶点。分内城和外城。内城长 9 里 3 分，高 3 丈 5 尺，垛口 1046 个，炮台 28 座；外城长 13 里 7 分，高 3 丈 6 尺，垛口 1573 个，炮台 31 座。

1920 年海原大地震，古城破坏严重。最让人不齿的是，1971 年古城遭到人为拆除，拆除墙砖搞人防工程，从此裸露的夯土屡遭破坏。今天，仅剩下北边一段以及靖朔门，古城从此消失。

这样的结局让人难以接受。不仅是对有着悠久历史、重要影响的固原古城，而且是对民族历史文化的可耻摧残与肆意破坏，给后世留下永远都难以抹去的伤痛与憾恨。

“去者不可追，来者犹可谏”，历史的教训极为深刻。我们应当怎样怀念历史，汲取教训，保证不再犯类似的错误，并不是今天的人们都已明白的事情。想到这里，专家突然觉得很沉重，有种对不起这座古城的重负压在心里，难以自拔。他想自己现在唯一能做的事情，就是将这里的辉煌与屈辱一一梳理出来，告诉还不曾知晓的人们，不让类似的错误重新出现。

在这里伫立许久，他开始往回走。此刻夜已深沉，刚才欢乐的戏班子纷纷散去。没有秦腔的怒吼声，街上恢复原本的宁静。不知怎的，这静有些特别，很瘆人。

陸

午间新闻过后，电视上播出一档《印象固原》的节目，专门介绍寻访朝那湫的过程。一脸型稍圆、气质优雅的女子开始解说。

现在，每一个地方都在大力挖掘当地的历史文化。的确，一个地方的历史文化承载着这个地方的前世今生，承载着一方水土生生不息的发展脉络。我们固原市近几年来在挖掘历史文化遗产、开发旅游资源、发展文化产业方面当然也做了大量工作。

历史上的固原，因为特殊的地理位置成为兵家必争之地，历代王朝都非常重视这个地方。高平第一城就是最好的证明。汉武帝在元鼎三年，也就是公元前114年，在固原置安定郡，之后曾经6次来到固原巡边，考察固原的民风民俗。这在《史记·武帝本纪》中有明确的记载。汉武帝曾经祭祀过一个叫朝那湫的地方。朝那是个地名，那么湫是什么呢？湫在现在的《新华字典》中的解释是水池的意思。朝那湫中的湫也是吗？

电视画面上，群山环抱中出现一个大湖。湖水静静的，天空朵朵白云映照其中。水天相映衬，白云在飘浮，让你分不清哪个在天上，哪个在水里。

这位解说者手指湖水说，这就是古代所说的湫。湫即湫渊。因为《汉书·地理志》中说到朝那县境内“又有湫渊祠”。湫渊，大湖也。早在秦汉时代，这里就被列为国家级祭拜的名山大湖之列。所以，在湖岸建有专供祭祀的祠庙，因湖名曰湫渊祠。

《史记·封禅书》里也有记载：“湫渊，祠朝那。”后来各种史志均称之为朝那湫。从以上史料不难看出，朝那县境内有湫渊和湫渊祠。祠庙是人工建筑，年久易湮，但山川湖泊等自然景观是难以灭迹的。作为大湖，其变化无非是湖面和水深、水量的大小而已。

今天彭阳县古城镇境内有一个名叫湫渊的大湖吗？（明）《嘉靖固原州志·古迹》记“东海，在州东南四十里”，“东岸有庙”，即“古朝那湫。”在同一志书中又收录学政李诚撰写的《重修朝那湫龙神庙记》记文一篇。文章开篇就写道：“开城州东北距三十五里，有湫曰朝那，有山环焉。”“春秋时秦人诅楚之文，投是湫也。汉唐载在祀典。”不仅固原本地方志如是记载，再考之北魏《水经注》，也记有“东水发源县西南二十六里湫渊，渊在四山中”。唐之《据地志》亦载：“朝那湫祠在原州高平县东南二十里。”还有清《平凉府志》指朝那湫即固原“东南四十里”曰“东海子”。

主持人十分肯定地说，古人对朝那湫的记载虽有一定的出入，但大致方位和里程还是一致的。我们要探访的朝那湫，就是我现在所在的地方。具体的位置就在固原市区以东三四十里和彭阳以西五六十里之间的地方。前两年，我们专门拍摄了一期《东海子》，当时泛舟湖上的画面曾经让很多观众朋友以为我们栏目组在外地拍摄。现在东海子附近的村庄大部分已移民搬迁，东海子湖水的面积与两年前相比没有太大的变化。春暖花开，阳光明媚，湖水荡漾，这种安静实在是远离城市难得的享受。既然一代枭雄汉武帝都曾在这里祭祀，那么，要好好感受一番这里的气息。

说罢，主持人静静伫立。而微波不兴的湖面，还在电视机中不断变换角度展示自己的形象，让人们非常直观地感受这个古代皇帝祭祀场所的宏阔与静谧。

《印象固原》给专家留下深刻印象。这是他第一次看到通过媒体宣传当地的文化资源。看来这项工作早已展开，自己到底如何挖掘这里的宝贵资源，心里一时还没底。这段时间他看了许多资料，也和同事讨论了许多。经过一番合计后，决定亲自到现场看看。于是在当地方志办同志陪伴下，专家向着心中的圣地走去。这是秦始皇、汉武帝曾祭祀过的地方，那神圣不同寻常。

车子出城后向南行进，走了大概二十里后，在一座高架桥下面，突然调转方向对着东山坡驶去，进入一条很窄的水泥小路。这里山势并不高，群山逶迤，丘陵纵横，道路紧贴山丘，山丘依偎近旁，一切都给人莫名的亲近之感。车子刚调转方向没多久就上了山坡，向着层层叠叠的深山进发。

正值春季，山岭沟谷中的桃花、杏花漫山遍野，错落有致，在远处近处的高岭山洼里肆意开放。高岭山坡仿佛一幅巨型山水画，盛开的花朵点缀得恰到好处。

欣赏之际，随着道路的一个急转弯进入山坳里，迎面突然出现一整片开放的山桃花。它们簇拥在一起，产生绚丽热闹的视觉效果。山重水复疑无路，柳暗花明又一村。真是这样的情景，让你不能不叹服。几个探幽寻古的人坐在车子里，睁大眼睛向车窗外看，生怕错过眼前的美好景致。车子在上山的途中不断左行右拐，仿佛带领他们欣赏一幅美丽的陇上早春画卷。

转过一个山垭后，视野突然开阔许多，面前呈现类似川道的小流域。两边的山势有了变化，呈明显的南北走向。山洼处，遍地密密麻麻小树坑，它们呈鱼鳞状分布，每个小坑里都有一颗栽入不久的小松树。有了这些小松树，山上的桃花、杏花点缀其中，呈现别样的风景。

这是移民搬迁后，当地恢复生态取得的明显成果。王贵手指下面的山坡，不无得意地解说起来。

这里原来住着人家？专家有些惊奇地问。

对，你仔细看，在那边的山隘处有废弃的窑洞。原来的人家就住在那些山隘的下面，奇怪的是，只要人一离开，不用多久它们似乎就自动消失了。如不仔细察看，你真不知道那里原来住着好多人家。

有这么奇妙？

哈哈，这是真的。你初来乍到，可能还不大相信。

望着他一副笑嘻嘻的模样，专家不能断定他说的是实话，还是在开玩笑。

顺着他手指的方向看去，对面确实有窑洞。由于荒芜，窑洞渐渐融入大自然中，不留心还真的看不出来。

这山里有人居住好？还是没人居住好？

你是考我呢，这个问题很难回答。问话打开王贵的话匣子。

这里原来都是原始森林，没有人类居住只有野兽出没。秦始皇、汉武帝几百里上千里路赶来祭天，不是因为这里有人居住，而是因为它阴森恐怖让人敬畏。这时候，有人居住总比没有居住好，纯粹野兽出没的地方是可怕的。

后来有了人，情况发生变化。当人越住越多时，他们处于各种目的与需要，将这里的森林砍伐光了。水土流失，气候变坏，山也变成光秃秃的一片。这个时候人们开始怀念森林，即使野兽出没，也比这光秃秃的山岭要好。所以看着现在这副模样，还真不如当初，有那片原始林子的好。

林子没了，人却越住越多，靠山吃山的局面难以维持下去，人们开始离开这里。先是自发移民，背井离乡，到外面寻找新的出路。再后来，政府参与进来，移民的速度明显加快。

现在看到的就是移民搬迁后的情形。他们走后，政府没有忘记还这片土地以原来的样子。你看，这小松树都种上了。若干年后，这里又是郁郁葱葱的森林，那又是个啥模样，说不定，又有人来祭天呢。

说到这个，王贵显然激动了，破天荒地一下子说了许多。专家看看他，再看看山坡不断出现的人工林，开始憧憬他所构想的情景。

突然他手一指，说，你看，我们马上就到了。

专家顺着手指的方向看去，在两山相对的正前方，出现一片神奇的蓝色水面。远远看去，缥缈如梦，他做梦都想寻找的地方终于到了。

这不是马场水库吗？当地一位陪同者有些惊讶地说。

看样子，他对马场倒是挺熟悉，而对所说的朝那湫却很陌生。

你就知道马场水库，不知道这叫朝那湫。王贵调侃起这位陪同者。

听名字，好像这水库是因马场而得名。之所以叫马场水库，是因为这里养过马？专家的好奇心又上来了。

这个还真不清楚，这里的人祖祖辈辈都这么叫。陪同者又抢先说道。

这时，王贵又讲解起来。他今天显得有些激动。

说起来话就长了，秦始皇时这里就是马场。当时有个富甲西北的人叫乌氏倮，就在这里养马。她当时养的马不计其数，“畜至用谷量马牛”。你想想看，不说她有多少匹，而是以山谷计算。一条山谷里谁知道有多少，还分沟大沟小呢，也许当时这里所有的山谷都是人家的。

乌氏倮的脑子特别灵活，将这里的马弄到关中一带进行销售，然后换回大量的丝绢，再用丝绢换取更多的马运到关中。如此循环往复，财富就越聚越多。两种物资都是当地的稀缺之物，因此发了大财。由于贸易解决了当时人们的需要，尽管有严重的剥削行为，人们还是喜欢得不得了。

奇怪的是，秦始皇对于她的这种行为不但不制止，而且还特别赞赏，并奉为座上宾，让她获得与众臣一起上朝的特权。这与当时的规制是不符的。你知道秦始皇是啥人，他说行就行。

秦始皇是这样处理问题的吗？专家感兴趣地问了一句。

可能是吧。他笑着回答问话。

说来也奇怪，王贵今天戴的眼镜有些特别，看上去，一副很有学问的样子。他的神情里混杂着谦恭与自信，看得出来，他对自己所取得的成绩相当满意。他不失当地人淳朴本分的个性，好像还有所节制，表现得并不张扬。他说话的语速不快，常常会有冷幽默的话语出现。

你说秦始皇那时就知道尊商爱商了？

这个说不准。凡是千古一帝做出的事，凡人都很难理解。你说吧，他当时那么辛苦忙着统一六国，还跑到这么远来祭拜天地。他脑子里想的能跟别人一样吗？

他的这句反问之语，更添幽默的效果。

你说乌氏倮在这里养马贩马，秦始皇能够宽容鼓励，这好像与他的性格不符。这位抱负远大的独裁者不会是来专门看这个乌氏倮的吧？

有人考证说，乌氏倮是个女的，没准儿还是个大美女。要真是个女的，放着这么有经济头脑的大美女，哪个人要是不喜欢，脑子没有毛病才怪呢。既为国家军事需要提供必需的马匹，同时又创造巨额的财富。

你这个观点很新颖，至少到现在，学界还没有一个人想到过。如果这种假设成立的话，那秦始皇到这里祭拜天地的诚信就打了大折扣，假借祭拜天地来私自约会，从公理上讲，就是对天地的大不敬。那么，后面出现的改朝换代、二世而亡的事则顺理成章。

说到天地的事就更深奥了，这个咱也弄不清楚。

王贵停顿片刻之后又眉飞色舞地说了起来。

这里作为天然的大牧场，从秦汉开始，一直延续到隋唐都没有中断。史料记载，唐太宗李世民还专门跑到这个地方来观看养马。你想想看，如果不是水草丰美，哪能牛羊骡马成群？如果没有漫山遍野的牲畜，哪能引来千古一帝与千古二帝？

王贵的解说风格独特，引来大家阵阵笑声。

专家说，他见过一望无际的草原和难以计数的牛羊。那种壮观的情形，不是亲眼所见，是很难想象和用语言来形容的。似乎整个天底下，广袤的大地上，除了牛就是羊，再没有别的东西。唯一的差别就是颜色，除了颜色上的变化，再找不出啥区别。

专家的话引来大家的好奇，他们憧憬于他所描绘的那些牛羊，也好像执意要与眼前这个曾经塞满牛羊的山谷进行比较，这种跨越时空的比较鼓荡每一个好奇之心。

正说着，车子临近湖面。今年的雨水特别多，到山花绽放的时节，已经下了好几场。这里刚下过雨，路上的低洼处出现泥泞情形。车子难以通行停了下来，他们下车向着憧憬的湖泊走去。

专家的心里荡漾着一种说不出的兴奋与喜悦。这个在史书中若隐若现，曾经产生广泛而深远影响的地方，不经意间就出现在眼前。这是秦汉时国家级的祭祀湖泊，哪能随便说到就到。而此刻，它却神奇地出现在眼前。

湖水安澜，碧绿清澈，几只野鸭子在水上游弋。这是典型的高山湖泊，四周高山围拢呵护这潭圣水。神奇的是，湖的围堰处是高高隆起的小山包，它将圣水牢牢地守护在这里，不让其流失。大自然的鬼斧神工，让千古一帝肃然起敬，使他放下那伟岸的身段，自觉加入到对天的敬畏与对大自然的崇拜之中。

看得出，枯水季节湖面的水位下降许多，但旖旎宜人的风采不减，仍可与静谧神奇的山川相媲美。如此高海拔地区，出现这样的情景的确神奇。没有看到湖水来自何处，唯有眼前出现的情景让人惊叹不已。

这就是影响历史几千年的朝那湫，它的存在的确让人敬佩与尊崇。现在这个神圣之地生灵活现地展现在眼前，近在咫尺，触手可及。它亲切感人，感觉自己一瞬间融入神秘的天地与悠远的历史之中，自身也变得高洁起来。

湖对岸，有几个人在水边忙乎，若不细心还真的看不出来。

王贵手指着四周的高山说，两千多年前，这里肯定是原始森林覆盖，野兽出没，杳无人烟。在茂密的森林里，在险峻的山坡上有这么一潭水，从关中平原一路走来的秦始皇、汉武帝，一定被这神秘威严的气势所震慑。他们认定这是上天赐予的神圣礼物，所以不顾旅途劳顿前来祭拜。

当然，秦始皇祭拜天地，也有政治上的考虑。秦国为了灭楚国，将写好的讨伐檄文投到这个湖里，乞求上天保佑讨伐楚国成功。

你说这个湖的功劳大不大，在秦始皇统一六国中都发挥过重要作用，可见并不仅仅是个马场水库呀。说着，王贵调转头，还没忘记调侃一下当地的这位陪同者。

我说马场水库也没错嘛。当时养了那么多的马是不是事实？马要不要喝水？马喝了水库的水，身体强壮后不仅对秦国做出贡献，而且为后来历朝历代的统治都做出贡献。显然，他并不同意这些调侃的话，也开始适度反击。

你们两个说得都对。一个文雅，一个通俗，其实说的是一回事。见两位争执起来，专家急忙出来打圆场。

聊着争执着，他们绕着湖往南走。到了湖堰边上，一块文物保护碑赫然出现在眼前。它镶在一个有两层棱沿的水泥基座上。碑上写的是：

东海子遗址

宁夏回族自治区人民政府二〇一一年十二月公布

原州区人民政府
彭阳县人民政府　　二〇一一年六月立

看，你们两个说得都不准确，这是东海子遗址。

我们说得没错，这是这个地方的另一种叫法。它是相对于方位而得名的。因为在原州的东面就叫东海子，还有北海子、西海子。你要不相信，我们到这个围堰的上面去，就知道咋回事。

专家跟着往上走。他的话引起王贵的重视，只见他扶了扶镜框，又开始一五一十地讲解起来。他的讲解成了此时此地山沟里的一道独特风景。

柒

东海子，位置显要，历史悠久。它环抱于四山之中，静寞无语，纹丝不动。可以想象，当年森林密布，野兽出没，人迹罕至的地方，出现这么一潭水，古人是无法理解的。人们只能敬畏自然神灵的奇妙伟大，是它将这潭圣水赐予人间。

古往今来，这个四山环拥、森林密布的高原湖泊，发生多少不为人知的故事，史书没有详细记载。秦皇汉武这些声名显赫的人，对这里心存敬畏顶礼膜拜。他们又是烧香磕头，又是向水中投掷讨伐的檄文。尽管他们雄才大略在身，但在大自然面前，仍充满虔诚之心。

如今森林没有了，湖水静卧山中。湖水边上的庙宇早已不见踪影，唯有破碎的瓦砾散落杂草之中，诉说历史的沧桑与斑驳。曾几何时，人们早已习惯这种静寞与遗弃，从此再没有有识之士来这里祭拜。人的敬畏之心开始丧失，这是一个脱轨的时代，真的到了啥都敢做啥都不怕的狂妄时代。

这些曾经的名山大川从此销声匿迹，那么今后还会出现类似秦皇汉武这样雄才大略的伟人吗？这个问题，玄奥得如同历史本身一样缥缈与茫然，难以找到答案。

王贵的一番话，说得很到位。专家细细品味，这个表面上玩世不恭的人，内心深处的正直并未被时代所摧毁。

他说完好一会儿，专家还在期待下文，好像一个虔诚的学生，认真聆听老师的历史课教学。

学问这么好，我都听得入了迷。

略知一二，班门弄斧而已。

你说话的调门变了，一改平时的风格，用词规范，逻辑严谨，无懈可击。是不是受到这个神秘湖泊的影响？

哪里，在专家面前，我还是个小学生。

有一事，我还没弄明白。

请讲。

既然史书上记载得这么清楚，为什么不大张旗鼓地进行宣传？这些内容在东海子遗址石碑上都找不到，何况别的地方。如果你不主动宣传，别人哪能知道这么多？

我们这里的观念还跟不上，宣传也在进行，但效果一般。刻碑的人可能没想这么多。你说得对，碑后面光秃秃的，刻上一些有关历史的记载，那就更具说服力了。

说着，他们来到湖南面的围堰上。

湖水南边是一道自然形成的堤坝，它让这片水域千万年来静静地留在这里，不曾漫溢，也不曾干涸。这真是个奇迹。湖面整体酷似巨型蝌蚪。蝌蚪尾部，隐于群山之中，极目眺望，看不到它的来水之处。在堤坝处，也没有找到湖水下泄之处。这就怪了，难道这是片从天而降的神水，一直不离不弃地静静守候在这里？

沿着堤坝往前走，在东南处的高山下面，一片高台地出现在眼前。台地上有农人耕种过的痕迹，现在已经荒芜。农田里残砖断瓦，七零八落。这些瓦砾是干活的人从田地里挑拣出扔在田埂上的。年深月久，一道道田埂堆满残砖断瓦。它们成为历史的见证者。

看着这些承载历史之物被胡乱地抛弃于荒郊野外，专家的心情是杂乱的。时过境迁，斗转星移，曾经的辉煌难道真的已被历史所抛弃？

在下面伫立许久，他们开始爬坡前行，要看一下与这个湫紧密相连的祠。祠在高处，这是一般的常识。而散乱的瓦砾，正好引导他们向高处攀登。

坡有些陡，他们屏气凝神向上攀登。眼前出现梯田状的地块，它们一层层叠至高处。地畔处，破碎的瓦砾或隐匿土中，或裸露在外面，给人一种沧桑斑驳的感觉。

看得出，农人将这片废弃的山坡变为农田时，曾费过很大的周折。要将其中大量的砖瓦一块块挑拣出来，堆砌在田埂旁。抬头向上看，这样堆积砖瓦的田埂一道接着一道，好似侗寨里的风光，那样子甚为壮观。

专家正疑惑眼前出现的一切，王贵又说话了。没想到吧，这上面就是当年的朝那祠，是秦皇汉武祭拜天地之处。不要小看这些砖瓦，随便捡一块都是文物。这可是标准的秦砖汉瓦。你看，这片瓦非常大，里面都是布纹。

说着，他捡起一块让专家看。专家一时也弄不清楚，但他确实被眼前的情景所震慑。明摆着，这是历史的见证，不用任何论证就能说明一切。

沿着这种梯田模样的地形往上走，经历无数道由瓦砾围成的田埂，终于到了山中平台的至高处。这是个不大的地方，视野开阔，迎风而立，环抱于四山之中。俯视下面，一池湖水滢滢闪烁。而山顶平台，有点横空出世的样子，王者架势霸气十足。

王贵激动地说，我们到了。

这个平台是神奇的。站在这里看下面宽阔的水面，似显似隐，缥缈如画。湖水被群山环绕，既开阔又隐秘，既张扬又收敛，将各种因素恰如其分地融入这个奇妙之地。

这里自有奇妙之处，就连散漫的农人们也没敢冒犯它。他们小心翼翼地耕作后，并未做任何改变。曾经的庙宇依稀可见，一块巨大的明显经过人工雕琢的正方形石块裸露在外。它是一块红砂岩，红砂岩中间已经有裂缝，但仍不失为一个久远年代留下的物什。经过岁月的磨砺，已经看不出上面的文字，但其巨大的体量，仍暗示自身的不同凡响。

蹲在巨型石块旁，专家感到岁月的厚重与沧桑。这石块仿佛无声地诉说着许多，但限于领悟能力，他们还一下子难以明白其中的奥秘，只是默默地凝望，试着慢慢向曾经的辉煌靠近。时光是神奇的，赋予万物以力量，同时又彻底折服对方。在沧桑巨变的历史中，它究竟扮演啥样的角色，没人能弄得清楚。

庙宇遗址藏身于深山。周围瓦砾遍布，斑驳的瓦砾与荒芜的野草一起深埋黄土，融入历史之中。这就是当年那个被帝王所崇拜所敬畏的朝那祠。

在帝王心中，它一定是离上天最近的地方，是可以直接与上天对话交流的神奇场所。可惜今天，人们的认识已发生很大变化，对于这样一个神奇之地，竟然无动于衷，无形中消解它的存在意义，低估它的价值与作用，有任其自生自灭，慢慢从人们的记忆中泯灭的可怕迹象滋长蔓延。

看着山下微波不惊的湖面，王贵来了兴致。

专家，你说秦始皇、汉武帝当年站在这里想到了啥？

专家对这个问题很感兴趣，他说，秦始皇可能想如何灭六国，而汉武帝则想如何灭匈奴。

还有呢？

那就不知道了，帝王的想法凡人如何知晓。

我猜想，秦始皇肯定想着乌氏倮。

哈哈，你怎么知道的？

帝王也是人，他们的风流事肯定超过凡人。

他可能想着乌氏倮如何把战马养壮，好统一六国。

我看他是战马要，人也要。专家，你来这里有一段时间了，找到自己的乌氏倮没有？

他这么一问，着实让专家吃了一惊。仔细看着眼前的这个陪同者，专家微笑着说，这要有造化才行，不是人人都能碰见乌氏倮的。

说这话时，一个红衣女子的形象倏地从专家心头掠过，瞬间占领他的全部。专家努力镇定自己，不让眼前这位随行者看出啥蛛丝马迹。他马上转移话题。这里的水很神秘，看不出从何而来，也不知流向何处。它肯定是一潭活水，活水就应该有来龙去脉的。

有，有。我们到下边去，会看到一条小溪向东南流去。

说着，他们开始下坡往围堰处走去。

到了围堰的另一端，一股水流从围堰旁边的闸门流出，轻快地向着下游流去。这时，水流变成小溪，在卵石密布的河床上快速流动。他们沿着小溪前行，追寻水流的去向。小溪在沟谷里自由流淌，一会儿绕到东边，一会儿又绕到西边，自由洒脱不受羁绊的情形深深感染着几个追梦之人。

这是大自然的本性使然，不受拘束，落拓无羁。人类也应如此，自由奔放，摆脱各种名利的困扰，不追求那种好高骛远不切实际的目标，不介意别人的评判，给自己戴上不必要的枷锁。应该像这小溪之水，欢快地流淌在山间沟谷里。遇到阻挠要学会很自然地躲避开，不要犯病似的经常头撞南墙，在该转弯的时候，固执地回不过身来。

欢快的小溪在山间自由流淌，专家好奇地蹲下身去，掬了一捧水，捧到嘴边品尝。

这水是甜的！他竟大声叫了出来。

现在我知道为啥乌氏倮在这里养的马膘肥身壮，多得难以计数，为啥秦始皇、汉武帝这些千古一帝会跑到这里祭拜天地，就是因为眼前这股神水，它让整个山川大地灵动起来。

看来，你这趟没有白来。

值，太值了。这是待在城里根本无法想象的。咱们沿着这条小溪多走一会儿。

好的，跟着专家走，永远不回头。王贵顺口来了一句。引来的笑声，银铃似的回响在沟谷里。

他们几个人就这样在静寞的沟谷里走了很长时间，在小溪上跳来跳去选择行进的线路。太阳已经退回山后，只有山顶才有阳光的照射，这意味着黄昏很快就要到来。

这时，前面的沟谷突然开阔起来，岸边有成片的土地，还住着几户人家。他们在鲜花包围的院落里忙着干活，犹如置身世外桃源般安逸自在。

没走几步，一座高速公路大桥横亘前面，给这个柔美的沟谷划上生动的弧线。小溪水变得很是乖爽，非常听话地从大桥下静静流过。

专家站了很长时间，有些舍不得离开这地方。目送小溪水远去，没有再追赶眼前如此欢快的行者。他想，人类还是能够与自然融合在一起的，只要不过度贪婪就行。

桥下，一农夫看见他们长时间站着，以为迷路了，主动前来为他们指路。他们感谢这位热情的指路人，告别之后开始赶回出发地。

此刻，天色已晚，群山隐于黄昏之中，而他们则马不停蹄地往回赶，优美的风景终究抵不过现实生存的严峻考验。回到城市，已是华灯初上的时分。

看过朝那湫后，专家心里产生很大震动。历史已过两千多年，昔日的帝王将相早已不复存在，但他们把厚重的历史留了下来。山河依然，人事全非，历史虽不能复制，但一定程度上可以模拟与还原。

专家与王贵讨论下一步的打算。

昨天去的那个地方挺震撼的。专家说。

我们经常去，看着就一潭水，也看不出个啥门道。王贵惯常的腔调又出现了，与昨天在现场那种严肃认真的态度形成明显对比。

放着这么有名的地方不开发利用，真是抱着金碗讨饭吃。

你把那里比作金碗，那固原的金碗就多了。

你说说看还有哪些。

咱们还是请教吴老先生，人家才是瞎子吃馒头心中有数。

商定一番后，他们再次来到吴先生的家中。

吴先生热情地接待他们。

洪专家说昨天去了东海子，心里的震撼挺大。今天来，想让你再推荐几个地方。王贵进门就说了起来。

吴先生说，固原的历史在早期，越早越有说头。

那你就从头开始说吧。王贵仍然一副笑嘻嘻的模样，似乎不太正经的一面又显露出来。

追溯固原历史，最早出现的是犬戎，或者西戎。

传说犬戎是生活在蒙古高原的原始人，也有人考证是羌的一支。由于水源消失，为了生存而大量四面八方地迁移。固原这个地区处在西部，其祖先是由南迁的蒙古高原原始人与当地原始人交融而形成的。

犬戎当时在西部势力很大，夏朝曾征伐过。由于气候逐渐转暖，适宜农牧业发展，居住在固原地区的土著部落很快转为畜牧业生产。周人是古老的农业部落，它们发展壮大后，灭鬼方，伐犬戎，经过百余年间的征伐，周朝军队将犬戎赶到大原，就是今天的固原、平凉一带。

你说我们的祖先是犬戎？

有这个可能，历史上民族争斗与融合经常进行。

史书上最早有关固原记载的，可能要属《诗经》了。《诗经·小雅·六月》里说“薄伐猃狁，至于大原”。大原的本意正如《尚书夏传》所说的“大而高平者”。可见，大原就是指今天的宁夏固原一带。

《诗经·小雅·采薇》里说：“昔我往矣，杨柳依依；今我来思，雨雪霏霏。”就是说回想当初出征时，杨柳飘飘随风吹；如今回途中，大雪纷纷满天飞。说的就是周朝的军队向北征战犬戎的艰辛历程。

听到这里，洪专家突然插话说，我一直觉得周朝的出现是个奇迹。在中国历史的早期，它以一个全新的面目出现，尤其是文化、礼仪方面，成就斐然，而且为后来中华文化发展规范了样本，确定了基本走向。

你说得非常好。吴老先生非常赞同洪专家的意见。

周朝的礼仪、文化，也就是后来孔子一生都在追求并试图恢复的礼仪文化，成为最正统的文化代表。工具、兵器（青铜器）的大量使用，使生产力得到极大发展。同时，它的上层建筑也进入一个全新阶段。那个《周易》，到今天人们还在研究，没有穷尽其中的含义。算命、看风水、预测财运，什么人都在用，连最现代的经营管理者都在学习。这是古人观测白天、夜晚的变化，通过归纳概括，提出的阴阳之说，成为中华文化最根本的要素所在。你能说周朝不伟大？

周朝灭商，灭鬼方，伐犬戎，将其先进的生产力与文化制度不断外传，固原就是最早受益的地区之一。周朝的中心，在今天的陕西宝鸡一带。由于势力不断发展壮大，影响中国早期的历史进程。不论是秦帝国，还是汉帝国、唐帝国，都创造出中国历史上的顶级辉煌。在当时的世界历史上，也是首屈一指的。这些都与关陇地区的势力，与早期的周朝有关。

洪专家特别赞同吴老先生的观点。

他说，我们的历史教科书对此书写不够，我们的历史学家似乎有意无意地淡化这个。过去的西北与现在的西北有着天壤之别。可以说，没有过去的西北为中华民族做出的贡献，中华文明的历史可能要重新书写。绝对不是今天一谈到西北，总与贫困、落后、愚昧联系在一起，似乎成了老也甩不掉的包袱。到了该正视历史的时候了。

你要是这样研究下去，意思就大了。一直倾听的王贵再次说出自己心里的想法。

吴老先生轻呷一口水，示意他俩也喝茶放松一下。他们按照老先生的要求喝起茶来，谈话有了短暂的中断。

过了一会儿，吴老先生又说了起来。

有专家说，中国早期的隐患在西北，晚期到了东北。这话是有道理的。经过数次大战，周朝灭鬼方，但并未灭掉犬戎。相反，公元前 771 年，犬戎杀死周幽王，周室被迫东迁，春秋战国开始。

随着战争的持续进行，客观地讲，促进了游牧文化与农耕文化的融合。固原一带的青铜文化随之繁荣起来。西周朝灭亡后又过了 20 年，关陇地区的秦人开始强大，他们开始登上历史舞台。西戎又退守到泾水、陇山一带，就是今天的固原一带。

慑于秦的威力，当时的乌氏戎（固原）、义渠戎（庆阳）、朐衍戎（盐池）均向秦臣服。但是，这中间还是相互觊觎，秦还没有强大到能完全吃掉对方的地步。足有 400 年的时间，秦与犬戎的斗争从未停止，双方什么烂招都用。

烂招历史上就有？专家问。

在这方面，今天的人恐怕还赶不上古人。老先生的话惹笑了大伙儿。

那就给我们讲讲吧。王贵发话了。

喜欢听，我就说说秦王与义渠王几十年的斗智斗勇经过吧。这个事情，在最近热播的电视剧《芈月传》中有反映。

我们就喜欢听这个。王贵开始激动了。

秦国趁义渠内乱，占领其重要城郭郁郅（庆阳），同时灭掉乌氏戎，设乌氏县。义渠戎表面臣服。当其他几个诸侯国攻打秦时，义渠王认为报仇时机已到，趁机攻秦。秦腹背受敌，因此派人给义渠王送去丝绸与美女。义渠王尽情享受这些之后，却从后方袭击秦。

后来，秦战胜其他盟国趁机进攻义渠，义渠王又表示臣服。这次，秦昭襄王没有放义渠王回去，而是假以高官，实为人质，把他留了下来。公元前 227 年，秦国终于灭掉这个对抗几百年的义渠国。在义渠地区设北地郡，治所在今天甘肃宁县，辖今天的甘肃庆阳、平凉和宁夏固原、盐池等地。

此时，稳定下来的秦国，开始修筑长城，发展农业，使固原成为稳定的旱作农业区。开始普遍使用中原的铁器农具，极大地提高了这里的生产力。

“秦有陇西、北地、上郡筑长城以拒胡。”这里说的就是春秋战国时的秦长城。这段长城西起甘肃临洮，东至九原（内蒙古包头）。在固原境内 174 公里。今天仍清晰可见，如大地上的一囫暴脉。从甘肃静宁至宁夏西吉县葫芦河进入，经将台乡、马莲乡，到张易、红庄，穿叠叠沟，过海子峡，到固原城西北 10 里处的长城梁、明庄，又经陈家沙窝，进入东山的城阳、孟塬，最后转入甘肃的镇原。

这段长城，今天在固原仍清晰可见。你看到没有？吴老先生问专家。

看到了。前几天，老王领我上去的。他们说是秦长城，没想到有这么悠久的历史。站在城墙的垭口上，有种庄重威严的感觉。时断时续的长城，仿佛要告知人们什么。

告知什么？

这个一下子还难以说清，但感觉很强烈。

与长城同为防御体系的，在历史上声名显赫的还有萧关。吴老说。

萧关为秦兼并六国时所建。当时叫焉氏塞。因在朝那县境内，也叫朝那塞。《史纪》中有此记载，也称朝那萧关。《战国策》记载，范雎答秦昭王问时说：

“大王之国，四塞以为固。”“四塞”就是指关中外围的“四关”，即“东函谷关，南武关，西散关，北萧关”。

到秦始皇时，下令修回中道，用以巡视郡国。这条道从咸阳沿泾水至平凉，经瓦亭关，到达回中宫。公元前 220 年，秦始皇出巡西北，上鸡头山，过回中道，到高平，同时还祭祀了朝那湫。

秦朝开疆扩土，大将蒙恬北伐匈奴，将匈奴向北赶出七百余里，收复黄河以南土地，史称河南地。同时，在北地郡的乌氏县内设瓦亭关。秦朝推进的力度很大，赶走匈奴后，开始修复原来的秦长城，又在这一区域大量移民，从关内移至关外。六盘山一带得到迅猛发展。

秦末，由于楚汉相争，戍边士卒纷纷离去。边防废弛，匈奴趁机进犯，又将其领地扩大到黄河以南地区。到了汉代，为对付匈奴，移民规模不断扩大。公元前 114 年，析北地郡分设安定郡，治所高平（固原），意在安定北方地区。

公元前 115 年，张骞从西域归来，丝绸之路开通，固原处在它的北道东段的节点上。北道大致是从长安沿泾水北上进入三关口，经瓦亭峡折向青石嘴、开城至固原，再向北经三营、黑城，向西北沿苋麻河谷过六盘山进入海原郑旗乡，经海原县城、西安州、干盐池进入甘肃界。

史书记载，汉代丝绸之路开通后，来往的使节，“相望于道”，从事贸易的“胡商蕃客，日款于塞下”。国际大通道使东西物资得以在这里汇聚交流。今天，这条丝绸之路仍依稀可见。当时的固原，由于丝绸之路的开通，贸易日增，也因此逐渐繁华起来。

固原地区的山地沟谷特别适合驼队行进。你可以想象，一长串骆驼从一条沟谷进入另一条沟谷，那种鱼贯而行的样子很迷人。这里山不是太高，路不算太险，驼铃声在山谷里回荡，那是怎样一种景致呀。

在西北地区，汉王朝与其他少数民族的斗争从未停止。先是势力强大的西戎，后又是匈奴，它们几乎让强大的汉朝耗尽国力，而固原始终处在前线地带。可以得出这样一个结论：王朝兴，丝路畅，疆域阔，外邦怯。

说到这里，吴老先生停顿了一下。

我建议你下次去萧关看看，尤其要看看瓦亭峡，三关口也在那里。在那条十里峡谷中，关中与西北民族早期的战事，几乎都能找到足迹。在历史上，恐怕还很难找到一条能与之相媲美的峡谷。

我马上就去。专家有些迫不及待的样子。

过两天带你去。王贵自告奋勇接下任务。

太好了。专家一副惊喜不已的样子。

到了东汉末年，汉室的控制力下降，各地的割据势力抬头。虽名义上臣服于汉室，但各怀鬼胎，打自己的算盘。

公元 211 年，势力强大的曹操谋取关中，关中诸将联合反制。逃往安定郡的杨秋，在夹缝中生存。起先反曹，失败后归曹，后又勾结羌胡、匈奴反曹，失败后再次归曹。

建安十九年（214 年），曹操向安定郡派出太守，移治临泾。后治所移治高平、扶风。可以看出，汉朝后期，对于六盘山地区的控制处于萎缩状态，基本上是越来越弱。曹操移治所后，六盘山、高平川一带为匈奴、羌、氐、月氏等游牧民族占领。曹操对这一带的控制并不是很有力。月氏城在今天的隆德县境内。

魏蜀相争时，这一带先归蜀后归魏。265 年，司马炎废魏建晋。鲜卑人趁机徙居清水河川，占领水草丰美的畜牧地。后又有柔然族游牧清水河一带。他们为了独占此地，有时还相互发生战斗。鲜卑贵族鼓动部落到汉族地区掠夺，而汉政权此时的实际控制力在下降，无法应对局面，客观上造成这一地区战乱剧增。

晋王朝派秦、凉二州刺史进行镇压。但此时已经做大的鲜卑人树机能，调动陇右、河西其他各族部众纷纷起兵，北地郡羌、胡举兵反晋，一时战火再起。树机能联合诸少数民族迎战于六盘山一带，后移师决战于高平北部。

后来，树机能战败，降附晋朝，但不安定的种子已经埋下。316 年，匈奴反晋，围攻长安，西晋灭亡。317 年，晋宗室司马睿在江南重建政权，史称东晋。至此，北方进入最混乱的五胡十六国时期。这就说远了。

总结今天的谈话内容，大概可以说清这样一个问题，中国西部很长一段时间，都受其他民族的侵扰。周朝以前，在这一带主要是犬戎，周宣王将其赶到今天固原一带。秦始皇则继续追赶，戎向西北退去。郡县制实行后，则有乌氏县、义渠县出现。汉武帝对匈奴宣战，派大将军卫青、霍去病等前去征伐，将匈奴赶往漠北。从此，汉帝国的版图才确定下来。汉族、汉人的地位才彰显出来。

中国早期的历史，关陇一带应该是重点，发迹于周，秦汉时强盛，直至隋唐。研究历史，这是绕不过去的。有个强大的关陇势力，一直左右中国早期的历史，导致隋炀帝改革失败，导致安史之乱。这个集团在历史上所起的作用巨大，既推动历史向前发展，也在一定程度上阻碍历史的进步。北周时固原的李贤，也算个有影响的人物，故事很多。这个留到下次再说吧。

好，等看完瓦亭峡后，再来请教老先生。

他们告辞后往回走。

今天的收获还行吧？王贵有点装疯卖傻的意思。

不是行，是太行了。能有这样的收获以前还真的不多。专家说。

他们边走边聊，一会儿回到方志办。此时，广场上拥满了人，他们都等着坐通勤车。一看就知道，到了下班时间。

玖

正准备赴瓦亭峡考察的专家，突然接到单位通知回首府开会。因此，考察的事暂时放了下来。

车子行进在返回首府的高速路上。又进入那条长长的川道，两边熟悉的山峰绵延不绝，专家猛然觉得来这里已很长时间。这次的心情与刚来时不一样。当初那种吃不准当下，掌控不了未来的惶恐之感，已经消失得无影无踪，现在能够坦然面对遇到的一切。

一路上，专家都在琢磨刚刚采访过的吴老先生，觉得人家才是真正的专家，功底扎实，见多识广，风趣幽默，没有一般小官僚那种咋咋呼呼的腔调，纯粹靠抑扬顿挫的技术处理来糊弄别人，他是气定神闲娓娓道来。

老先生总结历史，得出四种人必死无疑，德薄而位高，智浅而谋大，力小而任重，言多而功鲜，听起来有种醍醐灌顶的透彻与明了。把那些从古到今自不量力的人，通通都梳理一遍，听起来特别过瘾。

想想自己，位不高德也不厚，碌碌无为地过了很长时间，却没有弄出啥像样的成果，心里顿觉不是滋味。消磨日子就是消磨人生，这样的人生也该休矣。

慢慢地，他把注意力集中到一个同事身上。她叫苏瑾，以前与她同一部门工作，他们一起工作数年。她开朗大方，工作严谨认真，有几次还把他由于粗心而疏漏的事及时给予补正。随着离开日久，她的形象鲜活起来，仿佛有种酝酿已久的恬淡情谊开始慢慢飘散。

说不清怎么会想到她，也弄不清其中的缘由。总之，这样的东西一经出现，就非常固执地占据心头，有些蹊跷。就这样，思维长时间地缠绕在那里，伴随这孤独的归程。他开始不自觉地筹划起如何见她的事情。这样的想法有些荒唐，但并未有收敛的迹象，而是逐渐想将这种荒唐想法付诸行动。

他想到发信息，用最通常的问候搭讪与她接近。这种方式非常好，能够让最初的局促很快化解，不留任何痕迹。

果然，事情按照设定的线路进行。她很快回信息，问他在哪里，并对他的关切非常重视。一开始，他们就聊得很起劲，并没有唐突之感。似乎由于离别，谈话变得更加轻松活泼。聊天内容广泛，海阔天空。

最后，他提出中午请她吃饭，她稍微停顿了一下很快答应。时间赋予平淡以活力，距离产生了美，专家在别样的时空中徜徉，对即将出现的局面产生莫名的期待。

近四个小时的车程很快结束，专家返回首府。一进入熟悉的环城高速路后，他的感觉马上发生变化，融入这个城市的亲近之感充盈心头。

极目望去，远处近处的高楼拔地而起。离开才一段时间，当初城南空旷的田野不见了，出现大大小小的湖泊，它们彼此相连，形成蜿蜒的水系。有的地方，楼都盖到湖边，给人的感觉特别亲切。建设速度如此之快，出乎他的意料。也许变化早已存在，只是以前没有在意而已。他在悉心观察时没有忘记提醒自己。

许多事，跳出圈子换一个角度看，就会产生不一样的效果。刚刚出现的苏瑾，是不是也如此。由于分开一段时间，那种平时被忽略的东西开始放大。对于这样的推断，他不能肯定。一想到马上出现的情景，心中就产生莫名的冲动。

车子融入城市之中速度都会变慢，开始按照城里的节奏运行。专家静静欣赏城里的变化，还真不一样，能真切感受到城市脉搏的跳动。

过了一阵，进入一片高耸的楼群，仿佛穿过天门洞开的大峡谷，有种通透与豁亮在眼前与心中同时出现。就这样静静地观察着感受着也等待着，慢慢进入城市的深处。

距离约定见面的地方越来越近，专家的心鼓荡起来。对于这次相约，从心底讲感到理由不很充分，人家凭什么听你的。

然而，她确实答应要来，并未深究其中的原因。他强烈地感到生活的逻辑与思维的逻辑存在很大矛盾，始终弄不清楚这些事如何发生，又怎么变成现实，那种天然的堑壕靠什么连接。有时，你认为十拿九稳的事，到最后却出现大相径庭的结果。而有时你认为比较勉强的事，它们却出乎预料的顺利，这可能就是生活的诡异之处。

正想着，到了一座双子高楼下面。那楼参天，成为这座城市的标志性建筑。楼的南面有条小巷，小巷店铺林立，餐馆云集，景象繁华。这是餐饮一条街，街旁停满车辆。刚刚到了中午，出出进进的人已很多，一看就是前来消费的，给人直观的感觉是这地方比较火。

专家进入一个小店。服务员站立门内恭迎，热情询问有无预定。他说没有预定，现在需要订个相对小点的雅间。服务员神秘兮兮地说，刚才来了个女的，她已经进去了。你们是不是一起的？说着，眼睛直勾勾地盯着他看。

专家怀着好奇听这位服务员说。她们真的很厉害，能判断出谁与谁是一伙儿的，这种直觉很要命。专家不再纠缠问话的对错，他不想在门口停留，就顺着她们的引导，向着那个神秘的地方靠近。

还没到跟前，就看见她笑嘻嘻地站在那里，直盯着他看。还是原来的样子，长发自然垂下，一副树脂眼镜很文气，裙子的颜色淡雅飘逸，有种特立独行、不拘世俗的纯净气质。到了跟前，看见她的眉毛有描过的痕迹，仿佛还着意打扮了一下。她静静地站在那里，仔细看着他，等待他一步步靠近。

一瞬间，他们相对而立，在对方身上仔细寻找时光留下的痕迹。当手握在一起时，那位导引的小姐知趣地离开。这样的氛围绝对不适宜其他人的存在。

他说，你来得挺早的。

她说，也是刚进门。

他们相向而坐。这是个比较特别的地方，看得出里面刚刚装修过，清新洁净，雅致大方，一个完全开放的小环境。只是它的风格有些怪，既仿古又现代，人为组合成特殊的空间，有种很浓的后现代气息荒诞地传递。这种地方，本身就充满未知与奇异，也鼓荡人的心智，让许久未见的人性情大开。

双方坐定，她笑嘻嘻地说了起来。你怎么突然想起请我吃饭？

我一直这样想的。

她好奇地问，那以前怎么没有看出？

以前距离太近、人太熟，不好开口。

她听着笑了起来，随口说，那现在障碍消除了？

对，现在不怕了。

她听后笑得更厉害了，笑容穿透镜片，放射璀璨的光芒。她说，你下去时间不长还真变了许多。

专家听不出这句话是表扬还是批评，只是唉了一声，脸上随即出现一丝怪怪的表情。

她的一双眼睛在树脂镜片后笑开了花，为这种莫名的叹息所打动。看得出，她开始深入他的现实处境与精神世界，寻找想要的答案。下面的谈话有些耐人寻味。

其实我一见到你就喜欢你，尤其喜欢你的长相。她开始直言不讳地讲了起来。

专家愣了一下，说，那我怎么不知道呢。

我暗示过，但你没反应，以为你从内心不喜欢我这种类型呢。为此，曾在沙枣花飘香的季节，还专门写过一篇抒发自己爱慕之情的文字。现在还保存在我的电脑里。

专家有一瞬间的呆萌，两眼痴痴地望着她。看样子，是被她的一番话给弄懵了。

这时进来一位服务员，拿着菜单让他们点菜。

专家一下子从窘境中回过神来，连忙说，你来吧，想吃啥尽管点。

她说，那好，我们每人点两个。她点好之后交给他，说，该轮你了。

他拿着菜谱随意翻着，思绪很乱，好不容易完成这个艰巨的任务。服务员走后，专家陷入她提供的这个惊天秘密中。她似乎看出他的心思，接着又说了一件事。这次他彻底臣服。

那是几年前单位外出搞活动。那天你喝了不少酒，后来到歌厅唱歌。当时很惊讶，不知是借着酒劲，还是有意为之，一开始你就请单位的一位女士跳舞。你这一举动，把我刚刚萌发的一点好感给破坏了。谁知，后面还有更绝的。

专家睁大眼睛听她说话，呼吸变得有些急促，似乎她要揭开一个惊天大秘密。

只见她稍微停顿了一下，接着说了起来。我当时坐在那里，眼睁睁地看着你们跳得非常起劲，最后越来越近，仿佛关系很不一般。

最后的这句话很要命，它的分量很重，不像是在开玩笑。她说，自己当时实在看不下去就冲了出来，在夜色中忙乱地走了许久，最后走进一个网吧。

专家想起活动的事，但对她所说的那种不一般的关系没有任何记忆。正准备摊开说这事时，服务员端着菜上来了。她们的出现不很规律，但阴差阳错地打乱本来已经很紧张的气氛，产生恰到好处的效果。

这时，谈话的议题从过去的回忆转到眼前的菜肴上。他主动替她夹菜，似乎要弥补以往的过失，她则淡定地面对眼前出现的一切。

服务员走后，他们又进入谈话的状态。他说，对这事有记忆，只记得当时你不见了，听同事说是在网吧里找到你的，而且还说你是因为孩子需要完全作业才有这样的行为。

压根儿就不是这样，是因为你当时的表现很夸张。她说这话时仍是愤愤不平的样子。看得出，几年过去了，那件事留给她的影响还蛮大的。

他真诚地赔礼道歉，她的情绪慢慢平静下来。看样子，说出这些淤积心中的话语后，她的情绪明显好多了。他们进入吃饭的状态。这时，专家更加殷勤起来，似乎要以自己的勤劳弥补曾经的过失。她则泰然地接受这一切，气氛变得缓和下来。

整个吃饭的过程不算长，他们却谈了许多。过去不曾说出的话，由于障碍消除，变得更加自然随意，能够坦陈以前不便说出的一切。看来时空的隔离，并不完全是件坏事情。专家想只要敞开胸怀，直抒胸臆，没有说不透的事。

专家想起年轻时曾思考很久的一个问题，始终得不出答案，现在想来已是非常可笑。他把这件事讲给她听，这个行为，可理解为摆脱由于过失而陷入尴尬困境的艰苦努力。

听说要讲个很怪异的故事，她非常高兴。他开始娓娓道来。年轻时自己曾钻过牛角尖，真切体会到形而上学是个啥模样。他曾认为人与人、人与世界的沟通在严格的逻辑世界里是不存在的，还津津有味地对别人讲过自己的钻研与思考成果。

这件事受到当时进行的思维训练的影响。他是在一本很古怪的书上看到的。这本书叫《形而上学论》，不过肯定不是现在读者欣赏的那类书。它让他很长时间都在思考思维的极限性这个问题。

有位哲人在别人看来习以为常的地方，找出问题的症结所在。

故事是说一个医生在给病人治病时，总也想不通他是如何把病人的病给医好的。整个过程充满疑虑。当病人说自己某个地方疼痛时，是通过高度抽象概括的语言表达的，他将自己切身感受通过语言告诉医生时，语言是通过对感受的处理说出的，这中间肯定有误差存在。而医生又通过病人的语言再转化为自己的切身感受，这中间又有一次误差的存在。这样，医生凭借自己的感受开出的药方肯定不是特别准确。那么，他凭什么才能确定自己的感受就是病人的感受？但是，奇怪的是，医生居然把病人的病给治好了。

她听后，笑得乐开了花，说，你原来竟想些莫名其妙的事，把正事都耽误了。

看到对方赏心悦目的模样，他知道自己的沟通已达到目的。那个困扰他很长时间的形而上的问题已经不攻自破。看样子，她的心情不错。他提议吃完饭后坐她的车，在市区里转一转，顺便把他带回家。她欣然同意他的建议。

出门的时候，来到吧台结账处，他付清午餐的费用。在转身离开的瞬间，她半开玩笑地说，这种事挺费钱的。

他不知该如何回答这样的问题。对她说的“这种事”的具体含义既明了又不甚清楚，像是指吃饭本身，也像是指谈情说爱或者偷情之类的事。总之，这种双关语恰到好处。他只是笑了笑，内心则充满柔情蜜意，被她的幽默所打动。

拾

出门后，他们上了车。她开着车，他坐在副驾驶的位置上。车子很快融入城市。她坐在身旁，从来没有这么近距离的接触。看着她熟练地操作机械，为他们共同营造一个温馨的空间，心里有说不出的喜悦，觉得此刻自己就是世上最幸福的人。那感觉是在天国里穿行，飘逸，放松，魂不守舍。

车子经过短暂的预热后缓慢驶出饮食街，融入城市流动的血脉中。进入街道后车辆明显增多。这条东西向的街道似乎很长，经过一阵运行，突然变道拐上另一条大街。这条南北向的街道似乎更直也更宽，街道上的车辆却少了起来。

要到哪里去？她轻声询问。

他说，随意走吧。

总得有个大方向嘛。

到人少的地方去。

她想了想说，那就继续向南，那里的人相对较少。

车子在马路上匀速运行。一辆辆大小不一的车辆从后面赶了上来，又迅速超越。他们目视前方，随心所欲地游走，不知道要去哪里。过了一阵，向左拐入一个小巷。小巷车辆很少，车子随即停了下来。

她的目光从远处的前方移向身边的他。专家则情不自禁地伸手握住已经从操作状态中停顿下来的手。她的手指很细也很长，他们十指相扣紧紧地握在一起。

专家控制不住自己，他说，其实我一直特别喜欢你。这是他鼓足勇气，第一次说出这样的话。说出后，心里舒坦许多，也体会到主动表达的奥妙，冲淡由于过分严谨而郁积在心中的阴霾。

她一双大而圆的眼睛在镜片后面仔细观察，判断他所说的话是否真实。是真情表达，还是在揶揄开玩笑营造氛围。

俄顷，她的神情转为喜悦，慢慢将脑袋伸了过来。她的眼睛轻轻合上，把一个幸福的时刻送给正处在焦灼状态的人。他则主动地迎了上去。他们的嘴唇轻轻地贴在一切。

瞬间的幸福随即停顿下来，她的眼睛睁开了，静静地看着。

突然，她机警地提醒说，后面来车了。她说，现在的人都聪明得很，不要让人家发现车上有可疑的情况。他们正襟危坐，等待那辆烦人的车辆通过。专家弄不清她在这样的状态中，怎么还会留意后面车辆的到来，这几乎不可能。

车子过去了。她指着路边的路牌说，你看这条街名多怪，叫锅墩巷，好奇怪的名字。她语气充满兴奋。专家认真思索这个叫锅墩巷的地方，一下子还弄不明白为什么在现代化的城市中还有这样乡土气息浓郁的街名。

这是个有纪念意义的地方，要记住。她说。

会记住的。他回应她的话。别人不会以为我们在这里车震吧。他又开起玩笑来。

我们是纯洁的，与那些乌七八糟的事无关。她坚定地说。

说着，有辆车子远远地迎面而来。她说，这里不安全，还是再往前走走吧。于是稍微整理了一下，便松开手刹，车辆又开始缓慢移动。

专家仔细看着她，她手握方向盘镇定地目视前方，并不时地观察后视镜，判断有无车辆跟踪。楼群不时地从眼前晃过，车辆则一辆接着一辆从旁边驶过。偶尔，有好事的司机在擦肩而过的瞬间，好奇地向这边窥探。他们则漫无目标地游动着，仿佛坐着诺亚方舟飘动于大海上，也像躲入一个流动的驿站里，在纷扰的世界里享受片刻宁静的时光。

运动悠然而神秘，似在时空的隧道里缓缓穿行。车子进入大街后不久，又拐进一个小的巷子里。她风趣地说，我们这是在考察城市建设呢。说着，她又伸出手来，与他紧紧相握。

看她单手操作，专家心里不免感慨起来，感慨她的技术娴熟也感慨城市变化的巨大。他说，我离开时间并不长，这里已经完全改变模样。她说，其实我也没来过这里。不是因为你，可能永远都不会到这么偏僻的地方来。说着，他们在行进的车子里靠得更近了。

在一个小巷里停了下来，她像个机警的侦察员，前后左右张望着。她说，现在的闲人多得很，他们也许此刻正躲在高楼的某个地方，无聊地用望远镜四处张望，我们绝不能让这种人逮个正着。

专家佩服她的细心，正说着，车子已远离高楼，正好停在四周低矮之处。路边用篱笆罩着，仿佛里面还没有完成施工。他说，这篱笆后面说不定就藏着人，也不能对他们掉以轻心。她听后神秘地笑了笑。他们静静地坐着，目视前方，谁也不说话。

坐了一会儿，她的表情变得有些凝重，痴痴地盯着前方不说话。专家感觉好像有些不对劲，只是不知道她想到什么。

正踌躇之际，她说，我们总不能一直欣赏这个城市吧。

耽误你的午休时间。他有点歉意地说。

这倒没啥，马上到上班时间，下午还要开会。

你说的两点半的会议？我也参加呢。

那咱们该回了。

他还是有些依恋不舍地看着她。

她重新启动车子，他们开始往回返。

炎热的中午，他在飘忽的状态里度过。感谢上苍，提供难得的惬意时光，让他把所有烦恼都撂在脑后。

快到单位时，她说，劳驾你在这里下车，要是把你带到单位里，别人会看热闹的。

那是自然。说着他下了车，在路旁直立。她在车里看着，随即招了招手，车子开始启动。目送她离开，直到车子从视野里消失，他一动不动地站着。

专家沿着马路往单位走。他的心里始终平静不下来，憧憬短暂而幸福的瞬间，规划前途未卜的将来，过去单位里那些烦人的事竟一扫而光。心里既澄明安详又忐忑不安，在回味甜美的瞬间时，他似乎发现一丝不甚明了的东西。尽管刚露出端倪，就让他隐约不安。

进入会议室，大家已经坐好，等待会议的开始。他主动上前与大伙儿打招呼，大家也热情地迎接这个挂职者的归来。

他瞥了一眼，她坐在一个角落里，正悉心观察他的一举一动。他们仿佛什么事都没发生一样，心如止水，镇定自若。以前怎么没有这样的发现呢。他在不停地拷问自己。

拾壹

再次临近固原，已是春夏之交。气候温润许多，不是当初冰雪严寒的模样。一路上，专家仔细欣赏这个带有神秘色彩的地方。清水河左右缠绕不离不弃，虽然现在的水量充其量只是小溪的规模，但是河床依旧，台地依旧，整个流域的情势并未改变。

据说清水河原来的水量很丰沛，可以行船，如今只能想象那时的繁华情景。不知何时，水量突然变小。现在除了夏季的暴雨，才有汹涌澎湃的景象出现。平日里只有汩汩细流，在宽阔的河道里时隐时现几近于无。

平阔的长川里，过上一阵就会出现一个村庄，它们大分散小集中，团聚在河道边广袤的土地上，与山川大地融为一体。农家的屋顶好像做过专门的设计，要么清一色的蓝色树脂瓦，要么绛紫色的树脂瓦，色调非常规整。一片又一片不同色彩的农庄出现在清水河两岸，整个长川宏阔大器，景色旖旎。走上几个小时，走不出彩色的世界，也走不出这宽阔的川道。

两条隆起的山脉在舞动，犹如两道粗犷的线条，在宁南大地写下浓重的一笔。它们南北向排列绵延百余公里，时而靠近，时而分开，显得非常流畅。两山之外，更是绵延的群山，虽有起伏，但并不雄浑高耸。它们的作用只是陪衬这两条山脉，使其更加流畅、夸张、遒劲有力。

在两条山脉的合拢处，也就是这个川道要塞的边缘处，形成一个城市，这就是固原。固原从建城至今，已有两千多年的历史，一直扼守在关塞要道，纹丝不动。

一位学者慎重地说，你看看地图，一目了然。如果突破固原，整个甘肃就成了被切断的臂膀，而通向长安的门就轰然洞开。固原曾如同帝国的咽喉。这位学者兼具军事家的气质，知道看地图，在地图上一眼就看出固原的重要性。毫无疑问，这个城市的形成正是因为所处位置的险要，在于两条山脉突然间合拢。从一开始，它的功能定位就与军事相关，人们熟知利用天然屏障进行军事防守。

所以，除了遍布各地的土堡，从古至今留下许许多多传奇故事。古堡烽燧相望，故事绵延不绝。这条长川中的村庄地名，也毫不含蓄地带有军事性质。由头营村一直排到七营村，它们在固原周围，形成一道完备的防御体系。直到现在，人们依然使用这种具有军事建制的名称，让从事农耕的人，从心里始终放不下保家卫国的重任。历史的积淀与负荷，可见一斑。

临近固原，虽说仍在长川里，其实已上到高原。这种缓慢攀升的过程，若不留意，还真感觉不出来。专家好奇地欣赏周围的一切。一排排网格状的柳树纹丝不动，树冠连着树冠，形成绿色屏障，好似亚拉河在广袤的平原上穿过的情形，静谧，安详，将人们带入遥远的过去。

此刻专家的心情特别好，不知怎么，看到这些繁茂安详的大树，心情就大不一样。这里的风景是绝妙的，完全可以入画，只可惜没有这样的天赋。否则，他会停下来，将这里的风景定格在自己的绢本里。

这次回到首府是愉快的，冷却多年的感情开始激活。苏瑾的落落大方超出他的想象。她以前不是这样子，文静中多少带一点怯懦。现在，也就刚刚离开两三个月，她已完全改变模样。他有时怀疑自己，是不是判断出了问题。

她能够敞开心扉说出自己的想法，这在以前是不可想象的。他也是一下子变得落拓不羁，连自己都没想到，或许由于时空的变化，完全改变原来的一切。现在他的心里踏实了，终于有了可以寄托的东西。

正思虑着，熟悉的情形又出现在眼前。两边跟随几个小时的山脉，此刻发生很大改变。极目远眺，两条山脉在前方合拢起来，形成一个巨型的围堰，这说明固原马上到了。它就坐落在围堰内的高地上。这样一个特殊的地势，构成固原的前世今生。

继续前行，西南东三边围拢的高山屹立眼前。它们是有名称的，从西到东依次为马髦山、白马山、九龙山、黄髦山、东岳山，将固原牢牢地围拢在一个巨型盆地之中。北边虽说没有高山，而长城梁替代这一角色。它虽说不高，属于丘陵地形，但作用巨大。这样一个组合，将固原完整地守护起来，使其军事要塞地位臻于完美。

刚出高速公路，眼前的情景让专家惊诧不已。距离高速公路不远处的十字路口中间，一巨型的红色大雁塑像高高耸立，像一团火炬在熊熊燃烧，象征固原欲展翅腾飞。雕塑周围从多个方向汇集而来的车流在这里转圈分流，寻找自己要去的方向。车虽很多，繁忙却有序地运行。

塑像后面不远处，古雁岭拔地而起。这座城中的小山，就像海中的孤岛一样稀奇珍贵。你想，被四山围拢的高原盆地里，突然出现这样一个小山峰，那肯定是上天的特别眷顾，还能有啥别的解释。

固原被称作山城，新老城交界处的古雁岭功不可没。固原新区建设前，它还突兀在城的西部。那时候，固原是城在山中。最近几年新区建设异军突起，城市框架拉开了，古雁岭被纳入其中，自然山在城中。

现在，古雁岭已被打造成为一座城市公园，每天都有很多人来此休闲锻炼。在这里，不仅可以俯瞰固原鳞次栉比的建筑群体，还可享受大自然带来的无限惬意。

古雁岭上的古雁塔高耸入云。夜幕降临，华灯初上，整个固原城在灿烂的霓虹灯映照下，格外妖娆迷离。夜幕中被各色灯光点缀的古雁塔华丽辉煌，羽翼般扩展的飞檐，传送阴晴的风铃，洋溢着既古朴又现代的气息。在这里，虽说有些时日，但从未像今天这样激动兴奋，心中难平。

据说，这个古雁岭的名称是有来头的。

辽宋时期，宋军此地的城池被辽军围攻了几天几夜，城墙上的大旗被辽军射落，城中守军士气不振，辽军伺机大举进攻。此时，从北边天空突然飞来一只大雁，将断旗叼起，重新放置城头。城内守军见此情景军心大振，城外辽军将领也以为这是天意，便撤了兵。

一只大雁救了一城百姓，从此人们就把这个城作古雁城。城边的山也因大雁栖落过，自然就叫古雁岭了。如今，人们为了纪念这只大雁，在古雁岭下树立一座古雁雕塑，象征固原的经济腾飞、社会发展。

古雁岭已建成城市森林公园，是宁夏最大的城市中心公园。它造林面积近八千亩，栽植树木有雪松、油松、落叶松、白蜡树及桃树、杏树等三十余种。古雁岭南山门处，建有一座气势恢宏的古雁岭牌坊，岭中建有回廊及拱形上岭桥，岭上建有雷公庙及观景台等。登临古雁岭，满眼苍翠，生机勃发，景色秀美，如今这里已成为市民游览观光的好去处。最近，建设取得新的进展，景观绿化、登山步道、土方水系、景观灌溉、游园广场硬化、景观亮化工程已经完成，建设规模两千多亩。建成主轴景观道及登山台阶，园路座椅悉数配套，以山形走势设置游园广场、假山叠水、主题雕塑，点缀风景石及木质四角亭，形成生态和谐、环境优美，集观赏、休闲、健身、娱乐为一体的城市中心公园。

山下的古雁公园里，金叶榆金灿灿、黄澄澄，沿着步行小道一路跟随，这样的色彩将城市装点得格外高贵醒目。还有风情万种的紫穗槐，它一团团、一簇簇地出现在树冠里，远看是个整体，近看则由无数细碎的紫色花瓣组成，就像无数小铃铛在风中不住地摇曳。

专家慢慢行进在这个色彩绚丽的世界里，他的心里充满蜜意与柔情，与这多彩的景色融为一体，完全一派明媚景象。

专家深切感到，又回到这个城市之中，随着了解的日益深入，开始对这里产生极大兴趣。与初来乍到时的心情迥然不同，他的心中溢满喜悦。这喜悦来自内心，也来自这个他将要认真拜访学习的地方。

拾贰

回到山城，专家没有忘记吴老先生的教诲，他要去瓦亭峡看看。这条峡谷，囊括固原的大部分历史，丰富得有点不可想象。面对如此厚重之地，不可能一下子全部了解，只能选择偶尔触碰一下，以期慢慢了解如此神秘的峡谷。

瓦亭峡，亦称萧关，历史上早已声名远扬。这条峡谷里最早记录的是周朝军队与西戎来回穿梭互不服输的历史，最后周朝军队将西戎赶往瓦亭峡以北的地区。

秦始皇统一六国，将各戎统一于郡县之中。登鸡头山，过回中道，炫耀自己的文治武功。可惜好景不长，秦二世时，农民起义，楚汉相争，边务废弛，匈奴趁机进犯。刚刚统一的王朝，遇到新的麻烦。

公元前 200 年，刘邦率 30 万大军北伐匈奴，但被匈奴打败。汉文帝时采取和亲政策，并伴之以厚礼，安抚匈奴，事情才算暂时平息下来。但是，安抚并不能满足匈奴的欲望。30 年后，老单于的儿子再次进犯关中。这次，他带领 40 万大军，比他的老子还要凶狠，侵入朝那萧关。据记载，一次有 14 万匈奴涌入瓦亭峡，北地郡都尉孙卬拼死抵抗，可惜最终也没能保住这条峡谷。

汉武帝即位后，移民政策加紧推进。同时，析北地郡分设安定郡，郡治高平。高平，就是今天的固原。安定郡辖 12 县。从行政上强化地方政权，加紧移民开发，国力得以迅速增强。

汉武帝曾带领人马登临崆峒山，北出萧关，后又进入河套巡视。大文学家司马迁也一同随行。此后 25 年间，汉武帝先后六出萧关，巡视边塞。

著名史学家司马迁，记录下峡谷中发生的惨烈战事，并载入《史记》之中。

汉武帝北巡时在萧关查看地形，悼念孙卬的丰功伟绩。司马迁在《史记》中多次提到“北地都尉卬”，并将孙卬的丰功伟绩当作重大历史事件载入史册。

汉武帝雄才大略，为江山稳固社稷安宁，屡派卫青、李广、霍去病等大将穿过瓦亭峡，抗击匈奴。称雄一时的匈奴，被赶往漠北。从此张骞出使西域，开启丝绸之路。这条峡谷又暂时安宁下来，成为帝国对外贸易的大通道。

西汉末年，史学家班彪北游安定，专门凭吊孙卬。111 年，羌人南下，东汉王朝自秦川发兵，交战于瓦亭峡。烽火烈烈，刀飞戈舞，鼓声低沉，战马哀鸣，横尸河旁。《乐府诗集》载：“陇头流水，鸣声幽咽。遥望秦川，心肝断绝。”羌人的凶猛绝不亚于匈奴，他们占据西南，又把势力范围扩展到西北。

从秦朝到唐朝，瓦亭峡里不乏入侵者的踪影。可怜的瓦亭峡守关之人，对于发生如此之多的战争，他们疲于应对，甚至都弄不清是哪个少数民族又准备突破关隘，进入关中。

在一个天色有些昏暗的下午，专家赶往萧关。在这之前，他认真查阅各种书籍，寻找这里的神奇所在。萧关峡谷包括瓦亭驿站、三关口等关口要塞，还有金佛峡、弹筝峡，个个都是重量级的地方。在史志书籍中的发现令人神往，在这个阴沉的下午，他如愿以偿。

进入峡谷时天空开始下雨，峡谷里雾岚缭绕，细雨蒙蒙。这样的天气，的确带来不一样的感受。雾锁山头山锁雾，半世浮沉雨打萍。不知怎么，专家忽然想起这样的诗句。是感叹自己的命运，还是对这个心仪的地方寄托太多的期望，面对如此峡谷，如此云雾，他有些不能很好地控制自己。

细雨飘飘洒洒，古峡冷清异常。寂寥空谷，阒寂无声。专家屏气凝神观察这个被史书渲染得非常神秘的地方，睁大眼睛在峡谷里寻找曾经的过去与辉煌。

峥嵘岁月早已远去，十里长峡静寞如斯。阴天小雨，光线有些暗，位于群山之间的峡谷，看上去有些落寞，似乎并没有传说中的那么险峻。如果不知晓这里的历史，是无论如何也看不出名堂的。

泾水清澈，潺潺流淌。在河边，能听到河水流动的声音。这条河也叫颉河。颉河流经峡谷的窄狭之处，就是三关口，因为水流有声，宛若风过罅隙，产生诸如弹琴似的美妙效果，史书上所说的弹筝峡，因此得名。

弹筝峡承载太多的记忆，它的历史与它的名字同样美妙。无数王侯将相把金戈铁马的影子留在峡谷里，把鼓角争鸣的故事流传下来。峡谷南北两端重要的关口，在岁月里静静地相望，它们没有因为和平年代而忘记曾经的纷争。

北端是历史上著名的驿站瓦亭驿。它是驿站，也是城堡。四周的城墙仍清晰可见，左右两边的城墙从谷底一直升至山巅。烽堠遍布，其雄阔之势犹存。历史已去，但它的神韵并未完全散去。

这是个集信使、邮差、守城将士、商贾为一体的城堡。城堡很大，可以想见当年的繁华情景。今天，古城堡里住着一个村的居民，仍叫瓦亭村。历史已脱胎换骨，这里的关隘失去意义，但人们不改初衷，似乎仍在守护着什么。

南端是著名的关隘三关口。峡谷到这里突然变窄变陡，有一夫当关万夫莫开的意思。这是整个萧关的中枢所在。

由瓦亭沿泾水往三关口而行，两面双峰对峙，泾水中流，越是前行，景观越是奇秀，但见山势崎岖，峭壁迂回，峰回路转。碧绿高耸的山峦，与回转赋形的水流相映衬，一派诱人景致。蜿蜒东去的泾水流至三关口，清风吹来，其声如古筝般轻幽荡远，韵味深长，清越可闻。

两边的峭壁上有开凿的痕迹，半山坡上有庙宇，还供奉着佛像。关口南边的山坡上，有几座小庙一直延伸至高处。看样子很是古旧，特别有年代。

正仔细端详着，忽见山坡高处有座庙宇，好像正在施工。屋顶上有一干活的人正探着脑袋向下察看，影影绰绰的，给人一种不很真实的感觉，一时难辨虚实，在这个静寞的山谷里是那样奇异神秘。

瓦亭，这个久负盛名的关口要塞，如今只是一个尴尬的存在。它依旧坐落于昔日的辉煌之处，由于时过境迁，沧桑巨变，已经失去原来的意义。

瓦亭村庄不大，但盖满房子，住户连着住户，形成一条条南北向的简易街道。高低不平的街面上，门窗紧闭，很少碰见村子里的人，甚至没有玩耍的小孩。

临近黄昏，专家突然从大路拐进这个有些寂寞的村庄，想体验一下穿越历史的感受。但他注定是失望的，没有人欢迎他，甚至连看上一眼仍然生活在这里的人的长相模样，都变成一种奢侈与妄想。

天色有些阴暗，对面的大山苍茫中浸透黧黑，仿佛要扑压过来似的，与身后的这座大山，合谋着要将这个小小的村庄迅速吞噬掉。

这种时候，应该能感到古代关隘要塞的威严与阴森。而此时此刻，专家更多的感受是压抑。他弄不清楚这压抑来自过于厚重的历史，还是来自面前这些威严的大山，或者由于见不到一个可以看上一眼的人。

独自在极度冷清的街上行走，为这个村庄的寂静感到酸楚。难道历史真的已彻底翻页，不再留下任何值得回味的东西。

正踌躇之际，街道上出现一个女人。她的肤色有些黑，当发现街上出现一个怪异的陌生人时她立马停下，机警地打量着，揣测他到底要干什么。

专家正考虑要不要上前与她打招呼，只见她倏地一闪，从街面上迅速消失。面对重新空无一人的街道，专家怀疑是否是自己的眼睛花了，竟然产生幻觉。眼前突然消失的这个人，如同这个村落一样神秘莫测，难以捉摸。

古代热闹的关隘，如今已经沦落成这副模样，让他有些伤感。走出这条不很长的街道，他没有停留，拐入大路向着更深的峡谷走去。这时，天色更加昏暗起来。

专家一直想着街头倏忽一闪的女人。经过认真思考，最后认定那是一个真实的存在，并非幻觉。她为啥要躲闪，不愿与陌生人接近，这个问题引起种种猜测。

可能蜗居古老关塞太久，已经习惯与厚重苍凉的大山对话；也可能对男人本能充满敌意，才让她如此警惕小心。历史上攻关掠寨杀戮不止的，就是这些血性男人。他们有时受人驱使，不得已而为之，也有的人天生就喜欢干这些冒险的事，视生命为草芥。所以，历史的记忆、现实的选择，让她本能地选择躲避。

也很奇怪，专家遇到从这里走出的人，好几个都说父亲已故，母亲至今仍活得好好的。刚刚看了一首有关描写此地的诗，诗写得不错，有对这里春天的依恋，但更多的是写对父亲的怀念，对黄土坟茔入木三分的刻画。联系到刚刚慌忙躲避的那个女人，专家隐约得出这样的结论：此地克男极甚，无论先前激愤战死，还是后来无故亡命，都与这个怪异的地方有关。这条极窄的峡谷里，鬼影幢幢，阴魂不散。历史已过千年，总体情形并未得到根本改观。

他边走边回望这个奇异之地，此时夜幕已经降临，不知不觉间加快脚步，似乎要尽快逃离这个不祥的沟壑。他的这一举动，是自己无意间发现的。当对自己的举动有清晰的意识时，他的心头莫名产生笑意，便故意调侃了一下，还不至于吧。之后，他开始从容离开这个峡谷。

萧关，这个峻险的关隘，它的存在，对秦帝国、汉帝国、唐帝国的都城长安意味着什么？它以边关将士、普通百姓的流血及生命的陨落，维持帝国的繁荣与享乐。当灾难一次次来临时，他们舍弃一切守在关隘上，屹立在城墙上，等待殒命的那一刻。而它所悉心维护的那个朝廷、那些人，可能还在夜夜笙歌，沉湎于无度的享乐中，不会想到边关寒冷的城墙上，还伫立着这些随时都会送命的人。

生命就是坚守。这是他们一经来到这个世界，就形成亘古不变的生存准则。千百年来，不曾更改。

曾几何时，时过境迁，当边关要塞逐渐失去防守抵御的功能时，这些边关将士，当然更多的是生存在边关的百姓，有谁会去关心他们的命运。边关不存在了，边关上的人还得生存。历史，已将他们紧紧地箍扎在这里，不能动弹。

边关上的人仍然习惯于坚守，并把这一优秀品格世代传承。自己也弄不清在守望着什么，是希望这一失去功能的边关再次启用，让他们重新回到颓废的城墙上，好再次为国尽力，还是希望战争永远不再发生，好让他们一直过着这种平静安宁的生活，即便这种生活冷酷孤寂，令人难耐。

然而，历史是冷漠的，他们早已被遗忘。当进入千帆竞发百舸争流，靠充分显示自己、追求利益、比拼挥霍才华的时代，他们落伍了，只能眼睁睁地看着炫目的一切，他们没有别的选择，只能干守在这里。

他们要生存，不断适应这个多彩的社会。然而他们的性格里，由于天生的边关情结，除了淳朴善良外，还明显存有生硬与古板，因此也多了一些耿直与倔强，有些人还出现“一根筋”问题，与这个逐渐软化的世界，是那样格格不入。

拾叁

洪专家，听说你去了萧关？王贵问。

对，昨天去了。洪专家说。

你是天马行空，独来独往呀。

听老王话音不对，专家急忙说，看你忙，就没打扰。

我忙啥呢，孽障的。

王贵话里不满的意味越发强烈，专家心中不是滋味。

对不起，老王。是我疏忽了，请不要放在心上。

听专家这么一说，一直叫劲的老王突然软了下来。他说，那闲着呢。本来萧关那地方，我去得不爱去了，原本是想和专家一起去，没想到事物还落空了。你欠我一次，下次要补上。

下次一定不能再犯这样的错误。专家的回答很肯定。

有件事征求一下你的意见。昨天我去文化馆办事，听说人家准备最近到东边山区收集民间故事。那里与甘肃陇东接壤，更靠近中原地区，民风淳朴，文化很有特点，有古长城遗址，民间文化也很发达，你愿意去吗？

专家一听就兴奋了，他急不可耐地说，这是求之不得的。那边还有古朝那县、百泉县遗址，我们结伴而行吧。这件事就拜托你了，千万别把我落下。

放心吧，不会的。

稍微停顿了一下，专家问，陇东是指陇山以东地区？

对，相应的还有陇西、陇南等。

我们这里也属于陇山范围？

那是肯定的。陇山的主峰是六盘山，六盘山就在我们固原境内。因为陇山区域很大，横跨陕甘宁，所以从古至今，几个省都在争。现在形成比较一致的看法，大陇山、大关山就是指六盘山。按照方位划分，我们在六盘山以北，应该叫陇北。但是，从来没人这么叫过。

那叫什么？

就叫六盘山，陇山的范围实在太大了。

哦，知道了。那我就等着去陇东。

几天后，他们出发了，一行四人。

除了专家与王贵，文化馆还来了两个人。专家意外地发现蔷虹也在这个队伍里，另外还有个文化馆的小伙子。

距离上次到文化馆已经几个月了，蔷虹留在记忆里的印象是深刻的。尽管没有再见面，但他始终忘不了她那清丽的形象以及与众不同的气质。

上车后，蔷虹坐在后面，风采依然。

蔷女士，还记得我吗？

记得，你是来方志办挂职的洪专家。

专家谈不上，人家抬举我才这么说。

专家就是专家，还客气啥呢。王贵说话了。

唉，浪了个虚名而已。

能浪上虚名也不错。

王贵的话引得车里的人大笑起来，蔷虹也跟着笑了。

老王，你知道现在网上咋调侃的？

不知道，你说说看。

网上说专家是码砖的家伙，教授是叫喊着的野兽。

车里再次酣笑起来。大伙儿纷纷说道，还是专家幽默，懂得多。一路上，他们沉浸在快乐的氛围中，欢声笑语不断。车子出城后，开始向东南的山坡缓慢爬行。

突然，在东山坡的路边跑过一只灰色的鸟。它体型扁瘦，尾巴有点长，边跑边“咕咕”地乱叫。

王贵见状来劲了，他煞有介事地说，看见路边的那只鸟没有？

大家说，看见了。

叫啥名字？谁能说出来。

好像是鸽子。

不对，我们土话叫它斑鸨鸽，其实就是斑鸠。

听见它怎么叫来着？

听见了，好像是“咕咕”地叫着。

不对，是“咕咕——等”，你们把最重要的没有听清。知道为啥“咕咕”以后还要“等”呢？他再次把问题抛给大伙儿。

不知道。

你们想听不？

你快说啥。蔷虹有些着急了。

蔷美女想听，那我就说了。

相传很久以前，有个秃头女子是仙姑。她虽说面相好看，可就是不长头发。她对别人隐瞒了实情。秃女子有个侄女，她们一直在一起。她梳头的时候，从不让侄女看，她侄女也不知这么多。这个秃头仙姑闲时就捻线，线捻得特别多，缠成一轱辘。

有次她梳头的时候，不小心让侄女看见了。她跑回去告诉她妈说，她姑姑在窑洞里梳头，长着一头漂亮的黑发。

她妈说死女子，胡说啥呢，你姑姑一根头发都没有，咋梳呢？显然，她不相信女儿的话。

不信你去看，这阵子正梳呢。说着，她二人跑去看个究竟。她们从门缝一看，果然炕上坐个乖女子，头发黑得不得了。原来，她戴了个头套，梳头时取下来放在膝盖上。梳完后，把头套往头上一戴，又成了个秃女子。

秃女子也有道行，知道事情瞒不住了，再不能留在人间了。她晚上给侄女说，女子，我准备走呢。你想来，就拉着这疙瘩线的线头来寻我。

侄女听姑姑要走，天不亮就赶紧打扮。突然听见姑姑说了一句，我走了。侄女正穿裤子，还有一条腿没穿上，赶忙喊，姑姑，等等我。跑出来时，就不见姑姑的踪影。看不见，喊不应，侄女一下子就气死了。

她死后，就变成一只斑鸨鸽。每天从早到晚不停地喊着“姑姑——等，姑姑——等”。这斑鸨鸽一个腿上长着毛，那就是穿上裤子那条腿变的，另一条没来得及穿腿子，变成这个没长毛的腿。

王贵刚说完，开车的师傅就说瞎编的，哪有这么神。

专家听得很来劲，他连忙说，有意思，有意思。他见蔷虹此刻神情凝重，似乎已经沉浸在这个故事之中。就问蔷女士，你是这方面的专家，这个民间故事靠谱吗?

蔷虹怕自己的情绪让别人看出来，急忙说，这是地道的民间故事，非常精彩。停顿了一下，她又说，王老师，你有这么好的故事，我们何必要到乡下去收集，讲给我们听就是了。

王贵连忙说，那不一样，我也是从这个地方听来的，可能说得还不生动。

够生动的了，还有吗?

不能乱说了，否则蔷美女就要怪罪我了。

你还挺在意美女的。

那是肯定的，就像你一样，美女也是专家呢。

大伙儿齐声笑了起来。

车子行进在通往塬上的道路中。黄土大地上山岭沟壑，无穷无尽，仿佛翻腾的波涛大海，跌宕起伏，难以平静。

突然，车外传来隐隐约约的歌声。大伙儿屏气凝神，仔细倾听。

十八条骡子走泾阳，
哪一条骡子稳当?
这一个尕妹妹好模样，

哪一个庄子的女相？

不见人影，一个男子的粗犷声音在山沟里回荡。

十八条骡子走泾阳哟，
头一条骡子稳当。
尕妹妹是山里的蕨落秧哟，
高家庄里的女相。

紧接着是女子的回应。

泾阳的草帽十八转呀，
大红的系腰分两转。
生下的俊来长下的端，
尕妹妹是才开的牡丹。

男子的爱意表达得很直接。

泾阳的草帽往前戴，
恐怕高家庄的雨来。
年轻的阿哥哥尕妹妹的爱，
哪一个庄子的人才？

这个女子也不示弱，跟着男子一唱一和。二人的对唱在山沟里久久回荡。

这是在对歌？专家问。

八成是有情况了。王贵神秘地说。

有啥情况？专家问。

这个还听不出来，是互相对上卯了。

对上卯了？

我说得不洋气，就是榫卯相对应。按照你们城里人的说法，就是对上眼了。对不对，蔷美女？

你懂得多，我咋知道呢。她有些娇嗔地回了老王一句。

这里荒山野岭的，人们生活得还挺浪漫。

你不知道，这荒山野岭怪寂寞的，大伙儿全仗这个活呢。

那也太夸张了吧。

车里又出现一阵爽朗的笑声。

蔷美女来一个，好不好？王贵提议。

我唱得不好。蔷虹急忙说。

谦虚啥呢，给人家洪专家留个好印象行不行？王贵的话有些不容置疑的味道。

真的不行。她说话的声音很细。

专家你说咋样。

特别期待哟。

蔷虹镇定一会儿说，唱得不好，那就助兴了。

园子里长的是绿韭菜，
不要割呀，
你叫它绿绿地长着。
我的阿哥呀，
你不要割呀，
你叫它绿绿地长着。
哥是阳沟者妹是水，
不要断，
你叫它慢慢地淌着。
我的阿哥呀，

你不要断呀，

你叫它慢慢地淌着……

她的声音轻柔、尖细，充满浓烈的感情，在车里车外回荡。

哇，正听得起劲呢，咋就停了？还说不会唱，比那些专业歌手都唱得好。王贵又一次开腔说话。

过奖了，就会这么几句。蔷虹的话，听起来总有种轻柔妙曼的味道。

专家慢慢从她的歌声中回过神来，他连声说，太美妙了，原来花儿调还能唱出这么动人的效果。

看谁唱呢。王贵说。

你说得很到位。

他们就这个话题，议论了很长时间。

接近塬畔时，王贵说，你们往后看。

几个人齐刷刷地转过身子，只见山梁上出现一道走向明显的高出山脊的轮廓。虽说年代久远，已与大山融为一体，但还能看出这是人为设计的东西。

知道这是什么？

不清楚。

这是古长城。

古长城？

对，是战国时代的秦长城。

啊！专家兴奋得叫出了声，并一个劲地盯着看。

你停车，让专家下去好好看看。

车停在路旁，他们下了车。

这长城，与固原城北的长城是连在一起的，从山下一直蜿蜒到塬上。站在这里，向东西两边看去，它们浑然一体，虽历经沧桑，但气势犹存。

你有福气呀！现在能看到这么早的长城，恐怕没几个人。

你说得对，跟上你们，真的让我大开眼界。

在崇山峻岭中，这道两千多年前的长城，绵延起伏，气宇轩昂。古人的气魄与胸襟，远远超过现代的人。他们用智慧与勇气，把自己的想法写在苍茫大地上，并留存于历史中。

这里的城墙与后来所筑的城墙不一样，那些大多是明代所筑，这里的战国秦长城是秦襄王所筑。所阻挡的对象也不同，这是为抵御匈奴南下，后来的城墙是为阻挡鞑靼南下。现在太平了，这些都变成珍贵的历史遗存。

你说得特别到位。专家再次夸奖王贵。

哪里，还差得远呢。要不要听点孟姜女哭长城的唱段？

太需要了，你会？

我不会，文化馆的这个小伙子会。王贵对一同来的小伙子说，你就唱几句吧。

那小伙子不肯唱，经老王再三劝说，他还是不唱。他说在荒山野岭上唱歌人家笑话。

王贵急了。你刚才上山时听见对唱没有？人家咋就不怕笑话？

见小伙子还在犹豫，蔷虹说，你就唱上几句，让人家专家点评一下也好。

奇怪的是，蔷虹说完，这个小伙子就开始唱了。

秦始皇无道打边墙，
将万郎打在长城上。
孟姜女千里送衣裳，
白头老翁对她讲，
他言说万郎丧无常。
孟姜女闻言两泪汪，
她一声哭倒数堵墙，
滴血入骨将夫认……

小伙子高亢的唱调，在山谷里回荡。他的唱词悲壮苍凉，将气氛推至高潮。大家沉醉在历史的博大浑厚与冷漠无情里，心里说不出是个啥滋味。

这时，蔷虹开始解说起来。

传说孟姜女新婚燕尔，丈夫万喜良被抓去服徭役，修筑万里长城。秋去冬来，不见回来，孟姜女千里迢迢，历尽艰辛，为丈夫送衣御寒。谁知到了城墙下，听人家说丈夫屈死在工地，还被埋在城墙之下。

孟姜女悲痛欲绝，指天哀号呼喊。她的行动感动了上天，哭倒了数段长城。她找到了丈夫的尸骨，用带来的棉衣重新妆殓安葬。因为此时正值农历的十月初一，所以后人们将这一天称为送寒衣节。这个故事在秦腔唱词中有生动感人的反映。万郎，就是指万喜良。

大家听得正过瘾，蔷虹的故事讲完了。

啊，这趟旅行真的没有白来呀！专家再次感慨起来。

走，上塬去。

在王贵的吆喝中，大伙儿再次回到车上，车向着塬上开去。有一阵工夫，大家都不说话，似乎还沉醉在刚才的情景中。

又过了一阵，大伙儿开始闲聊起来，话题轻松，不再涉及厚重的历史，车里出现其乐融融的情景。说话间，车子已上到塬上。

塬上刀切一般的平，极目望去，塬的四周清晰可见。在重峦叠嶂、沟壑纵横的黄土高原地区，出现如此平地是上帝赐给这里难得的珍奇宝地。初次来到塬上的专家，被这里平阔的情景所打动，他开通全身的接收系统，仔细体悟这个神秘的地方。

拾肆

站在塬上，视野开阔许多。人的视野开阔了，心情就变得舒畅起来，连呼吸也顺畅许多。一行人，站在塬上的一个村庄边，感受塬上独有的一切。

肆虐一个冬天的寒风，此刻已乖乖退去，代之以温暖和煦的春风。春风所到之处，树皮绿了，嫩芽探出头来，溪水开始汩汩流淌。北方塬上的春天，虽然比南方来得稍迟了些，但她照样清新可爱、妩媚动人。

极目望去，整个旱塬一片绿油油的景象。这里种植大片的冬小麦。春寒料峭之际，冬小麦就像绿地毯似的，铺在冰凉的大地上，村前屋后，一垄垄地展开。柳树的枝条随风飘摆，黄色的嫩芽随着枝条荡来荡去，一副俊俏模样。

专家，你看这里的景色咋样？王贵有些挑衅地问道。

固原海拔较高，气候寒冷，山势险峻，易守难攻。这里气候温暖，景色美丽，视野开阔，一派祥和斑斓的情景。虽说同属一个地区，还有很大差别。这趟旅行，让我对这里有了新的认识。专家说。

这地方靠近陇东地区，海拔稍低了些，气候多少有些变化，但是整个文化风俗还是一致的。说得绝对一点，整个陇山地区，文化的差异都不是太大。蔷虹回应专家的话。

哦，那我可能太敏感了。专家说。

人家蔷女士也是专家呢。王贵再次挑起事端。

在你的眼里谁都是专家。这样说，让人家洪专家不高兴呢。蔷虹回应道。

高兴着呢。洪专家也调皮地应合着。

你看看，人家都认账了，你还在这里胡搅啥。

我说不过你。

王贵嘿嘿地笑了。

他们正在塬上踌躇，这时大路上过来一个车队。它前不见头，后不见尾，像摆开的长蛇阵横亘在塬上。

起先专家没有在意，当这个车队没完没了地从眼前经过时，才引起专家的注意。他发现有坐人的班车，有拉东西的货运车，还有警车、救护车什么的，像个配套齐全的集团军，准备开赴前线一样威武雄壮。

这是哪里的人在搬家，咋这么多车辆？

就是附近村庄的。

过得好好的，为啥要离开？

他们的生存条件不好，才选择离开这里。

看看这塬上，还能说生存条件不好？

你只看到眼前，要是到塬边上看看，就知道他们为啥要搬家了。塬边上的大沟，深不见底呢。

他们是合计好一起搬走的？

哦，这是政府采取的有计划有组织的行动。这个计划很宏大，计划用五年时间，搬迁 20 多万，到川区或条件好的地方，从根本上改变山沟里人多地薄、贫困程度深的问题。

这个计划好宏伟呀！

我们叫生态移民与扶贫攻坚工程，它造福后代，利国利民。

这是德荫子孙的大工程。

近两年来，三级政府一直在干这件事。原定五年任务，争取三年就完成。

老百姓愿意离开吗？

咋说呢，故土难离嘛。你想人家世世代代生活在这里，突然要离开，去很远的地方，心里肯定难受。但是，这里的条件恶劣，他们受了不少苦。要想彻底改变面貌，还得走出大山才行。政府照顾得好，也引导组织得好，因此外出闯一番天地成了大伙儿一致的共识。大家都争着去，但是名额有限，有的走了，有的暂时留了下来。

这确实是个壮举，会在历史上留下记录的。

这里的情况你是知道的。这是联合国粮农组织公认的干旱半干旱带地区，每平方公里承载达到 141 人，人口密度是国际公认的每平方公里承载 7 至 22 人的十几倍。加之水资源匮乏，人均水浇地不足 1 亩。千百年来，数十万群众在不适合生产生活的贫困地区苦苦挣扎。如何从根本上改变他们的命运，成为历届政府的难题。上级经过充分调研，才做出生态移民这样的重大战略举措。

以前有过这样的移民吗？

有，从来没有间断过。那是小规模的自发移民，政府也没怎么参与，老百姓愿意走就走了。

这次是有组织的行为？

对，还不是一般的有组织的行为。各级政府把它当作头号大事来做。将移民与恢复生态、扶贫攻坚、脱贫致富、综合治理统筹起来进行谋划。这个工程将彻底解决居住在大山深处群众的生产生活问题。

你想想看，这是个一举多得的事情。既能让这些人搬出来，换个新的生产生活环境，让他们尽快发家致富，又能腾出他们的耕种土地、村庄、院落搞绿化，扩大林区，涵养水源，净化水质，增加蓄水量，为生态建设做贡献。

这个决策肯定是英明的。专家非常感慨地说。

他们几个人站在路边，一直目送这个长长的车队缓缓通过。偶尔，车上的老百姓还伸出手来致意。他们则高举双手，欢送这些乡亲们远离故土。

此刻，他们俨然成为一家人，怀着依恋不舍的心情，把最后的温暖送到即刻就要离开这块土地的人。那一刻，他们几个都感到空前的肃静庄重，灵魂像受到洗礼似的纯净高洁。

车队在塬上渐渐消失。望着繁忙过后空寂下来的道路，他们几个都不说话，默默地为这些远去的人祈祷，祝他们一路平安，希望能尽快有个稳定的环境、舒适的家，好安放他们一时还平静不下来的心灵。

瞬间，他们的思绪飘散得很远。由这些离开故土的人，想到人的境遇、命运之类比较高深的问题。时光是温馨的，也是残酷的，它会把自己的影响施加于万事万物。所有的事物最终体现为一个过程，人也不例外，而且这个过程并不算很长。用不了多长时间，有的人可能已不复存在。所以，迁徙只是这个生命过程中的短暂转化，并不能从根本上逆转生命的进程。

一时间，大伙儿都变得深沉起来。

还是王贵反应快，他说，咱们一直站在这里，都把正事给忘了。王贵的话，将几个心情沉重的人拉回到正常的状态里。

他们来到塬畔上。塬畔西边的山坡上，住着一户姓张的人家。站在这户人家的崖畔上，眺望远去，对面起伏的山岭沟壑出现在眼前。这户人家的住宅选址非常高明，负阴抱阳，视野开阔，周围几十公里的情景都尽收眼底。在太阳快要落山前，西面遥远的山峰逶迤连绵，似笼罩在淡淡的雾霭烟岚里。这样的情景很迷人。

下面的院子很规整。里面有三间正房，两间厢房。他们刚到门口，一只黄色的大狗就叫着向外扑。一位年近六十的老人严厉地训斥这只狗，它仿佛听懂主人的话，不再对着陌生人乱咬乱叫，乖乖地趴在一边不再吭声。

这就是我们这里有名的花儿王张骞。当地文化馆的同志给大伙儿介绍。只见张骞胡须飘飘，精神矍铄，眼睛放光，有种仙风道骨的模样。他热情地将大伙儿迎进屋里。

这是上房的中间客厅。一进门，一张八仙桌摆放中央，两边配有两把古旧的椅子。上方是一张麻姑献寿画，两旁是一副对联。这一布局，完全沿袭中国传统的文化习俗。

旁边的空地上，围着一个长茶几摆了半圈沙发。茶几上摆满瓜子、核桃、柿饼一类的食品。另一边的空地上放着火炉，火炉上的水壶嗞嗞作响。能想象出来，平时花儿王张骞就坐在炉子旁，望着窗外的春景，悠然自得地品着酽茶，享受安逸的人生。

这是一个殷实的人家，专家暗自揣忖。

老张急忙让座，给大家分享茶几上的糖果，并吩咐自己的孙子赶快给客人倒茶。没几分钟，一杯杯热腾腾的酽茶摆在客人面前。

当地文化馆的同志介绍说，这就是我们这里的歌王，从年轻时就开始唱，唱了许多年依然在唱，热情不减当年。他既唱秦腔，也唱花儿，什么眉户剧，碗碗腔都会，需要听啥大家只管说。

老张笑笑说，唱得不咋样，喜欢热闹而已。

你先随便唱两首，让大伙儿兴奋一下。王贵说。

老张站起来，稍微调整一下，就开始唱了。

阳山嘛阴山山连山，
近山嘛连着个远山。
世上的花儿爱少年，
业障了没牙的老汉。

这是典型的花儿调。声音高亢嘹亮，似从腹腔中滚滚而出，在塬上回荡不息。唱声刚刚停下，大伙儿哗的一下笑了起来。

王贵说，你不业障，活得有滋有味的。

是真的不行了，人不服老不行。老张的话有些调侃的味道。

再来一个，大伙儿热切期待呢。

老张想了想，又开始了。

月亮上来亮上来，
你跟着月亮嘛浪来。
双扇扇门儿单扇扇开，
二阿哥你斜斜儿进来。

打开窗子看月亮，
月亮嘛晌午过了。
一把拉住叫哥哥，
你走的时间到了。

老张的唱词再次逗乐了大家。这首比上一首更直截了当，接近生活的本质。

专家悄悄问王贵，这些唱词好像表达同一个主题。

王贵说，你说对了，就是关于男欢女爱这个永恒主题。

专家问坐在旁边的蔷虹，你们这趟来就是专门收集这类民歌的？

蔷虹白皙的脸上突然出现一抹红晕，她不清楚专家要表达的意思，便委婉地说，民歌里啥内容都有，我们不刻意收集，当然也不会回避什么。凡是能反应劳动人民心声的都是好东西，也都在我们收集的范围之内。

蔷虹的话绵里藏针，噎得专家一时答不上来。其实，她误解了专家的话。他只是想借这个机会调侃一下，也有点套近乎的意思，没想到她却认真起来。

还是王贵反应快，见他们有些话不投机，就说，老张再唱一首带劲的，我们听完还要赶路呢。

老张根本没有意识到发生了什么，就再次唱了起来。他的声音越来越洪亮，好像已渐入佳境，也融入自己营造的氛围里。

大山根里的金泉水，
堵着堵着淌呢。
细皮白肉的尕妹妹，
搂着搂着想呢。

炸雷一声雨一声，
平地里起了浪了。
二哥一声我一声，
谁狠了把我挡了。

他的歌声刚停，王贵率先起身。他有些调侃地说，你老是二哥二哥的，哪大哥干啥去了？

大伙儿见王贵起身就跟着起身准备离开，老张热情地挽留，但他们还是执意要走。一直处于兴奋状态的老歌手，不知究竟发生了什么事。在他的演唱生涯中，这种仓促结束不能掌控局面的事，还从未发生过。

老歌手失望地将大伙儿送出门，目送他们上了塬。

刚离开老歌手，王贵就不屑地说，这么老了，心还花得不行。

蔷虹不同意这样的说法。你刚才还鼓励人家唱呢，怎么这阵就变卦了。

我怕当面说了，他一把年纪了，当场下不了台。

不就唱了几首花儿，你倒激动得不行。

我看是胡骚情呢。

他的话逗乐了大伙儿，也把逐渐升级的火药味给生硬地压制下去。他们不再争执这个，只管走自己的路。

这伙人从塬头上消失后，老歌手还站在那里张望着。其实，此刻距离进门的时间并不很长。大伙儿走了，这个一度热闹无比的院落重新恢复惯常的宁静。

专家一行来到一个小饭馆里，当地文化馆的同志热情接待他们。

王贵吩咐道，文化单位经费紧张，咱们不要铺张浪费。

这位接待者说，到这地方，你心放宽就是，想吃个啥名贵的恐怕都难。

那就好，给我们来点当地有特色的。

好呀。

说着，几盘小菜端了上来。

大家不用担心超标准，这些都是当地的土特产。王贵指着盘子说，这是当地的沙葱，纯天然的。这是蕨菜，这个季节刚长出嫩芽，吃起来非常可口。

这个大家还不清楚吧？

听到问话，大伙儿顺着他指的方向看去。

这不是包子吗？

这可不是一般的包子，你们尝一下再说。

专家先请，你动筷子了，我们才好吃。

专家说，还是蔷女士先来。

你们都不要客气了。王贵边说边往每个人的盘子里夹了一个包子，这下就没必要再客气了。

大家吃着包子，发现包子里的馅类似豆腐，但味道完全不一样，都在猜测到底是什么。

王贵说，不知道了吧，专家你见多识广，肯定能猜出来。

我真的是第一次吃这种东西。专家说，味道有点怪，好像有点中药的味道。等一等，让我再尝尝。又吃了一口之后，他说，我感觉这东西有点蓖麻的味道。

你的感觉很准，不过这不是蓖麻，是麻子做的。我们叫麻腐包子。

这个太神奇了。我第一次吃，不会吃上瘾吧？

很难说，这个东西不宜多吃，吃多了会发疯的。

王贵的话让专家惊讶。

见专家如此惊讶，他介绍起来。这种植物现在只有这边的山地里才种，产量非常低。但这种食物古代就有，宋代文献有明确记载。现在人们种植少了，吃的机会不多，你就多吃点吧。说着，将一个麻腐包子夹到专家的盘子里。

专家连忙说，你是成心让我发疯呢。他的话引来一阵笑声。

这时，当地的陪同者说，制作麻腐食品，方法不当可能引起中毒。中毒的表现就是发笑。

大伙儿听后笑得更厉害了，纷纷说这个有意思。

专家说，我们是不是已经中毒了。

在场的人连忙说，吃这点没事的。

主人开启一瓶红酒，给每人斟了一点。大伙儿端起酒杯，一饮而尽。场面红火热闹，其乐融融。

几杯过后，蔷虹的脸红了。她白皙的脸上泛出的红晕煞是好看。在酒精的作用下，她明显活泼起来，与大家说笑逗乐甚是融洽。

专家说，我敬蔷女士一杯。要有不妥的地方，请多包涵。

哪里的话呀，我应该敬专家。说着回敬了他。

他们在相互举杯的同时，也在仔细打量对方。这样一个场面，适宜人们相互交流与沟通。

过了一会儿，一盆炖透的鸡端了上来。鸡骨鸡肉都是黑色的，浸在汤里特别现眼。

专家知道这个吗？王贵问。

考我呢，这黑色的鸡应该是乌鸡。

不对，是朝那鸡。你给专家讲讲。王贵对旁边陪同的说。

专家，我们这里从秦朝开始就有朝那县了。这种鸡从那个时候就有了，一直留传到今天，所以我们叫它朝那鸡。当然，它也是乌鸡的一种。这种鸡浑身都是宝，吃了大补的。

哈哈，我今天算是长见识了，能吃到秦朝传下来的朝那鸡恐怕是三生有幸。你们这个地方，怎么到处都是宝呀！

你可不要小看我们这地方，神奇的东西多着呢。王贵再次渲染起来，把专家弄得特别兴奋，都不知该如何应对。

他们在热闹的情景中度过了一个难忘的夜晚。

在这春天的塬上。

拾伍

晚上热闹的酒席间，有人提出这里距离陇东很近，要不要顺便到那里溜达一圈。这个想法一经出现，立刻得到大伙儿的积极响应。经过合议，一致认为这趟采风活动机会难得，于是就有了更深入一步的行动。

清晨，推门一看，小雨霏霏，万物融入静默的状态之中。真是天遂人意，你想要怎样的东西还没来得及说出口，它就顺着你的心思来了。这个感觉真好，惬意、舒畅，浑身上下有一股子气息在涌动。看到这样的景致，大伙儿的心里惬意无比，说明这趟活动意义非凡。

车子一路前行，很快从蜗居的城市中脱身出来。面前的山野丘陵在交替变换，极目之处，满眼都是原始、野性、未经雕琢的情形。偶尔也会出现温柔细腻的情景，点缀在粗犷的原野之上，苍茫浑莽的天地间顿时有了人化自然的印迹。

大自然的胸怀是博大的，会将自己的一切无私袒露出来。这是忽略许久的新发现。这样的情形，并非刻意为之，即便待在一个小城市里，往往也会被忽略。所以，从本质上讲，所有的城市都是排斥自然的，不管这个城市有多小。

车子沿着高速路向南疾驰。过丘陵，穿隧道，下河谷，在一个两山对峙的狭长河道里穿行很长时间后，突然放弃一直向南的方向调头向东驶去。

原来到了高速公路的分叉处，这里应是陕西、甘肃、宁夏的分界处。向南为陕西，向东为甘肃，北边来的方向为宁夏。

又一个省际交汇处，这样的情形很迷人。专家想，他原本成长于这样的地方，不过那里的方位与眼前不太一样。东边是陕西，西边为宁夏，南边是甘肃。世上竟有这种事情，在不同的方位上，竟有另外的交汇之处。这样的巧合让人兴奋。

正神游于现实与记忆的交集中，突然车子上了大桥。这桥气势雄浑，霸气十足。桥面距离河面很高，让人有眩晕之感。车子驶过大桥后，便进入一个弧度极大的转弯处，四周的情景仿佛在眼前旋转，看得出路面的坡度着实不小。

正惊叹之际，车子进入一个刀劈斧凿的峡谷中。这是将黄土硬切出的大峡谷，纯属人工雕琢的产物。这样的峡谷，平生第一次见到，它会超出你任何奢侈的想象。

穿过弧形峡谷后，车子似乎又回到原来转弯时的基点上，不过这时上下的落差已相当大。原来，这是一个极富想象力的大转弯，人们凭借聪慧的大脑在黄土地上划出一个优美的弧线。

直到这时，他们才弄明白其中的缘由。从河谷到塬上存有极大的落差，为了解决这个问题，人们发挥丰富的想象，绘就这个平地起风云的大画卷。

大伙儿默不作声，正惊叹眼前的情景，蔷虹说，我们马上到陇东了，要不要听点关于陇东的音乐？

大家拍手叫好。她拿出手机，播放下载的歌曲。歌声一经响起，就产生不一样的效果，那种欢快热情激荡着每一个行进在塬上的人。

太阳一出来呀，
哎咳……哎咳哎哎哎，
满山红哎哎哎咳呀，
共产党救咱翻了身哎咳呀。
旧社会咱们受苦的人是人下人哎咳咿呀咳，
受欺压一层又一层哎咳呀，
打下的粮食，
地主他拿走哎咳呀，
咱受冻又受饿，
有谁来照应哎咳呀。
毛主席领导咱平分土地哎咳呀，

为的是叫咱们有吃有穿哎咳呀。
往年咱们眼泪肚里流哎咳哎咳呀，
如今咱站起来做了主人哎咳呀。
天下的农民是一家人哎咳哎咳呀，
大家团结闹翻身哎咳咿呀咳，
大家团结闹翻身……

能听出是谁唱的吗？蔷虹问。

这是那个时代的歌，我们这一代人耳熟能详。肯定是著名歌唱家郭兰英唱的，而且还是年轻时的演唱。

歌名叫什么？

哈哈，《翻身道情》。

蔷虹又讲了起来。对于这首歌的创作来源，陇东、陕北都在争，有的说是据陇东道情改编，有的说据陕北道情改编。原因是因为这首革命歌曲太有名气了，才引来争执。其实两个地方紧密相连，说哪个道情都没错。

王贵说，洪专家，你的福气真大。刚听完花儿，现在又听陇东道情，要是再往前走一走，就能听上陕北道情了。你知道吧，你走的线路，正是当年毛主席走过的线路，这是正走在伟人走过的大道上。

哈哈，你的见解老是高于常人，我咋不知道。

说着笑着，一转眼他们进入塬的深处。这个塬真大，远远超过他们昨天上过的那道塬。

塬上的情形迥然不同，视野极其开阔，给人舒畅放松之感。塬上一望无际，老也走不到尽头。突然出现的标有“董志”的路牌，让人眼前为之一亮。

这就是董志塬。

好有名气，我听说过，今天终于来到这个远近闻名的地方。专家说。

八百里秦川，比不上董志塬的边边。王贵说。

这话要是让陕西人听见了，不急才怪呢。

这不是我说的。

专家说，这种比喻很戗人，但它诙谐幽默，说明董志塬的确有过人之处。说起董志塬，故事就多了。它是黄土高原上难得的一块大平地，南北长超过百公里，东西宽也有几十公里。这里农业种植历史悠久，传说是周先祖在这里教民稼穑，时间够早的了。周先祖跋山涉水，选择这块宝地，教民稼穑，才创造出灿烂的农耕文明。你看，万顷麦田，如海浪翻滚，碧波荡漾，煞是壮观。

听君一席话，胜读十年书。王贵说，我知道董志塬的臊子面很有特点。

说说看。

你听着，煮在锅里团团颤，捞在碗里莲花转，操在筷子条条线，吃在嘴里吸不断。

听得人都香的，想吃了。

哈哈，又一阵笑声回荡在塬上。

专家说，我们正在穿越两千多年的历史。要是在秦朝，我们是从乌氏县出发，昨天去了朝那县，现在又来到义渠县。这里归顺秦朝的过程很曲折。义渠戎的头目几归几反，最后还是大一统了。这塬也不平静，像我们的瓦亭峡一样，战争不断。尤其是近代，更是可歌可泣呀。

大伙儿一边看着眼前一掠而过的情景，一边听专家解读历史，对这道塬的历史有了深入的了解。

这是黄土高原吗，平畴宽阔一望无际。这样的情形超乎想象，山涧丘陵之上偶然出现的那点狭小旱塬根本无法比拟。车在高速路上疾驰，过了许久，仍望不到边际。

满眼都是绿色的麦畦与黄色的油菜花，它们交替出现，在四月的季节里葱葱郁郁蓬勃生长。就连点缀田野间的住户，也被熏染得特别雅致。眼前的情景，彻底颠覆人们印象中黄土高原的形象，找不到一丝粗犷豪放的影子。

一个又一个小小的四合院，点缀在碧绿万顷的高原上，像汪洋中的一条条小船。小院被四周的树木精巧围笼，房子掩映在树冠中，组成相对独立的图案。

这种情形还扩展到田野里不时出现的墓茔上。每座坟冢前都恭候一棵小松树，它们恭敬虔诚地守护着亡故之人。难道这就是曾经咆哮过的，影响西北乃至中国近代历史的那个塬吗？

细雨中，薄雾笼罩在碧绿万顷的高原上，吟唱出只有南方才会见到的纤细妩媚。看着看着，神奇的事情出现了。那种被岁月阻隔，被时光淘洗，但并未彻底荡涤与泯灭的记忆开始复活。

同样的雾霭，同样的绿野，同样黄灿灿的油菜花，烘托出一个精巧雅致的小精灵。她不露声色地出现在此情此景中，如此生动、自然、浸人心脾。岁月无痕，严酷锋利，将生动异常的情景彻底毁灭，只留下一丝虚幻的感觉，让记忆缥缈得一如眼前绿野间游荡的散淡雾气，抓不住一丝有用的线头。多亏这同构的真实情景，才让依稀的情景慢慢复活，让淡薄的记忆开始在专家的脑海中浮现。

一望无际的油菜花，开在江南沃野千里的大地上，一如眼前的情景，同样的壮观，同样的绚烂，同样的震撼心灵。对于一个看惯了荒山野岭，长期被浑莽苍凉的黄土地浸淫的眼球来说，这满眼的黄，看不到尽头的油菜花，真的赏心悦目，心里出现的震撼无以言表。

然而，历史有惊人的相似之处，它们出现的情形如出一辙。绿茵中泛出黄色的油菜花，出人意料地闪现在眼前，同样让人毫无准备。生命中，第一次受冲击的就是这种大写意的黄。它黄得纯粹，黄得彻底，黄得刻骨铭心。

现在，这种大写意的黄色再次出现在视野里，神奇无限，诡异无垠。这种荡漾着喜悦的色彩，总是在他还没有充分准备的时候倏忽闪现。它的出现很神奇，被这情景熏染得欲生欲死。专家分不清到底是这花，还是她，抑或它们共同作用，才将他沉睡的心灵彻底鼓荡起来。

专家发现一个奇怪的现象，他生命中的激情时刻与丰富记忆，都与一望无际的黄色油菜花有关。今天，同样的情形又出现了。他预感到，某种神奇的事可能又要在生命中迸发。这次不同的是，大写意的黄，出现在如此高天厚土之上，更显得妩媚动人，难以言说。

细雨仍在飘洒，万顷碧绿沉醉其中，妙不可言。贯穿南北的高速公路似长龙盘踞在绿色的原野之上，给恬静的大自然留下浓重的一笔。车子在高速路上疾驶，春景于眼前一掠而过，难以捕捉，美不胜收。

在横越高速公路的桥梁上，一个个红色广告极其醒目，依次闪过。

把群众放在心上

把责任扛在肩上

把发展抓在手上

尽管车速很快，眨眼间，专家还是看清广告牌的内容。它们极尽所能地彰显当地政府加快发展、回报人民的决心。他意识到正经历一个特别发展的年代。一切都风驰电掣般迎来，也不可挽回地消逝。行进在这个曾经咆哮过的高原上，心中不由得默念起来。此刻，只有金灿灿的黄色才能指点迷津，其亮丽色彩映照本已迷失的行程。

拾陸

经过两天短暂的旅行，他们一行回到山城。

当时，古雁岭下还有个村庄，就是通常说的城中村。才几天工夫，庄子不见了，取而代之的是一片松树林。这样的变化出人意料。一个村庄，在极短的时间里彻底从人们的视野里消失，没有留下任何痕迹。

这个庄子靠近政府的办公楼。庄子里大树遮蔽，庭院深深。巨大的树冠下，一道道土围墙相互连接，形成一个相对封闭的空间。由于年代久远，土围墙出现发黑的斑驳印迹，与古树共同营造出一个古老神秘的北方村庄形象。现在围墙不见了，村庄消失，给人某种空落落的感觉。

专家一直思考生活在这个庄子里的人是怎样的感受，但怎么都琢磨不出来。他们从古旧的院落、茂密的树林没走上几步，马上进入平坦的柏油路面，说明他们瞬间从农村进入城市里。而每当天黑打工结束，从平坦的柏油路面一折拐，进入自己的村庄里，说明他们瞬间又从城市进入农村。

每天要在多次转换中度过，他们到底是个什么样的生活方式？城市？农村？抑或完全摆脱这两种类别的新模式？他猜测不出来。专家喜欢琢磨这些在别人看来早已司空见惯的东西。

现在，古旧的村庄不见了，它消失得很快。那些斑驳的院墙，逼仄的小门楼，连同村民一道消失得无影无踪。唯有许多树冠硕大的老槐树依旧挺立在那里，于一片松树林中显眼夺目，鹤立鸡群。

这里变成城市的绿地。松树是移来的，移植速度非常快。专家担心这不是最后的结局，弄不好哪天人们脑子一热，这些松树就像长着腿一样，一夜间又跑到别的地方安家落户。这里又变成城市高楼群。

来这里时间不长，每天早晚出行都要经过这个村庄。看着熟悉的村庄不见了，心里多少有些惆怅。这是否是它的宿命，在城镇化的进程中必然要消失，这样的问题注定没有明确答案。

现在城市建设的速度明显加快。方志办旁边，一座30多层的大楼拔地而起，与周围正在建造的几栋高楼组成一个高楼群。高楼总归有些不同，给古城带来别样的气息。几栋大楼的缝隙中，偶尔掠过大型飞机缓慢起降的身影。乍一看，完全一副现代城市的模样。

天空湛蓝，白云游弋。初夏的高原，蓝天白云与绿草鲜花组成的世界，给人无限遐想。城市平实、安详、自信满满，正在尝试全新的呈现，试着迈入现代化的门槛。

一穿制服的中年人，坐在门前的台阶上抽烟，悉心观察从楼群的缝隙中起降的飞机。他目光专注，面容慈祥，神情谦和，似乎这些起降的飞机正寄托自己不很明了的希望与梦想。

一看就是进城的农民工，很可能就住在刚刚消失的村庄里。家园没有了，变成城市的一员，他要在新的状态中生存下去。穿着制服的他显得很自信，真切感受到作为保安的存在价值，也产生融入城市之中的惬意享受。

专家认真思考，将几天来的所见所闻在大脑里精心过滤。他觉得眼前遇到的情形还真有些不一样，到底哪里不一样，他反复拷问自己，只是一下子还不能准确地梳理出来。

他们总在默默地守候，似乎在等待什么。有时候，这种守候显得有点神秘，仿佛希望有啥不同寻常的事情出现或等待什么奇迹发生。厚重的历史，其烙印是存在的，影响人们的思维与记忆，也对今天产生深刻影响。

在山城里，这种东西仍若隐若现地存在着。人们的潜意识里，还绷着一根弦，有时由于这根弦绷得太紧，则影响其他方面的尽情发挥。然而，这个时代给人的感觉是，似乎不再需要这样的紧绷。

老年人，喜欢回忆历史，在传说中寻找根据。年轻人，闯荡的闯荡去了，留守的留守着，信心与动力远没有达到时代的要求。而精明的南方人，早已远隔千山万水来到这里，在一些要害的地方站稳脚跟，开始参与这里的经营与建设。

专家看着这个正在发呆的人，自己也发起呆来。这位保安在看飞机，希冀遥远的事情。而自己却想着这个地方的人与事，想它的过去，也想它的未来。

许久，那个发呆的人不见了，专家还站在那里。当意识到自己的行为后，立马振作起来。他的任务远没有完成，得干自己的事了。

回到屋里，翻开史书。这一章是有关东汉的记载。

东汉著名史学家班彪到了萧关，有感于汉军与匈奴在这里殊死搏杀，有感于战后的凄凉，于是，写下著名的《北征赋》。

陟高平而周览，望山谷之嵯峨。野萧条以莽荡。回千里而无家。风飙发以漂遥兮，谷水灌以扬波。飞云雾之杳杳，涉积雪之皑皑。雁邕邕以群翔兮，鹍鸡鸣以哜哜。

游子悲其故乡，心怆恨以伤怀。抚长剑而慨息，泣涟落而沾衣。揽余涕以于邑兮，哀生民之多故。夫何阴曀之不阳兮，嗟久失其平度。谅时运之所为兮，永伊郁其谁愬？

这段话，有的意思还不大明了，他借助译文认真研读。

登上高平四面环望，浏览山谷高峻的峰峦。四野寂寥而空阔，远望千里没有人家。疾风刮来飘摇，谷水灌注扬波。穿梭在飞来的茫茫云雾中，跋涉在满山皑皑的白雪里。大雁邕邕高叫着群飞，鹍鸡喈喈齐声合鸣。

游子哀思故乡，内心犹怀悲伤。抚摸长剑而叹息，泪水涟涟沾衣衫。揩涕泪抽噎，哀民生之多难。天为什么总是阴沉不晴，叹息长期没有正常的法度。确实是时势所造，深深的幽怨向谁倾诉。

这可能是对古高平、古瓦亭最早最伤心悲痛的记述。固原的悲伤历史在这里有了确切记载。现在就待在这个伤心欲绝的地方，真切地感受到历史的伤痛。看到这里，专家马上理解那个正在发呆的人，能处在太平盛世身心愉悦地欣赏周围发生的一切，本身就是一件幸运的事，还能再苛求什么。

陇西，也就是今天的甘肃天水，有个叫隗嚣的人，他生于陇山，发迹于陇山，是个见风使舵、出尔反尔、几归几反的人。在与东汉王朝的周旋中，趁机蓄积力量，扩大地盘。他的气质与谋略，似乎不属于陇山的气质。

他的谋略，与前面说过的义渠王有点像。义渠在今天的甘肃庆阳，属于陇东。而这个人在甘肃天水，古时称陇西或陇右。两人年代上有些差距，但距离上相差不是很远，也就是山这边与山那边的差别。他们做事的风格惊人的相似。隗嚣，以自己的诡异谋略，在乱世中壮大与扩张，让六盘山地区持续动荡不安，也让东汉政权风雨飘摇。

隗嚣出身陇右贵族，青年时代在州郡为官，以通晓书经而闻名陇上。王莽的国师刘歆闻其名，举荐他为国士。刘歆叛逆后，隗嚣回到故里。在邑东立庙祭祀汉高祖、文帝、武帝，以示自己为汉臣，又向各郡发出檄文，号召共同讨伐王莽。

当时王莽被长安民众所杀，雍州所属群龙无首，隗嚣分派诸将，很快取得天水、陇西、武都三郡，河西诸郡一时无所依，亦表示归附。从此，隗嚣据有凉州八郡（天水、陇西、安定、金城、武威、张掖、酒泉、敦煌）和益州所属武都郡，以天水郡治平襄为邑，设置府第。隗嚣的势力做大，称雄西北。

刘玄更始政权建立（23 年）后，因隗嚣“素有名，好经书”，被推为上将军。隗崔、隗义合谋反叛，隗嚣告密，刘玄深感其大义灭亲，封为御史大夫。刘秀即位（25 年）后，隗嚣劝刘玄东归刘秀，刘玄不允。隗嚣欲挟持东归未遂，于是逃回天水，自称西州大将军。

隗嚣虽然名义上接受刘秀的封号，称自己为汉臣，但独居陇右数年，渐生骄态，与谋士部将相聚，每每自比“西伯”，有了称王之意。部属中关中人士见隗嚣对汉存有二心，谋图割据，包括马援、郑兴等一批谋士纷纷离开陇右而追随刘秀。刘秀害怕隗嚣在陇右做大，派使臣劝其入朝。隗嚣先是推托，后来见推托不过，于是想出个馊主意，把自己儿子隗恂派到京城洛阳，名义上被封为胡骑校，实际上作为人质被刘秀留在京城。

刘秀识破隗嚣的诡计后，督将亲征隗嚣。刘秀依其地形，驱军先至安定高平，与凉州牧、河西五郡大将军窦融所部相会，然后挥师南下，进逼瓦亭。汉军入陇右，经阿阳，直向略阳进逼。隗嚣手下13名大将，10多万军队和天水郡所属大部道、县皆降于汉。隗嚣见所属大都投降，急从略阳撤围，命王元入蜀向公孙述求援。

汉军围攻西城和上邽多日，隗嚣部将杨广和李育、田弇率部坚守。岑彭为破西城，命筑堤蓄西谷水，以水淹城，结果水从地下穴道中涌出，故城未损。延至冬初，杨广病殁，城中乏粮。隗嚣穷困孤守，甚为危急。汉军也因围城数月，军士疲惫，多有逃亡。十一月，王元、周宗率所请蜀救兵突至，声称百万蜀军已至，汉军大败。王元等入西城，拥隗嚣往冀城（甘谷）。安定、北地、天水、陇西守将多为隗嚣旧部，遂又背汉，隗嚣复有四郡。

建武九年（33年），隗嚣病故。部属王元、周宗等立其小儿子隗纯为王，仍据冀城。公孙述派部将赵匡率军至天水，帮助隗纯抗击汉军。

经过一番休整，刘秀决定再次攻伐陇右。由于公孙述派兵相助，隗纯此时还有一定实力。汉军在冀城一带激战将近一年，击败战斗力较强的蜀援军，攻占冀城。隗纯投降，王元南走奔蜀，天水郡始归汉军所有。至此，隗嚣割据政权瓦解。

在隗嚣割据时，安定郡政权更迭频繁，杀戮不断，百姓生灵涂炭。为了扩充势力，各路豪杰力量此消彼长，频繁变换旗帜，让瓦亭峡里险象丛生。各种势力要么呼啸而过，要么拼死阻击。颉河的水数次变红变腥，弹筝峡里呜咽难平。

与以往不同的是，这次出入峡谷中的非匈奴，非回纥，非羌人，非吐蕃，而是汉民族自身内部的割据争霸与争权夺利。战争的惨烈一点也不亚于同其他民族的争斗。

这种战争，它的合理性、正义性似乎很难判定。它不是为了人民安居，而是群雄争霸。这种事情，在以后的进程中曾屡次上演。国家蒙难，百姓生灵涂炭，受迫害尤深。

有一个现象值得注意，那就是历史上觊觎固原的人，他们都有一个共同的特点：时刻紧盯这里的战马与牛羊，把这里既当作维护政权稳固的重要关隘，又当作一个天然大牧场。占领这里，就等于增强自身的战斗力，也有了支持战争的巨额财富来源。所以，这就是此地历史上战争一直不能停息的主要原因，也是生活在这里的人长期遭受掳掠的根本原因。

乱世，成就群雄们的生存逻辑。为了生存，扩大地盘，获得利益最大化，他们出尔反尔，阳奉阴违。没有人怀疑它是否具有合理性，但它一直存在着，成为那些枭雄们的不二法则。

掩卷而思，专家想到很多。他仿佛看到消失的村庄，也看到曾经的隗嚣。隗嚣曾叱咤于陇山一带呼风唤雨咆哮而过，为自己的抱负而拼杀。但愿隗嚣这样的人不再出现，他带给人们的总归是灾难。班彪的《北征赋》堪称千古名篇。它传递的那种苍凉伤感情绪挥之不去。专家又一次注视这个地方，想从历史与现实结合中寻找答案，但他并未找到。

拾柒

好长一段时间没有见到吴老先生，专家决定登门拜访。因为前几次去过，已经和吴先生熟悉了，就没有再带王贵。这个人怪话太多，有时活跃气氛少不了他，有时则会影响气氛。

专家来到吴老先生家中。他家住在坡边沟沿上的一个院子里，这里应是东城墙外临河之处。在城市里，有这样的地方实属不易。他家平房，平房门口有个回廊似的建筑，让进入房间多了一重门进，只见阳光充足，视野开阔，宁静怡人，是不可多得的安详之地。

吴先生鹤发童颜，精神矍铄，出院子迎接。

吴老，我又来了。

欢迎你来。好长时间不见了，挺忙吧。

还行，这个地方不错呀。

吴老哈哈大笑。我现在老了，不图别的，能找个安静的地方休息就可以了。

现在能有您这样享受的，恐怕不多。

又是一阵开心的笑，笑声中专家被迎进屋里。

我今天又来请教问题，打扰了。

不敢，不敢。你是搞宏观研究的，对于地方史研究，那还不是秀才学阴阳，哈哈笑一场。吴老很幽默。

我真的是来请教的。最近看到东晋十六国这一段，也有的叫作五胡十六国。发现那段历史特别混乱，我们这里始终难以消停。

你说对了。从东晋十六国一直到隋朝统一，再到唐朝强盛，这一段，在北方尤其是西北地区，历史上各种政权像走马灯似的变换不停，民族从纷争走向融合，政权从割据走向统一，你可以看到最混乱最复杂的历史呈现。历史纷繁复杂，老百姓可就惨了。

我就是想听听固原在这段时期的历史。

那可是全程参与的。吴老严谨地说。

五胡十六国，这是我在中学教科书里学到的最混乱最不可思议的时代。有时穷尽都不能想象，似乎整个民族都陷入争夺与战争的状态。

你说得对。西晋末年的八王之乱，旷日持久，兵连祸接。西晋王朝如残灯孤影，虚弱如蓑草，何堪风雨来袭。诸侯王争相引狼入室，五胡开始觊觎西晋的领地，渡过黄河，以中原为战场展开厮杀。有时他们为了自己的利益还相互攻讦，那种混乱在整个中国的历史上都十分罕见。

从永嘉之乱开始，西晋皇室被匈奴掳走，开启五胡乱华的混乱时代。永嘉三年（309 年），匈奴人刘渊率先起兵反晋。北方五胡民族的首领相继建国称帝。中原分裂 136 年，直至鲜卑拓跋氏统一北方，这段混乱时期才暂告结束。这段混乱时期史称五胡十六国。

五胡十六国与东晋十六国一样吗？专家问。

有一样的地方，也有不同之处。大致上，都是指这 136 年的历史。吴老回答得很严谨。

那能说说它们的区别吗？

好的。东晋十六国是指西晋王朝灭亡后，公元 317 年，镇守建康（南京）的晋宗室司马睿在江南重建晋室，史称东晋。在长江以南东晋、宋、齐、梁、陈政权与长江以北先后建立的 16 个少数民族政权形成分庭对抗之势，持续 100 多年之久。

五胡十六国，是指自西晋末年到北魏统一中原这一段时期（304 年至 439 年），由主要的 5 个北方内迁少数民族在中国北部及蜀地建立政权。五胡指匈奴、鲜卑、羯、氐、羌。十六国是指从公元 304 年匈奴贵族刘渊建立汉国，316 年灭掉西晋，到 439 年鲜卑拓跋部统一北方，这 100 多年里，北方各民族相互争战，先后建立了前赵（匈奴）、后赵（羯）、前燕（鲜卑）、前凉（汉）、前秦（氐）、后秦（羌）、后燕（鲜卑）、西秦（鲜卑）、后凉（氐）、南凉（鲜卑）、西凉（汉）、北凉（卢水胡）、南燕（鲜卑）、北燕（汉）、夏（匈奴）、成汉（巴氐）政权，总称十六国。该时期也被称为五胡乱华时期。

它们的区别是，讲五胡十六国主要讲的是北方的16个更替的政权，而东晋十六国讲的是东晋建立后与北方十六国的对抗历史。其实一回事，只是角度不同而已。要说不同，五胡十六国年代还稍微长些。

北魏统一北方之后又分为东魏、西魏，再后来王朝更替为北齐和北周。南方经历东晋、宋、齐、梁、陈。公元581年，北周静帝以杨坚众望所归下诏宣布禅让。杨坚称帝后先后灭掉西凉和陈朝，兼并北面突厥，平定江南，统一全国，建立了隋王朝。

光这些朝代名称，都要记上好一阵。专家说。

记住五胡就行了，因为与这里密切相关。在固原唯一称王称帝的是匈奴人赫连勃勃。他建立了大夏，属于十六国之一。到了北周时期，固原的记载更为翔实。宇文泰、李贤等人士，就是当时的风云人物。李贤则是固原的名人。

李贤这个人，在这里经常听说，尤其是固原博物馆里，展示的国宝级文物，听说均与此人有关。

固原博物馆是国家一类博物馆。那里珍藏的贵重东西很多，属于国宝级的文物有三件，都与这一时期有关。对这个感兴趣的话，我就慢慢给你道来。吴老谦逊地说。

非常高兴得到您的指教。

五胡十六国期间，征战不息，百姓生灵涂炭，不得安宁。历史上，固原一直都是长安的门户，也是五胡乱华遭受灾难最重的地区之一。

公元350年，氐族人苻洪占领关陇。352年，其子苻健称帝，史称前秦，结束一直不断的纷争与战乱。前秦的疆域很大，控制除东晋外北方的绝大部分土地。在高平镇设平凉郡，领平凉、贰坚二县。

公元383年，苻坚在淝水之战中惨败，北方各地豪强竞相建立割据政权。公元384年，前秦龙骧将军、羌族豪酋姚苌起兵反苻坚，称秦王，史称后秦。其中雍州辖安定郡、平凉郡，领高平、朝那、都卢、平凉等县。

前秦氐族苻坚与后秦羌族姚苌水火不容，为争夺地盘，在安定、北地郡一带战事不断。而安定郡鲜卑族都尉没奕干，也参与到争夺之中，大战羌族姚苌于朝那一带。仅固原一带，参与战争的就有鲜卑、氐、羌、匈奴等，其混乱可见一斑。最后，后秦战胜前秦，前秦灭亡。

没奕干是当时清水河流域最大的部落之一的首领，在发展畜牧业方面成绩斐然。他遭遇鲜卑拓拔圭袭击后逃走，给人家留下马 4 万余匹，骆驼、牦牛 3 千余头，牛羊 9 万余只的家产。

此时，鲜卑族乞伏部兴起，建立西秦。他们可能都以秦帝国为骄傲，称王后均以秦为标杆，起名号。有时前一个政权还未灭亡，后一个就兴起，政权交错重叠。此后，西秦又被匈奴后代赫连勃勃所灭，赫连勃勃建立大夏国。

可以看出，前秦与后秦的争夺中，卷入了氐族、羌族、鲜卑族，他们全是企图称王称帝、掌控天下的豪强之人。还有匈奴、羯，也在不停地活动。在固原，匈奴打败鲜卑人建立自己的政权大夏国。前后不长时期，五胡中的四胡匈奴、鲜卑、羌、氐，都参与到争夺王位、建立政权的斗争中。

五胡乱华，有四胡在固原一带上演互相争夺的残酷战争。这时的混乱与杀戮，成了时代最鲜明的特色。五胡的行为有悖于伦理，与儒家文化格格不入。他们对背叛、背信弃义、杀戮这些违反伦理纲常的东西司空见惯，见怪不怪。他们的行为严重损害儒家以仁、义、礼、智、信等价值观治理天下的宗旨。

陇山地区，成为灾难最深重的地区之一，主要是因为战略位置重要，其次是有草场、有牛羊骡马这些天然的资源，所以也成了争抢掠夺的核心地区。因为有了这些资源，会使他们的军力增强。

赫连勃勃这个人，更是有必要多说一点。吴老有些感慨地说。

就是在灞上称王称帝的那个？专家问。

就是那个。这个咋说呢，也不能算是骄傲。但它是重大事件，已经实实在在地发生过。既然已发生，我们就应该详细说说。

那就请你您详细讲讲，我特别期待听您讲这个。

这个人是忘恩负义背信弃义的典型代表。我不知这是乱世塑造他的生存逻辑，还是其本身就是个虚伪残暴之徒。他的行为诡异乖张，做出的事情，让你难以想象。

赫连勃勃是匈奴的后代，乱世成就他的阴谋。其父子混迹于乱世中伺机壮大自己，他们先投靠前秦，等羽毛丰满后去攻打北方的北魏。吃亏惨败走投无路时，他又投靠后秦，被高平公没奕干收留，并迎娶没奕干的女儿为妻。

这个高平公就是固原的一个地方官。这位老实的没奕干没想到，等待他的将是恩将仇报、命丧黄泉的严重后果。当赫连勃勃重新获得势力后，他率领3万骑兵，假借狩猎高平川，趁机袭杀了他的岳父加救命恩人没奕干，在高平称王，自称大夏天王、大单于，建元龙升，设置百官。这位命归黄泉的岳父大人，不知临死时是否悟到什么，赫连勃勃有种人是绝对不能怜悯的。

后来，赫连勃勃又在灞上称帝，灭后秦，建大夏国。再后来，赫连勃勃的儿子们秉承匈奴的伦理，为了争夺王位，相互间的杀戮又重新开始。这时，北魏的鲜卑趁机前来收复被占领土。

大夏与北魏的战争在高平、平凉一带展开。可惜天不佑夏，在作战的关键时刻，大风呼号，风沙弥漫，天象险恶，凶多吉少。可能是生存于北方荒漠草原的鲜卑人更适应这种天气，高平一战，大夏国的元气大伤，不久就被北魏所灭，高平复归于北魏。

北魏攻下大夏国后，曾获战马30万匹，牛羊数千万。这些资源主要集中在陇山一带，说明当时这里的畜牧业非常发达。由赫连勃勃肇始的大夏国从此灭亡。

在这里，战胜者都能获得赔偿，赔偿的东西通通是战马与牛羊。这个地方成了战争资源的培育地，战争贩子屡次光顾有明确目的，就是为掠夺这些无价的战争资源。

五胡乱华时，最为人诟病的是吃人事件。羯族人从北方入侵中原，从不带粮草，而是靠奸淫与吃少女来维持自己的生命。羯族人是匈奴的一支，带有白种人血统，曾建立后赵政权，这个政权以河北邯郸为中心。

他们残忍无度，称女人为“双脚羊”。动辄抢掠成千上万，晚上奸淫，白天当作食物活生生地吃掉。有时，一次入侵就能吃掉好几万人。这种禽兽行径，真的罄竹难书。

在五胡乱华之前，西晋尚有人口两千万。由于战争不断，朝代不断更迭，不到百年的黑暗统治过后，人口锐减至四百万。

然而，这些事件大多能在高平找到其活动的踪影。由于鲜卑、氐族、羌族、匈奴的不间断侵扰，可怜的固原百姓，始终摆脱不了苦难的命运，刚刚摆脱匈奴的压迫，又处于鲜卑贵族的统治之下，水深火热的情形没有一点改观。

到了北魏时期，历史出现重大变化。北魏结束100多年的混战，统一了北方，从而与南方的刘宋政权并立，形成南北朝对峙的格局。这时，北魏的北边是柔然，西边是吐谷浑，南边是刘宋政权。五胡十六国的混乱局面得以消除。

北魏这个政权很怪，从386年建立到534年分裂为东魏和西魏，前后经历20个皇帝，平均每个也就几年。短命皇帝很多，有的仅几个月。439年，北魏统一北方。统一北方的意义怎么评价都不为过，它是在十六国诸侯纷争的历史条件下完成的。虽然面临诸多对手，情况复杂多变，但北魏统治者能审时度势，确定先后打击的目标，采取灵活机动的战略战术，达到各个击破、统一北方的目的。

北魏是鲜卑族拓跋部所建。鲜卑拓跋部原居于今东北兴安岭一带，后渐南迁至蒙古草原，以“射猎为业”，靠游牧为生。鲜卑族拓跋部不断南迁的过程，也是成就伟业的过程。

他们占领山西、河北地区，同时迁都平城（大同）。在汉族先进文化的影响下，进入中原的拓跋部，实行“分土定居”，开始由游牧经济转向农业经济，并启用汉人士族，建立封建制度。

由于采取多项改革措施，这个狩猎的游牧民族逐渐强大起来。整顿税制，分配土地给穷人，安置流民，运用大批汉人参政，旨在加强北魏的封建化进程，加强与中原地主的联合。这些措施推动民族融合，社会稳定，经济发展，又使北魏国力日益强盛，为其统一北方奠定了坚实基础。

北魏孝文帝拓跋宏是个影响历史进程的重要人物。他于467年生于北魏首都平城紫宫。3 岁时被立为太子，5 岁时继帝位。北魏有个不成文的规定，怕外戚专权，祸乱朝廷，所以太子的母亲必须赐死。拓跋宏在被立为太子时，生母即被赐死，由祖母抚养成人。

拓跋宏继位时年纪太小，由祖母执掌朝政。490 年，23 岁的拓跋宏开始亲政。由于拓跋宏深受祖母汉化改革的影响，亲政后继续推行汉化改革。他先整顿吏治，颁布俸禄制，立三长制，实行均田制。于 493 年，以南征为名迁都洛阳。全面改革鲜卑旧俗：规定以汉服代替鲜卑服，以汉语代替鲜卑语，南迁到洛阳的鲜卑人以洛阳为籍贯，自己也改姓元，并鼓励鲜卑贵族与汉族联姻，又参照南朝典章，修改北魏政治制度，并严厉镇压反对改革的守旧贵族，处死太子元恂。汉化改革使鲜卑经济、文化、社会、政治、军事等方面发展很快，缓解了民族矛盾，史称孝文帝中兴。

北魏孝文帝的文治武功，在历史上影响深远。但他的皇后老婆也同样出名，是以给皇帝戴绿帽子而闻名于世，成为历史上最著名的出轨皇后。这位叫冯氏的皇后，是祖母哥哥的女儿。按理说，应该属于孝文帝的姨娘一辈，但是，她居然成了皇后。

她长得妩媚动人，深得孝文帝拓跋宏的宠幸。两人卿卿我我，形影不离，情深意笃。但不久冯氏患病，祖母怕皇帝被传染，就把冯氏送出宫养病。孝文帝实在难以割舍冯氏，但却不敢违抗祖母的旨意，只好忍着。

大约过了一年多，祖母病故，孝文帝守孝三年。他时常想念冯氏，就派人打听她的近况。后来听说冯氏已痊愈，便派宦官把她接回洛阳宫中，并封为左昭仪，后又立为皇后。

孝文帝万万没想到，他所深爱的这个冯氏，在家养病期间，不甘寂寞，与家中一男侍从产生恋情并私通，后又与内朝官员高菩萨私通。这个高菩萨仪表堂堂、身体健壮，是个未净身而混进后宫的假宦官，他让冯氏动了真情。可怜的孝文帝常年率兵南征齐朝，没有想到他心爱的皇后在宫中胡整起来。

这还不算，冯氏淫乱时竟然与高菩萨在宫中培植党羽，企图篡权。冯氏还企图让其弟强娶彭城公主。纸总是包不住火的，冯氏与高菩萨的奸情还是被孝文帝知道了。这位皇帝肝肠寸断，一下子就病倒了。孝文帝躺在病床上，命人捉拿高菩萨等一干人，在门外跪成一排，再召见冯氏。他命宦官对冯氏搜身，若发现带有短刀之类的凶器立即斩杀。

冯氏痛哭流涕地招供请罪，孝文帝脸色铁青，心中战栗。他随即召彭城、北海二王，说，皇后失德，但自己不忍心废她，怕祖母九泉下寒心。让冯氏一个人在宫中静坐反思，如果她有良知，自己会去死的。

经过这次沉重打击，孝文帝的身体每况愈下，终于病死于南征途中。临终前，他密诏彭城王，说自己死后恐怕无人能制服皇后，吩咐将她赐死，然后按皇后礼制厚葬，别败坏了冯家的名声。孝文帝死后，彭城王、北海王等按皇帝遗令，强迫冯氏服毒而死。

这个事件真够生动的。历史的名皇帝与同样有名的皇后双双载入史册，恐怕还不多见。在中国的历史上，北魏时期算是个很特殊的时期，最主要的是民族融合。由于民族大融合，汉文化与少数民族文化相互影响，其历史意义深远。

吴老说，当然曾经极度辉煌的北魏，也没有逃脱覆灭的命运。盛极而衰的历史周期律，同样在北魏应验了。

我们下次再讨论这个。因为在这个时期，固原出现了一个非常有名的人。这个人的出现，让固原的历史变得更加辉煌，这是我们应该着重研究的问题。因为说起来话长，一下子难以完全说透，咱们还是留到下次再详细地说。

吴老说完，和蔼地看着专家，似乎在征询他的意见。

一直对于乱世听得入迷的专家，意识到今天已占用老先生很长时间，自己都没有察觉，由此而产生愧疚之感。要是王贵在场，肯定不会出现这样的事情。

专家谦逊地说，听得入迷了，没有意识到时间过了这么久，给您老人家带来不便，请多包涵。

哪里的话。我的意思是，下次就我们固原历史上的这个名人详细说说，那可真是个人物呢。

专家起身告辞，吴老送到门外。他站在面对清水河的院子外，看着专家慢慢走远，才回到自己的安心福地。

拾捌

整日辛勤研究，专家总感觉自己在过往历史与现实社会里徘徊，有时会产生时空倒错的感觉。对于历史的研究，让专家神经绷得很紧，他产生了放松一下的念头。于是，趁周末悄悄回到首府。

刚刚进城，又想起苏瑾。在一个地方有个等着你归来的人，那会很幸福。他始终弄不清，上次本来很愉快，她好像突然想起什么纠结的事，让愉快瞬间中止。究竟发生了什么，她竟如此慌张，有种执拗让他鼓起勇气企图弄清事情的原委，由此再次对她发出邀请。

过了一会儿有了消息，她答应来。他们中断一个月的活动将得以延续。

同上次一样，他们仍在那个餐馆用餐。这次他早早来到餐馆，有意订到上次曾经用过的包间。这地方不大，装修得古色古香，看起来有些别致。

专家坐在包间里等待，依旧坐在上次坐的那个位置上。一切似乎都没发生变化，变化的只是时间，它让连续演变为间隔。等待的间隙，想象她会有什么变化，但这样想象着实有些困难。

正想着，传来高跟鞋着地的声响，从声音能判断出就是她。这种声音很特殊，既不铿锵有力也不拖沓磨蹭，是一种轻柔略带腼腆的格调，与平时大大咧咧的性格完全不同。

楼道拐角处，她轻盈地走了进来。一身素花连衣裙，随着行走的姿势轻轻飘动。在素花连衣裙的包裹下，一个楚楚动人的形象悠然出现在眼前。她的双眉浓描过，有些夸张地出现在清瘦的面部。这是唯一能看出经过修饰的地方。很奇特，她每次都这样安排，似乎专门为了约会特意进行的必要准备。

寒暄几句后开始点菜，像上次一样，她严格控制点菜的规模，他们极其认真地对备选菜品进行筛选。期间，他开了个玩笑，看她的反应。她则一下子乐开了花，那笑很甜蜜。随即那只纤纤细手伸了过来，他则紧紧地握着它，不曾有半点放松。

他们边吃边聊，很快结束午餐，告别这个小天地开始向外走。站在吧台后面的收银员直盯着他们看，对于眼前这两个人的行迹，精明的目光一眼就能洞穿。

他们又坐在一起上路了，不过这次是向北行驶。车子驶入马路后很是平稳，他们像坐着一艘小船在大海中游弋。

北边明显不同于南边。南边街巷窄狭，老感觉处于高楼的包围中，想避开那些高高大大的建筑，还真不容易。进入城市北部，街道变宽，视野开阔起来，但车辆也明显增多。走了很长时间，还不见流量减弱，前后左右总是塞得满满的。

已经接近城市的北部边缘，能看见远处的农田。这时周围的情形明显好起来，跟上来的车辆越来越少。他们在用心观察眼前的变化，同时也在寻找一个可以歇脚的地方。

到了一个水渠边上，感觉还可以，但车子刚在路边停下，后面就有车辆跟了上来。他们冷静观察由远而近的汽车，揣忖其意图。它们倒是没啥恶意，也对停在路边的车不感兴趣，凑到跟前接着就呼啸而过。专家的心紧张得提到喉咙处，像伏在战壕的士兵，严阵以待，随时准备应对来犯之敌。

这不是个办法，还得继续往前开。他提醒道。她随即启动，车子移动起来，重新融入流动的世界里。世界之大，竟没有一丁点安身之处。

终于在一个岔路口处，找到一条被封的路段。他们顺势拐了进去，如同进入一个避风的港湾。这次他坐在她的后面，之所以这样，完全是出于安全考虑，担心被熟人发现，并随时做好应急准备。这里虽说仍在市区，感觉好像到了荒郊野外，城边没有开发的地方荒草萋萋，与并不很远的闹市区形成天壤之别。

苏瑾始终正襟危坐在驾驶的位置上，双手牢牢地握着方向盘，没有任何放松的迹象。他们海阔天空地聊着，聊了一会儿，她突然说，下午还有事，不能再陪你了。说着，开始发动车。

本来他还想问一下上次她究竟想到什么，让本应欢快的气氛骤然发生变化。还没等到开口，她却人为地中止这个过程。专家坐在已经启动的车子里，心中郁闷异常。心里牵挂的那点事，不知从哪里寻觅可以进入的小径。同时还担心由于莽撞，损害本来很好的同事关系。

车子已经调转方向，沿着原路返回。周围车辆多了起来，很快融入车流之中。他纹丝不动地坐着，只好听之任之。窗外的车流又开始涌动，他则漠然视之。

裹挟在拥挤的车流中，本来就不舒服，有的人在停顿的瞬间还没忘记把注意力往别人的车内集中。专家则冷静地观察着周围的一切，恨不能给那些偷窥癖者送上一老拳。

她似乎觉察出他的变化，不时地在后视镜里看上一眼。就这一瞥，还是让他看见。此刻她的表情比上次还要凝重。猛然间，他觉得这样的邀约有些唐突，这不是给人家找难堪吗，为此，还产生一丝懊悔的感觉，严酷的现实逼迫他最终放弃不切实际的幻想。

在一个加油站的拐弯处，他下了车，举手向车内的她打招呼。她则端坐在那里，仍然神情凝重地盯着他看，那情形让人心碎。车子在稍微停顿后随即启动，重新融入车流里。目送它离开，直到消失在车流里。

他的面前一片茫然。

这次在首府待了好几天，专家破例让自己放松一下。马上就要回去，他想起给苏瑾打了个电话，意思是临行前再见一下她。

出乎意料的是，苏瑾说自己有事来不了。她没有做任何解释，完全一副陌生人的架势。

专家预感危机已然来临，但毫无办法。正苦思冥想中，一位好久未见的朋友打来电话。

哥，你回来没有？

回来了。

明天有啥安排？

明天要回去了。

你就推迟一天吧，我约上几个朋友去黄河边玩玩，也算给哥送行。

黄河边?

对，钓鱼也行。

好的。

你等着，我来安排。

放下电话，专家很久不能从通话的状态中解脱出来。前后两个电话，有着天壤之别。他一下不能很好地应对突然出现的变化。

朋友年龄不大，很会玩，他认识的人特别多，能够把各种类型的人巧妙组合起来，让大家一起开心快乐。这是一种天分，是上苍赋予的，不是人人都具备的。他们过去经常在一起，挂职后交往明显减少。

接受邀请后专家心里由衷地高兴。遭遇苏瑾婉拒后，他的心越绷越紧，现在终于可以放松一下逐渐紧绷的心灵。在这个熟悉的城市里，不知何时起，有种挥之不去的被放逐感，让其不能自在从容地应对发生的一切。危难之际，朋友伸手救援。

上午十点左右，准时来到指定地点。这是黄河边上新建的一个度假村。一幢幢欧式建筑，排列整齐。每栋小楼里设施完备，吃饭唱歌打牌，娱乐功能齐全。还有许多装饰不错的小房间，晚上住下不成问题。一看就知是近年开发出来的休闲场所，很上档次。只是人少了些，乍一看楼比人多。

大伙儿还在前后张望时，管家看出端倪。他有些得意地说，不是你们想象的那样，这里火得很，到了晚上恐怕还订不上呢。

专家看着管家得意的表情，知道他说的是实情。随口应承道，红火好，红火说明事情弄大了。

他的话逗乐了几位准备进门的哥们，他们齐声说，洪哥没有白锻炼，越来越幽默了。

开过玩笑后，专家意识到自己真的落伍了，生活方式远未跟上时代步伐。一个消费时代早已来临，他还遗落在曾经的岁月里停滞不前。他好奇地东张西望着，惊诧眼前的变化。极目之处，华丽别致，给人耳目一新的感受。

大伙儿陆续到来，有公安，有医生，也有老板，人很杂。这符合朋友的个性，他结交的朋友就是这样，什么人都有。这些人大部分见过，见面后相互寒暄。大家不约而同地询问挂职情况，把朋友的关切毫无保留地送了过来。他则一个劲地说自己过得蛮好的。只是弄不清楚为何这么说，究竟要表达什么。

专家发现来了两位年轻的女士，以前从未见过。一位眉目清秀，特别漂亮，就是初次见面就能让人眼前为之一亮的那种。另一位则带有极其浓烈的城市气息，很是洋气。

以前常有这样的惊喜出现，组织者不时地花样翻新，让大伙儿一饱眼福。今天这两位的确不同凡响。世道在变，朋友也在变，可能是挂职的缘故，经常错过机遇，都有严重落伍的感觉。专家暗自思忖。

来，介绍一下。专家发愣之际，朋友将新来的两位女士带到跟前。

这是十几年的老朋友，现在固原挂职，是地方史志方面的专家，水平相当高。这两位是老总，年轻的女老总。

专家握手，面对两位年轻的女总，心中有一丝不安掠过。他尽力镇定自己，和颜悦色地说，厉害呀，这么年轻都当老总了。不知是恭维还是羡慕，总之有点怪兮兮的，有种老古董见到鲜嫩物的尴尬与不安。

不是他说的那样。她们很是谦逊，和善中透出姣美的神情。尽管极力否认朋友的夸赞，但自信的神态一览无余，一看就是比较成功的那种。

别谦虚，会给别人带来压力的。朋友说。

没有呀。

两位女士开朗地笑了起来。

这些朋友的朋友，此刻很快就变成朋友。

客厅很大，这种设计有点像教堂，顶部的穹宇特别空阔。上方一盏大吊灯，使空旷的上部更加富丽堂皇。一张圆桌已经摆好饮食器具。大家闲聊乱扯着。间隙，专家到楼上参观。

只见一个又一个的小房间，全都房门大开，里面的设施一应俱全，有沙发，有床，也有电视。这些温馨的小港湾，它能满足人们多样化的需求。现在的老板太厉害了，他们赚钱的技巧非常娴熟，懂得人的各种需要，让你不知不觉间进入温柔之乡。

专家似乎看出游玩的客人与这些房舍之间的必然联系，他们一定会充分利用这些设施尽情发挥，即便不是这一拨，也会是另一拨，在这里上演人间喜剧。专家思谋，他们才是真正懂得生活的人。与其相比，自己确实有些寒碜。

窗外，天空万里无云，气温上升很快。湖水静静地吸收天空传来的热量，安详，神秘，静默无言。

走，我们到湖边甩两竿。朋友提出钓鱼的邀请。

大伙儿纷纷起身走了出来，侍者忙着去准备渔竿饵料。

天气这么热，也不准备遮阳伞，想晒死我们。一同前来的年轻老板高声训斥。他们的口气从来都这样，似乎只有这样才能显示自己的不同寻常。

这就去，侍者忙着去拿遮阳伞。

刚一会儿就搬来了凳子，架起遮阳伞。一排男人整齐地面对湖面，盯着鱼瞟看有无鱼儿靠近。两位女士站在旁边观看。大伙儿屏住呼吸，无形中展开竞赛，希望能第一个钓上鱼来，好在美女面前表现自己。

然而，好长时间竟没有一个如愿。

天热了，鱼都钻到湖底，钓个鬼呢。老板又开始责怪。

湖里放养的是野鱼，能钓到那才叫本事。

谁都知道野的比家的好，能钓上美人鱼那不更好。老板得意地说。他经常喜形于色，从不掩饰自己的情绪，说完他掉头看两位美女。谁知，她们早已不见踪影。

人都不见了，我们还熬在这里干吗？他不屑地说。

我说你今天来是钓鱼的还是钓人的？有人开玩笑。

能钓上啥都行，当然人更好。说完，他哈哈大笑起来。

算了吧，我看大家心思不在这里。朋友提议。

听到这话，他们纷纷撂下渔竿，径直回到餐厅。此刻，大伙儿的注意力早已转移到餐厅里。只见她俩坐在那里休息，专注地低头玩手机。玩手机成了现在人们生活的新常态，没有这东西恐怕都活不下去。

我说你俩舒服呀，连鱼都不钓了。年轻的老板抢先进位。

钓鱼是男人的事，成功的人都在钓鱼呢。长相斯文的那位很会说话，她的话惹得大家笑了起来。老板的笑声尤其夸张。

我知道了，知道了。他连声说。看样子，今天极为开心。很快，大伙儿的说笑声进入高潮，小楼里充盈快乐的气氛。

返回客厅时，菜已上齐。

在落座时，专家被弄到上席，起先他怎么都不肯接受这个安排，但大伙儿硬是将他弄到这个位置上。

怎么说，你也是大哥，你不坐我们就没法坐了。朋友的劝说很到位，并得到大家一致赞同，他见拗不过就坐了下来。

这是一个巨型圆桌，大伙儿坐定后，桌子开始缓慢转动，所有菜肴从眼前缓缓经过。这些菜虽比不上城里奢华，但很有特点。凉拌小菜特色鲜明，地方风味浓郁。尤其两条硕大的草鱼，平躺在一只巨型的盘子里，成为桌上一道标志性的风景。

这就是你们刚从湖里钓上来的，现捞现做，绝对新鲜环保。酒店的老板得意洋洋地夸耀他的杰作。

不会蒙人吧，刚才我们半天连个鬼都没钓到。老板抢先发难。

这位客人，你没有看见并不等于没有发生。这鱼确实是刚从那里钓的，就在你们刚来之前。好吧，大家慢用，别着急，好货还在后面呢。说着，他笑嘻嘻地离开。

宴会至此开始，大家推杯换盏，一轮又一轮的敬酒拉开帷幕。

专家坐的这个位置，自然成了重灾区，这是符合惯例的。好心的朋友，一次次端着杯子走了过来，专家兴奋地一次次站了起来，满面春风地迎接大伙儿的祝福。此时此地，接受敬酒的感觉甚好。

没多久，那位刚刚认识的漂亮女士也走了过来。只见她端着红酒，一双眼睛有神地望着他，脸上表情很独特，让他难以分清是俊俏时髦抑或端庄清秀。他的心跳加速，有种飘飘欲仙的感觉在升腾。但随即冷静下来，知道在这种场合，老成持重才是应有的选择。

初次见面，非常高兴，以后还请多多关照。她倒是反应挺快，一副不卑不亢的样子，抢先开腔。

说这话时，她表情丰富，自信谦和中透着雍容华贵的气质。而嘴唇尤为生动，妖冶猩红的唇中出现娇嫩鲜美的声音，听上去竟有些缥缈。面对如此情景，专家的思维明显变慢。他在快速组织回应的语言，但最后只说出一句极为平常的话，且有重复别人的嫌疑，认识你很高兴。说着，就与她碰杯后干掉满满一杯白酒。

第一次接触就这样结束，他心里莫名地承受着压力，担心这种时刻稍微拉长，会有崩溃的可能。这个从未见过的女人，为何会给他造成如此巨大的压力，正踌躇之际，那位活跃的老板过来了。

专家好酒量，来我敬你三杯。说着，他就将盛满的酒杯端到他的面前，等待与他干杯。专家一时犹豫起来，他说这么喝下去会出问题的。

哪里会有问题，你跟美女喝都没问题，跟我喝会有啥问题。看样子，他非要这样喝才肯罢休。专家没有再迟疑，连续干了三杯，他这才回到座位上。

专家好酒量！有人开始起哄。

哪里，纯粹是为大伙儿助兴。让我稍微歇息一会儿，有点撑不住了。

慢点来，让专家休息一会儿。朋友开始主动解围。

在朋友劝解下，他有了短暂的喘息。这时重点进攻已转为全面开花，大伙儿互相敬酒，一时间纷纷起身，酒场一片混乱。

现在酒场秩序有些乱，大家安静一下。下面换了玩法，大家轮流坐庄找着玩玩。朋友大声维持酒场秩序。就这样，车转大战式的竞技活动开始上演。这是人人见面人人过关的比赛，对抗性非常强，比赛迅速进入持久热烈的鏖战状态。

大约三个小时后，到了后半晌的时候，爱叫板的老板明显不行了，他跌跌撞撞地进入旁边的卧室躺下休息。这时候，大伙儿说话的声音更大，笑声也更加张扬。在酒精的刺激下，人们变得空前兴奋，不知世间烦恼为何物。

专家喝了不少，但还比较清醒。他心里明白，老板想在女士面前逞强，故意找人拼酒，结果自己中枪先醉倒，最后的结局已不言自明。在临近结束时，还存有一些清醒，他模糊地意识到自己已经取得胜利。

对于散场的过程，专家的记忆断断续续，有的清晰，有的模糊。只记得酒会结束后大伙儿都出了门，他不知怎么和那位漂亮女士一同重返酒桌。她要了他的电话，他顺势做出一个亲昵的动作。她醉眼蒙眬地看着他，说下次一定要去看他。

就这样，他们又回到大部队里。后来怎么都想不起，这样一个单独行动是怎样发生的，最初由谁提议。也对大伙儿当时的反应没有任何印象，更想不起那位爱叫板的老板有何反应。只记得得到她的青睐，她仿佛就是为胜利者而准备的奖品。他最后胜利了，奖品自然归他。

酒醒后，有用的记忆还在，尽管不很齐全。每当想起这个，专家的心里就暖暖的，他在似醉非醉的瞬间彻底放松。这是人生难得的几个幸福瞬间之一。

很奇怪，开始时她的面容印象大致还有。回到挂职之地，记忆开始发生变化。几天后，那个曾经为之激动，在风口浪尖上抢夺回来的动人形象慢慢模糊。再后来，这种意识彻底变淡，变得抽象难懂。只记得在某个周末，在黄河边的度假村发生过一件挺有意思的事，它给这个平淡灰暗的人生增添一丝诡异的幸福色调。

苏翁说，人生如梦，一樽还酹江月。看来他是懂的，懂得其中的奥妙。所以，专家怀着虔诚的心情来祭奠这个越来越远，似乎仅存在于天国世界里的美妙瞬间与神圣时刻。

又到挂职之地，那位昙花一现的女士始终没有出现。他又想起自己的那位老同事，她的态度有些决绝，他们的故事似乎仅限于餐桌和车上。没有苏瑾的消息，专家的心情有些复杂。任何东西都会改变形态，即使经历曾经的真情淬火，更何况他的那点事情，还拿不到台面上来说，时光让他体会到生活的严酷与无奈。

不会这么快就成为过去吧，专家带着遗憾的心态眼望鲜活的形象成为越来越远的抽象印记竟无能为力。一时他的心里空落落的，有种无名的惆怅蔓延开来。

拾玖

几天后，一度浮躁的心绪平静下来，专家想起上次吴先生的话，要共同讨论固原曾经出现的一位名人。已经过去一段时间，不能辜负老人家的好意，他稍做准备，向着那个小院走去。

刚一进屋，专家发现屋里还坐着一位年轻的同志。吴老先生急忙介绍，这就是首府来的洪专家，人家对于固原的历史很感兴趣。这是我的学生，是位年轻的学者，在地方史方面很有研究。你们以后多交流，会碰出火花的。

专家握着年轻学者的手，只见其高大英俊，气质儒雅，尤其是一双大眼睛炯炯有神。他说，认识你很高兴，以后要多指点。

哪里，以后要多听您的指点才对。早就听吴先生说过，今天总算见到洪专家，真是三生有幸呀。这位青年学者说起话来文气十足。

他们坐在吴老先生的家里，共同探讨固原的历史。

吴先生说，上次说到北魏的前半段，今天我们就接着这个话题继续进行。北魏实行改革，实现北方统一，其历史功绩值得称道。但到了后期腐败愈演愈烈，与任何一个行将灭亡的王朝一样，北魏鲜卑贵族贪婪残暴，导致民不聊生。这个时候，大规模的起义就出现了。

公元 524 年，高平镇匈奴人赫连恩，率先聚众反魏，推举敕勒族酋长胡琛为首领。胡琛自称高平王，举起反叛的大旗。这是在固原发生的较大规模反抗压迫的事件。

同年，秦州（天水）羌人莫折太提率众起义。派胡人卜朝北上，攻打高平，并占领高平。年底，胡琛派大将万俟丑奴（鲜卑族）袭杀卜朝，重新攻占高平，并积极迎战魏军。

万俟丑奴，这个名字好奇特。专家说。

吴先生说，你可不要小看这个万俟丑奴，名字虽不咋样，也算个人物。他甚至还建立了自己的政权，这个我下面再说。

你看看，刚刚消停不长时间，有短暂统一的北魏辉煌历史不复存在，重新回到混乱的战争年代。各地各族都卷入其中，就固原这个地方，参与的人非常复杂。

之后的两三年中，万俟丑奴并不像他的名字那样龌龊，大战陇山一带，杀魏军无数，所向披靡，这时关陇义军也受丑奴节制。公元528年七月，丑奴在高平称帝，置百官，史称陇东政权。此时，丑奴的辉煌达到极致。

专家好奇地问，吴先生，你前面说过，在固原这个地方，赫连勃勃曾经建立大夏政权。这个万俟丑奴又建立陇东政权，对于固原，也不能小视呀。

吴先生说，这个陇东政权并没有得到史学界的认可，可能是因为时间太短的缘故，但万俟丑奴建立政权这事倒是真的。

这时沉积几百年的关陇势力又开始复苏，这可是个大事情。与五胡的势力形成抗衡态势，实属不易。在五胡的乱杀乱吃的造孽行为中，终于有了一股新势力的崛起。他们出自陇右，有着与秦始皇一样的气魄与血性。他们依托固原这片土地，在这里得到可靠的支撑。

可以看出，从古到今，固原、平凉、庆阳、天水几个毗邻城市，它们的命运是连在一起的，无非就是陇东与陇西的关系。固原的作用发挥尤其特别，它被称为担负项背的重要作用。而关陇贵族的崛起，影响历史进程。他们从北魏到隋唐这一时间段里，活跃在历史舞台上，以致雄心勃勃的隋炀帝，都死于这个贵族集团的手中。

所以，对于关陇贵族的认识，我觉得史学界还没有放到应有的位置上。可以说中国历史的前半段，都与这个地区有关。下面说说一个人，同样属于关陇贵族，也是固原历史上的名人，他叫李贤。

李贤的历史，你说说吧。老先生把话题交给年轻的学者。

学者正襟危坐，开始讲述。

对于陇山一带的起义，北魏的统治者自然是不能容忍的。公元 530 年，一边派大将军尔朱天光征伐高平。一边派密使游说当地士族李贤做内应。李贤这个人，名贤人不贤，出生于固原，竟然秘密做起策应的事，导致在固原建立的陇东政权覆灭，万俟丑奴被杀，高平重新归顺北魏。可怜的丑奴，就跟他的名字一样，失败得有些窝囊，他没有想到自己会栽到固原人的手中。

听到万俟丑奴被杀，而且是由于当地的内应李贤起了作用，专家的心里咯噔了一下。他说不清楚，自己为何会对丑奴这个人产生同情。感觉一个老实人遇难了，仿佛有悖常理。但他静静地听着，没有影响学者的讲述。

学者说，要讲清楚北魏的覆灭，还得从北魏的兴盛讲起。这里不能不提到一个人，是他让北魏从兴盛一步步走向覆灭。这个人叫宇文泰。

北魏兴盛时，宇文泰开始崛起。他是鲜卑人，他让朝代的更迭速度变快。从北魏到西魏再到北周，可以说，由他一个主持完成。这个人与固原的关系相当密切，他把固原作为战略支点，一步步实现自己的图谋。

出生于固原的李贤，成为他成就大业的肱股之臣。他们二人合作，给固原的历史留下浓墨重彩的一笔，也留下一些极其重要的东西，文化价值非常大。李贤是汉代名将李广的后代，自从与北方少数民族发生关系后，他的祖上再没回去，开始在固原这里发迹。他与宇氏家族的关系密切，影响朝代的更迭。

宇文泰先是征伐陇东政权有功，在朝廷的地位上升很快。他的贡献就是灭掉在固原建立陇东政权的万俟丑奴，从征西将军到武卫将军、夏州刺史，再到右丞、丞相，最后控制关陇地区。

在征伐陇东政权前，宇文泰带领部队曾在木峡关一带暂时休养，蓄积力量，伺机进攻。

木峡关在固原西南 20 里处，处于六盘山的腹地，山高坡陡，地势险要，易守难攻。这就是隋唐原州著名的七关之一。这七关是石门关、驿藏关、制胜关、石峡关、木峡关、六盘关、木靖关。

现在，在海子峡建立一座水库，供固原城几十万人的饮水。水库大约是 1958 年建成的，在水库建成之前，它是一条通畅的峡谷。两边高山对峙，中间溪水流淌，成为六盘山的一个天然大通道，这条通道连接固原城与大山西面的区域。

木峡关就在海子峡的峡口处，也就是今天的海子峡水库出口处。如今高坝耸立，库中水波荡漾，有水鸟在平静的水面上倏地掠过，留下一圈圈的波纹在扩散。寂静的大山中，平静的水面静默无语，像追忆倾诉，也像珍惜这难得的和平时光。

宇文泰率军攻下高平后，安抚百姓，鼓励农耕，改变十六国末期战火遍高平，宁南被抢掠一空的局面。公元 542 年，设原州总管府，领高平、长城二郡。高平人李贤出任原州刺史，后又被封为都督、左都督、安东将军。李贤对家乡充满感情，积极抚恤乡里，甚得民和，劝民耕桑，业绩斐然。

宇文泰掌握朝中大权后，将皇帝玩弄于股掌中。他先是鸩杀魏孝武帝，立南阳王宝炬为帝，史称西魏。自己也不断地被加封，成为安定郡公、上柱国。公元 557 年，官至西魏太师的宇文泰病死后的次年，西魏恭帝退位，西魏被北周所代替，宇文泰的儿子宇文觉称帝，国号周，史称北周。

在固原历史上，有影响的名人不多。李贤就是其中之一。他为东西商贸畅通，固原的经济发展文化繁荣做出重要贡献。从固原出土的鎏金银壶、玻璃碗、漆棺画，就是历史的见证。它们成为国宝级文物，与他密不可分，这是今天的固原人时常津津乐道的事情。

对于这个人，也应该历史地辩证地去看待。密谋杀死万俟丑奴，有其不光彩的一面；誓死效忠宇文泰，让他一生走向辉煌。他的墓室留存下来的宝贵遗物，见证了丝绸之路上东西方贸易交流的频繁，也见证了当时固原的繁荣。

李贤的发迹过程与当时混乱的政局有关。在帮助两魏镇压民族起义军胡琛、万俟丑奴期间屡立战功，得到时任北魏大将军、北周政权奠基人宇文泰的赏识。史书记载，宇文泰每到原州，必在李贤家欢宴终日。宇文泰甚至把自己的两个儿子交李贤夫人照顾，其中一个儿子就是后来北周的皇帝宇文邕，另一个是北周的齐王宇文宪。

宇文邕当上皇帝后，把李贤当作北周的皇亲国戚看待，曾被委以重任。他先后担任使持节，河州总管、刺史，洮州总管、刺史，统领三州七军诸军事。569年三月，李贤在京师长安病故。周武帝宇文邕亲往吊丧，悲恸之情，感天动地。同年，李贤归葬原州，追任柱国大将军，他为宇文父子做出的贡献可想而知。其妻吴辉更是风光无限，生前被赐为皇族姓氏宇文氏。

李贤的两个弟弟，经西魏、北周、隋三朝，官至柱国大将军和骠骑大将军。李贤的5个儿子，均官至刺史、大将军要职。人人封侯、封公，荣至当朝。后遭奸臣诬陷被除，应验盛极而衰的道理。

李贤夫妇墓在固原南郊一个叫寇庄的地方被发掘，出土文物770多件，在李贤夫人的棺内发现了3件属于国家级的稀世珍宝：鎏金银壶、碧绿玻璃碗和青金钻戒。这些稀世珍宝，至今珍藏在固原博物馆里，见证这个地方的辉煌历史。

专家听得津津有味，他说，我们能不能到李贤的墓地看看。

学者说，这个主意好。吴先生，你行动不便，在家中休息，我现在就带专家去墓地看看。

好，到现场效果会不一样。吴先生说。

告别吴先生，他们二人朝李贤墓地走去。

墓地在一个叫寇庄的村子里。寇庄位于一片平坦的台地之上，它的风水极好，属于上风上水。说它是台地，是因为处于上百公里川道平地的末端，再往南又是崇山峻岭。而它的海拔比较高，处于一个群山围拢的掌心地带。

站在寇庄，向四周看，巍峨的大山在这里温顺许多。通通乖顺得像小丘陵似的围拢着，为这片风水宝地遮风聚气。专家惊叹道，这个地方就是不一般呀。

是的。学者说，这片土地的风水价值古人早已知晓，所以墓冢连片，就连北周的柱国大将军也长眠于斯。柱国大将军的地位非常显赫，春秋时期某些国家的这个职位，相当于后来的太尉，是国家最高军事长官。在北周，以柱国为最高荣誉，共置八柱国，均以皇帝的心腹亲信任之，每一位柱国统领大将军两员，专掌国家精锐兵力。而李贤、田弘等国家栋梁就长眠于此，躺在这个风水极佳的台地上，证明其生前的荣耀与显赫。

这片上品的风水宝地，如今居住许多人家。一般来讲，适宜阴宅的风水地，对于阳宅那可是犯忌的。可这些人为何又偏偏不去理会这个，混住在坟地里。而且，这个地方起了一个特别名字，寇庄。

寇庄，按字面意思理解，那是贼寇聚集的地方。难道这个地名预示着某种不安宁，仿佛这里的人专门从事掘墓盗坟之类的营生，抑或梁山好汉啸聚于此，随时准备闹点啥事出来。这里阴阳混住，人鬼不分，到处飘荡一种阴森森的戾气。

历史上这个地方从未消停，贼寇的活动非常嚣张，他们的盗墓活动没有间断过。经常有鬼鬼祟祟的人悄悄靠近村庄，为了达到盗取地下墓葬的目的，进而铤而走险。也有的与这个庄子的人相互勾结，共同完成见不得人的勾当。他们的阴谋与贪婪，让这片土地满目疮痍。现在国家文物部门开始抢救性挖掘，他们与盗墓者争时间比速度。

长眠于地下的权贵富贾们，他们带着自己的心爱宝物进入这片风水极佳的墓地，压根儿就没想到，有多少贪婪与仇恨的目光早已瞄上这里。后来的盗掘活动，简直就是进行挖坑比赛。让这个山环水绕的台地，不再风光明媚，而是鬼影幢幢、魑魅魍魉，是权贵商贾将祸水引向这片洁净的高原台地，让平静千万年的土地从此不再安宁。

来到墓地，考古工作者正在进行抢救性挖掘。一位负责人心情沉重地说，这里绝大多数的墓已经被盗，而且有的数次被盗。盗墓时间跨度很大，有的墓从人埋下去后就开始被盗。特别是最近几年，盗掘活动十分猖獗。他们手段新，速度快，隐蔽性强，有的人将房子直接盖在墓的上面掩人耳目，他们会在自己的屋里日夜不停地盗掘。尤其是运用雷管炸药之类的东西，对墓葬破坏极大。

这里的墓多为隋唐墓，墓葬形式很特别。从前面十几米处，就有一斜坡道伸入地下，越下越深，直通到棺椁处。墓道上方凿有两个相距不远的深井，便于取土开凿，这样就在墓道上形成一个三进式的结构。再前进一步，就到了墓室里。

这里有厚的黄土层，黄土的特性是不易坍塌，所以墓室很牢固。有座正在挖掘的墓马上接近尾声。考古人员手指墓室上方的印迹，有些遗憾地说，你们看，这就是盗洞。他们打得很准，直接到了墓室，估计这个墓室不会有有用的东西存在。

学者说，这片隋唐墓地已经纳入申遗的规划之中。对于墓区也在进行整治，准备建一个隋唐历史文化园。这样，故去的，现在仍在那里生存的，都能相安无事。

他们站在墓地旁边四处张望，五月已尽，高原上到处都是长势良好的玉米。玉米有半尺多高，绿油油的，充满生机与活力。在风的吹动下，叶子自由地摆动着，有时还发出哨声似的响音。那些混迹于玉米林中的墓葬，有的露出坟冢，有的深藏地下，在阳光普照的日子里，它们一时也都充满生机。

眼前的情形，深深地打动专家。他被生机盎然的情景所吸引，也沉醉于悠久辉煌的历史，以致很长时间都不愿离开。最后在学者的催促下，才很不情愿地离开这里。

贰拾

经过五胡乱华这样一个时期，佛教于北魏、北周时期在固原地区兴起。这是一个奇迹。佛教的兴起，到底是庆贺短暂的统一，还是慰藉乱世带给人们心灵上的创伤，这是个历史之谜。

历史上东西文化的融合，南北文化的融合，靠丝路贸易，也靠战争传播。巧合的是，随着鲜卑人几次南迁首都，与中原文化融合得越来越深。这个时期，佛教也奇迹般地兴盛起来。从现在的新疆传到河西走廊，再到固原到长安。这样一个东西南北的大融合，对于推动中华文明大发展意义重大。

当时上至皇帝，下至平民百姓，信佛教成为时尚，到处在勘察地形开凿石窟，为传播佛教忙乎。外来的宗教与本土的道教相安无事，共同存在下来。固原的须弥山石窟群就是佐证。

这个时期就连陶俑也出现变化。仔细察看出土的陶俑，一改秦汉时千篇一律的情形。每个陶俑都精雕细刻，其面部的表情变化尤为明显。

秦始皇时的陶俑，全是高大威猛的武士形象，象征一个充满活力、野心勃勃的帝国开疆扩土的霸气形象。而到汉代时，则温柔许多，不仅陶俑个头小了，而且更加平民化，变得可亲可爱。

到了北魏时期，陶俑变成人兽一体。尤其是镇墓兽，既狰狞又人格化。这反映出两种文化杂交融合后形成的变异类型，充满异域民族的野性之美。尤其是与中原文化融合后，这种野性的力量也渗入进来。

当然，这与羯族人专吃少女的那种野蛮还是有很大区别的。所以说什么样的行为有意义，什么样的行为属于掠夺与暴虐，这是有严格界限的，与同族异族关系不大。

固原须弥山石窟的开凿，会在这样一个时期出现，与当时的民族融合文化交融有很大关系。北魏孝文帝改革的重要内容之一，就是服式改制，禁穿夹领小袖的胡服，一律改穿汉装，并亲自赐给群臣冠服，让他们穿戴。所以，佛像的造型和衣着特点也反映出这一融合的过程，这是太和改制后南朝汉式衣冠和秀骨清相的艺术风格流传到北方的反映。

须弥山石窟位于固原市原州区境内，坐落在六盘山支脉的寺口子河北麓的山峰上。这里峰峦叠嶂，怪石嶙峋，流水潺潺，风景秀丽，是宁夏著名景区之一。

须弥山石窟的开凿始于北魏孝文帝太和年间（477 年至 499 年），兴盛于北周和唐代，是中国开凿最早的十大石窟之一，也是古代丝绸之路沿线著名的佛教石窟之一。

须弥山石窟始建于北魏，西魏、北周、隋、唐、宋、明等朝代不断加以修缮。长期以来，一直是自长安西行之路上第一个大规模的佛寺遗址，被誉为“宁夏敦煌”。历时 1500 多年，成为中国古代长安至关外规模最大的一处佛寺禅院。其开凿规模、造像风格、艺术成就可与大同云冈、洛阳龙门等大型石窟媲美。

须弥山石窟所处的位置相当重要，自古以来，这里就是中原通往河西走廊、大漠南北的交通枢纽和战略要地。丝绸之路开通后，这里又成为丝绸之路东段北道的必经之地，是由长安到西域最短的必经之地。

到了唐代，唐王朝为了加强边疆防卫，又在这里设立石门关，直接控制中原与西域的军事与交通，使这里有“关中咽喉”之称。宋代，这里又是怀得军的驻地平夏城（黄铎堡村）的险要关隘。清《甘肃通志》载：“州北九十里须弥山上有古寺，松柏郁然，即古石门关遗址。”石门关，是隋唐时期固原著名的七关之一，为西北通往都城长安的要冲，是屏蔽中原及长安的门户。

最为引人注目的，是须弥山入口处高达 20.6 米的弥勒大坐佛。它高坐于唐代大中三年（849 年）开凿的一个马蹄形石窟内，身披袈裟，头流螺髻，脸如满月，双耳垂肩，神情庄重，十分壮观。这座大佛，比云冈石窟中最大的十九窟坐佛和龙门石窟的奉先寺卢舍那佛还要高，是全国最大的佛造像之一。

走近观察，只见其高大魁梧，足有五六层楼高，仅耳朵就有两人高，眼睛直径有 1 米多。佛虽大，但雕刻十分精致。

学者说，这是从一块完整的罕见巨石上雕琢出来的，充分显示中国古代工匠的高超技艺和雄伟气魄。唐代统治者提倡佛教，武则天曾下令全国各州建大佛寺，造大佛像。站在大佛的脚下，眼前云雾缭绕，耳旁山泉叮咚，山石雾凇组成大西北黄土高原上独特的山水画卷。

又值四月八，须弥山花如海，人如潮。河谷间红砂岩耀眼醒目，一簇簇紫色丁香花开遍河谷，将红色的砂岩、绿色的草地点缀得如仙似醉。

春光明媚，艳阳高照。太阳升至半空时，通往须弥山的公路上车辆行人逐渐多了起来，人们不约而同地从东西两条大道向须弥山涌来。或乘车前往，或徒步而行，欢快的情绪异常高涨。他们要去赶一个盛大的节日，这就是一年一度的须弥山庙会。这个传统，不知从什么时候开始，已经成为人们心目中一个永恒的记忆。

须弥山人山人海。山顶上，庙宇间，花丛里，草地上，到处都是游走的人们。他们欢聚在一起，游山逛庙，谈笑风生，享受现实的美好，也追寻往日的辉煌。整个山峦间，成了欢乐的海洋。

今年逛庙会的人比往年多了许多。

以后会越来越多的。

听说要在这个杏树台建大雄宝殿呢。

原先就有，只是恢复而已。在唐代，叫景云寺，那时比现在要热闹。

早就听说要建大雄宝殿，咋到现在还没动静?

说是让文物部门给卡住了，在核心区不让建这个，担心会破坏原来的风貌。

唉，死脑筋，想不开。那是恢复，咋能说是破坏。

这个地方缺少一个香火处，谁都觉得不完美。

我看迟早还是会建的。

但愿吧。

咱们这个景区平时没多少人。一到四月八，人山人海，山上山下，到处挤满了人。

都是本地的人？

四面八方都有。主要是本地的人，他们奔着庙会而来。

四月八是个节日吗？

是。

四月八到底是个啥节日？

这个我也说不清，好像人们约定俗成的一个庙会日。你问这么细弄啥呢？

不弄啥，随便问问罢了。

专家挤在人群里，感受节日的欢乐。他听到两个人在扯闲，就注意他们在说什么。

这时，搭在景区中央的舞台上，有高分贝音乐响起。看样子，要有节目上演。

进入景区，迎面是一条小河。河水从西边流出，蜿蜒向东而去。上游不远处，峡谷刀劈斧凿，这就是著名的石门关。关隘的上方，就是著名的大佛。佛像慈眉善眼，在高崖的上面静静地注视凡世的人们。似乎想说什么，却一副欲言又止的样子。

佛像下人流在涌动，这是人们光顾景区的必去之处。看大佛，有好运，已经成为人们心中的期待与向往。沿着山峦往上看，高处的山坳里，四周被围拢起来，形成一个相对封闭的区域。崖岩上石窟四处遍布，每个石窟都有人头攒动。

专家寻着音乐之声，向山坡高处走去。路上已经拥满了人，大家一起向着山上运动。这个时候太阳升起很高，阳光照射过来，给这个面向东方的石窟群带来无限光辉。你会感到一种惬意的东西在凡世间无限涌流，人还是需要这样的沐浴与滋润的。不信你看，从山上路上的行人中，能感到某种幸福的存在。

到了一个宋代石窟的入口处，崖壁上两棵菩提树引来无数游人观赏。在如此高纬度高海拔之处，出现这样的神奇之物的确是造化的刻意安排。两棵菩提树，一大一小，从岩崖的石缝里长出，它们突兀地依偎在岩石旁，给这个地方带来灵气与智慧。这是靠凡世思维根本无法解释的。

山坳的高处，也就是杏树台所在之处，一舞台已经搭建好，这就是有名的景云寺旧址。庙宇虽不复存在，而高音喇叭派上用场。歌声有民族的，也有通俗的，像是演出前的热场。这个时候，作为佛教景区的特色倒是被淡化，更多的是喜庆热闹的景象。

舞台四周早已围满了人，等待节目上演。没过多长时间，在领导致辞之后，演出正式开始。报幕人穿着时尚暴露，而演出的节目正是表现丝路文化的，那些经过时间洗礼，融入中西文化元素的节目徐徐呈现。人们仿佛看到大唐时代的繁荣与奢靡，也看到今天的人们，精心演绎着对那个时代的独特理解与刻意创新。

期间不时地有喝彩声、喧闹声出现，整个活动看起来喜庆热烈、欢乐奔放。这就是今天人们所追求的快乐效果，没有人再愿意背负历史的包袱，去感知那些凄凄惨惨、悲悲切切的过去。时代不同了，毕竟已经走到 21 世纪。

大山无语，溪水长流。佛还是那个佛，山还是那个山，敬佛的人已经更换无数代。须弥在佛界有宇宙中心的意思，而聚焦在这个宇宙中心的人却发生千差万别的变化。经历多少代的更迭变化，今天的人们更愿意享受快乐的生活。这个是追求享乐的时代。

大约两个小时后节目结束，围拢的人开始散去。专家还站在那里痴痴地瞎想，这个庙宇精华之地，如今已变成表演的舞台，今后还适合在这里建宝殿吗。他想不出答案，也没人告诉他这个想法对不对。许久，他随着散去的人开始下山。看样子，四月八的庙会已经结束。

贰拾壹

你要到哪里去？

去陇山。

陇山很大，不知要找哪个？

没有具体目的，走到哪儿算哪儿。

这就是陇山。

这是六盘山？

对，六盘山就是陇山的主峰。

陇山的主峰，那就看看主峰吧。

专家一个人向着陇山的主峰走去。西边的群山一座接着一座，他知道这都属于六盘山的支脉。东边的山势没有西边险峻，但走向还是明显的，而他正是沿着南北走向的山系不停地运动。

两条山脉间是丘陵盆地的相间地带，一会儿丘陵遮住视线，还没走到跟前，一片平展的盆地出现在眼前。刚刚进入盆地不长时间，又有丘陵遮挡住视线。盆地里很少有庄稼，取而代之的是一片片林地，有已成型的松树，也有刚刚长出的小树苗。在丘陵盆地间穿行，感觉进入植被茂盛的林区，满眼绿色，连飘来的空气都格外清新。

车在高速路上快速行驶，高速路于丘陵盆地间夸张地伸展开来。一个接着一个的弧形大转弯，是这条高速路的奇特之处。途中偶尔出现并不算长的隧道，给这条平坦大道增加了立体想象的空间。

正欣赏不断涌来的一切，绕过一个山丘后，只见一巨型高架桥从半山腰伸展过来，绕了一个弧形大弯，在盆地上方横空而过，酷似巨龙腾空而起。几十米高的桥柱，一个接着一个整齐排列开来，把这条巨龙高高擎起。这是新建的高速路，在这里形成立体交叉的格局。专家思忖着，现代文明已经在这个古老的地方，展示非凡壮观的景象。

眼前囫囵型的山系望不到边，仔细看去，重重叠叠的山峰也在发生变化，阴阳面呈现不同情景。阴面统统长满松树，而阳面树木则相对稀少。这里确实有别于其他地方。越往南走，树木越多，竟有连片的森林出现。

走了许久，进入视野较为开阔的地方。转过一个小山丘后，有人家出现，而且越来越多。专家看清了，这是一个小镇。

车子进入小镇后，他下了车。

小镇就在六盘山的脚下。专家伫立小镇向西张望，西面的高山拔地而起，显得神秘而突兀，似天国里神仙聚会之处。一同乘车的人告诉他，这就是他要去的地方。仰望眼前的这座圣山，心中涌出别样的感情，曾经做梦都在攀越的高山，此刻活灵活现地出现在眼前。

史书中多次提到这个著名的小镇。小镇的历史非常悠久。它处于大山之下的歇脚处。这座山是人们西行的必经之处，著名的西兰大道横穿这里。所以，要想西行必须翻越眼前的大山，想要翻越眼前的大山，必须经过这个小镇。

小镇的建筑风格很别致，完全不同于其他地方，是纯粹的汉唐样式。色调厚重，形制规范，中规中矩，一丝不苟。每个屋顶上，都有大写意的三角形布局，沿角笔直，极其夸张地展示汉唐帝国的大气风采。

这是近年来统一美化的结果，一律汉唐风格，一律绛紫色调，以此规范小镇的形象。建筑样式沉稳端庄，风格新颖别致。进入其中，你会有走进历史深处的错觉。

到小镇后，专家产生住下来的想法，他要仔细欣赏这里的一切。小镇的店铺一个挨着一个，有饭馆药店，有日杂百货店，也有卖古董与古玩的。它们统一于汉唐风格里，共同营造既古朴又现代的奇特氛围。

太阳西落时，镇上的行人明显减少。生活在这里的人，大部分既种地又开店，两者兼顾。此刻，农者干完农活回到家中，躺在自家的店铺里休息，慢慢消除一天的疲劳。店铺门开着，但顾客很少。店铺仿佛农舍似的安闲下来，进入休憩的状态。

小镇的傍晚特别神奇，每当夜幕降临时，这山水草木即刻进入神圣状态。它们肃穆而庄严，安详而静谧，充分展示自然的神奇力量。此刻，小镇与面前的高山浑然一体，它屏住呼吸，静静等待着，虔诚恭迎夜晚的来临。

太阳落山后，这种神秘变化开始显现。神奇首先是从旁边的六盘山主峰开始的，每当夜晚来临时，山的颜色首先发生变化，从绿色慢慢转变成墨绿色。不大工夫，山体开始变黑，掩映在广袤的苍穹里。大山在夜色浓重时慢慢隐去。

大山隐去的过程十分神奇。山的色彩由浅黑变成黧黑时，山的影像越来越弱，在苍茫的天穹背景下，只有模糊的轮廓显现。挺拔险峻的特质急剧弱化，像晕染的水墨画一样柔弱神奇，渐渐与夜色融为一体。你若不留意观察，肯定会将山色与夜色混淆。最后大山彻底融入夜色之中，在星斗满天的世界里，它影影绰绰，若隐若现，以一种别样的方式存在于昏暗的世界里。

小镇的灯火尽力放射光芒，相对于博大神奇的自然界，这光亮在无限黑暗的世界里是那样渺小孤寂。在这里住过一个夜晚，你会明辨什么是绝对的什么是相对的这类平时不易辨析的哲学问题。

夜晚来临时，人们变得沉静起来，不像白天那样躁动不安，只在静静等待神奇时刻的到来，也享受难得的清闲时光。处在这样的境地，瞬间会洞穿许多东西，变得通达开明、落落大方，停止无谓的挑衅与争斗，遗忘许多猜忌，只一味地坚守内心的一份执着。它是那样亘古未有，昭示对世界万物秉承的坚守与执着。这是大山带来的启示，也是夜晚带来的启迪。

古色古香的小镇，深刻影响人们的审美与思维。一种高古时代的情怀，一种冥冥世界的歌唱，在人的潜意识里生发。这里特有的笃行与淡定，与商品时代、消费时代的躁动形成鲜明对比。到底该庆贺这种沉静淡定，还是自觉融入变化的时代，专家给不出一个明确的答案。世界就这么神奇，许多东西是没有答案的，非要人为地设定答案，一定会误入歧途。

这是一片净土，有尚存的上古遗民，也有未被无情战争摧毁的善良品性。这里有厚重的历史，也有绵延不绝的故事和美丽的传说。处在如此圣洁之地，还能再有什么不合时宜的造次。

本来是可以直接上山的，到了这里，专家选择在山下的小镇里憩息一晚，完全是听凭内心的召唤。他不愿直接上山，是因为还没做好上山的心理准备。他要将这样一个神奇时刻尽可能地拉长。

在山下的小镇憩息，感觉进入梦幻的境地，灵魂得到净化。他悉心体味这样一个难得的时刻，开启所有的接收系统，仔细感悟这样一个神圣时刻来临。

夜已深沉，静得出奇，专家行进在隐约可见的路上。突然，影影绰绰中发现一尊塑像。凑近一看，这是汉武帝的塑像。在灯光映照下，只见千古英雄气宇轩昂，手扶宝剑，正威严地面向北方。

这位两千多年前的伟人，数次亲临这里，曾让匈奴胆战心惊不敢轻易造次。他一出现，这里就太平。他一离去，历史又开始反复动荡。

如今，这位英雄伫立在著名的古萧关，出现在黑夜的小镇上，更平添英武豪迈的气概。饱受战乱之苦的人们，仰望这位守护神，寄托珍爱和平的向往。

小旅馆的院子里停满带挂的大货车，有些进不了院子，直接停靠在公路的边上。如此寂静之处，一下子出现这么多大型车辆，让专家有点惊奇。

这里南来北往的人很多，多数是货车司机，他们负责把不同方向的货物相互转运，以满足各自的要求。司机们吃饭有个共同特点，那就是大块吃肉，同时还要喝下不少的烈酒。看样子，晚上吃住在这里，是他们难得的放松时刻。跑长途容易消耗体能，他们要利用晚上加倍补充能量，便于第二天更好地行车。

店里有两个当地的女孩子在张罗，她们忙着迎客人进门安排座位，然后顺便收拾前面客人留在桌子上的碗筷。过了一会儿，从二楼下来一位打扮入时的姑娘，她环顾四周，神情傲慢，并不时对已经够勤快的服务员指点一番。

这里的饭菜明显比其他地方贵，但吃饭的人反而比旁边饭馆多。跑大车的人似乎悟出什么，他们并不在乎花多少钱，一窝蜂地往这里聚焦。

过了一阵，几个查车的公安进来了，服务员急忙将他们安顿在一个相对安静的地方。他们每人要了一碗面开始吃将起来。虽说是面食，但搭配的臊子足有大半碗。吃完，服务员又谦恭地将他们送出门外。

小旅馆还算干净，躺在床上，专家爱动脑筋的老毛病又犯了。为何司机们都喜欢这个地方，而街上其他饭馆门庭冷落。是不是这些酒足饭饱的司机们，在这里还能得到其他服务。想到这里，自己都不愿往下想。要是这样想下去，肯定会影响这趟旅行和对这座圣山的崇敬之情。

他随手拿起桌子上的旅行攻略仔细研究起来。

六盘山，陇山主峰，黄土高原的水塔，高原绿岛。山上云蒸霞蔚，林木旺盛，也是众多河流的发源地。

六盘山发源的河流流向不同，但最后都归于黄河。北边余脉发源的清水河，绕过固原城东向北流去。水势不大，穿过良田与荒滩，把黄土切割成小小的峡谷。大约有 200 多公里都是这样，最后在卫宁平原顽强地注入黄河母亲河中。

而发源于东坡的泾河，向东北流经沙南峡，然后一个大折拐，向南经过甘肃，哺育那里的万物之后，在陕西与渭河汇合后进入黄河。清者自清，浊者自浊。泾河的水，由于清澈的缘故，汇合后产生泾渭分明的传奇美谈。这股清澈之水，没有停下前进的脚步，向东流出陕西后进入黄河，然后直奔大海而去。

他想，同一山上流下来的水，由于流向不同，竟有如此不同的命运。清水河的水，足比泾河的水慢上一月半月，才能赶上它的行程。它绕过一个大圈后，到达前者的汇入之处。而前者，则早已逃之夭夭，归入大海。这就是现实，不需要解释，而且永远解释不清楚。

所以，大文豪兼哲学家昆德拉严肃指出，我们很久以来就明白世界是不可能推翻，不可能改造的，也是不可能阻挡其不幸的进展的。只有一种可能的抵挡，不必认真对待。

大自然是神奇的，蕴藏无限机密。六盘山，这个黄土高原的水塔，颠覆人们对西北、对黄土高原的印象与认识。由于充足的水源，茂盛的水草，使牛羊满山，骡马遍地，自然风光旖旎，物产也丰富。

然而，由于这种先天的优势，招致历史上硝烟四起战争不断。多少狂妄者就是冲着这种优质资源而来的，所以这个地方历史上始终很难安定下来。

一个晚上，他没怎么休息好，脑子里老是在这里的自然地理、历史文化之中转悠，连做梦都有这些东西闪现。不知不觉间，天就亮了。

这时，大车司机们吃过早饭后点火发车，他们通常都起得很早。没过多久，车子一辆接着一辆出了院子，开启新的征程。专家也收拾一下自己简单的行囊，开始往面前的山上走去。

攀登这座圣山，是许久以来的愿望，他怀着朝圣者的心态慢慢靠近她。山上松树遍布，郁郁葱葱，完全一幅江南美景。山下植被茂盛，绿满大地，彻底颠覆人们心目中的印象。这里看不到一点荒凉的影子，目之所及，到处都是怡人的绿色。随着逐步登高，山下的绿色丘陵越来越清晰，能够全方位地看到这幅恬静山水画卷。

贰拾贰

经过一段时间的跋涉后，专家上到半山腰。站在那里往下看，下面山坳盆地相对平坦的地方，成片的灰白色房屋聚集在一起，给这个绿色的世界增添不一样的情调。每片灰白区间，都是一个自然村庄。有的经过美丽乡村建设改造成现在的模样，有的是生态移民政策实施后整体搬迁形成的新村落。村民们从山梁上搬迁到丘陵盆地间，开启新的生活。

看着这美丽风景，你可能不会相信，这就是集中连片贫困带，属于国家级贫困区，曾被联合国教科文组织确定为不适宜人类居住的地区。多少年来一直在扶贫，现在则发生着根本性的变革。

新一轮扶贫攻坚战役已经打响。五年内实现全部脱贫，已经上升为国家战略，预示美丽乡村建设开始升级换代。到时环境更加优美，人们逐步富裕，贫困从此绝迹。这里户均 5 头牛，可能就变成户均 10 头牛。因为 10 头牛的价值算下来，才能达到人均一万元的目标。在美丽的陇山，实施如此行动纲领，那将是革命性的大变革。

专家发现一个有意思的现象，这里的小康目标通过养牛的数量来计算。人们大念牛经，言必称牛，行不离牛，牛已成为百姓致富的法宝。按照这个计划，到时候牛的数量会成倍增长，庄前院后的牛棚会变得更大，到处都有牧童，随处可以听到哞哞叫声。如果满山的牛叫声超过人们的嬉笑声，那该是怎样的情景。美丽的山川，成群的牛羊，这样一幅怡人画卷，既古朴又现代，这就是陇山走向小康社会的独特之处。

再往上走，坡度开始增大，一个“和尚铺”的地方出现在眼前。专家眼前一亮，这不就是当年王洛宾待过的那个地方吗。因为在客栈里听到五朵梅唱的花儿调，被这位音乐家深刻感染，王洛宾特意留下仔细研究。在六盘山下的这个小村庄，几天的生活完全改变了王洛宾一生的音乐方向。他一头扎进民族音乐里，进行不断挖掘，最后取得灼人的成就。

在和尚铺上方不远处，也就是六盘山山腰处，当地在建造王洛宾文化园。还没到跟前，就看见院子里的汉白玉雕像高高矗立在那里，像人们展示曾经的爱情故事。王洛宾头戴草帽，手持民族器乐在弹奏。五朵梅依偎身边，身着民族服饰在演唱，同时伴有娇妍的动作出现，纤纤玉指把内心的细腻柔情生动地表现出来。六盘山下，二人正在演绎淳朴与浪漫的爱情故事。

文化园的建筑很有特色，建筑形制整体上呈圆弧形。里面的圆弧通道里，展示王洛宾各个时期的作品，有的还展示收藏原件。展厅里不时有王洛宾经典的作品演示，通过声光电技术生动地展现出来。

进入这个圆弧形长廊，就走进了王洛宾的世界。他各个时期的作品都有生动再现，就连采撷民歌的过程也跃然出现眼前。丰富的内心世界，浪漫而又蹉跎的情感世界，印证这位民歌王子平凡而又奇妙的一生。他属于走到哪里就会把爱与浪漫泼洒在哪里的独行侠，也是难得一见的音乐奇才。

再往里走，出现当地无数的五朵梅深情演唱民歌的摄影照片。她们或在山野，或在厅堂，或单个，或集体，在尽情演唱花儿。然而，她们没有一个名气超过五朵梅，五朵梅已经为她们树立了标杆。这个五朵梅，也许她的歌声并不比她们嘹亮动听，但她遇对了人，这就是命运。有时自己根本无法左右命运，只能听之任之，不会有更好的办法。

展览快要结束时，出现一圆形小舞台。解说员让大家即兴唱上几句花儿，参观者一致推荐解说员现场演示。这位姑娘倒也大方，稍微准备了一下，那种清丽悠扬婉转加上有些高亢的花儿调就出现了，大伙儿一时鸦雀无声。

走咧走咧走远咧，
越走呀越远咧，
眼泪的花儿把心淹咧……

这就是当年五朵梅唱响的花儿，也是感动王洛宾的花儿。现在，在这里一代代传唱下去。姑娘的歌声刚停，大伙儿就使劲地鼓起掌来，齐声说再来一个。她倒也痛快，一口气又来了两三个。曼妙的花儿，已经成为这座圣山再现的灵气。

演唱结束后，大家从后门出去。见到还有客栈模样的建筑，有人问当地的导游，这就是王洛宾当年住过的客栈吗？

导游说，这个客栈就是模仿当年的客栈建的。你想，大家唱了半天的花儿，总该有个歇脚的地方才对。要不，老是干唱，人会吃不消的。

大家听后哈哈笑了起来，连声说，应该的，应该的，真是想得太周到了。那我们游客能住这里吗？

这就是给你们准备的，想住的话，马上给你办理登记。

哈哈，留着下次再来。

为啥要等到下次？

这么多的人住下会很不方便，要悄悄来才行。

原来如此。

又是一阵笑声。

大家在笑声中离开。

六盘山，正在攀登的这座大山，自古就是西出甘肃的重要通道。林则徐经过这里，王洛宾经过这里，还有许多知名的不知名的人经过这里。他们为着不同的目标，一同翻越这座巍峨挺拔的名山。

山上的六盘关，在隋唐时期就是有名的关隘。在这里，与匈奴，与突厥，与吐蕃的战争没少发生。今天这个关隘安静下来，等待人们去攀登去欣赏。鼓角争鸣，战马啸啸，刀光剑影的时代已一去不复返。

越往上走松树越茂密，最后葱葱郁郁布满整个山坡。公路在松林间来回盘旋，直至山顶。每到拐弯处，都是直上直下的路段，山崖尽现眼前，看着有些眩晕。越往上走，下面的村庄人家越缥缈。专家细数着，这样的盘旋肯定不止六次。在多次曲折反复之后，他接近山顶。

山顶的平台处，一巨型纪念馆巍然屹立。白云在上面飘过，纪念馆似在空中飘动，有点巍峨六盘山，离天三尺三的味道。这就是著名的六盘山红军长征纪念馆，70多年前，毛泽东主席带领中国工农红军翻越这里，并写下著名的《清平乐·六盘山》一词。

站在伟人曾经屹立的地方，体验其当时的感受是件很有意思的事。现在虽未到望断南飞雁的季节，但天高云淡的情景倒是真切地出现在眼前。

当年，毛主席站在这里回望南方，肯定心潮澎湃，浮想联翩。长征的艰辛，并未损耗这位革命浪漫主义诗人半点豪情。中国革命一路走来，胜利的曙光已在眼前。伟人站在山巅，驻足片刻，稍微调整一下兴奋不安的情绪，便义无反顾地向着东方走去。不长时间，到达中国革命的大本营陕北，从此开始更为波澜壮阔的革命。

欣赏间，忽然一阵风刮来，浑身凉飕飕的。刚一阵工夫，云雾从山涧豁口处涌了上来。这种不知从何而来的云雾快速飘动，从山下上来翻过山脊后又往下飘，没过多长时间，纪念馆就笼罩在乱云飞渡之中。

刚才还晴朗的天空，骤然有了如此变化，让你的思维很难适应。随着天气变化，气温也跟着降了下来，浑身开始发冷，有种不寒而栗的感觉。这样的变化超出人的想象。

眼前的情景让专家想起曾经看过的一篇记述文章，说的是100年前，一南方女子游历六盘山时留下的可怕记忆。

> 六盘山为秦、陇、青、宁之要冲，以其有盘道，上下凡六旋，由是得名。山势奇突，直耸霄汉，峰回路转，蜿蜒生降，最高达九千余尺，为陇西第一峻岭，宜乎古称天险也。车盘旋上行，行至缓。五里至绝顶，顶轮小息。见树石奇冰，冰花纷披，山景雄而带幽，对之生超世想。时日已倾斜，晚霞回照，与积雪相掩映，气象之美，纵有高深艺术做手，亦难想象而绘其神。清赏未已，忽念世间万事万物，愈美者其代价亦必愈高，即如余此次行程，虽极尽万苦，而目所遇者，多天地之大块文章，此岂局于一隅者所能梦见耶？

山既高寒，气压之低，令人窒息。风拂面如刀削，非重裘不能御。闻虽当盛夏，犹不免冻死行人，其烈可想。时暮色四起，大地渐入迷茫，不敢久留，相卒旋车徐下。

专家仔细体悟这位女士的感受，她说盛夏冻死行人之类的话未免有些夸张，冬天冻死人的可能性是存在的。当地有个叫开城梁的地方，海拔虽没有六盘山高，但名声不大好，有道“开城梁冻死人，牛毛井扬了名”。意思是，人人都知道牛毛井这个地方冷，其实真正冷的地方在开城梁。这条横亘在南北走向两条山系间的山梁，由于山势走向形成的峡谷效应，必定会使本来就厉害的西北风更加肆虐。这是符合自然规律的。

女士说的这句话还是有道理的，“忽念世间万事万物，愈美者其代价亦必愈高”，跟我们耳熟能详的“无限风光在险峰”有着异曲同工之妙。看现实的确如此，人们发疯似的纷纷攀登高峰，铤而走险，不就是想获得不一样的感受吗？

面对骤然而至的寒冷，纪念馆是有准备的，它预备了许多军大衣，专门提供给准备不足的人们。

一时间，参观的人都穿上绿色军大衣。他们穿行在乱云飞渡的高山之巅，相互间时隐时现，前往高处参观纪念馆里红军长征展览，其情甚是缥缈，也甚是壮观，仿佛一支番号不明的队伍突然开进高山之巅，预感有什么重要的事情要发生。

纪念馆的陈列很讲究，把红军从瑞金出发到陕北的历史讲得很清楚，尤其是途经固原界活动的情况，一目了然。馆里运用声光电技术，再现青石嘴战斗场景。这个故事很生动，红军战士在歇息期间，突然从望远镜里发现对面山坡下马鸿宾的运输马队也在休息，便迅速出击，下山之后分几路包抄合围，没费多少事就将其全歼，从此建立红军骑兵第一连。

这里生动讲述了毛泽东主席在固原界五天四夜的详细经历。进入宁夏后，曾在单家集住宿。第二天到张易，翻越六盘山后进入彭阳境内，在小岔沟、乔家渠住宿。之后离开宁夏，重新进入甘肃前往陕北。如今主席住过的地方都成为人们参观学习的好去处，参观点上，还有老年人专门讲述他们的先辈见到毛主席的幸福情景。

六盘山是红军长征中翻越的最后一座大山，因此又成为红色之山，胜利之山。翻过这座山后，中国革命开始走向胜利。

走出纪念馆，刚才乱云飞渡的情形不复存在，天空变得澄明晴朗，洁净如洗。站在山顶上，极目望去，远处重重叠叠的山势仍然蜿蜒，山下的丘陵盆地尽收眼底。那些上山时曾经过的村庄，杳缈得如同隐匿在绿色世界里的一个小小物什。

这是六盘山的主峰吗？

不是。

那主峰在哪里？

在不远处的那个山顶上。

有人用手指给专家看。

感觉跟这里差不多。

是差不多，仅高 100 多米。主峰叫米缸山。

那里去的人多不多？

没这里多。

为什么？

这是伟人经过的地方，自然人就多。

哦。

山下那个有楼房的地方是哪里？

是隆德县城。

好像距离这里不太远？

下山后也就几公里的路程。

谢谢。

在山上伫立很久，一拨拨的人先后离开。他们大部分组团参观，散客很少。有南方的，也有北方的，口音很杂。到了这里，无不感慨这里的壮观与美丽。

有意思的是，他们看个把小时就赶快离开，没人愿意在这里停留更长时间，这个现象有点奇特。专家也是如此，尽管内心怀着敬仰的心情上到山顶，看过之后，也想着早些离开这里。

结束山上的参观，专家跟随游客一同离开这里，他要去下面那个不远处的县城看看。说不上为何如此，反正一路上，都是听凭自己的内心驱动行事。这趟旅行没有明确目的，也没有规划路线，走到哪算哪。

他朝着隆德县城方向，慢慢向那里靠近。

贰拾叁

下山后，进入宽阔的公路。这是 312 国道，连接东西，十分繁忙。国道从六盘山下的隧道穿过，这条隧道有 10 多公里长。过去刚修建成时，其长度在全国还能排上名次。现在超长隧道太多，其名次逐渐后移。

隧道让道路更加通畅，避免由于翻山带来的不便，也避开那个令人生畏的六盘关。过去经常有翻越山岭的车辆坠崖，甚为惨烈。现在有了这个隧道，道路交通情况大为改善。旁边不远处，有条高速路双向隧道已经贯通，马上可以投入使用。翻山坠崖的时代，已一去不复返。

不长时间，专家来到县城的边上。

这个县城不大，规划得相当整齐。楼层不高，清一色灰白色相间的楼房，看起来特别舒服，完全一个别致的世界。

县城海拔很高，超过两千米，处于六盘山高地之上的盆地中。尽管四周仍有山头包围，但看上去并不是很高，因为县城本身的海拔已相当高。由于海拔高，这里年平均气温只有五度左右，为全区最低，素有“溽暑有风还透骨，芳春积雪不开花”之说。这样的说法，多少印证了那位南方女士的惊叹之语。

这里高山气候特征明显，就连土壤性质也十分奇特，并非黄土高原上那种纯正的黄土，而分成始成土、黑垆土、黑麻土、新成土、棕壤、灰褐土、黝土、山地草甸土、草甸土、沼泽土等。从来没听说过还有这么多稀奇古怪的土壤分类，这与高山严寒有密切关系。

一踏上这片土地，马上会产生上山的感觉。过去有占山为王落草为寇之说，到了山上，人容易产生独霸一方的心理，这是非常奇怪的现象。现在这种奇怪的感觉出现了，专家好奇地看了看四周，山头林立，并未发现异常之处。那么如此霸道心理从何而来，他找不到答案。还没进入城里，在外围打转，就想了这么多。专家凭借自己独特的嗅觉勘测这里的一切，也的确嗅到一点异样的东西。

街上往来的车辆很多，各种类型的车辆混杂在一起，在城中主要街道上穿行，它们随意超越肆意鸣笛，显得零乱、嘈杂，缺乏秩序，破坏本来非常雅致的氛围。这是国内所有不发达县城的共同特点。

街上行人速度不快，显得悠闲散漫，没有大城市那种急匆匆慌忙赶路的模样。人的皮肤不错，尤其女孩子的皮肤很好，有种高寒地带特别孕育的白净晶莹。

还没来之前，就听说这里的人精神生活富足得很，早上跳舞，下午练字，晚上看戏，一整天都泡在文化生活里。这样的生活方式，不闲适散淡才怪呢。

现在是下午，广场上没有跳舞的人。估计这个时节，那些活跃在广场上的人正在家里练字呢。练字属于个人活动，没法参与其中，那就晚上过来看戏吧。专家对自己做出交代，有时候这种交代还是必要的。

正走着，进入街头一公园里。这个名为古柳公园的地方，参天的柳树莽硕而繁杂，树冠尤其夸张。专家从未看到柳树能长成这样，估计这样的大树都有百年的树龄。百年的柳树，肯定都快成柳树精了。

古柳一字排列开来，从东到西有几十棵。看旁边的介绍，才知这叫左公柳，原来是左宗棠西征时沿路种下的。有资料说，从陕西长武到甘肃会宁，沿线几百公里，都有左公种植的柳树。也有的说远不至这些，是从河西走廊一直种到新疆。具体种树里程弄不清楚，到底种了多少棵树，也无从可考，但左公种树这件事是真的，眼前的实物就是明证。他对树木极其爱护。曾有谁敢砍树的头，左公就会砍他的头的怕人说法。这道极其严厉的命令产生的效果值得称道。要不，哪有百年的柳树留存到现在。

此为通往新疆的大道，它是连接陕甘在宁夏境内唯一的捷径。这排柳树的对面应该还有一排，这样道路两旁的大树互相映衬，形成一个绿色的长廊，这个长廊一直通向千里之外。可惜，在这个公园里，现在只能看见零星的树木存在，看不到绿色长廊。而在县城西边的川道里，保存得相对完好，还能隐约看见曾经大道的存在。

这位战争枭雄，在西征的紧要关头，怎么还有心思来种树，给后世留下这些不可思议的财富，这点让人着实想不通。事实上，有很多事情没有道理可言，非要用因果关系来论证，那只会走向死胡同。

早就听说隆德传统文化深厚，信步走到一个叫文化城的地方，真切体会到这里文化氛围的浓郁。它的建筑形式与一般的商城没有两样。在街道一头出现一个相对封闭的区域，刻有“文化城”三个大字的牌匾横在街道上方，将这里与街道分割开来。里面的建筑上下三层，每层都有回廊贯通，店铺则密集排列开来。这里绝大多数是搞书法的，写字卖字都在小店进行，也有个别卖画与卖其他古董的小店夹杂其中。把文化产品集中在这种形制的店铺里进行交易，本身还是够奢侈的。

专家在这个小县城漫无目标地转悠着，一边翘望并不很远的六盘山，一边欣赏这里的街景，仔细观察这里的一举一动，想尽快深入他们的内心世界，做个真切实在的六盘山人。生活在海拔较高的地方，肯定有其独特之处，只是他初来乍到，还不能准确地把握其精髓要义。但他并不慌，在剩下的时间里，相信会有不错的收获出现。

在街上转悠久了，感到肚子有点饿，得找个地方吃上一点。街上的小饭馆很多，他仔细筛选，要找一个有特色的地方，顺便品尝一下这里的独特美食。就像几个月前，在长城塬上吃到的麻食那类的食品，既稀奇又亘古，那样的体验会很难忘记。今天能有这样的收获吗？

终于在混杂的店牌中，找到一个荞面饸饹馆子，他认定就是这家。吃饭不在于店大店小，也不在于贵贱，而要吃得有特色，这就是他的标准。按照这个标准，为自己选定这个不很起眼的饭馆。

饭馆确实不大，厨房与餐厅连为一体，加起来也就是一间房的样子。里面摆放四五张小桌子，吃饭的人也就三四个，他选择一张空桌坐了下来。

一位开票兼服务员的女子走了过来，问他，想吃点啥。她一口的方言，听起来鼻音很重，与白皙的面孔很难协调起来。他听懂她的话，就点了一碗荞面饸饹。她把他的要求高声传到后厨，还是那样的声调，听起来闷闷的。

没过多长时间，荞面饸饹端了上来。碗里冒着热气，羊肉萝卜臊子很匀很细，在油汪汪的汤里半隐半现，而飘在汤上的葱花韭菜叶仿佛还在微微转动。这荞面饸饹看上去特别诱人，专家狼吞虎咽地吃了起来。面的味道的确不同，功夫就在这臊子汤里。它油而不腻，杂而不乱，有种特别爽口的感觉沁人心脾。特制的臊子将这种本来就有保健作用的荞面，调和得恰到好处。

吃过饭，距离晚上看戏还有一段时间，他径直去了县城东边有个叫老巷子的地方。太阳距离西边的山头很近，看样子马上就要落下。夕阳映照着这个面对西方的村庄，有种格外温暖与亲切的东西直往人的心坎上扑来。

这里地势有些高，属于城东北的丘陵一带。近年城市建设速度很快，已经深入丘陵下面。这个叫老巷子的地方，在视觉上初次给人非常奇特的感觉。它依山而建，古色古香，整个坡面的建筑错落有致，树木郁郁葱葱，自然与社会融为一体，融入黄土高坡特有的浑莽拙扑之中，达到恬静安宁的和谐状态。

老巷子地势稍高的地方，自然形成一条街。这条街上，老树、古钟、枯井、砖雕、磨坊、照壁、拴马槽、红灯笼、戏台一应俱全。这些古旧之物，瞬间将你拉回到久远的年代里。它们完整准确地再现古老历史与独特文化，看不出人工雕刻的痕迹，具有完整保存古村落活化石的作用。

处于城市的边缘，还能保持一种不被同化的姿态，将历史的原貌完整呈现，本身就是很震撼人的事情。

此刻，夕阳、古树、村落完美地融为一体，在夕阳中特别宁静。这是个能产生乡愁的地方。待在这里，时间凝固了，空气凝固了，就连人的思维也凝固了，变得不愿多想，只用心感受就行。

专家站在这个地方，一直看着夕阳落下。他甚至感觉到，自己寻找大半生的精神家园，可能就是这副模样。站在这里，他顿时产生浴火重生的幸福感觉。

天色渐渐暗下来，有三三两两的人来到这里。他们显然不是欣赏这里的美景的，他们是来吃饭的。他顺便看了一下他们进入的院落和已经落座的地方。

里面的情景不同于外面，非常现代。尽管墙上挂有类似公羊头颅之类的图腾物，也有一坛又一坛的好酒，用红绸箍扎着，摆放在巨型圆桌中央，但是其他设施与现代餐厅毫无二致。

黑坛红绸边，坐满一个又一个英雄好汉。他们起先纵横捭阖，谈笑风生。没过多长时间就觥筹交错，人声鼎沸，嬉笑声、猜拳行令声交织在一起，瞬间打破这个小山村的宁静。寂静多年的古村落正遭遇严峻挑战。他们也太能享受人生了，专家心里由衷地感慨起来。

此刻，天已完全黑了下来。看不见村落，听到的只是喧闹声，专家还要急着去看戏。他最后看了一眼这个神秘之处，它已完全没入夜色之中，只有一个个大红灯笼，在漆黑的夜晚里放射耀眼的光芒。他怀着依依不舍的心情慢慢离开这里，心中只期盼黄昏时刻看到的美妙情景成为永恒。那一刻产生的圣洁光芒，照亮他很长时间以来晦暗不明的心灵。

还没到广场上，已经听到演唱秦腔的声音。这种腔调高亢、张扬，极具穿透力，在漆黑的夜晚传得很远。

起先，听不清在唱什么，只有那种单调高亢的声调在暗夜里。此刻广场上已围满了人，有自由活动的，他们闲散放松，三五成群地聚集在一起，聊天扯淡，嬉笑打闹；也有的聚集在一起，进行体育锻炼的，他们或打太极拳，或跳广场舞，一切都在整齐有序地展开。

靠近一个有戏台的地方，这里的观众已经占据半个广场。专家朝这个热闹的地方走去，慢慢挤到人群中央。只见一中年男子在演唱，他素面没有装扮，唱到动情处，还有许多手势出现。而唢呐、锣鼓、板胡等乐器则紧密配合，将情节一阵阵地推向高潮。这就是他在很远处听到的秦腔演唱，现在它真切实在地出现在眼前。

思想起我杨家痛肝肠，
国王家的江山是臣创。
臣好比牛吃草来蚕吃桑，
老牛力尽刀尖死。

蚕把丝吐尽滚锅里亡，
吃牛肉不知牛受苦。
穿绫罗怎知蚕遭殃，
最可怕朝朝代代无道的昏君。
坐了江山先杀忠臣和良将，
把忠臣好比草上霜。
这才是伴君如同羊伴虎，
虎回头反把羊来伤……

男子嗓音洪亮，气宇轩昂，把受尽委屈但仍正义凛然的情形表现得惟妙惟肖。在静夜中，是那样夸张。

边上不时有人吆喝助威，也不时有掌声出现。

专家好奇地问旁边的一个观众，这出唱的是啥。

连这个都不知道，还混在一起听啥呢。听清楚点，这就是秦腔名剧《金沙滩》。

这位戏迷显然对专家的问话不以为然，还莫名地训了他。

哦，我想起来了，是《金沙滩》。

专家不知何故说了一句，连自己也感到吃惊。

这注定又是个震撼心灵的日子。

贰拾肆

又到寇庄，参观当地墓葬的考古挖掘活动。来的人很多，有政府部门的官员，有当地的文化学者，也有媒体记者在忙碌地拍摄，专家有幸参加这个活动。

墓地已经挖到最后阶段。只见一个长长的墓道通往棺椁处，墓道很窄也很深，从地面斜着通向地下。黄土非常坚固，很多地方并未采取任何加固措施，工作人员还在下面辛苦忙碌着，看起来人已经变小。

墓穴上面搭起一个巨型的支架，用尼龙布严实遮盖。周围拉有警戒线，挡住围观的群众。他们站在边上远远地觑视，对里面的神秘世界充满向往。

这个墓地能确定是哪个朝代的吗？官员问。

是隋唐墓。一位负责挖掘的人说。

你是怎么断定是隋唐墓的？

墓道里有壁画，可以说明。还有墓的形制，也可以证明。

有文物出现吗？

墓被盗过，而且数次被盗。最近几年还被盗过。

文物考古工作者有些遗憾地告诉这个难堪的事实。

没有留下一点东西？

唉，经过几次盗掘，估计有价值的东西不多。

你说最近还被盗过？

对，你看这里。他手指墓室后面的一个盗洞痕迹说，这就是留下的盗洞。这些家伙经验非常丰富，位置找得很准，没有经过墓道，就直接深入墓室。

要挖这么深的洞也该有个过程，怎么一点动静都没有？

现在的盗墓更精准了，他们先用洛阳铲，找准位置后就直接打了下去。然后伸进一个雷管，这样一炸，由于黄土松软的属性，自然就形成一个人能下去的洞，人下去就直接进入墓室。整个盗掘过程很快就完成。

这方面的本事倒是越练越精了，我们下去看看。官员有些不悦地说道。

一行人经过长长的墓道进入墓室。墓道有些窄狭，让人有透不过气的感觉。

你们看，过道上有白灰涂抹过的痕迹，上面有用黑色红色勾画的人物画像。这个人高冠博带，一看就是胡人的形象。负责挖掘的文物部门同志手指壁画说。

为了防止坍塌，过道并没有完全挖通，每隔一段就有一个天井出现，经过三进之后到达墓室。抬头向上看，层层加固的框架，把四周的黄土牢牢地固定住。

你们说说看，这个墓室还有保存的必要吗？官员问。

我们先前挖掘了许多墓，之后都回填了。现在应该完整地将这个墓室保存下来，让参观者能够身临其境地感受当时的情景。这座墓虽然没有挖出东西，但是附近的几座墓都有珍贵的文物出现，还挖掘出六具粟特人的尸骨，现在保存在博物馆里，我觉得应该保存。学者言词凿凿地说。

他个头很大，也很魁梧，一副浓眉大眼的样子。乍一看，不像学者，倒有一些英武的架势。这地方的男人，大都有英武的相貌，一看就是男人的模样。

这片土地是这一带的精华地段，古人的眼光很厉害，选这个地方不是凭空臆想，所以古墓很多。这也是城市建设的精华地段。你们看，近年来城市建设速度很快，楼群已经深入到墓地边上。如何处理好建设与保护的关系，这是个大难题，你们说说看。

官员又开始讲话了，把难题留给大伙儿。

在这个墓地的核心地段建个公园，倒是个不错的选择。周围可以开发，核心地带就不要再动了。反正城市里也需要公园，这样一来，墓地也就自然融入城市之中。

说得有道理，这倒是个两全其美的办法，我看就叫隋唐文化园吧。

大家一致认为这个主意好，这样既保护了墓地的完整性，也不会因为一味地强调保护，而限制城市的发展。

学者说，这样做是英明的，固原作为丝绸之路东段北道的节点城市，就要留下确凿的证据，让人家认可这一事实。再说，我还没听说在丝绸之路上，哪个地方出现过粟特人的尸骨。这点很重要，只有唯一性，才能彰显其价值所在，这是别的地方不可比拟的。

还是学者说得好，一下子就点到要害处，现在的"一带一路"构想，需要加大力度开发，也需要这样的遗址来支撑。文化官员充分肯定学者的建议。他说，下一步，你们拿个具体方案，我们上会研究。这事，我看基本可以确定下来。

调研结束后，大伙儿离开这个正在挖掘的墓地。

自从在吴老先生家第一次见到学者，专家就感觉非常投缘，后来交往逐渐多了起来。从学者那里，知道许多未曾知晓的东西。他古道热肠，非常愿意把知道的一切告诉专家。他们的交往越来越深，都有点相见恨晚的感觉。

没过几天，专家与学者坐在一起，讨论有关隋唐时代的事。他们边喝茶聊天边讨论问题，气氛融洽自然。

西汉时开启的丝绸之路，到东汉时，由于战乱而中断。请教一下丝绸之路什么时候又重新开启。专家谦逊地问。

不敢当。我的看法是，至少在北周时，中断几百年的丝绸之路才重新开通。西汉时，张骞开辟的丝绸之路一度非常繁华，贸易往来不断。有道是，使者相望于道，商旅不绝于途。到了东汉，因为战乱，这条繁华的贸易通道被迫中断。后来一停就是几百年。

有史书记载，说满腹经纶、政治抱负远大的隋炀帝继位后，才使这个中断的丝路重新畅通，贸易再度繁华。

这是不准确的，其实这条丝路的畅通还要更早一些。因为在北周李贤的墓葬中，已经发现鎏金银壶这类贵重物品，而且在固原还发现六具粟特人的尸骨。说明这个时期，固原这个丝路上的重镇，贸易已经相当繁华。这个时候，昭武九姓来了，粟特人也来了，否则这些物品，这些尸骨是无法解释的。隋唐时，只是延续了这种繁华。

粟特人是中亚人，还是生活在祁连山下的其他人？

从尸骨上看，应该是中亚人，他们同汉人明显不同。

我在书上看到，说是生活在祁连山下的其他民族。

有可能，也许是中亚人先到河西走廊，已经生活一段时间，这条贸易通道开通后，又到了长安。所以，把他们统称为祁连山下的昭武九姓。

这个昭武九姓，感觉很有意思。康、史、安、曹、石、米、何、火寻、戊地，这前七个不好说，后两个一看就不是汉姓。

你对历史很有研究嘛。学者开始恭维专家。

哪里呀，在你面前谈论历史，那是在关公门前耍大刀，自不量力。专家诙谐地说。

哈哈，咱们都不要谦虚了。请喝茶，这茶是朋友刚从福建寄来的大红袍。

听说只有某个山崖上专门生产大红袍，一年总共才几十斤。现在到处都在卖这个，是真的吗？

管它呢，我们当真的喝就是了。

又是一阵笑声。

来这里习惯吗？

还行，刚开始时有点休息不好，现在习惯了。

这里海拔比较高，好多人都有这种反应。有的人睡不着，就专喝烈性酒，帮助睡眠。

我还比较幸运，反应不大。

闲聊一阵后，他们又沉醉于对这里悠久历史的探寻中。

我发现一个奇怪的现象，历史发展到北魏这个阶段，虽说没有东晋十六国时那样混乱，但从这时开始到隋唐，历史更迭得比较快。这种更迭与柱国大将军有关，与关陇贵族有关，甚至与独孤这个姓氏有关，一切变化都在朝廷的君臣之间演绎。

你的看法很有见地。学者说。

李贤算一个，隋朝的开国皇帝杨坚也算一个。最后让隋朝灭亡，杀死杨广的也是关陇贵族。这个时候，关陇贵族开始左右历史的未来，而鲜卑人则退出历史舞台。

我发现一个怪现象，北周、隋、唐三朝的皇帝都有亲戚关系。

你说得对极了，北周、隋、唐三朝有许多相通之处。北周是当年宇文泰裹挟北魏六镇余兵入关所建，关陇军事集团是其力量的主要来源。比如固原的李贤，就是他成就大业的肱股之臣，后来取得隋朝政权的杨坚也是关陇贵族。而上述三朝皇室的祖上都是来自北魏六镇中的武川镇。

武川镇?

对，武川镇，在今天的呼和浩特市北面。它是北朝时防卫柔然的六个军镇之一，原名黑城。武川镇的历史名人极多，北朝赫赫有名的八柱国十二大将军很多出自武川。这个小镇的名人，开创北周、隋、唐三朝历史。

从这个表中，你能看出三个朝代的关联度。

柱国大将军宇文泰，是李世民的外曾祖父，武川镇人。

柱国大将军李虎，是李渊的祖父，武川镇人。

柱国大将军独孤信，是杨广和李渊的外祖父，武川镇人。

大将军杨忠，杨坚之父，武川镇人。

啊，没想到，亲戚之间相残，何其不义。

为了皇位，历史上亲兄弟之间相残的大有人在。所以建立政权后首先杀功臣，这几乎成了历史定律。

这叫飞鸟尽，良弓藏；狡兔死，走狗烹。

说得太好了，正是这样。

历史常有惊人的相似之处，杨坚本是北周的大臣，杨坚当上皇帝的情形，与当年的宇文护逼皇帝退位的情形如出一辙。宇文一族，终于领略到以其人之道还治其人之身的严酷惩罚。

历史上，丞相篡权与手握兵权的大将篡权是常有的事。你看，宇文阐（周静帝）即位，任命杨坚为丞相，那时的杨坚肯定是忠心耿耿。周静帝即位时才7岁，还是个不懂事的小孩。杨坚本应竭尽全力辅佐皇帝，但他干了些什么？在郑译和刘昉的帮助下，以外戚身份控制了北周的朝政。

杨坚当上丞相以后就开始酝酿篡夺北周江山的计划，先是骗北周宗室五王赵王宇文招、陈王宇文纯、越王宇文盛、代王宇文达、滕王宇文逌到长安，然后把他们杀掉。杨坚又任用韦孝宽出兵打败了尉迟迥，消灭对自己有威胁的政敌。公元 581 年，北周静帝以杨坚众望所归之名下诏宣布禅让。

这是个多么悲催的历史时刻，周静帝多不情愿但是没有办法，因为杨坚已经牢牢掌控大权。

更绝的是，他既想当皇帝又要名正言顺，他们上演君臣相互换位的滑稽游戏。杨坚三让而受天命，自相府常服入宫，备礼即皇帝位于临光殿。

估计这种荒唐的礼让过程，小皇帝都快要晕过去了。

能保全性命已是万幸。

历史真的很残酷。

杨坚当上皇帝后，定国号为隋，改元开皇，宣布大赦天下。杨坚本是汉族，弘农郡华阴人，就是今陕西省华阴市，汉太尉杨震十四世孙。鲜卑小字为那罗延，意思是金刚不坏。鲜卑姓氏为普六茹。普六茹的鲜卑姓氏是其父杨忠受西魏恭帝所赐的。后杨坚掌权后恢复汉姓杨，并让宇文泰鲜卑化政策中改姓的汉人恢复汉姓。

历史就是这样，又一个轮回。

隋文帝杨坚倒也算个开明皇帝。他在位期间，军事上攻灭南方的陈国，成功地统一了分裂数百年的中国，击破突厥，被尊为“圣人可汗”。内政方面，开创先进的选官制度，发展经济文化，使中国成为盛世之国。开皇年间，隋朝疆域辽阔，人口达到 700 多万户，是中国农耕文明的辉煌时期。

隋朝的作用，在于为唐朝的兴起做好物质与思想上的准备，奠定了坚实的基础。

我看过一个资料，一个美国学者叫迈克尔·哈特，著书《影响人类历史进程的 100 名人排行榜》，将杨坚排在第 82 位。不简单呀，连外国人都佩服。

隋朝的统一，在历史上功不可没。隋朝开国皇帝杨坚成为有影响的皇帝，这早已成为历史定论。

隋文帝的儿子隋炀帝杨广，更是青出于蓝而胜于蓝。他的传奇故事，离奇得让你无法想象。

那真是个活宝，隋炀帝的继位过程充满离奇色彩。按照中国的嫡长子继位传统，本来这个皇位也不该是他的。但是，他自幼就心机很重，骗取父母的信任，把这个皇位弄到了手。

隋炀帝的母亲独孤氏，身份特殊。这个姓氏位高权重，影响几个朝代。隋炀帝为得到太子位，心机颇深，收敛自己，洁身自好，讨好父母，等待时机。而他那个太子哥哥则锋芒毕露，奢靡无度。当杨广的目的达到后，马上露出狰狞的面目，比他那个不争气的哥哥还要奢靡。

隋炀帝仅当了14年的皇帝，在历史上留下的名声实在太烂，昏君、暴君、淫贼，最难听的都往他头上搁，让后人不能正确理解这个人。公正地看，隋炀帝属于有功也有过的皇帝，而且他的功劳还相当大。所以，对隋炀帝也应重新认识。

其实，除了奢靡、残暴外，杨广还有非常宏大的理想抱负。他是个高度理想主义者，他的精力，他的魅力，他的胆识，都是一般人难以企及的。在很短的执政时间内，建东都、开运河、修长城、巡突厥、开西域、灭吐谷浑、征高句丽……干出其他几代皇帝都没有干完的事情。一心想着开创一个全新的世界，想在历史上留下与秦皇汉武一样的英名。

在隋炀帝时期，中国的版图再次扩大。他对西北的经营也是可圈可点的，亲征吐谷浑，破突厥，在河西走廊召开盟会，使丝绸之路的贸易再次走向繁华与通畅。从此，粟特人大批进入中原，进行贸易活动。

隋炀帝心中始终有个远大理想，为了实现这个理想，他耗尽国力、民力，导致民怨沸腾，最终走向灭亡。他在位14年，几乎一直在全国各地巡游。据统计，在朝的时间加起来不足一年。每次出游都是浩浩荡荡，百姓不堪重负。

这样的皇帝，历史上还真的很少见。

隋炀帝终因精力过剩，计划太雄伟，超出国力承受的范围，整垮辛勤建立起来的帝国。但他留下的大运河改变以后各个王朝的命运，甚至可以说改变中国的历史。如果说他是昏君、暴君、淫贼，怎么会有如此抱负，一个人干了几代皇帝都没有干完的事？所以，至少说他不能算是昏君。

后来，北方的农民率先起义。而推翻这个短命王朝的正是他的表弟李渊，他们是同一个外祖父，那就是独孤信。这个独孤信好生了得，他做梦都没有想到，自己有这么优秀的两个外孙，都成为中国鼎盛时期的知名皇帝。

隋炀帝的骨子里有一种强烈的文青气质，充满理想主义色彩。他的诗歌写得非常好，你读读《野望》这首诗就知道厉害到啥程度。“寒鸦飞数点，流水绕孤城。斜阳欲落处，一望黯消魂。”其华丽优美气质，是一般诗人难以企及的。

难得呀，承担这么重的治理国家任务，间隙还要创作诗文，真的了不起。

历史上，伟人的贡献往往是多方面的。不知杨广能不能算上伟人？

这个恐怕难。杨广确实功劳很大，他能力很大但人品一般，我们说的伟人，首先要在人品上站得住脚。

大运河改变中国的发展进程，这条贯通南北的大动脉，为中国经济、政治、文化的发展所起的作用，恐怕怎么评价都不过分，只是现在的认识还很不到位。

但是，不同人对其也有不同评价。比如这两句诗，“东南四十三州地，取尽膏脂是此河”，你一听就知道啥意思，分明就是对这条大动脉的贬损。所以，通畅、便捷、繁华、掠夺，你可以从不同侧面评价其意义。

隋炀帝的大脑始终是清醒的，他依托大运河向东拓展，还有其政治目的。就是要和关陇贵族拉开距离，他的确感到他们的威胁。

和关陇军事集团渐行渐远，也让他一步步走向末路。李世民曾对隋炀帝有一个评价：如果他长处关中，岂有倾败？

隋炀帝一直面对关陇贵族的威胁，他在极力摆脱这种局面。三征高句丽，就是为了把关陇贵族力量耗尽，从而排除隋朝的最大隐患。可是，他最后还是败给关陇贵族李渊，被宇文化及其率领的关中军杀害。

有时人算不如天算。

都替隋炀帝有些惋惜。

唉，历史有时说不清道不明。

耽误你的时间了，抱歉呀。

哪里的话，这样的交流对大家都好。

以后要常交流。

那是必须的。

贰拾伍

学者走后，天慢慢黑了下来。专家一个人待在办公室里，白天的喧闹消失后，又到可怕的孤独时刻。寂寞、孤独一直这样紧紧地围绕着，难有解脱的时刻。

时下流行一句很悲催的话，回忆如困兽，寂寞太久而渐渐温柔。看到这样的话语，专家非常震惊。没想到现在的网络语言，竟有如此穿透力，没有遮掩，没有过渡，直达事物的本质。

就在这个时候，单位的气氛骤然发生变化。一直宽松的环境里，由于利益之争变得紧张起来，这个争夺，把上上下下的人都牵扯进去。从此，孤寂的氛围中又充满阴戾气与火药味。要不是发生这样的事，会一直为这种表面的祥和所沉醉。

黑夜来临时，专家坐在沙发上看电视。不知怎的，屋里的光线突然暗了许多。抬头看去，头顶上方的灯一半已经熄灭，仅有灯罩的白色。

屋顶的白色吸顶灯方方正正，中间一道黑色的框，将它分为两个规整的长方形。现在，一半暗了下来，另一半仍放出光亮。

专家的心情被这突然熄灭的灯光所影响，内心有种东西开始坍塌，他有种不祥之兆，预感事情开始恶化。正踌躇之际，那熄灭的灯又亮了，霎时整个屋子又恢复平时的光亮。他的心情也随着这光亮迅速升腾。

谁知，这样的好景不长，不到一分钟，灯又熄灭。之后反复数次，熄了亮，亮了再熄。数次折腾之后，专家的心飘忽不定，变得烦躁起来，好似被谁推了一把，向着某个晦暗不明的境地快速靠近。

不知从何时起，他变得非常敏感，这种纯属偶然的小事情，却让他烦躁不安。现实中出现的怪事屡屡上演，犹如这坏掉的灯，忽明忽暗变化莫测。有人开始施出阴阳手，操控某种东西并尽情玩弄，平静的地方骤然起了波澜。他们翻手为云覆手为雨，不断进行阴阳转换，犹如魔术师一样，在变戏法中征服观众，同时也让自己的私欲得以满足。

一边精心演戏，一边利益回报，二者相互勾连，激发出前所未有的冲动与激情。他们向着既定目标大踏步迈进，并把全部身心投入这场利益攸关的博弈之中。时而啸叫不已，发出怪异的怒吼，企图震慑四方；时而又自诩为圣贤之人，极力用和善掩饰自己，一旦机密露馅，则会毫不客气地举起棍子，凶悍地将周围的一切全部打倒。

这股被激荡起来的浪潮，有一瞬间特别汹涌，大有席卷一切的架势，对美好传统与道德约定形成强有力的挑战。平日里嘻嘻哈哈的宽松局面，被这种戾气所毒化，刹那间，到处飘散阴戾凉薄的气息。

仔细分析突然出现的类似雾霾一样的气息，发现里面的成分极其复杂，聚集虚、奸、狠、滑等诸多元素，它们掺杂一切，共同发挥作用。在这里，仿佛看到狡诈虚伪与顽固死硬的大对决。人们警觉起来，变得小心翼翼，似乎不可预料的事随时都会发生，也担心灾祸突然降临到自己的头上。用世风日下、人心不古来形容，能够接近其本质。

浑莽淳朴的上古之地，出现嚣叫、鲁莽甚至杀戮的事情是正常的。千百年来，人们以古道热肠为荣，并学会享受这个。现在出现虚荣、伪装、算计这类东西，还真有些反常，这是文化异质化的典型表现。对于这种东西，专家保持高度警惕，他努力查明发生的原因，分析产生的后果。这是最不愿看到的，它毒化几千年来形成的优良传统，现在它突然出现了。

这个地方，已经不像当初来的时候那样太平。是因为当初没有察觉，变化其实早已开始，还是这个时候开始恶化，他没有完全弄明白。但是，现实客观地摆在面前，已经无法回避。

他是个没有野心，追求恬淡生活的人。但现实遭遇正相反，曾经被遗忘好几年的晦暗不明的争斗，在异地变着花样出现。看来卷入旋涡是迟早的事，专家对自己的处境担忧起来，哪里都不是真空。总不至于陷害吧，他自嘲地问了一句。当听到自己发出的声音后，便莫名地笑了。他知道，内心还没有脆弱到一击即溃的地步。

不知道为什么，现实越混浊，他越是清醒，就连平时很少出现的清纯之梦，也毫不吝啬地出现了。这是否预示着，时代要将他塑造成一个勇猛斗士的形象。夜已深，善于玩弄的人早已沉醉于取得胜利的深度睡眠中。他睡不着，又义无反顾地上路了。

一个女孩，坐在悬崖边上，她的危险举动让人担忧。他将她劝了回来，并紧紧抱着，生怕再出事端。问她为何如此轻率，做出这样荒唐的选择。她说，10岁时离开故地，她的记忆永远留在那个年代。现在面对既熟悉又陌生的环境，有些不知所措。

她的样子让人怜爱，似在极力挽回已经不可挽回的记忆。她的忧伤纯净湛蓝，犹如晶莹透明的初秋露珠，这种玲珑雅致强烈地冲击着特定社会形成的思维定势与行为习惯。一瞬间，他被其绽放光芒的圣洁纯真所打动，也变得空前神圣起来。

你的回眸
飘荡了那么久
一抹忧伤纯净的湛蓝
一线浅浅的泪痕
孤独的背影
让我没有止息地守候

一条温驯的小河突然涨起水来，水不混浊，看上去还有些清澈，但它的流速极快。水量比平时大了许多，挡住近在咫尺的回家之路，正踌躇间，一条类似飞船状的东西腾空而起。他急忙抓住已经高过头顶的仍在上升的飞船底部一根绳索，马上跟着起飞。跨过湍急的河流，飞到对面降落。

这是一个平地兀自突出的小山丘。小时候，他们经常在这里爬上爬下，多少魂牵梦绕的记忆永远留在这个小小的山丘上。现在，他从记忆的深处走来，盘上山丘绕过脊部，到背后寻找熟知的秘密。就像曾经的岁月一样，仍不时有新鲜事情出现，他还真的找到以前从未找到的神秘之物。

凌晨时，被梦惊醒。专家曾长久地嗟叹，那感觉空洞而深刻，不甚明了曾遭遇什么，为何如此强烈而反常。

没过多久，他又睡着了，继续那没有做完的梦。

夜深人静时，他悄悄来到一空屋子，想创作中的名言佳句。让青春在烈火中燃烧，这是过去年代铿锵有力的语句，如果颠倒过来使用，变成让烈火在青春中燃烧，这就像打上鸡血一样，让人更加亢奋、痴迷，不能停歇。

正思谋时，套间门被打开。昏暗中出现一老者形象，他也同样被眼前的情形，于昏暗中端坐桌前仔细琢磨佳句所打动。只听他轻轻地抱怨了一句，该找个对象了，邻居家马上就要搬走。他的意思很清楚，邻居家的那个女孩，可能是他最后的机会。

这位老者的话威力很大，专家醒后许久，它仍在耳边嘤嘤作响。它的穿透之力异常强烈，足以让其倾覆。不知怎的，在梦幻中，他常被没有对象或没有工作这类事所困扰。那种失落深不见底，于无意识中长久而深刻地影响着，让他体会到生存的荒诞与悲凉。

醒后，他仔细琢磨这种类似的梦。它究竟要说什么，为何停滞在意识深处，久久不肯离去。窗外早已亮起来，专家无心起床。随着光明的到来，在梦幻中出现的稀奇事情迅速褪去，以至于杳渺得抓不住一个小线头。新的一天已经开始，意味着他在生活中持续存在着，并时不时地发挥一点小作用。

专家躺在床上不愿动弹，随手翻阅当地诗人的一本薄薄诗集。这位诗人情感很纤细，没有一丝粗犷的特质，与当地其他诗人很不一样。他还读出其中宗教意识很强的情绪。以前见过他，瘦削的脸上很是苍白，似乎身体不大好。他的诗与这里高天厚土的景致有些不很协调，但与他个人气质倒是十分契合。

万物苍生，于窗外清晰可见。又是一个明丽的早晨。专家贪婪地感受着这里的历史与文化，思索着这里的一切。一瞬间，这些明丽与纯净，将那些喧嚣阴戾之气荡涤全无。

蓦地，他意识到自己身处看不见的战线奋力拼搏。在极力向什么东西宣战，是世俗，是人伦，还是那些约定俗成的规矩，他说不清楚。有时，他感觉是与自己叫板，与自己那不肯低头与妥协的耿直脾气叫板。

冷静下来，他认真思考。是受到这里传承已久的文化影响，才变得如此不合时宜；抑或长期身处大山之中，那种与生俱来的性格，与这大山一样耿直强硬，不懂得灵活与变通，隐约感到已走到人生的尴尬无奈之处。

有了芥蒂后，单位就变得不很和谐，但是日子还得过。一个单位如同一个家庭，要在一起搅勺子，低头不见抬头见，别别扭扭的谁都不舒服。有位哲人说过，不喜欢的人与事，也是你生活中的重要组成部分，要学会面对才是。

很快，专家发现别人的态度变了，这是到了考验自己的时候。他在想反正事情已成定局，人家该弄的事都弄了，再僵持着有什么意义。他意识到自己的倔强不但于事无补，而且还会影响整个环境，因此也学着改变自己。

试着向自己的孤僻倔强宣战，一段时期后，发现自己也随和许多。现实给他上了生动的一课，不知是否应该感激才是。

又到隆冬，这是在这里经历的第三个冬天。日月更迭，岁月轮回，一切都正常得超乎想象，看不到有什么希望出现，日子还在按部就班地过。

天阴沉沉的，寒冷无比。岁月像走到尽头似的，给人的压抑感极重。人生，由于这样的季节，没有阳光明媚的日子出现，感觉背负的行囊特别沉重，难有片刻的喘息。尽管做出最积极的努力，端出最好的心态，仍摆不脱阴霾气氛的影响，都有些难以招架。

在这样一个季节里，倪妮来到专家挂职的城市。

三年多来，这位首府的小姐第一次光临这里。见面的时候有点戏剧性，专家接待首府的专家时，偶然发现倪妮也在其中。

与别人寒暄之后，握着她的手，专家的内心早已泛起波澜。众目睽睽之下，他只能把见面当作例行公事来处理，不使内心的起伏让周围的人发现。才两年多的时间，她比过去更加楚楚动人。漂亮、高挑、苗条，现行时尚女人的三条标准，她样样不缺。

倪妮落落大方地握着他的手，并不像他那样矜持，而是满眼的兴奋与激动。见到您真高兴，这么长的时间，似乎都找不到见面的机会。她甜甜的声音里浸透着娇滴滴的意味。这种声音穿透力极强，他有瞬间被洞穿的感觉。

邂逅在另外一个城市，是他已经待了几年的地方，犹如异国他乡。时空的变化加剧某种情调的迅速升腾。一同到来的好几位同事都眼巴巴地看着，迅速蹿起的情调只好收敛起来。

他们一同向着餐厅走去。在别人说说笑笑的时候，他俩巧妙地溜到队伍后面。在大环境不利的情况下，开辟一个小小的空间，这是明智的选择。当谈论别离后遇到的一切时，感到一种微风拂过她的面部，有一丝姣美出现。进入餐厅的一刹那，她悄悄地说要跟他坐在一起。这声音只在他俩中传递，她学会在这样的场合传递自己的情感。

刚到餐桌跟前，情况发生变化。一位地方领导，不知有意还是无意，在安排座次时将他们生硬地分开，然后他顺理成章地坐在他们中间。看得出，他一双大眼睛对倪妮也颇有好感，顺便给自己弄到一个不错的位置。

他不时地把关切与殷勤送给她，这种迹象愈加明显。她则礼貌地回应，并不时向这边瞥上一下，看得出她心里也不满意这样的安排。敬酒声此起彼伏，笑声与酒杯相撞声混杂在一起，场面热闹异常。

酒过三巡，领导的热情高涨，那架式仿佛要将来客一举拿下。来客的实力也不弱，看出其中的奥妙后，摆出一副决战的姿态。于是双方展开一轮又一轮的搏击，难有胜负出现。倪妮成为攻击的重点，尤其是身旁的这位领导，似乎有意在她这里弄点啥事出来。所以，极尽所能地表现着，既热情洋溢又赤裸放肆。

无意中，专家看了一眼倪妮。在烈性酒的作用下，她的眼角有一丝怪异的光芒出现，那是醉酒前的征兆。他急忙制止周围对她的围攻，自己端起半壶酒灌了下去。顿时，五脏六腑都要燃烧起来。

专家的果敢行为让事态迅速平息下来，酒会至此结束。他不知怎么回到住地，过了很长时间，清醒过来时意识到自己一个人躺在沙发上，屋内空空如也。夜冷清寂寞，倪妮不见了，强烈的反差让他不再顾及其他，拿起手机，给她发了一行积攒心头很久的话语。

见到你特别高兴，不知还能否回到当初曾经的美好状态里。出发后，他满心欢喜地等候着。

几分钟后，信息来了。哈哈，那是肯定的，希望您永远记得我们曾经的情谊。看着如此令人兴奋的消息，还没有再回复，就拥着手机再次昏睡过去。

凌晨五时，他醒了。天仍然漆黑一片，看着手机上的信息，内心再次翻腾起来。这种类似天国里才有的温馨话语，让他感觉莫大的幸福。沉湎良久，他回复道，看见这个信息特别激动，有点想流泪了。之后，他再次等待。

临近八点时，这条牵动心肠的信息才回复过来。首先说专家醒得真早，自己喝得有点过，多睡了一会儿，迟复为歉；其次是得知他一个人踽踽独行，心里不是滋味，三四个小时的车程并不算远，但可能改变一个人的生活；再次是希望专家早点结束这样的状态回到首府，这样就能经常看到专家这个憨厚大哥的笑容。看到这样的问候，他又陷入兴奋激动与忧伤惆怅的状态里，那感觉刻骨铭心。

知道他们早餐后要离开，他把这份感动珍藏在心里。由于饮酒太多，仍有些头疼之感。整个一上午，兴奋与难受混杂在一起，让他长时间体味这种难得一见的特殊滋味。这感觉真好，他兀自安慰自己。

一连几天，专家都在兴奋不安中度过。一个个懵懂的夜晚，他陷入迷乱的状态不能自拔。由于情感的催化作用，让那次见面的情景不断萦绕心间。经常看见她迎面走来，身材颀长高挑，整个面部放射光芒，尤其是那优雅的风姿，在黑夜里煞是动人。

这枝绚丽的花束不住地摇曳着，向他开放。他受宠若惊，感觉重新回到当初的情境之中，仿佛隔断十年的情意突然得以恢复。这种失而复得的甜蜜强烈地震撼着整个身心。

贰拾陆

倪妮离开这里，已有半个月时间，日子迷迷糊糊地过着，不知接下来该如何行事。专家索性又回到首府，想法子见一下这个魂牵梦萦的人。

刚进院子，遇到一位同事。见到这个从山区挂职回来的人，他满心欢喜，兴奋得都有些说不出理由，说，正准备晚上请客，你来得正好，咱们一起叙叙旧。他有点神秘地说，倪妮也会参加。

听说这个消息，专家心中开始荡漾起来，那个兴奋劲甭提了。他努力掩饰自己的内心，不让同事看出来，生怕节外生枝，破坏自己的那点美事。

酒席开始好一阵，仍不见倪妮的影子，专家有些疑惑但没有说出来。同事仿佛看透他的心思，他有意无意地说，倪妮今天不知咋回事，到了吃饭的时候，说要去一趟美容店。吃饭本来是件很简单的事，偏要搞得这么复杂，谁知道她是咋想的。

专家对同事的话不置可否，装作不在意他提供的这个消息，其实内心早已闹翻了天。他开始设想起来，倪妮接到通知的时间本来就很迟，理发师又是个特别细心的人，繁琐的程序耗费许多时间，这阵子她可能还待在椅子上接受理发师的修饰。

来，专家，我敬你一杯。看你有点魂不守舍的样子，是不是有啥心事?

在那里待久了，反应变得迟钝起来，你就不要上纲上线了，再这样的话我会吃不消的。来而不往非礼也，你敬的这杯酒，老哥心领了，老哥再敬你两杯。

说着，他俩一连干了三杯。

没想到，老哥下去锻炼后，这酒量倒是大增。

唉，可能也就这点成绩了。

咋能这样说话，我想下都下不去。

哈哈，天知道你说的是不是真话。

一开始，专家的精神始终提不起来，神情有些郁闷。时间不长，已有好几杯下肚，借着烈性酒他彻底解放自己，开始找着大伙儿喝。

这才是老哥的真本色，你终于放开了。

放开了好，我俩再来几杯。

好！

酒场的气氛空前高涨起来，忙碌的饮酒，打消专家的胡思乱想。他只有一个念头，在这种热闹场合，思想上开小差是对不住朋友的。不能愧对任何朋友，包括酒场上的每一位。

酒场快要散场时，倪妮急匆匆地出现在门口。

满桌的人都盯着她看，她完全变了样。一改过去的形象，脑门上蓄着的刘海又浓又低，像黑色的瀑布悬挂上方，几乎苫住额头，眉宇间透出稚气未脱的神情，活脱脱一个少女影星的形象。当大家的注意力集中到她那里时，她故意用手指滑过刘海，挑起的黑发似波浪翻滚而过。

专家看到这奇特的一幕，心里再次颤抖不已。

那天倪妮表现活跃，刚坐下，就起身敬酒。

我来迟了，很抱歉，要把欠下的酒补回来。说着，她端着酒杯，到了专家的面前。您是从远路上来的，先敬您一杯。

这个合适吗？专家谦恭地说。

咋不合适？赶快端杯，美女的敬酒都不吃，想要干啥？大伙儿纷纷起哄，酒场的气氛再次活跃起来。

好，听大家的，喝了！他端杯一饮而尽。

我回敬美女一杯行不行？

好，赶快倒酒。大伙儿再次起哄。

倪妮毫不示弱，端起杯子喝了下去，这才回到座位上。

专家暗自思忖，这个文弱女子比上次还要豪爽。眼前出现的情景，看似寻常最奇崛，让他怎么都没有想到。

那天她一口气喝了不少，尾声阶段似乎成了她的专场，那勇猛架势与清纯形象形成强烈反差。饭局在觥筹交错中结束，大家怀着依恋不舍的心情离别。送走她后，他心绪不宁，心中老是惦记那个奇特形象以及与此不相称的豪饮情形，一连几天都让这个形象搅得心神不宁。

于是发信息给她，他说最近满脑子的小英子形象，工作时老是心不在焉。他在山涧荆棘处小心地选择通行的小径。

她的信息来了，她说，我都不好意思说，那天见到您特别兴奋，结果喝多了。洒脱娇嗔之情溢于字里行间。

专家怀揣这样的文字，又回到这个不算遥远的异地，开始苦行僧式的生活，之后再次进入漫长的等待中。时光无情洗涤一个还不太成熟的情结，未来咋样，不得而知。专家的心像年轻人一样狂跳不已，有些难以控制自己的情绪。

一连几日的大雾，雾锁山城，煞是壮观。冬天的大雾，有着不一样的情景，凉爽但不彻骨，朦胧而又清新。这样的景象，容易将人带入畅想的世界，那个世界迷离诱人。

这是持续大雪在突然放晴后，空气中水分过于充沛出现的奇特景观。群山被浓雾遮掩，于视野中消失。近处的高楼影影绰绰，下面挺拔毅然，上半部缭绕于雾中，给人飘逸之感。总体上看，阴阳搭配很是协调，生硬倔强的建筑掩映于柔软妙曼的世界之中，给人以灵动之感。

与这迷乱的大雾不同，萦绕心中持续几日的骚动，慢慢得以廓清，时光径直回到先前温馨的状态里。

事发突然，一个不经意的下午，奇迹出现了。大约十年前，在公交车上意外遇到倪妮。她一副清纯的样子，径直走了过来。那是个怦然心动，值得记忆的时刻。

初入社会的小倪妮，洋溢着对生活的热望与憧憬，于穿行街市的公交车上绽放天真无邪的花季青春。她的活力，深刻感染这个已经在车上待了很长时间的乘客。他们待在车上，似乎其他人早已离去，车上很是空旷。在这个空旷的地方，有种情愫开始萌动。可惜好景不长，没过多长时间车已到站，他们下了车。这种昙花一现的美好宣告结束。

时光流淌不息，以后的生活从那时起发生变化，他们各个走上自己的人生轨迹。之后，尽管偶有见面的时刻，但已经远离那一刻。

奇怪的是，她来到山城，当他们再次遇见时，那种在公交车上的相遇的情形竟然再现，岁月的冲刷并未泯灭曾经的情谊，深埋的记忆开始复活。

这是怎样的情景，专家难以揣测。

望着窗外的大雾，回忆种种际遇，专家不禁想起人生的吊诡神秘与难以捉摸。他想起那个酒会的组织者，同事很神秘，言谈举止间似乎知晓什么，并掌控某种局面。

他们共同参加他组织的那场酒会，倪妮刻意的装扮给他留下很深的印象。许多年来她都默默无闻，从不显山露水，似乎生活得特别安宁。这阵子倒是出现意外，她打扮入时，一副大大咧咧的样子，完全改变当初的印象。难道她的平静生活起了变化？

这一切，掺杂太多的偶然与巧合，事情变得扑朔迷离。会有什么事情发生吗，他不敢对未来做出判断。是期盼有什么事情发生，还是她的神奇出现，似乎有意拯救他于煎熬之中。总之，那颗已经平静的心又怦然跳动起来。

沉积的心一旦启动，除了兴奋激动外，还产生惴惴不安的情形。兴奋是短暂的，痛苦将长久地折磨萌动的心灵。

凡事总归有个结论，这样心里才能踏实下来。专家要弄明白其中的真谛，对自己也有个交代。尽管这种东西很玄妙，但基本的判断与结论，还是能分得清楚的。

然而，事情远远超出他的想象，专家想求证心中那个不甚明了的东西，越求证越复杂，最后竟陷入情感的沼泽里不能自拔。这是他完全没有想到的。

廓清迷雾成为当务之急，专家认真挑选文字，把许许多多带有情感色调的文字一一予以否定，最后以最为简洁的文字发出问候。

哈，你好，忙吗？这是投石问路的方式。先扔下一个小石子，看池子里的反应。

倪妮态度很好，很快就回了信息。但读不出有什么特别之处，似乎礼节性回应他的问候。

专家突发奇想，说他现在就在楼道里，等着见她，看她异常平静的态度有无变化。

哈哈，不会吧。你刚回去没多久，这么快就来了。我在医务室呢，马上就回去了。她的信息来了，出乎他有预料。此刻的态度与她所在的位置都让他没有想到。

他耐心等待着，想象她肯定在楼道里寻找，寻找这样一个不速之客，揣测此番前来的真正目的。十分钟后，她的信息来了。没说没找到他，只说她回来了。

他开始承认这是个玩笑，说还在遥远的地方。以为她在办公室里上班，只要探一下头，事情就结束了，谁知心里想的总与实际不一样。

其实，他一直想说的就是这最后一句话。巧妙地将心中的想法天衣无缝地镶嵌到对话之中，等待她的回答。

她似乎心情很好，说自己感冒了，去开点药。还说，以后再不能忽悠我啦，我着急跑回来，结果您忽悠我呢。话里仍是那种娇嗔的味道。还说真碰巧，平时一直都在，今天刚出去一会儿就被逮住了。

对于那天他醉酒后发信息求证的事，他曾有过暗示，但她只字未提。弄了半天，他仍不能搞清事情的原委。这个女人，将他捆绑在祭坛上不能动弹。她年纪虽轻，处事却极为老到，张弛有度，运用自如。

专家忽地想起不久前刚读过的一本书，是郁达夫写的《沉沦》。感觉自己身上有着极强的郁达夫情结，一个落魄浪子的情怀极深。你听他是咋说的，曾因酒醉鞭名马，生怕情多累美人。其实他的情够多的，到处都留下他的身影与足迹。

又过了两周，心中的纠结不见减轻，已经影响到工作，专家做出抉择，要会一会这个人物。想法弄明白她的真实意图，好让悬着的心有个交代。他所钟爱的历史研究，也因此搁置下来，他得全力以赴先把这件事情处理好。

周末时节，又回到首府。

窗外的景致一掠而过。田畴处残雪片片，树木僵硬呆滞，万籁俱寂，暂时看不出生命的迹象。专家在冬天的原野里狂奔，心中难以按捺出现的悸动。事实上，这阵子距惊蛰已近，但北方的严寒让万物仍处在萌发复苏之际，沉积一个冬天的憋屈一下子还难以完全吐露出来。这个冬天，他够辛苦的，在冰冷的大地上来回奔波，只为心中出现的那点温热的感觉。

专家这次采取迂回战术，通过另外一个人，将她所在的那个小集体一同邀了出来。这样的处理方式很有弹性，进可以攻退可以守，毕竟一把年纪了，让别人涮了老脸没处搁。他想这是个万全之策。有时感觉自己像个地下工作者一样，策划行动方案时心思特别缜密，一步都不能走错。

按约定时分，他提前到达。雅间空空，他坐在那里很镇定，以了却一桩心事的姿态耐心恭候，他耐心等待这个能见分晓的时刻。

在百无聊赖之际，她突然出现在门口，这个结果出乎他的预料。本以为他们会结伴而行，没想到她单个出现，心中顿生小小惊喜。她站在门口，精力特别集中地往里看，似乎对里面的情形很是关注。

看见她出现在门口，专家有些兴奋。她径直走到他的跟前，并特意说她是来点菜的，还说了一句，我跟你坐。说着就坐在他身边。眼前出现惊人相似的一幕，机会说来就来，简直无需任何努力。

她的发型仍是上次所修剪的。刘海很浓，几乎苫到眉梢。他无意中发现她的眉毛画过，而且很浓。

你怎么还像个小孩似的?

上次人家给我剪成这样了。

其他人呢?

他们马上就来，我是从别的地方赶来的。

她做着解释，话语里出现娇嗔的声音，情调上升很快。

一张大圆桌，他们坐在一起，精心研究如何点菜。好景不长，菜还未点好，大部队就进来了。一位倜傥风流的男士进门后，一看情势不对急忙将他们分开。

你坐这个位置最合适。

话音刚落，专家就被请到中间位置。

这位组织者顺理成章地坐在他们中间，刚才昙花一现的情景就地给破坏。

惊人相似的一幕跟着出现。与上次的大眼睛相比，这位老兄的眼睛不算大，但观察事物如此犀利，做出的决定也惊人的相似。

专家很不情愿地从她的身旁离开，被安排到指定座位。她身边的陪伴者走马灯似的变换着，这像一出滑稽戏，主人公粉墨登场，频繁更换。一同前来的几个人眼睁睁地看着，相信他们肯定知道发生了什么，只好听之任之。

这位组织者真够英明，知道如何平衡关系，他将带来的一位少妇安排在专家的旁边。这样他俩每人身边有一位美女相陪。

席间，那位热情的组织者借着酒劲为她吟诗，她则笑嘻嘻地看着，似乎欣赏他所营造的喜庆场面。在如此复杂的局面里，她周旋应对，运用自如，没有一点岔子出现。这是他忽略许久的新发现。长期在外，见少离多，她的变化的确很大。事情变得有些游离于原来的主题。

专家有些着急，与旁边的少妇闲聊起来，表现得很是亲热。倪妮好像坐不住了，席间出现一点微弱的叹息声，这声音带有埋怨与责备的意味，也像迎接突如其来的挑战。那位风流男士愈发殷勤地遮挡着，生怕她就地跑掉或被别人抢走。场面上的情形充满火药味，争风吃醋的迹象特别明显。

专家有些头晕，喝了不少酒。突然倪妮径直过来，给他盛了一碗汤，这个举止超出他的想象，不知到底发生了什么。他所期望的那个最终结果并未出现，事情反而越闹越复杂。

聚会持续很长时间，他越喝越多，意识中有飘忽感出现。后来的情形不是特别清楚，只记得他上了车，她离开之后又折过身来到车窗前。他急忙摇下玻璃，他们的手又握在一起。就这样，这场聚会仿佛在依依不舍中结束。

夜很静，街灯闪烁。一个故事结束了还是刚刚酝酿，他始终弄不清楚。本来这次是来了结上次的事，没想到陷得更深。他无法释怀，重新被绑在命运的战车上，等待她来决断。

贰拾柒

过了两天，专家又动身，虽说不很情愿，但还是乖乖地回来了。生活中经常遇到此类事情，不得已而为之，它成了生存的基本状态。专家也不例外。

这次与以往任何一次都不同，刚刚进屋，专家心里就有些憋闷，悒郁之快有点反常。他索性走出来，向着对面的山梁走去。

这是日日都能看到的山峰，整个冬日，山巅一副白雪皑皑的样子。到了春天，这样的情形仍会反复。天热起来，山巅的白雪自动消失；一场凉风冷雨后，它重新呈现白色覆盖的情景。这山叫白马山，不知形似白马还是经常积雪的缘故，反正就这么叫开了。听说最近新辟公墓，生意不错，常有亡者被吹吹打打地送到山上。

专家忽的地产生攀登此山的欲望，这种欲望一经出现，就强烈地鼓荡起来。他起身出门，向山边移动。山下的缓坡地带很长，走了很久才到山下。抬头向上望去，与平时观察完全不同，山势极高，山顶处白云飘荡，越发增添山的巍峨之势。站在山下，自觉产生高山仰止的崇敬之情。

只见一条小路，从山下开始像纽带似的向山上飘扬。小路沿着山脊向上延伸，忽而在左，忽而在右，但始终没有偏离山脊。专家略微端详了一阵，开始沿着小路攀上山脊。随着逐渐升高，四周的景色急剧发生变化。

等这条山梁走完后，前面紧随着又是一道更高的山梁，层层叠叠，连绵不绝。小路并未中断，在两道山梁连接处，忽地划出一道美丽弧线，从大山的半腰横亘而过。

专家穿过半坡的山坳时，心情异常激动。远处山下的城池清晰可见，这就是他一待数年的地方。从山上往下看，军事要塞的位置异常明显，烽燧相望，坚城高垒。古人是伟大的，他们知道如何利用地形进行防御与攻击，以最终取得胜利。

山风吹来，凉爽宜人，刚刚上山时微微出汗的脖颈顿时有了凉飕飕的感觉。这种感觉异常美妙，他说不出是山还是风，让他有了这种奇妙的感受。

“上了高山望平川，平川上有朵白牡丹……”一首熟悉的歌在脑海中吟唱。登上高山后，感觉还真不一样，眼前的变化令人耳目一新。站在山巅上，突然觉得个人那点感情渺小得不值一提。然而，这种新鲜感持续没多久，他又不由自主地想起他们最后见面时的情景。

那情景有点邂逅的意思，但又不完全是。他们相遇有计划，分别却很突然，瞬间又天各一方，生死两茫茫。在她离开好一阵后，他才想起给她发信息。

正想见时，就碰见；刚一闪面，又不见。

后来他发现自己的信息有点打油诗的味道，组织概括能力还挺强。不知她看到这条信息有何感想，但始终没有等到她的回复，弄不清究竟发生了什么。她怎么会一改先前那种率直与体贴，变得忽隐忽现躲躲闪闪，让他老是琢磨不透。

站在高高的山巅上，下面的城池清晰地呈现在眼前。群山逶迤，连绵不绝，积聚围拢，形成半弧线走势，似乎要将下面的城池裹入怀中，不让其遭遇伤害。他不再琢磨它的历史地位与军事价值，而在努力厘清这一段时期发生的微妙事情。

小倪妮究竟怎么了，他无法判定。她开始不回信息，让他感觉情况不妙。极目之处，远山迷茫，混沌一片，他难以控制情感波动，也想象不出未来。此刻，困在这荒山秃岭上，心情一刻都放松不下来。思绪至此，专家心中顿觉酸楚，眼前的山峦城池渐渐朦胧一片。

命里注定，他要到这个地方来，他的情感似乎只能寄托于如此连绵不绝的群山中。他反复想，要是当初不到这个地方来，会有怎么的结局。但这个问题太复杂了，不可能有现成的答案可资参考。

群山逶迤，绵延不绝，由此衍生出的沉稳笃定情怀，可能成了他现在不得不面对的情感选项。命中注定，他与大山撇不清关系。而她是属于平原的，属于城市的，属于水的。现在时尚的消费文化，那种没有价值导向，或者市场味很浓的东西成了她的价值主导。他们的分歧与矛盾不可调和，注定要爆发。

有一瞬间，他感到头皮发麻，像是谁从后面狠狠击打了他一下。想到这里，专家马上离开这个苍茫之地。他开始懵懵懂懂地往回走，有个声音不停地提醒着，再不能做傻事了，得学会控制自己才行。

回到房间，样貌依旧，他还得在这样的环境中生存。这是真正属于自己的世界，那些似是而非的东西慢慢从大脑中逃离。

专家打开电脑，随意在固原的大城小事网中浏览。听说这个网站浏览量很大，已成为固原的知名品牌。里面内容庞杂，言语没有边界，好似自由世界。正看着，出现精辟语言。

> 人生，就像新华百货，跑到哪里都有出口。生活，就像二市场巷子，开进去就不能调头。心情就像师专巷，堵得慌，从来就没有舒畅过。爱情，就像二小坡子，顺时激情四射，堵时撕心裂肺。事业，就像西关十字，总有红灯在你面前，闯吧，没有胆量，不闯吧，心里急。理想，就像市政府，听说过，也路过过，就是没进去工作过。婚姻，就像上麻将馆，不是输就是赢。所以说，跑遍了固原城，就看透了人生。

这里说的是固原城里的几个地方。有的地方他去过，有的听说过，大体上有印象，但并不深刻。他仔细琢磨，将这几个地方与人生联系在一起，的确还挺有新意的。

第二天上班时，专家把这段挑选出来，与王贵一同分析。

这是吃饱了闲得没事，胡出怪呢。王贵并不认可上面的内容。

我看不全是。专家说。

你啥时有闲心弄这个了？

纯属好奇。我觉得了解固原的当下，对于研究固原的历史有好处，这些网络语言正好代表当下人们的心声。

你这个研究方法倒是很奇特。

正说着，蔷虹进来了。

王贵一看见蔷虹，立马兴奋起来。说曹操，曹操就到了。我们讨论的这个问题，肯定会有结果的。

蔷虹有些莫名其妙。你们在说我呢？

没有的事，我们在讨论网络上的一段话，正好你来了，帮助我们解读一下。

我哪能给专家解读，只有专家给我们解读。她倒是反应很快。

还是美女说得好。王贵又抢先了。

你从来就没个正经话。她白了他一眼。

既然碰上了，我们就共同欣赏欣赏。专家说。

蔷虹咯咯笑了起来。她接过专家递来的一张纸，仔细阅读起来，读后笑得更厉害了。连声说，还有这么比喻的，我是第一次见到。

你说这些人，是不是吃饱无事可干，胡骚情呢。王贵问。

我看不是，说得很到位，让人一看就明白。她不同意王贵的说法。你看这第一句，就很有哲理。人生就像新华百货，跑到哪里都有出口。你想想看，难道不是吗？

我想不出来。王贵说这句话时，一副诚恳老实的样子。

蔷虹和专家被他的话逗乐了，一同笑了起来。

专家说，第二句和第三句，我能看懂，只是没有去过这两个地方。说二市场巷子，开进去就不能调头。这是不是说那里是死胡同？心情就像师专巷，堵得慌，从来就没有舒畅过。说的是路太窄，通行慢？

字面上是这样。人家比喻生活不能调头，必须一直往前走。心情一直不好，经常会堵。我觉得说得很到位。

是你心情不好，经常会堵，还是别人？王贵又追问起来。

这个很难说，难道你的心情一直都是顺畅的？她这样一激将，王贵无话可说。

见无路可走，王贵就另辟蹊径。那你说爱情就像二小坡子，顺时激情四射，堵时撕心裂肺。这句话咋理解？

哈哈，这个你把我考住了。蔷虹不接这个话题。

这个好理解，专家说，甜蜜时甜得受不了，痛苦时痛得受不了。

还是专家厉害呀。王贵语义不明地说。

你要善待人家嘛。蔷虹说。

我从来都没有做过恶。王贵不赞成这样的话。

你们说到哪里去了。专家急忙制止二位的争论。

讨论进行到这里，似乎难以进行下去。

专家问蔷虹，你今天来专门参加这个讨论？

哦，是赶上了，随便说几句。可能说过头了，你们不要介意。她实际上是说给王贵听的。

我们还介意啥呢。王贵的话始终有些冷言冷语的味道。

我是来说有关民歌征集的事的。你们有兴趣的话，我们可以合作搞几项活动。

蔷虹与他们一道讨论工作的事，不再谈论别的。

讨论没多久就结束了，蔷虹离开方志办。专家一个人待在办公室有些憋屈，就出门去寻找这几个地方。他在大街小巷中转悠，力图对这地方有个全面了解。

信步走着，到了市里繁华之处。新建的宾馆拔地而起，特别引人注目。听说入住率很高，即使淡季，也能达到百分之七八十。宾馆边上，刚刚整饬的广场特别通透，那些低矮的建筑全部被拆除。原来街道两边的树木还在，只是楼房已经消失，变成绿色的草坪。新置的草坪规划整齐，车辆在草坪中间的林荫道上行进，仿佛行进于平畴田原之上，这情形有些特别。

街道安装各种类型的灯箱，很是别致。广场中间的灯高高矗立，将光芒映照到很远的地方。对面是建筑风格古朴的博物馆，由于视线开阔，这个著名博物馆也融入广场的现代气息中。

广场边上有一城墙，为仿古建筑。只有城墙的顶端，仍保留原来的模样，一看就是年代悠久的建筑。只见青砖青瓦箍成的穹形门洞，门洞上边有砖雕的“原州”二字，昭示岁月的沧桑。

进入门洞后，人刚能直起腰。游人随着穹形的长廊慢慢升高，踏上无数台阶后就上到城墙上。城墙的拐角处，有朱红色的亭子，亭子在寒风中，静静地伫立在高处。

站在城墙上，视野很开阔，城里的景象尽收眼底。高楼、广场、街道、车辆、行人，构成一副完整的城市画卷。车辆在行进，行人在走动，一切都处于运动的状态中。这应该是古城中类似观景台之类的建筑，听说过去属于固原古城墙内城的一部分。

站立许久，专家看到对面不远处的繁华之地，这应该就是他们说的二市场。他下了城墙，向二市场走去。只是纳闷不解，为何叫二市场，一般人们总是避开这个字。

二市场里，车辆的确不能通行，这不是由于拥挤，而是设计成这样的格局，这样的地方有点步行街的意思。说车不能调头没有意义，因为本身就没有考虑调头问题。这里商铺林立，贸易发达，应该是个商业中心。看样子，人也不少。

转了许久，来到二小坡子处。来到这里，似乎到了城市的东边。再往前，地势突然降低，形成一道长坡。车辆于坡间上下行进，突显山城本色。

这里应该就是古城墙的东边界。坚固的城墙筑在上边，可以俯视下边的一切，对于试探攻城者，这道城墙就是一道铜墙铁壁，城中坚守者处于绝对有利的位置。下面是清水河，自南向北流过。对面是东岳山，雄姿依旧，守护这个千年古城。

现在固原的古城墙，仅剩下北边的一道，“靖朔门”三个大字跃然其上。岁月更迭，让其极度沧桑，但威武雄姿犹存。这是固原作为古军事要塞最有力证据。

固原古城被毁，是极其严重的事件。千年古城，多少朝代建设经营，却轻易地毁于“文化大革命”时期，距现在也就 40 多年。许多人仍能清晰地记得古城的存在，它是回字形城墙。古城大体呈巨龟形状，巨龟面向东部，似有前去饮水之意。城墙紧靠城墙，门洞连着门洞，现在这一切仅剩残垣断壁。

沿着东边的清水河往南走，一层层的橡皮坝，将本来不是很大的水量聚焦起来，形成宽阔的水域。也许清水河原本就是这个模样，后来森林植被被破坏，水量锐减，让清水河可以行船的故事变成传说和神话。

东南边地势较低，这里是古城外的市场，它承担城中居民和戍边将士的生活供应，自古商业贸易繁华。现在仍然商铺林立，人头攒动，尤其以安安桥这一带最为著名。

听说好多年这里都是集脏乱差为一体的龌龊之地，近年来城市大规模改造，面貌焕然一新。碧水、绿地、住宅区、商业街融为一体，呈现繁荣景象。

专家最后寻找这个西关十字，却怎么都没有找到。到了西边，由于城市西扩，已经变得不明显。有几个地方看样子都像曾经的西关，他不能确定。这些路口，已完全融入城市里。有个地方叫五路口，估计位置差不多，但呈现放射状的路口，让你怎么都不能将其与西关联系在一起。再往西，就到了古雁岭。再怎么说，西关也过不了这座山。否则，就变成关隘了。

大略地转了一圈，专家想，待在这个城里的人，其人生的确有不同之处。那城、那墙、那山、那水、那坡，都在潜移默化地影响着人们。这究竟是怎样的人生？他一下子还难以给出确切答案。这位网友说，跑遍固原城，就看透了人生。专家琢磨这句话，似懂非懂地接受了它。

贰拾捌

这个冬天特别寒冷，是专家到这里最冷的一个冬天。他的记忆里，只有寒冷，没有别的。当阳光明媚的春天来临时，又想起小倪妮。春天发生的事，让他终生难忘。他的记忆中，只有一种旋律最美妙，那就是唱红大江南北的《小苹果》，他觉得整个春天都在火火的曲调中度过。

事情的发生有些蹊跷。

好长时间没有倪妮的信息，正百无聊赖不知如何是好时，单位里的领导告诉大家，今年的春天非同寻常，在这样醉人的季节里，老待在办公室里，等于坐以待毙。我们要组织大家外出学习，这样既能开阔眼界，又能增进友谊，一改单位混乱无序的状态。我们这个地方，已经够乱的了。看来，他对局势的认识还是清楚的。随即，他宣布，第二天就出发，到川区黄河岸边的一个市里去学习考察。

天哪，专家一听这个消息就有些头晕，这正是她出生成长的那个城市。到她出生的那个城市学习参观，这意味着什么？他老想这个问题，一时半会儿却怎么也想不明白。有股神奇的力量在作祟，从内里生发并持续攀升，心情被莫名的兴奋鼓荡着。

一经踏入这个城市，大街小巷里到处都能看到她的影子。这情形让专家如痴如醉，一会儿是俊俏的小丫头从街角走来，一会儿又蹦蹦跳跳扬长而去。设想她当初穿梭于这些街巷中的情形，浑身的力量被激发，变得敏感、多情、思绪绵长。这是只有上帝之手才能雕刻出来的精妙作品，非世间之物。

在想入非非之际，他将在这里参观学习的消息发送给她。她收到这个信息明显有些惊奇，很快回复，希望他认真领略这里的风情。看样子，这是个真诚的愿望。

闲聊了一会儿之后，他突然鬼使神差地说，要送她一个礼物，并说这个想法已酝酿很长时间，苦于找不到机会，今天被眼前的情形所感染，希望她能接受。

看得出，在通讯的另一端她犹豫起来，对于这个突如其来的想法拿不定主意。她说对于这么正式的问询，一时不知该如何处理。过了一阵，她欣然接受这个建议。

他顿时心花怒放起来。

此刻，平原上柳树枝条已经变绿，能感知春天的脚步来临。每过一阵，似乎都有新的变化出现。柔软的枝条，无风时如直发自然垂下，微风轻拂时些微摆动一下又复归平静。桃花杏花含苞待放，春天的脚步越来越急，在这样一个春意盎然的季节里，多日悬而未决的问题得以解决。这个结果很好，一如这明媚艳丽的春天。

专家回想从山城来到黄河岸边时的情形，那里的情形与这边大体相当，但还存在差异。最明显的是季节差、时间差，山区总要比川区迟上十天半月，穿梭两地间，经常有时空倒错之感。川区由于升温快，总是领风气之先，就连花开花落也走在山区的前面。

山区虽然在速度上不领先，但它的浓烈程度远远胜过川区。每当花开之季，总是漫山遍野，有些浩浩荡荡，俯拾即是的意思。极目望去，一簇簇花朵开在山巅崖畔之处，似大手笔画家在庄重巍峨的山峰上肆意泼墨，挥洒心中的快意。那里的情景比平原上要壮观。

望着远处近处的景色，回想曾经历的情景，专家的心情好极了。他似乎又看到车厢里的那一幕，待到山花烂漫时，她在丛中笑。

你是我的小呀小苹果，
怎么爱你都不嫌多。
红红的小脸温暖我的心窝，
点亮我生命的火，火火火火火。

你是我的小呀小苹果，
就像天边最美的云朵。
春天又来到了花开满山坡，
种下希望就会收获。

这一年《小苹果》红遍全国。整个大街小巷唱红了，就连卖菜的小贩都打开手机在听。不知他们是真的欣赏，还是以此招揽顾客，寻找商机。

明媚的春光里，专家的激情再次被点燃，《小苹果》的声音在耳边响起，心中出现奇妙的情景。

你是我的小呀小苹果，
怎么爱你都不嫌多。
红红的小脸温暖我的心窝，
点亮我生命的火，火火火火火。

每当有这样的声音响起，心中就会有小倪妮的形象出现。大大的眼睛，扑闪扑闪地动，小巧的脸庞，怎么看都好。有一瞬间，他们的眼神像定格似的，仔细看着对方不眨一眼。这是彼此灵魂的深切观照，时间从此凝固。

专家发现心如止水的倪妮，在定睛凝望时，仿佛一副静止的水彩画。一阵空谷来风，一个上帝指派的精灵，刻意寻找失散的另一半，这一刻美妙得竟有些虚幻。咫尺之间，高挑的倪妮就这样平静地看着，不说话，不眨眼，似乎呼吸也在瞬间停止。他没有做出将她揽入怀中的举动，觉得这样会破坏这个美好的瞬间，惊动眼前这个小精灵。

《小苹果》的声音还是这样火火地响着，他们相互对视的瞬间已经永恒。它可以战胜寂寞，抵挡诱惑，无限地回味下去，没有任何递减、衰退、变质的可能。事实上，他觉得在茫茫人世间，已经找到自己的小苹果。

这只小苹果闪烁着透明的光泽，她的清纯形象已经定格在记忆里，无法抹去，难以忘怀。

为什么人人都喜欢这首歌，是不是他们心中都有一个渴望得到的小苹果。社会在崇尚实际的同时，突然出现一抹理想的光芒，人人都变得需要憧憬。这首歌确实好，尤其旋律特别好，郎朗上口，轻快明丽，有追求实在与崇尚小情调的完美结合，能触碰到快要累死的当下人们的心灵。所以只轻轻一触碰，迅速红遍大江南北。

时间定格在清明前夕，他真的又见到她，就在这个浪漫的季节里。

然而，事情并未像他想象的那样有了最终结局。它竟然又悬置起来，让他得不出一个肯定或否定的结论，他的沮丧达到极致。

此刻，艳丽的花有些已开败，有些正在酝酿开放之中。奇怪的是，一向干旱的地区，尤其是风沙肆虐的春季，大雨却淋漓痛快地倾泻下来。下得匪夷所思，下得莫名其妙，下得心里发毛。

花开的季节出现这样的情景很反常，伴随大雨又出现大雾。真是冷风冷雨大雾天，春情春景不见人。专家的心里再次迷茫起来，犹如这四月雨水中缭绕的雾霭，总之，心中的纠结再次涌了上来。

鲜嫩欲滴的花蕊浸透过多过猛的雨水，有的则过早地萎缩无奈地凋谢。面对此情此景，专家既忧心又担心。这样的花季，这样的雨季，两种同样完美的东西重叠在一起，有可能酿成一些不该有的灾祸。这样的离奇之事竟无处对人诉说。

专家竭力想弄明白的事再次被搁置起来。

事情的经过很简单，按照他的安排，她来到指定地点。对于这个陌生环境，她显得拘谨害怕，仿佛担心随时有可怕的事情发生。见此情景，专家突然意识到，这是在不合适的地方不合适的时间做了一件本该有意义的事，其结果大打折扣。

他拿出珍藏很长时间的小礼物递给她。她接过了它，那一刻，她的眼角出现一丝明显的被打动的神情。但倏忽而过，瞬间消失得无影无踪。

这种神情专家曾经见过，那是一年前她随团来到他待的那个城市里，当时举行的宴会上，她喝了不少烈性酒。他突然发现她的眼珠深处出现类似情景，那是被烈性酒刺激出现的自然反应，很像是对某种事物出现的谨慎感激。一个倏忽而过的瞬间，却永远铭刻在他的心里。

接下来的情况有些不很顺畅。她似乎特别担心，怕有什么情况发生，从她的眼睛里读到的是惧怕。看着这情景，他的心里不是滋味，曾经设想的种种浪漫情景，一个都没有出现。事情的发展与他当初的设计大相径庭，他以为无论怎样，都有最终的结果出现，事实证明他没有得到结果。

事情又被搁置起来，他的情感再次陷入稀软的泥滩里不能动弹。酷似眼前光秃秃的黄土地，任春季的大雨肆意冲刷，整个软化稀烂成一团。这不合时宜的雨水，来得过早来得过猛，似乎僭越某种人们约定俗成的习惯。一直鼓劲的情绪开始松懈起来，就像眼前被雨水冲刷的黄土地，只有一个劲地烂软下去，不会再有别的情形出现。

专家又进入等待的状态，尽管这个等待不可能有结局。这样的状态，持续近十年。自从错过那个瞬间，一直处于这样的状态。他害怕那句咒语似的格言，错过那一刻，就永远难以挽回。他的行为似乎正应验这样的格言，每念及此，心中的惶恐就会成倍地增长。

那个瞬间说起来也很是神奇，在最意想不到的时候出现了。让他流连忘返，没齿难忘。

大约夏季的一个午后，他乘公交车往单位走。这是个平常得不能再平常的日子，单位自从迁入新址后，原先的通勤车停止运行，上班只能以公交代步。

车上的人越来越少，车子快要到达单位时，似乎只剩下几个人。这时坐在车后排的小倪妮突然把脑袋伸了过来，一双大眼睛看着他似有话要说。当时没有意识到她也在车上，对于她的出现，他多少有些惊讶。

他们寒暄几句后，她突然说了一句他这半辈子听到的最动听的话。当时，这声音就是从他的左耳进入的。话音不大，高低适度。说话时，一脸的虔诚。

他一下子愣住了，随即说出一句类似玩笑的话。这时车子到站，他们下车后朝院子走去。只记得从下车到单位的时间很短，前后还有陆续上班的人紧紧跟随。他们说了一些与这个话题无关的话，就进入楼里。

后来怎么都想不通，这么重要的信息，当时并没在意，他竟当玩笑话处理。

随着时间的推移，它就像埋藏在心底的种子，开始发芽生长。它越长越蓬勃，在心中挤占地盘，让他心中芜杂难耐、懊恼不宁。

时下一句流行语说得非常准确，错过了缘分就错过了你。现在，他应验了这句话。

他的思绪在这里反复纠缠企图弄清缘由，自己肯定没有处理好这事。当时并不知晓她处于感情困顿中，在那样的场合，能够这样唐突地说出如此直白的话，说明她确实需要得到他的帮助。而他竟将它当作玩笑当成耳边风，左耳进右耳出就算完事。

时过境迁，现在回忆这些事令人忧伤。她还是原来那个青涩小姑娘吗，他不能做出正确的判断。尽管他曾试探着询问，能否回到当初曾经的美好时光中，她的回答非常肯定，但明显感到她不再是当年的那个清纯形象。

往日会重现吗，专家不停地拷问自己，他愿以尴尬的等待补偿当年留下的遗憾。时间让他懂得许多人道事理，他不能只注意自己的感受与需要，而忽略别人的感受与需要。他的等待纯属个人意愿，与别人无关。

当下的情形，有点类似马尔克斯笔下的《没有人给他来信的上校》中的那个上校。那个苦苦等待 56 年，在邮局门口渴盼信件的出现，等待一笔抚恤金养家糊口，最终却一无所获的上校。人家的等待非常具体，他不知自己究竟在等待什么。等待时空的倒转，等待她的回心转意，还是等待当年那个神奇瞬间再度降临人间。

这个季节的气候很反常，颇像专家阴晴不定的心情。前几天还花开艳丽万木吐翠，突然一场沙尘暴骤至，风沙弥漫，遮天蔽日，气温骤降，让人出行困难。大风过后，夜间一场罕见的大雪将春意盎然的大地覆盖。大雪足有半尺厚，鲜花嫩草通通被冰霜包围。

万物重新回到冰冷的世界里，这比平常说的春寒料峭要严重得多。小倪妮不再出现，乌云再次遮住太阳，阴霾的天，是他此刻心情的最好印证。

生活变着法子考验这个迷茫的行进者。突如其来的沙尘没有持续多长时间即偃旗息鼓，沙尘过后，晴空万里，蓝天如洗，蓝得通透，蓝得靓丽。天空没有一丝风，万物沉浸在清明的气氛当中。

对于大自然的变化，专家的体悟是深刻的。塞上的春天来得迟，且经常反复，让本是明媚的季节缩水似的变得特别短。就这样，折腾几次以后就到了暮春。

暮春自有特征，暮春天，杨絮飞。这是接着柳絮飞过之后的又一杰作，据专家考证，这杨树也有雄雌之分。经风一吹，止不住地乱飘絮的就是雌杨，而雄杨则从来就没有这种现象。

柳絮飘飞的情景很是感人，如雪花飞舞，落在地上、草坪上、行人的脸上，仿佛进入大雪弥漫的冬日世界。青杏含核，春残褪去，四月的热风在大地上游走，这就是典型的暮春之景。

暮春将尽，小倪妮仍无消息，这事让专家心绪不宁。春天正不可挽回地逝去，他心中的那份情谊难以割舍，任凭时光悄然流失，无限涌流。

贰拾玖

干涸一个冬天的唐徕渠，此刻浑浊的黄河之水充盈其中，正欢快地向着下游涌去。它滋润塞北大地万顷良田，万千生命，沉寂的世界又焕发出勃勃生机。流动的水总能给人带来希望，尽管它浑浊异常。站在唐渠边边上，看着涌动的水流，专家的信心在恢复之中。

日复一日，专家耐心等待着，已有月余时间，不曾有任何消息出现。回忆几个与倪妮有关的简单情节，专家的情绪高涨不起来。他思忖着，这就叫不敢想明天，不肯说再见。

上校的影子又出现在眼前。这个孤独的老人，每周五总是早早地来到渡口前，远眺一艘带邮件的船。他最怕邮电局长那冷漠的眼神以及略带鄙夷的调侃。但他仍不死心，那批抚恤金是政府答应给的，那是他用生命的代价从战场上换来的。自己是不是有点像固执的上校，在绝望中孤独地等待，等待一个无望的结果。

午饭的时候，很意外地被一首特别的歌曲所吸引。歌声是从别人的手机里传来的，它仿佛在说又似乎在唱，反正那种腔调给人的感觉不很投入。一听就知道是周杰伦的歌声。这种声音，最近特别流行。

“你走之后酒暖回忆思念瘦，水向东流时间怎么偷。”那种半说半唱的声调并不咋样，但歌词新颖别致，有种从地下忽地冒起来似的冲动强烈地鼓荡着空寂的心灵。

尽管还有许多未能听懂之处，单就“你走之后酒暖回忆思念瘦”“花就一次成熟我却错过”两句唱词，已将他震撼得快要悬空，接着就是重重地跌落。他弄不明白汉字还能组合出如此美妙的效果，这分明在描述他此刻的真实感受。

专家悲戚地想，如果花开就一次的话，他可能实际上已经错过。心中出现的这个念头，顿时让他难过得再没有心思吃饭，尽管已到饭桌跟前。

周末时分，专家回到首府，要送一份报告给领导。待在热闹的城市里，他的思绪总会在小倪妮身上转悠。

专家没有过多地考虑领导会不会认同报告中所提的事情。本来这个项目有套资金的嫌疑，现在发明一种新的工作法叫套取，比如套资金、套项目。这其中有调侃的味道，也有设圈套的意思。发达地区套落后地区，把土地套来改变用途或就地买卖，下级套上级，把项目资金套到手，其他事情就好办了。

他手里的这份报告，就是要向上级申请一笔保护古墓的经费。本来墓已经挖掘，他们硬说墓的旁边又有新发现，等待上级部门的支援。这种事已见怪不怪，幸好这是代替别人转呈报告，否则，他会很羞愧。

在他的心中，小倪妮占有太多分量，她胜过古墓，也胜过项目与资金。这个活生生的小精灵，总在脑子里跳来跳去，但总也拿捏不住。似乎非常容易捕获，但一伸手它就消失得无影无踪。

车子进入院内，曾经熟悉的情景再次出现在眼前。一晃离开这里竟有三年之久，眼前的情景让他很是感慨。有种物是人非的感觉，强烈地撞击这个已经离开很长时间的流浪者。

春夏之交，四处一片盎然生机。

院子很大很开阔，碧树红花绿草茵茵。一座座样式规整的仿唐建筑矗立在花园般的场景中，屋顶全是挥洒写意的大三角形状，青瓦苫顶，檐角翘突，线条流畅，让人恍若进入历史的长廊之中。山上绿树成荫，山下湖水滢滢。稀缺的银杏树排列成行，合欢树正俏皮地撑开扇面，做出挑逗的姿态。而紫穗槐则一列又一列整齐地守护在路边，尽情地向人们吐露那紫色的情调。

一进院子，专家就有些眩晕。他没想到自己离开的这个地方竟如此神奇，以前怎么就没有发现。城郭依然，人事全非，伤逝感怀，让他有种时空倒错的感觉。

进入楼内，他马上镇定下来，自己心中的那点小九九容易坏事。此时，他理了理繁乱的情绪，因为马上就要见领导，无论如何不能让他看出自己的心事，否则几年的基层就白下了。说不定人家会把你永远留在那地方，看你还敢胡思乱想。

领导热情地接待了专家。看样子，领导今天的心情不错，一直阴郁的脸上露出难得一见的笑容。他们聊了好一阵，谈话天马行空，无所不及。专家感觉没有破绽出现，庆幸今天的表现不错。临了，领导突然说，你好像有啥心事，是不是下面待得不顺心？

专家一听心里咯噔一下，连忙解释道，没有的事，下面挺好的，待得时间长了，还不想走呢。专家意识到自己说了瞎话，而且脱口而出，没有经过大脑的过滤。

那就好，有啥困难尽管说。不知领导是真心，还是应景地说了一句。

谢谢。说完专家就走了出来。

他的脑子里乱哄哄的，只一个劲地想，这领导就是不一样，尽管自己做得天衣无缝，他还是看出其中的门道。这不会有诈吧？他开始怀疑，没有人来回答这个问题。过了一会儿，他自己回答，一个领导要欺诈老百姓那就太没情调了。

正想着来了电话，是同事打来的。听说他回来了，询问是否属实。他说现在正忙着见领导，事办完后正式回复。正说着，一拐弯碰见倪妮。

事情就这么凑巧，一瞬间简直忙坏了他。只见她手里拿着一件衣服急匆匆地往出走，一看就是放学或下班的情形。专家还沉浸在领导制造的氛围中，又迫不及待地进入另一情景中。

你回来了？他的反应还挺快，手握尚未听完的电话，问的是上周她出差的事。听说她出去了，脑子里一直存有这样的念头，情急之下说的正是此事。

她有些惊奇地看着他，眼睛里充满疑惑。连忙说，回来几天了，我马上要回老家。看得出她也被这突如其来的事给弄懵了。他有和她握手的意图，但胳膊动了一下，又鬼使神差地停了下来。她仔细看着这个动作，在马上响应时也随即偃旗息鼓。这情形，更让她惊诧不已。

看得出，对于他的蹊跷出现，她毫无准备，也弄不清他的真实意图。她甚至猜想他是有意等她，才鬼使神差地说出后面的话。

电话里同事还在说话，问他回来怎么没有消息，行动有点诡秘。他又开始解释起来。处于通话的状态中，他们一同往出走。

走出大门的瞬间，通话结束了。他不知怎么下意识地又说了一句，就这么走了？他听到的回答仍是我要回老家。可能两分钟的时间，她大概说了三句同样内容的话。

正踌躇之际，倪妮已经离开，声音随之杳远。专家伫立原地，脚下像生根似的难以自拔。他没有再追赶过去，而是向着她消失的方向默立。

望着她渐渐远去的身影，专家的心很是惘然。他们的邂逅就这样结束，这样一个局促的偶遇，破坏一直酝酿的好心情。世上的事就是这么奇妙，这阵子闲了下来，她却连影子都不见了。

草坪碧绿如洗，紫穗槐仍旧整齐地排列路边。看看眼前的情景，一点也找不到刚刚进门时的花香怡人的俊俏模样。专家再无力欣赏这些美景，他四下张望，眼睛里显得特别空洞。

有一瞬间，专家明显感到他们的事已经结束，而且结束得有些狼狈。他踉踉跄跄往回走，不知瞬间究竟发生了什么。

过了十几天，专家再次回到首府。最近一段时间，他老是往首府跑，频率比较高。客观地讲，这段时间事情也比较多。

进入城市，容易产生这样的想法。让他曾经一时迷乱的女子，像一阵风似的来无踪去无影。他想不起她的模样，也不好意思再去想她。这是朋友的朋友，他将她带来的时候，可能有夸耀的成分在里面，绝不会想到会节外生枝，有人对她起了心思。无论从道义还是良心上，这都是讲不通的。

专家放弃对这位萍水相逢女子的幻想，将思绪的弦重新调到终日思念的小倪妮身上。不知怎么，他的生活里，说得确切些他的脑子里总也消停不下来，只有被那似是而非的东西充斥着，心里才会安宁。他想，她才是他的长久思念，因而思绪又不自觉地转到她的身上。

一路上，外面的情形已发生明显变化，完全盛夏情景，不再山花烂漫桃红柳绿，天气明显热了起来。黄灌区成片的望不到边际的玉米林肥硕俊俏，满眼翠绿。红色的农家房舍，在这个绿色的海洋里只露出耀眼的屋檐与翘角。

偶见火车在玉米林中移动，它的顶部似桅杆样的东西，仿佛露出背鳍的鲨鱼在碧绿的大海里游弋。这不是说玉米长得高过火车，而是这一段，铁轨在挖出的地下巷道里延伸，因而火车也隐入地下。

他们赶到首府时，已是中午。午休时分，高速运转的机关，此刻正处于歇息的状态。院子里偶有走动的人，因为正午的缘故，看上去多少有些无精打采，整个一副阑珊与懈怠的模样。他悄悄进入院子。

合欢树争奇斗艳，紫穗槐竞相吐蕊。时光荏苒，风景依旧，物是人非，已经找不到曾经的过去，熟悉的人。

距离下午上班的时间还早，专家略微思考一下，就到娱乐中心门口。这地方，他过去经常来玩，度过中午难熬的时光。离开几年后，对这里多少有些陌生。稍微停留了一下，他还是走了进去。

刚进大门，服务员认出了他。她有些兴奋地说，你回来了？

还没有，这次是回来办点事。回答之后，感到自己有些神经过敏说多了，人家可能只是随便客套一下。只见她盯着他看，眼睛笑眯眯的，不能确切地肯定那是好奇还是兴奋。

也该回来了。她自言自语道。

专家无言以对，随口说，里面有没有打球的？

你走之后，台球几乎没人打了，打羽毛球、乒乓球的倒是很多。

专家有些激动，几年过去了，她还没有忘记这个爱打台球的人。他说，那我就进去看一会儿吧。

随便看吧。她似乎放得很开。

大厅里，一绺三个羽毛球场地都站满运动的人。旁边分割出几个乒乓球场地，同样站满人。幸好有个同事认出他，硬是将乒乓球拍塞到他手里，他则顺手打了起来。

还好，他能从容应对，这是几年来在那里唯一长进的地方。他们则随声附和地说专家的球技明显提高了。几个回合后，他告辞出来，进入曾经办公的大楼。

正午时分，有的回家，也有在单位休息的。专家信步进入楼内，看能否碰到一两个熟悉的人，聊聊天等待上班时刻的来临。

专家没有意识到，心里正想着双脚已经将他送至倪妮的门口。她的门正好大开着，专家伫立门口仔细观察。她似乎正忙着打印什么东西。

很快，她就发现门口的他。他们四目相对的瞬间，有种意外的惊奇在闪烁。专家知道，她一直喜欢不期而遇，似乎对这种形式的相遇特别感兴趣。他说不上自己是否在有意无意地制造这种邂逅。

还是她的反应快，她说，您回来了。

回来办事，中午还在加班?

哪会呢。她的娇嗲之声又出来了。下午有个议题要上会，这才赶着加班呢。她说话之际，他已经进门到了她的跟前。

她明显瘦了，专家对这个发现有些诧异。

没事吧? 他又关切地问。

好着呢。她的声音很轻，说这话时，一双大眼睛看着他。他从那里面读到兴奋与激动，它像流动的溪水，清澈明丽，甚至能听到汩汩流淌的声音。

距离如此之近，专家想伸手搂住这个近在咫尺的人。可是一同来的人还在门外等候，这个顾虑打消他的冲动。他发现桌子上有几粒成熟的小黄杏，她也同样发现他的眼光所至。他还未开口，她就将杏子递过来让他享用。

她的手指特别纤细，小黄杏在纤细的手指中，显得雅致俏丽。他拿起一个放到嘴里，小杏子特别甜。

买的?

不是，是院子里的树上结的。

怎么弄下来的?

我一摇树，它们就都掉了下来。

还挺浪漫的。

她听后抿嘴笑了。一双大眼睛仍使劲地看着他，那里面清澈依旧。

这时，一同来的人进来了。他们开始握手道别，离开这个小房间，专家的心里说不上兴奋还是惆怅，让他很长时间心里都酸甜得不能自已。就这样，他又无奈地离开一心想见的小倪妮。

叁拾

回到工作地，一切照旧。这里最大的特点是，一切都循规蹈矩缺乏变化。巍峨的山峰，厚重的历史，孕育不易变化的特性。安稳是没问题的，缺少变化却很熬人。正苦于平淡无奇地度日子，领导通知，有个考察团要出国考察，你有幸名列其中。

这是首次出远门。一行十几人，来自不同单位，临时组成一个小集体。一路上，这个松散的组合体忽隐忽现，穿梭于繁华闹市中，在国际上游荡。

自从准备前往香港，情况就变得不一样。一进入登机口，老外明显增多。香港，这个国际大都市，让人心里充满期待。

乘坐港龙公司的飞机，机舱里每排十几座，前后分成好几块，比其他飞机宽敞多了，像个小教室。旁边一年轻人，一直专注于眼前座位靠背上的小型电视里的节目。看的大概是惊悚类的东西，有怪角兽，不人不鬼的。本以为他看一会儿就结束了，没想到从登机到香港，3 个多小时的时间里，他倒是认真地看完每分每秒。

专家给自己也选了几个节目，结果一会儿就感到厌倦，最后索性不看了。换个环境后，一切变得不一样，感觉从某种状态中脱离出来。他在认真思考自己的从前以及未来。

从这个时候开始，过去与现在有了明确的分野。只有坐在这样的飞机上，才出现如此清醒而自觉的意识。专家把自己设想成一分子融入情景之中，事情的整个轮廓渐渐显露。情节有离奇巧合的成分，也有制造情景的现象。他觉得自己陷入迷宫式的游戏之中，而且耗费不少时日。

天黑时分，进入香港，外面已经完全融入夜色里。座前的小荧屏上，显示飞机入港之际，在海上绕了一个弯，最后又折拐了几下，才进入跑道。下面的海水，在渔船灯光的映照下，粼粼波光闪烁，而飞机正是在这波光映照中缓入机场跑道的。

飞机着陆时非常稳，没有小飞机那种滑出很远，仍惯性十足的样子。这个飞机平稳落下后，稍微移动了一段就停下。

夜间的香港机场，显示不出大都市的气魄，就连那些机场工作人员，也小小单单的，很少有大个出现。但他们的服务态度很好，认真负责的样子让人印象深刻。

过了一个小时，进入更为严格的安检。此刻，已逼近午夜，深夜并未让安检人员怠慢疏忽，因为要从这里出去直接南飞。穿过赤道，进入南太平洋，抵达澳洲南缘的墨尔本市。行程近十个小时，飞越八千多公里。这样的跨越，的确还是首次。

登机后，身旁坐着一年轻女士。华人长相，操一口熟练的英语。机上同行的中国人则角色倒转，点缀在白人堆里，似乎成了外国人。服务员及机上乘客均用英语交谈，为了照顾他们几个，有华人长相的服务员，偶尔用蹩脚的汉语交流，连她们自己也觉得别扭。

身边的这位乘客盘坐在座位上，眼前的电视开着却始终没有看，而是不停地玩着一个游戏。这是个简单的游戏，好像在一堆错综复杂的图案中将相同的一类找到即可，而她却执着地玩到深夜，直到困倦。凌晨睁眼后，她又重复这个游戏。与前面那位一样执着，单调的游戏并未影响她的兴趣，而是兴致饱满地玩到最后一刻。

直到下飞机时，专家也没能猜出她的身份。正如后来的导游所说，在这里有中国人，也有华人，这是不一样的。而印尼、马来西亚、新加坡的华人活跃在南太平洋的这个岛国上，一点也不比前来创业的中国人差。

移民而来，或者前来的打工者，已经形成一个特别的人群。这些人，已经非中非澳，还没有一个准确的词来形容。但是，他们确确实实地存在着，并扮演着属于他们自己的角色。

第一站来到墨尔本市，这是维多利亚州首府。有澳大利亚文化之都的美誉，也是最适宜人类居住的城市之一。

天空湛蓝，像涂上一层艳丽的蓝色油漆。由于距离南极很近，有人说南极上空的臭氧层开了一个洞，让此地的紫外线异常强烈。紫外线强，就不能说适宜人类居住，这似乎有矛盾，但他们依旧按照设定的内容进行宣传。极目望去，湛蓝天空飘浮朵朵白云。照相的效果倒是很好，无论怎么取景都有极佳的效果。

在城市中心穿梭，会产生时空交错之感。维多利亚时代的建筑，虽历经沧桑，但气韵依旧。那教堂，甚至监狱，其建筑的外形仍很有气度。现代建筑并未挤兑这些古老的存在，使其消减往日的风采，而是有机生动地融为一体。这是这个城市最具韵味之处，也显得特别生动。

棕榈树挺拔旺盛，合欢树碧绿妖娆，其他各式各样的花卉肆意开放。街边楼角处，高挑的白人匆匆而过。尤其是女的，她们上身穿着很厚，下身裸露双腿，在海风的吹拂中隐隐发红，仍不肯停止前进的脚步。

她们目不斜视地穿行在过去与现代深度交融的街巷之中，给人以大器洒脱的感觉。那种气质与这座古老而年轻的城市所散发出的气韵高度契合，形成澳洲一道特殊的风景。

偶有亚裔的年轻人经过，但无论个头还是气质，均存在一定差距。这些个头相对矮小的年轻人，他们是靠聪明、智慧以及勤劳的双手，在这里安身立命，似乎已融入这个城市的脉搏律动之中。

城市人群悠然自得，他们在马路边上穿行，等待绿灯亮时通过，并非北京人、上海人那样疲于奔命，而是透出一种闲散与洒脱。这一点，给人的印象尤为深刻。

这些移民的后代，与300多年前的那批人形成天壤之别，他们已经成为这里的主人。300年前，他们的祖先，从英国押送而来的囚犯，再没有回到英国。是他们将这里的土著人赶出水草丰美之地，凭借戴罪立功的蛮劲，开始建立自己的家园。

300年后，事情发生很大变化。他们有清晰的族谱，传承有序，以致今天的人说起他们的祖先，不再当作罪犯看待，而是誉于昔日的罪犯以拓荒英雄的形象。

后来的移民速度明显加快。二战后，尤其是近些年，四面八方的人带着他们独有的风俗与文化，来到这个天涯海角之处，寻找自己的梦想。事实证明，他们是成功的，这里的文化极其多元，包容这些异国他乡者。

身处异国他乡，专家想起倪妮，随手发了条短信。收到这个信息，她有点好奇，并很快回了信息。

接下来，专家又发了几条，结果石沉大海。他承受压力，想了想，就编发这样的信息，忍不住又发了条信息，尽管有很多都没回音。人其实有时很脆弱，常常身不由己。这句责己也责对方的话，立马引起反应。

这次她倒是很快回复，感谢你的信任，但我确实承担不了这样的责任。为没能及时回复再次表示道歉，但有时也确实不知该如何回复。

看样子，她真的火了，似乎把这件事当作无端骚扰来对待。这几句话深深地刺痛专家，他像被马蜂蜇了一下，其痛难忍钻心。这个骤然而起的风暴，一下子弄懵了专家，他不知自己到底在干什么。在伤心绝望时，同时还产生某种羞愧难当的感觉。

穿行在西方大都市里，在忽冷忽热的海风吹拂下，心中的冷清与凄楚难以名状。在一条没有目标的道上已经走得很远，难以止步停下。有人开始撼动内心最脆弱之处，心中出现的疼痛无人诉说。

为应对突然发生的危机，他开始调集其他几个来助阵，以平复骤然而起的风暴，但仍是波涛涌动巨浪翻腾。这究竟是什么样的风暴，一如这悬崖下不断撞击永不止歇的海浪。

你已经完全蜕变，颠覆自己的形象。可人、漂亮，时而流露出来的温馨只是迷惑人的假象，开始向生硬蛮横转变。争强好胜不服输的个性，渗透虚荣之心，还在不断地往世故的道路上滑动。这是以前未想到的。

大洋洲刺破臭氧层的阳光特别强烈，却让桉树的生长特别茂密。这些绿中发红的树木，似乎特别喜欢这样的环境，任性疯狂地生长着，几乎占到所有树种的一大半份额。到处都是桉树，走上成百上千公里，它们仍紧随身边相依相伴。

这阳光，让澳洲的花别样的红，就连树冠也红得纯粹，红得不很真实。有种叫火凤凰的树，红彤彤的样貌，颠覆人们对于树木的认识。柏树身干苍老、树冠怪异，带有这片陆地漂移后的风貌，古老、神秘而又奇异。这里肯定有未解之谜，那就是如此气候环境孕育出独特的植物，怪异的动物。

海岬角处，蔚蓝色的海洋在涌动。

夕阳下，海风吹拂，岩石撞起的白色浪花，一遍又一遍地扑向海岸，又无奈地退了回去。海鸥在风中滑翔，一会儿直冲到海平面，一会儿又回到岩石跟前盘旋，它们有意在风中展示自己驾驭气流的能力。有的回到山崖上的草丛里静静归巢，有的在太阳即将落山时，仍好胜地飞舞着，是倔强还是迷茫，难以猜出它们的真实意图。

此刻，团里一行人陶醉于天涯海角的美景。专家想到的仍是小倪妮，她的顽劣，犹如天黑前胡乱翻腾的海鸥。它们一个劲地上下翻腾，似乎抗拒黑暗的到来。

其实，已经没这个必要了，他试着安慰自己。寒鸦聒噪，让海岬角处的凄凉之情陡生，它们没有停止狂乱的冲动。而她，也没有停下这种有意无意的伤害。

到底怎么了，这件事伤及脑筋。他不愿得出悲观的结论，但现实已将他逼到墙角，都快要突破自己的底线。现实像乱麻一样缠绕着，他始终捋不出一个头绪来。

蔚蓝色的大海边上，一个孤独的幽灵在游荡。

海浪一个劲地涌向岸边，溅起的白色浪花，与靓蓝形成鲜明对比。似乎这蓝色的表面下，原本就拥有一个洁白的内里。只有靠近岩石，才偶尔露出真容。

专家忧伤失落的情绪，让同行者看了出来。他们和善地提醒着，是否不太适应这里的新环境。他则刻意掩饰，尽量不去触碰敏感的神经。他们哪知道，一条要命的信息，毁坏他一年的憧憬，影响他十年的记忆。站在南太平洋边上，他产生眩晕之感，有跳下去的冲动。

他们的行程，走走停停。他一边努力融入变化的情景之中，一边不断控制起伏的内心。最神圣的东西被毁坏了，像个失魂落魄的流浪者，穿行在异国的大地上，内心一片空虚。忧伤成为这趟旅行的主基调，这是他压根儿没有想到的。

事情缘于一个偶然，一个念头，一个可有可无的信息。

大家在轻松自在的状态里学习，感受现代社会的从容与自在。这里，到处都是冷饮馆、咖啡店，人们走着站着都在吃东西喝饮料，完全一个消费时代的样貌。

课程枯燥极了，专家根本没有心思听外国老师一板一眼地在那里推理。他们似乎特别热衷于逻辑推理，每句话都追求严谨，但最终也没有推导出多少有用的东西。他一个人跑到院子里，坐在树下的椅子上胡思乱想。树冠隔开暴烈的阳光，周围炽热难耐。

经过一周的折腾，情绪已经稳定许多。他将几天来的思考结果，编成一条短信发给她。

又是短信，他不知道这条短信会有什么样的结果出现。在等待回复之际，也仔细琢磨刚刚发出的信息。

你好，在忙什么？看到你的信息，一时乱了主意。这几天一直在思考，那意思似乎很清楚，可能也是一直想说的。怀疑自己感觉出了问题，相信以后不会再这样。慢慢平复，不再打扰，也希望你不要放在心里。祝安！

过了 39 分钟，她的信息来了。

您是非常好的朋友，也非常感念对我的关怀。希望我们友谊长存，更祝愿您一切都好。

仔细揣摩文字中的信息，仍然分辨不出虚实。似乎情真意切，又仿佛概括性很强，有点外交辞令的味道。有一点是清楚的，在她的心里，对于这事的认识与感受，与他完全不一样。她可能把它作为一个平常的事来处理。事情就这么简单。

谁在这么晚的风雨之夜疾驶？
那是作家的哀愁，那是三月里的狂风。

偶然翻到的这两句诗词，感觉非常受用，有种说到心坎上的敞快之感。这里虽不是三月，也没有狂风，但确有在风雨之夜疾驰，不能停息的悲壮之情涌动。

澳洲天然牧场呈现于起伏不定的丘陵之中，丘陵盆地舒缓平展，像大海中的波浪在缓慢涌动。一望无际的优良牧场，由于过于宏阔，只能靠茂盛的桉树纵横分割成方块状的区域。

每个区域都有成熟的牧草，有的已经收割，打成碌碡一样的草捆，整齐地摆放；有的还没有收割，黄澄澄一片，似随意涂抹的油画，它舒展、放松、富有诗意，让这片洁净、安闲、寂寞的土地，有了自身的生命律动。

牛悠闲地待在一个又一个被桉树隔开的草地上，它们静静地站着不动，与这片土地和谐相融。变化的只是颜色，一方里全是黑牛，到了另一方，则全是白牛。再走上一阵，又出现花牛，很有戏剧色彩。它们唯一相同的是，全部静静地伫立在那里，似乎从古老的时期就开始了，始终都是这个样子。

一望无际的草场，数不胜数的安哥斯牛。安详的澳洲，这片土地过于古老而神秘，让你弄不清它的真实存在。

寂寞的土地，渐渐多了移民拓荒者。他们从全球各地涌入这里，生活在这片土地上，为了彼此的当下与未来，变得友善宽容起来。于是，一种多元的杂交文化逐渐形成，看起来安详神秘，非常受用。

万里晴空如洗，让人心情特别敞快。偶有浮云掠过，在海风的作用下，天空出现大写意的线条，如挥舞巨刷肆意皴擦，在天空绘制上千公里很有力度的漂亮图案。

车在草甸里的公路上疾驰，几个小时都走不出这样的原野。连绵不绝的丘陵，比比皆是的树林，还有成群的牛羊，快速跳动的袋鼠，整个天空大地构成一副怡人的田园风景画。

天空湛蓝，云彩白得让人心醉。灵魂得以净化，一切回归本真。亚拉河穿城而过，给这个城市带来灵气。河水波光潋滟，将高楼及灯光倒映其中，让人产生似真似幻的感觉。

高楼鳞次栉比，高低错落有致，城市的深蓝色调让这里现代感十足。夹杂其中的维多利亚时代的建筑，与新兴城市巧妙地融为一体。高耸坚挺的哥特式建筑，仍保持古老的威严与魅力，并未在现代化进程中褪色。

教堂、议会大厦，甚至监狱、澡堂，其风貌完整地保存下来。最有意思的是在这些古老建筑的旁边就有酒吧、赌场、红灯区。它们和谐相处，互不干扰，构成这个城市的主体。

这里有个约定俗成的规矩。每个周五晚上，就是鬼节来临之际，街道行人会明显增多。尤其是红灯区附近人影幢幢，他们各自寻找地方，安然进入红灯点亮的地方。有专业工作者，也有寻求刺激的人，他们安然度过放纵的周五之夜。有意思的是，警察居然在门前心安理得地维持秩序。

一小型敞篷卡宾车里，两个惊艳的少女端坐，她们兴奋地看着过路之人，不知是等车还是等人。微醺的夜晚，只见眼睛放射出灼热的光芒。她流利地表达意图，只可惜他听不懂。看到这种情形，她礼貌地说了声拜拜就挥手告别，车子随即一溜烟地融入夜中。

高楼倒映河中，一团影子在不停地晃动。专家产生梦幻般的虚无之感，但始终弄不清晃动的是生活本身，还是别的什么。

中国人缺少这样的坦诚，他们喜欢把感情深藏心中让其发酵。有时会酿造出香甜的美酒，有时则捂过了头，像奶酪变质散发的馊味。这就是含蓄的代价。

叁拾壹

再说说悉尼。来澳洲之前，脑子里唯一有印象的就是悉尼，尤其是享誉全球的悉尼大剧院，那几乎是个神话。

经过 4 个小时的旅程，从堪培拉进入悉尼。一进入城市，眼前的高楼就给人不同的感觉。这里不仅楼高，最重要的是，每栋建筑都是完整艺术品的一部分，没有因为别出心裁而破坏整体的风格。这些各具有特色的建筑，非常艺术地组合在一起，让这个城市有了自己的品质。

清秀隽逸的建筑群中，突然出现一个高楼组成的峡谷地带，峡谷一直向下延伸直至大海。大海边上，久负盛名的悉尼歌剧院出现了。

这个类似贝壳形状的建筑物，实际看上去并没有想象得那样宏伟。它设计独特，据说设计师将切开的橘子重新拼凑在一起，因此获取灵感，世界上从此多了一个艺术杰作。

这是由音乐城与歌剧院两部分组成的建筑，外形别致，里面豪华现代。即使过了百年，看起来仍让人惊奇。据说，对这种多个球面组成的建筑物，设计师很是得意，却让工程师吃尽了苦头。他们用了好几年时间才计算出各种力的传导承受，从数学上解决建筑中必须解决的问题。

歌剧院巧用海的岬角突出之处，让其和谐地融入整个海湾之中。歌剧院不远处，一桥飞架南北，天堑变通途。二者成为悉尼的标志性建筑。

悉尼的港湾里停满豪华游轮，白色游轮与蓝色大海组成精美的图案，尽显资本主义的浮华与奢靡。导游指着下面的一栋三层楼房说，这是新填海造就的富豪之家。每家一个码头，游艇自不当说。每户豪宅不少于三千万澳元。由于财富带来的荣耀，让这个不起眼的海湾声名鹊起，令人刮目相看。

悉尼是澳洲的经济金融中心，有南半球的纽约之誉。最有名的名品街，各种顶级品牌在这里落户，因此吸引全世界的富豪与佳丽。

这两者似乎永远都难以分割。佳丽在尽情享受世界上的著名品牌，而富豪又在尽情地享受佳丽，它们良性互动，让这个地方永远都灯红酒绿、纸醉金迷。一条不很长的街面上拥满人，人头攒动，行色匆忙。富豪与佳丽混杂其中，尽管没有标志，但他们的形态明显有别于一般的大众。

当然，也有全世界涌来的土豪。他们以惊人的购买力征服各种名牌，企图显示自身的高贵。但是，他们一丝半会儿还成不了贵族。那种气质不是有了钱就能生成的，也无法轻易模仿。不管怎么伪装，让人还是一眼就能看穿。

这样一个地方聚集这样一批人，让这条街这个城市繁华起来，也引来许多说不完的话题。如果在这条街道上走走，就能清醒地知道自己属于哪一类。

一个星期后，从类似大农庄的堪培拉出发，开始前往布里斯班。晴好的天空，朵朵白云飘浮。白云下面，一片片树林依次在这块古老的大地上铺开。这些墨绿色的板块，镶嵌在黄色的枯草上，给人广袤无垠的感觉。

这是预先安排好的转场，给一直心情郁闷的专家带来些许慰藉。感冒好几天的身体，也有了重大转机。值得一提的是，小倪妮的表态还是积极的，带有阳光向上的意味。尽管对实质性的问题始终缄默不语，但并未断然拒绝。所有这些，预示事情可能会向好的方向发展。他勾画着，整个走势一定是触底反弹，企稳回升。

专家的一举一动，没有逃过同行者的眼睛，他们含蓄地说，经过一段时间的考验，其他人都已变黑，唯有专家开始变白。专家掂量这种评价的意义，他们哪里知道他内心经历的风暴洗礼。

得到大家的认同后，专家有了变化，开始进入轻松愉快的旅行状态中。偶尔想到她，从心里更愿意接受她并未改变这一事实。她有自身的优越感，长相不错，感觉灵敏，但表达一般，常给人不很细腻的感觉。事实上，她的表达，大多都以跌跌撞撞的形式出现。

所以常有磕碰之事出现，仍是真实性情的反应。有了这样的判断，专家内心踏实许多。偶尔调头，看飞机窗外的大地，只见一大片楼群出现在眼前，知道快要到达目的地。

这里多为红褐色的别墅群。飞机开始降低高度，地面上公路、桥梁、水系都清晰地出现在眼前。公路上川流不息的车辆，它们整齐有序地行驶在澳洲大地上。

没过多久，绿色的大地上出现一条回旋弯曲的河流。它很有力度，以大写意的豪放姿态呈现在眼前。奇妙的是，在河道 S 形的大转弯处，出现一片高楼，这就是布里斯班。

布里斯班依靠这条河流而存在。从城市与河流的关系来看，肯定先有河流，后有城市，依照河流的形状，构成城市最基本的框架。这是即将进入的布里斯班最突出特征，也是所有内河城市的共同特征。

布里斯班是昆士兰州的首府，它的政治地位决定有别于其他城市。虽说距离黄金海岸有 80 多公里，但并不靠海。黄金海岸也变成一个城市，一个与布里斯班地位大致相同的城市。

黄金海岸这个城市的历史肯定并不古老，由于海边得天独厚的优越环境，人们更愿意聚集在那里，生活在那里。于是，由市转变为城的进程在加快，一个新兴城市开始出现。

飞机落地，接机的司机匆忙办理手续。他自称台北人，办事效率及敬业精神让人敬佩。一路上，他边开车边介绍这里的一切。后来，才知他已经六十又三，但看不出岁月在他身上留下的印痕。

正午的太阳炙烤大地，这位台北人驾驶车辆，边走边指着上方说，南半球这一块，天空的臭氧层出现一个大洞，大概位置就在昆士兰州上空这一带。他的话给炎热增加一份恐惧，大家望着天空，似乎看见他所说的那个大洞。强烈的紫外线，会让所有富豪的努力失去意义，一切不确定的因素在增加。

面对这块远离大陆，而且漂移很远，至今也没有停止的土地，人们的心情是复杂的。距离大海很近，但它的降水并不多；海拔很低，但紫外线强度胜过高岭山巅；偏于一隅，它的现代化程度并不亚于最发达的顶级城市。由于孤远、偏僻，人与人之间形成十分难得的天然亲近之情，友善胜过其他。能给这地方一个十分准确的定位吗，恐怕很难。

专家发现生活中，能够精准把握的事越来越少，是事情本身过于复杂，还是已经触碰到思想的边界。所有这些，让他再次陷入困顿，不知道自己到底还能干什么。

布里斯班河发源于澳洲中部，流经几百公里后，汇入黄金海岸。河水不很清澈，但水量丰沛，充盈河床。偶有游轮及快艇驶过水面，留下一道道白色水痕，很快复归平静。无数座桥梁穿越大河，流动不息的汽车在大河之上来回穿梭。

清晨，学生们坐船到昆士兰大学读书，傍晚放学后又原路返回。城外的上班族，也像赶公交车一样，坐船上班坐船下班，如同行进在马路上。这条大河竭力奉献自己的一切，满足人们多样化的需求，这就是世世代代养育人民的伟大的布里斯班河。它始终静默地守护着这里，一切皆因这条河而存在，也因这条河而发展。

河岸两边大楼高耸入云，草地碧绿如洗，游泳池遍布四处。活跃在池子里的，绝大多数为金发碧眼的白种人，她们或躺在水中或躺在池边的椅子上悠闲放松。周围的草坪里，穿着泳装的人像成群的白鹭一样憩息。她们的肤色与这环境高度契合，常常一双一对地偎依在一切，享受大自然带来的幸福。

这里美眉众多，她们不怕强光直接照晒，似乎永远都晒不黑，最多只是晒红。也不避讳旁边的休闲者以及过路行人，有的穿着三点式泳装躺在池边的椅子上，能感觉到她们旁若无人的放松心态。

稍远处的火凤凰树红得鲜艳，让人心醉。如此洁净艳丽之物生长在城市里，处处充满灵性。它的树冠像云杉似的一层层展开，而红树叶又像小扇子似的绽放。树下的草坪碧绿洁净一尘不染。所有这些，与如此闲适的金发女郎，组成一副异国风情画。这就是布里斯班的传奇故事，已上演千年，至今仍鼎盛不衰。

黄金海岸市，一个年轻的城市。它既是对海岸的形容，也是对这个城市的命名。这里有优美的海岸，下午五时，天气有些阴沉，他们一行来到岸边。此刻岸边的人并不多。

海浪一层接着一层扑向海滩。在阴沉的天色里，眺望海岸线的不远处，南北均有似风似雾似暴的天气形成。此刻，顿觉天地狭小，世界逼仄，生存空间受到限制。

奇怪的是，这种现象在南北几百米处发生，而眼前却没有。其实在任何地方，看到的结果与眼前如出一辙，那雾那尘永远都在不能企及之处。海浪涌上沙滩时，给人一种沙滩生成沙尘的错觉。

海岸线南北分布，正对东边浩瀚的太平洋。这个地方正好是漫长的海岸线中陆地凸出的部分，永不止歇的海浪扑向岸边，是黄金海岸充满活力的根本所在。

在海边享受一阵之后，大伙儿走出沙滩，又开始上岸购物。购物几乎成了现在一种习惯性的病态表现，消费主义的风尚风靡全球，其影响已经难分东西。这是时代的通病，女人如此，男人也不甘落后。

黄金海岸城宛若幻想中的王国。夜晚大街上中学生明显多了起来，在灯光的映照下，他们成群结队不停地走动，并发出此起彼伏的嚣叫声。原来是来自澳洲四面八方的中学生，他们要在这里集体过成人礼，表明自己已进入成人世界。

马上要结束近一个月的学习考察，返回的前夜，专家坐在12层的阳台上，看澳洲夜间的风景。此刻远处近处万家灯光闪烁，而左前方不远处，一幢圆柱形的楼房特别高，即使在12层，仍需仰视。楼上的灯光，宛若浩瀚的苍穹中投射来的星光。

对面不远处，楼顶游泳池影影绰绰，能猜到有情侣正在水中欢乐，在灯光宛若星辰的夜晚共度良宵。他们或水中嬉闹或依倚池边，在微风轻拂的氛围里销魂人生。

这样的情景并不限于富豪，一般的中产阶级也可以拥有，不能说这违背生活规律，有悖于人性的发展。在布里斯班的最后一个夜晚，专家的思绪突然跑得很远，完全超出小倪妮带给他的困境。

细细琢磨这块大陆，这个城市，用心体味它的最微妙敏感之处。专家发现，最发达的地方往往向着最本真甚至原始的状态回归。发展中那些被人们奉若神明的律条会被轻易否定掉，这又是一种什么样的情形？他越想越多，越想越乱，都不知自己在想些什么。此刻唯一清醒的是，第二天就要结束行程，回到离别20多天的故乡，心中产生莫名的冲动。

午后天气异常炎热，有种被罩在蒸笼里的憋闷感觉。大伙儿坐在楼外的凉棚里闲聊，等待回国时刻的到来。忽然，街道上方由于楼群林立而形成的峡谷地带，天空乌云翻腾。迅疾变化的云层就像开锅的蒸汽一样不断变化形状，直冲峡谷而来。

正惊诧临近海边的气流与大陆出现的云层如此不同时，顷刻太阳被遮蔽，一阵暴风从峡谷里席卷而来。风似乎在旋转，只见巨型的遮阳伞被卷起，在空中翻转了几下，被重重地砸在马路对面的小车上，接着就是噼噼啪啪的物体坠落之声。

大伙儿还在惊诧之中，暴雨倾泻而至。最初的雨点大似铜钱，突然一声巨响，有物体在街中间炸开，大伙儿以为楼上的花盆被吹落。有人惊呼是冰雹，足有皮球大小，掉到地上撞碎的个头仍很大。这时大家终于明白发生了什么，开始往楼里奔跑，也就几米的距离，想穿越都难。

不一会儿，冰雹铺天盖地落下。它们砸在桌子上，又奔到地上，到处都是跳动的白色小球。地面上的东西成为冰雹袭击的目标，有的桌面被打破，有的小车被砸坏，伴随风暴的怒吼，大地在战栗。零星的大冰雹从高空跌落，它们宛若一枚枚重型炸弹，在怒吼的风暴中肆意表演，给这片风雨飘摇的大地留下刻骨铭心的记忆。

这真是一次历险之旅，在即将离开布里斯班这个美丽城市之际，大自然给人类上了极其重要的一课。暴风雨持续20多分钟后开始减弱，慢慢地太阳又从楼群的缝隙中露出笑脸。

暴风雨过后，街上到处是残留未化的冰雹，还有从楼上掉下的坠落砸碎之物，整个街面狼藉一片。偶见被冰雹撞击的小车，后玻璃完全塌陷下去。有的高楼被击中，只见半空的玻璃留下仿佛遭遇炮弹袭击的痕迹。

行走在街上的人们，此刻仍惊魂未定。有消防车、救护车呼啸而过，人们开始消除大自然带来的恶劣影响。风和日丽的布里斯班，以这种方式为游人送行，还真有些奇特。当他们一行登上飞机时，还未从下午的惊诧中回过神来。

结束 20 多天的澳洲之旅，穿越茫茫大洋，从南太平洋穿过赤道往北飞。当飞机上的指示器显示已到南中国海时，这时回归祖国的良好感觉在升腾。专家知道，自己的骨子里还是个彻头彻尾的爱国者。

这趟旅行留下的记忆弥足珍贵，值得他回味很长时间。

回来后又见到小倪妮。专家觉得无论怎样都要再见一面，哪怕只看一眼也行。

光线不很明亮的楼道里，咯噔咯噔的声音传来，他知道一定是她。事情证实他的猜想。她走路时的样子很时尚，伴随高跟鞋着地，传来节奏均匀、力度很强的声响，她的身体似乎很有韵律地微微摆动，以致扎在后面的头发也在左右摆动。

宛若 T 形台上行进的她正向他走来，他的眼睛里瞬间有些飘忽。她最后停在眼前，双眸柔情似水地看着他。看着这个时而落魄，时而兴奋，情绪难以企稳之人，似乎从这里获取一种秘不示人的快感。

专家突然想起一句台词，有时伤害也是因为爱。蓦地，他有种腾空而起的感觉，感到灵魂已经出窍。出现如此情形，足以弥补曾经的伤害。

可惜这样的见面瞬间就结束，再次天各一方。

没有一成不变的情谊，对于这点他尤其伤感。多少情谊因时过境迁，竟严重褪色变形，都认不出原先的样子。事情本身的变化，并未因你的诧异与牵挂而停止。这就是现实，不承认都不行。

叁拾贰

我以为你走后，再不回来了。

哪会呢，咋能撂下你。

骗人。

不信算了。

专家看着蔷虹，从这一刻起，他混沌的思绪变得清晰无比。

蔷虹看着专家，眼睛里露出欣喜的光芒。

澳洲之行，让蔷虹的思念倍增。

她没有想到，专家一旦离开这里，平时还能坚持的自信立马失去控制。她开始想他，昼夜不停地思念。他的影子老在眼前晃来晃去，有时它会突然跳出来，让她不能很好地掌控。有时辗转反侧难以入睡，他经常来去无踪，随时跳入她的心间，搅得不得安宁，没有什么能让萌动的心安顿下来。

她弄不清为何会有如此强烈的思念，在这个深秋季节，情感的闸门一经开启，就再也关闭不了。担心专家离开这里，一直是隐藏在蔷虹潜意识最深处的心结。

当他坐在对面，听他谈论有关澳洲的趣闻逸事，心里嘭嘭乱跳，内心的冲动增至极限。办公室很静，能感到心跳在加速，一种情调在快速生成并迅猛升腾。

专家不紧不慢地说着，似乎在谈论一个与他们无关的事，那样轻描淡写、信手拈来。看着他，她竭力保持镇定，跟随他叙述的步调一同进入神奇的澳洲。然而内心的冲撞常常破坏惯常的稳定，她感到自己的心跳非常厉害，有种控制不住的冲动在酝酿。

在听他讲述途中的所见所闻时，她也仔细琢磨眼前这个人。要用最快的速度吃透他，她提醒自己。当触角伸向他的内心世界时，发现三年多来对他的了解，仍有许多不准确的地方。

他表面上性情温和，心地善良，当了解逐渐深入时，竟发现许多陌生之处。不是她印象中那个纯粹质朴的样子，他的内外反差很大，热烈奔放甚至有些狂野的性格，完全被一副恬淡内向的外表形象所掩盖。他是诚实的，但并不怯懦，有种不畏惧任何困难的气质在不时显露，这是以前从未想到的。

专家有条不紊地讲述着，同时也静静观察眼前的这个人。贤淑端庄的女子，此刻变得有些激动。尽管她在极力抑制某种不断升腾的东西，但还有明显外露之处。

天色很快暗淡下来，暮秋的日子特别短。他们不经意地闲聊着，其实内心早已碧波荡漾。但是他们学会控制自己，小心抑制不断生成的内心冲动。

又过了一阵，街上的灯光亮了起来。院子里有喧哗声出现，表明快到下班的时间，蔷虹起身离开。

到门口时她转过身来，深情地看着眼前的这个人。此刻，刚刚经历过淬火般洗礼的专家，有种情愫在周身乱窜，水火两重天的磨砺，让他再也不能很好地控制自己。他上前一下子紧紧搂住这个准备离开的人。在门后，他们贴身站着，能感到彼此心脏的嘭嘭跳动。在暮秋的陇北山地里，他们演绎一处不能见人却很动人的情感故事。

两天后，他们坐在一个小咖啡屋里，面对面喝红酒，海阔天空地聊着，显得很是放松。屋子很小，坐着都能触碰到对方的膝盖，特别适宜两人相处。两个人的世界本该这样或者更小。她一直很腼腆，但今天不是，她放得很开，甚至还表现出洒脱的气质。

这个发现让他有些新奇。明丽的眸子里，时常有兴奋的光芒飘荡过来，不时地，还有一些风趣的妙语出现。尽管平时常有往来，但两个人单独相处毕竟不一样。有种东西恣意旺盛地生长着，空气里充满诱人的味道。

小屋四周通透，如果仔细观察，还能看清屋里的一切。来回穿行的人，说笑声不绝于耳。他们并未在意周围传来的声音和不时走动的人，聊着生活中的趣闻逸事，话题多数集中在兴趣爱好上。特殊的空间里总有特别的情调出现，体味难得的时光，心扉是敞开的，不再忌讳任何东西。

蔷虹思维敏捷，语言流利，经常有奇妙的语言出现。说到兴奋处，脸上出现激奋的光芒。很奇怪，接触很长时间，竟没有发现这方面的特点，她开朗大方，还特别幽默。不知不觉间，过了很长时间。

你是不是有很多女人？她突然问。

这句话让他陡然惊诧起来。你是不是这样认为的？他反问道。

说不准。好像是，又好像不是。她的话很艺术，不留任何漏洞。

专家好奇地看着她，想知道为何会出现这样的想法。她明白他的意思，接着又说，你平时给人的感觉有些内向，但我感觉这只是表面现象。其实你的内心特别洒脱，感情非常细腻。

专家不置可否地笑了一下。

这样评价我的人还真不多。

因为他们还不太了解你。

这么说你对我非常了解？

还不能这样说，在逐步深入吧。

了解越多，就会觉得越不了解。他说了一句带有绕口令意味的话，不知是随意而言，还是有什么特定含义。

她仔细看着，想从他的表情里寻找这句话的准确意味，瞬间又觉得眼前的他非常杳远。

你的话我听不太懂，是在考验我的智力？

哪里的话，我是随便说的。

有时感觉你特别容易亲近，有时又感觉很遥远。

这两句话意思差不多呀。

是吗？

是差不多。

后来，话题又转到别的上面，内容广泛，漫无边际，大多带有探讨男女情谊内容。这样的话题非常轻松，也能提起彼此兴致。在神聊过程中，享受平时难得一见的美好时光。

时间过得很快，不知不觉过了两三个小时。盘中空荡，红酒也已喝光。她提议离开这里，他愉快地接受。

当他们走出小屋时，夜色深沉，灯火通明，马路上的人明显多了起来。夜市里摆摊设点，好不热闹。人行道边，由于摊点很多，又形成一条新的街道。不知哪来的人，在夜晚很自然地聚集在一起。

他们穿行其中，随意自如，很是放松。看着陌生人接二连三地从眼前闪过，没有一个熟悉的面孔，心里充满莫名的喜悦。不知要到哪里，只觉时光穿梭不息，不能停下行进的脚步。

到了她的住宿舍门前，他提议送她回房间，她没有反对。刚进屋里，她急忙拉严窗帘。这一举动强烈地刺激着他，他再也控制不住自己，就将刚刚合上窗帘转过身的她紧紧抱住。有一瞬间的停顿，她马上顺从地配合。他们相拥着，两个独立的个体瞬间合二为一。

很快，由拥抱演变为接吻互动。这场由他发起的行动，没过多久就变成两人之间的默契配合。后来她似乎成为主角，开始主宰局面，激情波涛汹涌般地倾泻开来。他们默不作声，在努力完成一个神圣的使命。这个使命甜蜜得有些不想示人。就这样紧紧地相拥着，忘掉周围的一切。

这样的情形持续一阵需要转型升级之际，他们都意识到这样下去不妥。周围的环境中似乎有许多眼睛在盯着，他不能再多待一分钟。就这样，在依依不舍中，他还是走了出来。

出门的一瞬间，他看了一眼，她的表情很冷静，只认真地看着，没有再说一句话。这个表情留在他的记忆里很长时间，难以揣测其中涵义。似遗憾无奈，似冷眼旁观，总之，有种明显的陌生浸透其中，并掺杂冷峻的成分。

他们的事情暂告一个段落。

然而仅仅过了一周，专家就听到自己要调回首府的消息。这个消息让他瞬间手足无措，这意味着他马上要离开刚刚处在一起的她。如果发生在一个月前，他会对这样的消息欣喜若狂。而现在，倒让他有些心悸起来。

专家认真思考这个来得不合时宜的消息，感觉自己在情感之路上走得并不顺畅。仿佛命运跟自己过不去似的，一到关键时刻就显出原形。好不容易从苦恋几年的泥淖中走了出来，刚刚看到一丝曙光，心中的那点小火焰又眼看着就要被狂风吹灭。

苏瑾昙花一现，从此不见踪影。小倪妮抛出杀手锏，斩断他那一直并不死心的孽根。蔷虹刚刚绽放妩媚，严酷的现实却要抹去其光彩，换成忧伤离别的模样。

难道他们的机缘就这样短命，刚刚处在一起就要无声无息地结束。这样的情形，苦涩得让人不能继续往下去想。这与三年前听说要来到这里时的情形如出一辙。他认真思考，大概这就是命运。命里的定数，躲也躲不开，也永远无法弄清。

有几天没有见到她，专家的心里空落落的。他在体味着她的洒脱，已经接触很长时间怎么就没有感知这个。她腼腆的外表下面隐藏一颗炽热的心，平时却严密地包裹着，没有一丁点的暴露。她始终是个未解的谜。

他在想着他们的未来。到底有没有未来？想这个问题，心里酸楚得难以名状。他们的情感刚刚发动起来就面临熄灭的结局，不知该如何告诉她这个事情，现实近乎残酷。

早晨，她终于出现在视线里。周围有人很多，远远看去，一眼就能认出她。为避免引起大家的猜疑，在与大伙儿的寒暄中有意向她靠近。她的眼睛特别光亮，正放射炯炯光芒。这种光亮好像也传染到面部，看上去比平时更加有神。他们在互相对视的瞬间都探测到对方的内心。有一束光，瞬间将彼此照亮。她的头发似乎染过，那种披肩发有红的色调出现。

好着没？他轻声地问。

好着呢。她的回答更轻。

这声音轻如微风拂面，它是从内心深处飘散出来的，轻拂到他的面部，能真切感觉到语言带来的温馨气息。

他又看了一下，她的眼神有些迷离，面部光彩照人。他忍受不了这样的刺激，打过招呼后径直走开。

然而一想到要离开这件事，专家就心乱如麻。

遗憾让人生变得更加美丽，他反复叨念着这句话蹩脚的名言。生活中无时不在感受这种难堪而又惨烈的体验，他从未感到美在何处。遗憾终归不是件好事，没有人愿意享受这个。

经过这次闪失，都有点找不到北，专家内心的矛盾开始激化。这件看似不可能的事情瞬间变成可能，事情离奇得超乎想象。接着又想到蔷虹，她不偏不倚，正好在这个时候出现。老天爷跟他开了一个大玩笑，故意让他在二者之间抉择，以此考验他的心智与定力。他该怎么办？

见到蔷虹后，只是打了个招呼，有种信念奇迹般坚定起来，不能离开她，也不能离开这里，即便永远离不开。他准备放弃这个求之不得的机会，要与命运再抗争一次。

桌上摆满书籍。这个地方唯一富足的就是书籍，仅地方志两年就出了整整四大本，上、中、下再加上一个附本，摞起来足有一尺高。这里，有他们一班人苦心经营的结果。当然，更多的是当地学者的辛勤劳动，才结出如此硕果。

平时热衷于钻研历史的兴趣此刻大为缩水，专家随意翻开其中一本，大大小小的字在眼前乱跳，没有一个能进入大脑。他知道自己的心结所在，自从接到那个电话，一个平常得不能再平常的电话，让他瞬间乱了阵脚。电话是原来单位里的一个知情人打来的，看样子他非常肯定这件事，并为他能回来感到由衷的高兴。

这个时候，金发女郎出现了。这样的事究竟意味着什么，命运真的有些让人无可奈何。它既不会让你兴奋得过了头，也不会轻易地将你掷入谷底，让你始终飘着，有种永远都靠不了岸的漂泊之感牢牢缠绕着他。

他们的情感历程就这样悄悄展开。

她带着一腔热情执着地走了过来，似乎在完成一个夙愿，激情像点燃的爆竹噼噼啪啪作响。很短时间内，变得热情洋溢、激烈奔放，完全一个勇立潮头，自由派抒情诗人的形象。

她说，我想说的话一定要说出来。站在她面前，他苦恼得始终找不到一条可以通达未来的小径。憋在心里的话，怎么都说不出来。

事情的变化永远都超出预期，专家始终被这样的问题所困扰。

出国前，来这挂职的一位外地领导悄然离开。那天他正好有事外出。这位同事留下自己的心意，那就是一袋普洱茶。当送茶人推门而入时，还差点出了情况。那是他们第一次接触，这茶来得有些不合时宜。

现在，它又被拿了出来。两只圆乎乎的类似铁饼一样的东西摆在眼前，他在手里掂了掂还比较沉。手握着它们，仿佛握着自己的命运。这种黑乎乎的东西，看上去真的神秘难测，有如他前途未卜的命运。

这位老兄来此挂职竟然已满两年。时间过得真快，在他印象里，他好像还没有到需要离开的时候，可他就这样轻飘飘地离开，连个照面都来不及打。

还记得这位南方挂职者刚来时的情形，那大约是深秋的某个时日。这里突然遭遇一场罕见的大风。大风过后，一夜间地面积了一寸多厚的雪，将一个暖意融融的秋天，一下子带到万劫不复的境地。望着眼前的情景，他的神情有些不可思议，一再表示不能理解。嘴里不停地念叨着大自然也会这样，怎么没有过度就转到另一种完全不同的形态。现在，这疑惑与惶恐伴随他一同离开。

窗外夜色已浓，广场上的灯照例亮了起来。几辆停靠在广场上的通勤车开始启动，说明已到下班的时间。通勤车成了上班族便捷的交通工具，每天载着他们上班下班，周而复始乐此不疲。正迟疑时，几辆大轿车消失得无影无踪。

广场上黄色的灯光映入楼上的房间，将窗棂等一些不透明的东西夸张地拓印在墙上、天花板上，线条粗犷变形，给人一种不很真实的感觉。专家手握铁饼似的普洱茶不肯松手。

他想挂职的同事走了，一直感觉不可能离开的他，也马上要离开这个地方。此刻，唯一能握住的就是这坚硬而厚重的普洱茶。生活有些波诡云谲，好像特别认真地跟他开玩笑。

在这色调变异的空间里，专家已经待了三年多。生活始终平淡无奇地过着，而在即将结束的时候，却突然起了波澜。一想到这里，他的心里就隐隐作痛。吊诡的时间，难以捕捉的机缘，犹如变戏法似的来去无踪，让他掌握不住未来。

一直敞亮的心里突然出现光怪陆离的感觉。双手握着一个坚硬的普洱茶饼，好像握着一个难以明了的未来。他的世界云遮雾罩玄机重重，难以破解更难以掌控，犹如这极不真实的变异色调，诡异中透着荒诞的成分。

叁拾叁

情况有些变化，你安心工作吧，以后再找机会。

电话里，又是那个熟悉的声音，它总是那样平淡。听到这个声音，专家瞬间愣在那里，他的心怎么都平静不下来。前后一周时间，事情竟然翻来覆去地变化着，不知究竟发生了什么。

哦，知道了，我肯定会安心工作的。

专家说话的声音有些变调。他不能适应迅疾变化的情势，还没有从前一个波折中回过神来，紧接着又一个波折跟了过来。事情曲折离奇得有些不靠谱，他都给弄懵了。放下电话，他认真思考前后经过，但思绪很乱，难以形成完整的思维。整个事件诡异得让他摸不着边际。

现在他又无奈地坐了下来，这套地方志书仍摆放在桌上，它自身的厚重自不待言。他还要继续这个厚重的事业，一如他厚重的人生。

专家始终将这个消息封锁得挺严，但还是暴露出来。从蔷虹的表情中，他读到这一层。她真的厉害，可以瞬间窥测他的一切。对于她，他已经没有秘密可言。

当他们再次见面时，她说了一句你差点走了的话，让他十分惊诧。他仔细察看，从这句话来判断她对这件事情的知晓程度，是猜测还是直觉。

他犹豫不决时，她故意提高调门，我说得没错吧。其实是从他的反应，她证实了自己的猜测。看到专家出现不同寻常的反应，蔷虹知道自己的猜测正确。她的表情复杂起来，想知道事情的原委。

面对蔷虹，专家开始直面这个问题。

这次差点走了。

真的？

你看我会骗人吗？

好像是真的。

怎么看出来的？

这次与上次不同。上次你憋在心里不说，知道你要走了。这次说你要走了，知道你走不了才这么安慰自己，你心里非常矛盾。我说得对吗？

太厉害了，都能看出来。

没走成好。

她不问为何没有走成，只对他留下来这个事实感兴趣。

你是这么认为的？

对，不希望你走。她的态度很明确。

专家一时弄不清是该庆贺留了下来，还是惋惜丧失回到首府的机会。那里是否也有同样的关切与问候，直言说出不希望你走的话，他不能肯定。

有些事是说不清道不明的。专家心里不希望离开，但还是做了一些撤离前的准备。他发现自己将书籍码放得非常整齐，并挑选一些有用的装箱随时准备带走。现在他又安稳地坐在原地方，不再有离开的冲动。这些书仍被单独放在一边，看样子，跟他的命运一样，有种说不出口的无奈相依相随。

鬼使神差，领导竟然跟他开了一个不大不小的玩笑。这种事还能弄错，他一直想不通，不知哪个环节出了问题。本来几年都过来了，也不在乎多待些时日。然而人的心思一旦被勾起，就不是那回事了。

一场虚惊之后，他又老老实实地留了下来。不知发生了什么情况，又不好去寻找原因，只好乖乖地待着，仿佛什么事都没发生似的。其实内心早已倒海翻江，有种被戏弄的感觉日渐强烈。幸好这事一直被他藏着掖着，并没有多少人知晓。

对于这样的结局，蔷虹打心底里高兴。她慷慨大方地说，咱们不说这个，说点快乐的多好。说这话时，满脸的兴奋与喜悦。

坐在她的面前，有一阵子，专家都产生了要安家落户的奇妙感觉。好几天不见了，她像变了个人似的洒脱起来，有些光彩照人的意思。

一个人的心理变化脸上是掩饰不住的。她面部的明显变化，确凿无疑地表明内心开始荡漾起来。看她动心的样子，他的心里特别受用，这种情愫纯真可爱，十分难得。这阵子，他已经摆脱由于错失机会带来的尴尬与无奈。

对于姗姗来迟的情爱，专家心里充满矛盾。这是个不忍心错过又不能轻易招徕的事，他的情感与理智强烈地斗争着，不知该如何应对。

他用了“招徕”这个词，是受诗人郭小川的影响。他在《春暖花开》中写道：“柳条扬手，为田野招徕行旅。”这样的情形看起来特别的浪漫洒脱，尤其放到春季的田野里。

事情进展得是否有点快，他不停地追问自己。思考很久，他将可能引发的各种后果都细细梳理一遍，突然产生踩刹车的想法。面对周围好奇的目光和众口铄金的议论，面对束缚自己的种种条律，高调解禁自己是否合适。平时不曾想过的问题，现在一股脑地出现了。

通过这件事，专家发现自己是个谨慎小心的人，行事的风格极其内向，与现在时尚的做法背道而驰。假如他们遇到这种事，通常都是三下五除二砍瓜切菜似的先把事办了。等既成事情后，再去修复可能出现的裂痕。这就是人与人的差距，它会大到不可想象的地步。

快下班的时候，蔷虹来到办公室。

几天不见，她有很大变化。暗红色的头发很是飘逸，肤色也比以前白了许多，轮廓清晰，面部亮丽，给人一种洒脱飘逸之感。上身穿着洁白的羊毛衫，一条玫瑰色的丝巾轻盈地搭在胸前，似在洒脱里又融入柔情似水的成分。

他们相对而坐，随意而谈。对于几天来发生的一切进行简要回顾，仿佛探讨与己无关的话题。说着说着，就转到关键问题上，把刚才用来作为敲门砖的套话扔得很远。

她突然说自己的心跳很厉害，都快要控制不住了。

不知怎么，专家莫名地说一句，这个时候要忍住。说这话时，他一脸的认真，不像开玩笑。此话一出，自己都感到心虚。这究竟是什么样的情形。

蔷虹不明白他的意思，疑惑地问了一句，要忍住啥？

面对她的质问，专家心有余悸地说，最近的风声很紧，有一帮人，他们专找这方面的问题。

她听明白他的话，语气坚定地说，这种行为从古代就开始了，而非现在。说这话时，她出现不屑的神情。

有一阵子，谈话的气氛有些凝重，他的谨慎小心破坏原本的好氛围。他们没有再讨论这个问题。天色慢慢暗了下来，她仍一动不动地坐着。听到人们下班时忙乱的走动声，她起身往外走。

专家意识到自己有些过分，急忙上前拉住她的手。正当他们相对而视，情形出现好转之际，门突然被人敲了几下。他们迅速收敛自己，回归正常状态。

他上前开门，见门口站着一个小伙子，询问领导交办的事如何处置。他则冷静回答小伙子的话，不让自己乱了阵脚。此刻她不慌不忙地走出办公室。

瞬间发生的事让专家内心狂跳不已，事情差点露馅，这世界到处都有惊险存在。他意识到自己正处在火山口上，有种悬崖勒马的紧迫威逼着，到了不谨慎都不行的严峻地步。

她知道这个情况吗，估计是知道的。但她从容镇定，似乎并不惧怕这个。她让他坚定某种信念，这种东西一经出现就不再理会其他。

仅仅几天时间，一连串的变化严重扰乱这个一心研究固原历史的挂职者。黄昏临近，阴云布满天空，大地异常清冷，万物慢慢被夜色吞噬。平时热闹的办公楼弥漫着窒息噎人的气息，面对即将来临的夜晚，专家坐卧不安。这个平时憩息之地，此刻像牢狱一般森严，总觉憋闷异常。

他走了出来，穿过院子，进入忙碌的街道。此刻人们都急匆匆地往回赶，车速似乎很快。专家漫无目标地走着，茫然地看着这些流动的车辆，心中溢满沮丧。突然，蔷虹的形象出现在眼前，他仿佛受到谕示似的，瞬间产生会一会她的冲动。上次隐约听说过，是住在一个叫山城花园的小区。他径直朝着这个小区走去。

在街上边走边仔细打量，他弄不清这样的寻找有什么目的。过了许久，这个地方终于出现在眼前，多少模糊的想象，此刻终于变得异常实在。小区门口的大字非常显眼，他的心里一怔，随即心跳开始加速。他知道自己已经深入这个城市的最深处，某种隐秘的冲动开始生发。

院子里很静。偶尔有人进出，专家都机警地看上一眼，担心他们会注意院子里突然到来的陌生人。然而没人在意他，他们只顾走自己的路，沉浸在个人的温馨世界里。在院子里较为空旷的地方，专家停了下来。

她会住在哪栋楼上？他凭感觉在胡乱地猜测着。不知怎的，自从进入这里之后，那颗烦躁的心变得激动起来，不再有任何憋闷的感觉。

时间快速流淌，他仍静静地待在这里，享受着某种愉快的煎熬过程。虽说不能准确地找到她，但已深入她的生活圈内，那种感觉还是相当美妙。夜晚也变得温馨起来。

过了很久，正准备离开时，一个熟悉的身影出现了。专家屏住呼吸，仔细观察这个正在走来的人。他的血液流速加快，浑身有紧绷的感觉。

蔷虹出现在眼前。她穿着有些随意，很宽松，与在单位时完全不同。只见她长发披肩，脸上出现温婉的神情，样子很迷人。她似乎对专家的出现既有些惊异，又在意料之中。

怎么找到这里来的？她的话语很温馨。

只要用心，没有办不到的。

你不是说要忍住嘛，刚过了一天，咋就忍不住了？

只见他有些腼腆地笑了笑，说，再这样说，都不好意思待在这里了。

蔷虹似乎对这样的情形很开心。

她关切地问，这么晚了，你一个人在转悠？

待在房间太憋闷，就出来转悠。

所以就转悠到这里来了？

我也不知道。

只见她微微地笑着，笑容在夜色中很迷人。

到家里坐一会儿吧。

好的。

跟随蔷虹进入单元楼，原来她就住在眼前的楼上。专家边走边想，直觉这个东西很神奇，他第一次就准确地摸到楼下。

进门后，蔷虹问，是喝茶还是喝咖啡？

咖啡。

她开始忙碌准备咖啡的时候，专家坐在沙发上，对这个客厅四处打量。

客厅不是很大，但布置得雅致清新。墙上一幅水彩画特别显眼，摇晃的水面被阳光映照得波光粼粼，一艘小船似乎也在跟着晃动。屋子里，淡淡的香水味四处飘散。这里完全是一个洁净的世界，与外面的世界形成天壤之别。

正胡思乱想着，蔷虹将煮好的咖啡端了上来，她给自己也准备了一杯。他们相对而坐，咖啡冒着热气，与刚才的香水味融为一体，客厅里的气氛迅速发生变化。

这个地方好清静。

你是怎么看出的？

有点世外桃源的感觉。

蔷虹不说话，刚才的热情开朗瞬间转化为冷静的神态。她的变化引起专家的注意，他意识到自己什么地方有欠妥当。他轻声问，你怎么了？

没什么。她的回答声音很轻。

瞬间发生的变化让专家有些惊诧，他们就这样坐着，气氛变得有些沉闷。

突然，蔷虹开口说话了。你可能不知道，我现在是单身，以前不是这样的。其实我并不喜欢这样清静的生活，也不喜欢什么世外桃源。

哦，对不起。我不知道。

这与你无关。

看着她无辜的样子，与平时的热情开朗截然不同，专家吃惊自己的粗心，与她接触很长时间，竟然对她的状况一无所知。他走过去，紧紧拥住这个在生活中受到挫折的人。

当他们再次聚集在一起时，外部的世界顿然消失，他们陶醉在快乐的家园里，在那里度过人生最甜美的时光。他们忘记现实，抛弃束缚，开始回到童年的幸福时光里。

她的脸微微有点红，但并不羞涩，像个无拘无束来回跳动的快乐女孩，把清纯与快乐留在每个角落。那里祥和安逸，充满温馨欢快的幸福情调。他们一同憧憬未来，一起向着逝去的时光奔去，企图夺回被时光吞噬的美好岁月。时间，有一阵工夫肯定是凝固的，它是专门为了纪念他们已经夺回的那个美好瞬间。

窗外两只快乐的小鸟在树枝上，它们一会儿向屋里张望，一会儿又遥望远方。一副卿卿我我又我行我素的大咧咧模样。

他们就是一对快乐的小鸟，幻想着飞向遥远的地方。一点也不逊色于树上的那对鸟。

午后的阳光
明媚而又慵懒
枝丫上两只小鸟
叽叽喳喳个不停
嫩黄的小嘴忙碌着
一会儿梳理对方羽毛
一会儿忙着悄悄话
它们憩息在树枝间
轻盈地欢闹跳跃追逐
享受阳光下
快乐的时光

专家清楚地记得几天前她说过的话，这仅仅是个开始，现在他真切实在地感到这个开始其实已经开始。他的幸福是否来得有点太快，让他产生不很真实的感觉。

他看到她的童年，她极其轻松欢快地回到快乐甜美、无忧无虑的童年。童年的她有点任性也有点孤单，对世界充满向往，对未来寄予希望，她的世界里充满阳光。那种温暖是清晰而实在的，既简单质朴又蕴含特别意义。

她也同样看到他的质朴与童真，那是被岁月层层遮蔽的本真状态，在那一刻竟奇迹般出现。那是神奇的一刻，如此罕见稀少、亘古未有，那是阴霾突然散去拨开迷雾见太阳的奇妙瞬间。

非常奇怪的是，除此之外，她还感到他存在一个无限失落的世界。弄不清这到底因为什么，是因为无限纯真的远去，还是因为永远都无法摆脱的世俗熏染，让他孤寂无奈、郁郁寡欢。

这是不长时间的新发现，这个发现让她新奇兴奋，同时激发迈入陌生世界进行探索的兴致。无疑，他们的灵魂越来越近，已经能清晰地感到彼此的存在。

在幸福的时刻，专家又不自觉地想到澳洲。按说，这个时候是不该有这样的想法的。然而人的思维并非单线条运行，经常会有不该出现的事情出现。

失意的澳洲，瞬间情感泯灭的痛苦强烈袭来，足以摧毁他本来就不很强大的心智。站在南太平洋的边上，望着不断撞击崖岸的海水，产生想跳下去的冲动。

他想好多失恋失意的人，在做出这种决定时，肯定不会有痛苦之感。如果特别痛苦，他们不会有这样的选择。相反总是带着一种憧憬，或者追求完美的心态走向另一世界，这个发现同样让他震惊。

最近不长时间经历太多的事情，情感起伏变化远远超出他的想象，而他却把自己钟爱的事业撂了下来。从现在开始，要重新回到正常轨道上来。

澳洲，你结束一种人生，却成就另一种人生。

叁拾肆

心情平静下来后，专家又开始自己热衷的事业。他热爱现实也喜欢历史，这样的人通常胃口都很大。接着上次的研究，他把目光集中在隋唐。这段时期，在固原这个不大的地方，上演的历史事件还蛮多的。

早晨上班没多久，学者来到专家的办公室。

一进门，他径直说，老兄，这段时间干啥呢。见不到你，心里怪不舒服的。他人高马大，声音洪亮，秦汉遗风明显。

专家一下子被这位朋友的问话给弄懵了，没想到他先声夺人，尤其那句这段时间干啥呢的问话，问得他不知如何回答。

没干啥，我还能干啥呢。

谦虚呀，老兄。你干得净是大事。

专家在仔细辨别他说话的意图，是随意说的还是另有所指，人都有敏感脆弱之处，就怕别人戳穿。有时说者无心，听者还有意呢。

看学者一副和蔼可亲的模样，英武中透出憨厚的神情，专家疑惑的心平静下来。知道他的话只是一般性的寒暄，并无含沙射影的意思在里面。

老兄，你来得正好。我正好学习到隋唐这一段，还得请教请教你。

哪里，你才是高手呢。

学者坐定后，专家顺手指了书上的一段让他看。

公元581年，杨坚灭北周建立隋朝。582年，废长城郡、高平郡。607年，以原州改平凉郡，治所平高。610年，废原州总管府，置牧监。

专家说，有些事我始终弄不明白，明明是原州却偏要改为平凉郡，让几十公里外的平凉人听到了，心里肯定不舒服。还有更绝的，同一个地方，却把原来的高平改为平高，两个字颠倒了一下。开始时，我以为史书记载有误。

学者肯定地说，这是真实的历史。

这个时候，当皇帝的应该是那个隋炀帝吗？

正是。

哈哈，一般人不会有这样的思维。要改就索性彻底改掉，这样翻来覆去的，像和谁过不去似的，故意捉弄人呢。

你说得没错，按照一般人的思维，隋炀帝也做不出那么大的贡献，可是他做到了。

要有一般人的思维，他也不会那么快就灭亡。

呵呵，对极了。

整个隋朝，两代皇帝，执政时间才 39 年。做了那么多的事，为唐朝繁荣奠定基础。

历史就是这样，是不能假设的。

他们的讨论非常惬意放松。有时为一个问题，两人有不同看法，但并不影响他们的情谊。

专家说，我发现一个现象，隋唐与突厥、吐蕃的较量几乎延续两个王朝的始终。而在关陇一带的较量，则是整个较量过程中最惊险、最惨烈的篇章。

你看问题非常准。隋唐时期，尤其是唐代，到了中国最鼎盛的时期，边患问题依然严峻，就连多年不用的和亲政策也拿了出来。

这个事情咋看呢？

说得好听是民族融合。一个友好使者，千里迢迢带着和平友好的意愿而去，让友谊万古长青。说得不好听就是没辙了，才用这种权宜之策。到了清朝，千古一帝康熙皇帝仍然沿用这种和亲政策，将爱女蓝齐儿送给葛尔丹，真实目的是为战争赢得足够的时间。

看一下地图，你就知道当时的情形。吐蕃在西边，它的疆域和隋唐差不了多少。突厥在西北，它的疆域也不小。他们经常联手袭扰中原。有一段时间，还把回纥也拉了进来。回纥的面积更大。

前面说过，柱国大将军独孤信的两个外甥，一个是隋朝的杨广，一个是唐朝的李渊，而唐朝的李渊则篡夺隋朝杨广的江山。正如杨广的父亲杨坚篡夺北周的江山一样，都是那样有悖君臣之理，有大逆不道之嫌。对于这点，从心里讲很难接受。

历史只认结果不讲过程，只认实力不讲诚信。这就是历史逻辑。

唉，这个咋说呢，秦王李世民通过玄武门之变，把他的亲哥太子李建成都杀了。这叫啥逻辑?

手足相残，这叫泯灭人性，应该遭受天谴才对。

天谴是指雷劈吧?

反正是上天责罚的意思。

哦，这个厉害。

但是，后来他没有遭遇天谴，反而弄出一个太平盛世。

历史就这样，有些事是根本无法说清的。有时奸臣比忠臣的作用还要大，你还能再说啥。

李渊父子盗取杨家江山算是不够义气，但是杨家江山也是盗取北周宇文一族的。撇开这个不说，唐朝兴旺发达的确不易，它始终承受来自异域的威胁。唐初采取休养生息政策，受到老百姓的欢迎。经过多年的努力，终于迎来贞观之治。这个非常了不起。

史书记载，公元 618 年，李渊在长安称帝，国号为唐。立全国为道，今固原属关内道，改平凉郡为原州，领平高、平凉、百泉三县。

公元 631 年，于原州设中都督府。轻徭薄赋，鼓励以养马为主，繁荣畜牧业，恢复经济，巩固边防。同时，将内附的突厥、党项、吐谷浑等游牧民族安置灵、盐、原州界内，转为农耕。

公元 646 年，李世民北巡，“逾陇山关，次瓦亭观马牧”。

这个时候的六盘山，牛羊以百万计，不亚于秦始皇时期的乌氏倮，牛羊以山谷计。所以，才有李世民亲自前来视察牧场这一壮观景象。建国不到30年，由于决策英明，效果非常好，国富民强，战力充足，奠定盛世基础。

然而，唐朝边患问题一直没有得到根本解决。从唐初一直到唐末，边患主要是突厥与吐蕃。他们经常骚扰这个帝国。

公元621年，突厥首领颉利可汗率领万余骑兵掠扰原州，被行军总管尉迟敬德领兵击退。次年，又带领5万骑兵再次南下。李渊带领太子李建成、秦王李世民在陇山一带抗击突厥。

公元630年，颉利被俘，其部落降唐者10万人。边患暂时解除。

公元722年，吐蕃围勃律。勃律求助北庭节度使，唐出兵4千，大破之，自是累岁吐蕃不敢进犯。

安史之乱后，吐蕃趁机犯唐。

公元755年，身兼范阳、平卢、河东三节度使的安禄山趁唐朝内部空虚腐败，联合契丹、突厥等，以“忧国之危”、奉密诏讨伐杨国忠为借口在范阳起兵。当时国家承平日久，民不知战，河北州县立即瓦解，当地县令或逃或降。

公元756年，唐玄宗李隆基仓皇逃往四川，太子李亨从马嵬驿回军北上，“通夜驰三百里至安定郡，庚子至乌氏驿，辛酉至平凉郡”。相传李亨曾在陇山灵隐寺内下榻，正是通过三关口到达固原，然后北上至灵武。

公元756年，叛军占领长安、洛阳，进入安史之乱的最高峰。

这一年，以朔方节度副使杜鸿渐为首的一帮朔方留守官员，先是以诚挚的热情道出他们最衷心的问候，而后便请太子殿下驾临灵武，主持工作。于是，李亨在灵武称帝。

公元763年，安史之乱结束。安史之乱前后达八年之久，是唐朝由盛而衰的转折点。

安史之乱，西北边防空虚，吐蕃趁机占据河西、陇右，进入原州。北攻灵盐，南掠关中，唐无力反击，仅命原州七关等地严密防守，并设萧关道在今瓦亭一带。

诗人王昌龄写道：“蝉鸣桑树林，八月萧关道。出塞复入塞，处处黄芦草。”诗人岑参也写道：“凉秋八月萧关道，北风吹断天山草。昆仑山南月欲斜，胡人向月吹胡笳。”这个时候的萧关是凄凉的。恰逢盛世，遭遇如此洗劫，让人没有思想准备，也缺乏回旋的余地。

公元 763 年，吐蕃攻陷长安，河西、陇右尽没，后又退出长安。

公元 766 年，吐蕃攻陷原州，屯兵擢沙堡（固原红庄）。

公元 771 年，吐蕃攻陷青石岭（固原青石嘴），大肆掳掠人畜。

公元 773 年，郭子仪派浑将固守石门、木峡、陇山关隘。

公元 776 年，吐蕃攻陷石门关。

公元 777 年，吐蕃占据唐在原州的北长泽监牧。

公元 783 年，陇右节度使张镒和吐蕃相尚结赞，在清水县正式签订盟约。盟约规定：“泾州西至弹筝峡西口，陇州西至清水县，凤州西至同谷县，暨剑南西山大渡河东，为汉界。”至此，蕃汉划界弹筝峡。之后唐朝在固原的七大关口，失而复，复而失，反复不断。

这个时候可以看出吐蕃的嚣张，步步紧逼，不给唐朝任何喘息的机会。从安史之乱后，这样的局面没有任何改变，直到唐与其签订划界割地盟约，吐蕃仍不守盟约时常侵扰唐境。唐朝，吐蕃占领原州 80 多年。这条线上的丝绸之路中断，被迫改道。

史书这样记载这段历史：

> 隋文帝北伐突厥，炀帝西征吐谷浑，羌胡敛迹。隋末干戈四扰，突厥又叛。
>
> 唐之初兴，突厥雄踞西北，故入寇至渭桥，高祖至欲迁都避之。太宗虽破吐谷浑，然不免以文成公主嫁与吐蕃。玄宗时，安禄山反，边兵精锐者尽征发入援，谓之行营。因兵边戍单弱，吐蕃乃趁机蚕食诸部。数年间，自凤翔以西，邠州以北，皆为左衽。陇右诸州，原州七关及军、政、监、牧皆失之。之后，燧火达于长安。
>
> 郭子仪遣洋城将兵趣朝那，即固原，欲据关陇项背防其合交也。时吐蕃兼河陇之地，杂羌浑之众，其势甚强。后又结回纥东犯，郭子仪乃与回纥盟。回纥还，吐蕃亦退。

后唐室疆界，仅西至弹筝峡为止，将关陇项背委弃于人。宣宗时，吐蕃以秦、原、安乐三州及原州七关之险皆来归，吐蕃之患始寝。然吐蕃东侵南入塞陇道陵上国，几与唐室相终始。至是吐蕃微弱，唐亦残敝矣。

可以说，整个唐朝，固原的命运还是比较悲催的。期间，安分的日子并不多。因为它处于帝国的边缘，所以长时间处于战争的核心地带，百姓的日子可想而知。

唐朝官兵与吐蕃交战于此，狼烟烽起，战马嘶鸣，刀光剑影，血染铁衣，正如诗人李白所写的："陇水何年有，潺潺逼路旁。东西流不歇，曾断几人肠。"一次又一次的战争，将士疲惫，战马锐减。而朝廷还不断增兵于陇头颉河之岸，"借问陇头水，年年恨何事。全疑呜咽声，中有征人泪。"诗人罗隐的这首诗，具体地写明颉河两岸远征之人的哀伤。

固原的地理定位一直称为关陇项背。这个项背如何理解？专家问。

项就是颈项，也就是脖子。背就是脊背，也就是脊梁骨。你想想看，从脖颈到脊梁骨这一段，在整个人的躯体中发挥怎样的作用？学者的回答很有分量。

你是说，有之则躯体存，无之则躯体散。

对极了。它虽不在显眼处，作用却是决定性的。

古人总结得非常形象，也很到位。以长安为中心，固原就是关陇地区的项背，虽然远在北面，也在背面，但它的作用是不容置疑的。

啊，我们自己可能对这个还认识不到位。

有这个问题。自己不重视，难道还要让别人来重视。就拿固原来说，我们从史书知道唐朝繁荣几百年，有贞观之治与开元盛世至少两个盛世。但是，谁知道在这样的盛世之中，处于长安北大门的原州，还被吐蕃占领 80 多年。这与盛世有些不太协调。

这应该是个问题。作为地方史志工作者，有责任也有义务把当地的历史搞清楚。以史为鉴，可以知兴衰荣辱，这也是爱国爱家乡的具体体现。当然靠我们这几个人，还是不够的。

说着，专家把桌子上四大卷地方志指给学者看。我们已经做了大量的工作，今后我们还要做更多的工作。说这话时，他完全把自己当成其中一分子来看待，忘记自己是一个外来挂职者。

学者笑着说，这个我知道，看来你已经和这里融为一体了。说起话来，完全一副主人的样子。

你是说我错把他乡当故乡？

不是错把他乡当故乡，是真正把他乡当成故乡。

这样说我非常高兴。专家真的兴奋起来。

我倒是希望你长期留下来。

哦，这个还确实没想过。咱们换个话题好不好？

现在作为地理意义上的固原，其军事价值发生重大变化。首先是政治中心远离这里，其次是现代战争，对于地形地貌的要求远不如过去。因此，原州的七大关也闲置起来。

何止闲置？现在的主要任务是脱贫致富，而七大关则成为交通不变的典型代表。所以时代变了，时代的主题也相应发生变化，有些变化还是颠覆性的，你不能说变化不对。

现在这里成了集中连片贫困带的典型代表，脱贫攻坚的任务异常繁重。这些险峻地形，在冷兵器时代其作用无与伦比，到了需要致富的时期，它则变成短板，远不如沃野平川来得容易。

但是，这里不会丧失信心。你想想看，那样血雨腥风的年代都闯了过来，何惧贫困？

从你的言谈举止中，我又看到坚毅耿直的东西。有了它，没有克服不了的困难。

哈哈，是吗？

肯定是这样。

叁拾伍

这几个月日子过得飞快，还没感觉到，又到了岁末年关。天阴沉沉的，好像要下雪。四野恬静，似乎等待新春的来临。这个时候，忙碌一年的人们放慢行进的脚步，翘首期盼一年之中最重要节日的到来。

剧院里一场热闹的春晚正在进行。这是当地的春晚，看的人很多。有个叫《生态移民美咋咧》的节目，把整个演出气氛推向高潮。座上的观众跟随节目一起互动，异常热闹，许多人直接大声喊叫起来。有一瞬间，呼啸声压倒本来就很高亢的演唱。

兄弟们。

哎。

吃了没？

吃了。

喝了没？

喝了。

来，操家伙。

来了。

话音刚落，一群乐器演奏者开始夸张的演奏。乐器很有特色，全是三弦、二胡、锣鼓、镲子等纯地方品种。一老者站在舞台中央，开始撼动魂魄声嘶力竭的表演。他装扮朴素，却激发出无限豪情。

整个唱腔属于秦腔调，但它比专家听到的任何秦腔都要夸张。唱词经过改编，仔细听，是在歌颂这几年移民搬迁取得的新变化。

曲调并不复杂，但表演的样式很丰富。有独唱也有合唱，有独奏也有合奏，有单个表演也有集体表演。它们有机地穿插在一起，形成综艺类的节目，整个节目节奏紧凑、旋律明快。

表演到兴奋处，这位始终处于舞台中央的老者一手执惊堂木，一手斜提着长木凳，一个劲地猛击凳面，似乎在发泄胸中的郁闷，大有一吼为快、一敲为乐的疯狂。随着敲打吼叫环节的出现，瞬间将整个演唱推向高潮。下面应和声不断，整个剧院沸腾起来。

这是秦腔吗？专家问。

这是老腔，可以说是秦腔的鼻祖。学者提醒道。

以前怎么没有听过？

它是根据老腔改编来的。

那就是更原始更疯狂的秦腔了。

哈哈，这样说也对。

从没有听过如此动人的声音，那种坚贞不屈敢于同命运抗争的豪气，是从肚子里生发，经过喉咙迸放出来的。没有见过如此夸张的表演，情绪激动时，还可以一个劲地敲打板凳。专家非常感慨地说。

这就是老腔的魅力所在，听说老外见此也是目瞪口呆，他们一个劲地说摇滚乐的祖先在中国，在中国的大西北。

大西北还有这么宝贵的精神财富，我待了这么长的时间都不知晓，差点错过了。专家说。

接着，学者讲起老腔的历史。

老腔戏剧艺术起源于陕西华阴县。那里有个叫双泉村的地方，一面依山，三面临崖，地势高，地势险。它与险峻的西岳华山遥遥相对，这里曾经储存着供应京师无以数计的粮食，就是现在的国家粮库。

粮库处于险要的位置，水运、陆运繁忙。可以想见，当年守粮的将士和漕运船夫、拽船纤夫为缓解劳作的疲乏，满足自我情感的抒发，在当地民风民俗的影响下，自发形成赋含秦风秦韵、慷慨激昂、雄壮强悍的老腔艺术。

老腔戏剧艺术承续西音秦调的基本结构，保留艺术源发时期的自然形态，在戏剧唱腔、曲式结构、伴奏乐器使用等诸多方面尽显古文化之遗风。

你挺专业的嘛。

哪里，我也在学习。

我发现咱们这里的人都很谦虚，属于藏而不露型。

抬举了，也就知道这么一点。

你知道得恐怕不止这些。

只见他哈哈笑着，不再言语。

他们又看了几个节目，演出结束了。大伙儿往外走时，还在一个劲地谈论今年的节目，说听得舒服看得过瘾，好多年都没有这样的感受了。

走出剧院，外面大雪纷飞，整个一片洁白。年关已近，瑞雪兆丰年，预示来年肯定光阴不错。

这雪让专家又惊又喜。本来计划第二天早晨离开这里，谁知一场大雪，打乱原先的计划。他们开始紧张地筹划起来。

同事说，趁雪还在下，行路还相对容易些。如果天放晴后再融化再结冻，行路就更加困难，到时可能路都封了。因此他们必须分秒必争地抢时间，只有一个目的，那就是在年前回到各自的家中。

临近午夜，他们开始出发。在这样一个冰天雪地的世界里，连夜赶回首府。这样的决定虽说有些冒险，但经过权衡认为是唯一可行的选择。做出这个决定，意味着他们要在冰天雪地里度过后半夜，估计回到首府天就亮了。

漆黑的夜晚，迎面而来的大雪于车前方的灯光照亮处纷纷落下。这雪像雨帘，像瀑布，也像断线的珠子不停地滴落。车灯照亮的范围很少，在整个漆黑的夜晚微不足道。世界是逼仄的，四周压迫过来，有种喘不过气的感觉。车子在这个压抑的世界里，向着目的地慢慢移动。

道路不见了，全被积雪覆盖，司机凭借道路周围的参照物判定线路。车前只有飘飘洒洒的大雪落下，在车灯映照的范围之外，完全一个漆黑的世界。看不见路边的树木，更看不见路旁的人家。平时嘈杂的犬吠声，一路上再没有出现，可以想象就连那些辛勤的老狗，也认为可以给自己放假休息。在这样的境地中，他们向着陌生的世界移动。

雪夜寂静，他们静悄悄地行进，似乎去干什么要紧的事。有种李愬雪夜入蔡州，不达目的不罢休的架势。那情形有些隐秘、惊险、出乎意料。

李愬雪夜入蔡州是说夜袭蔡州之战。唐朝后期，名将李愬雪夜袭取蔡州，擒获吴元济之役，是一成功的奇袭战的典型战例，在中外军事史上被人们广为流传，可谓“悬军奇袭，置之死地而后生”。

他们之所以雪夜出发，并非有意要体验雪夜光景。只是回得晚了，没想到年前一场雪搅乱整个计划，无奈之下才有这样的选择。这个选择有些仓促，也带有一定的冒险性。

起先，他们把所有注意力都集中在路上。看前面的道路状况，看周围环境的变化，看漫天飘洒迎面飞来的大雪。谁都不说话，与其说怕干扰开车，倒不如说对于不甚明了的后果充满忧虑与担心。

慢慢地专家的注意力开始转移，雪夜出现的奇特景观远远超出想象。看到飞雪迎面扑来，他们则是迎着飞雪前进，这情形有点明知山有虎偏向虎山行的架势。

这时他又想到那个红衣女子，本来第二天早晨还有个告别仪式，没想到半夜就突然离开。此刻她早已进入温柔之乡，做梦都不可能想到，这个让她牵挂的人已经离开，于大雪纷飞午夜阒寂时刻悄然离开。

曾经的日子让他魂牵梦萦，今年的冬天的确不同寻常，经常出现的凄风冷雨变得柔顺许多，就连随风舞动的雪花也有着别样的情趣。它们翩翩起舞，迅速融入行者的怀中，顿时融化成一汪清水。

在风格迥异的环境里，红衣女子飘然而至，她在细雨中留影，在雪地上留痕。一旦掀起情感的风暴，便开始风风火火的璀璨人生。

如此阒静的夜晚，专家丢下这种火热悄然逃遁。这是否预示某种结局，专家不敢多想。一想这样的事情，心里就不是滋味，一直甜蜜的心灵立刻变得伤心噎人。

南朝江淹《泣赋》中这样写道："阒寂以思，情绪留连。"说的是故人已去，伤怀的情形。这样的时刻，引发的思念往往让人彻骨铭心。而专家于漫天飞雪之夜悄然离开这里，抛开缱绻眷恋的一切，进入寒冷的冰雪世界。这情形有些铤而走险的意味，也有点林冲雪夜上梁山的悲壮与无奈。

鲁迅有诗云："竦听荒鸡偏阒寂，起看星斗正阑干。"描写的是三更半夜一个平地起风雷的斗士形象。先生是心中有块垒的人。块垒在胸，不吐不快，那吐出来的就叫艺术。半夜三更，伸长脖子听野鸡突然鸣叫，看天空星斗满天，恰逢其时。时刻准备投入战斗，用投枪，用匕首。

专家想，与伟人相比，我辈心中的那点块垒，难过得都不好意思说，说出来会让人讥笑。经常为不能满足的儿女情长藕断丝连，愤懑不平。

大概到鸡叫时分，雪停了，黑云压城城欲摧的情形消失。天空开始慢慢变亮，能隐约看到车窗外的世界。

车子进入丘陵地带，面前出现起伏的山坡。积雪覆盖的山丘隐约可见，有种进入天国世界的纯净肃穆之感。苏轼写道："玉宇琼楼，乘鸾来去，人在清凉国。"专家看到的正是这种情景。

这个世界曾在梦中遇见，是上天赐予的超级体验，不会出现在凡尘世界里，他竟然遇见了，就在这个神奇的夜晚。当时还怀疑是不是在做梦。他们就这样朦胧地前行，谁也不说话。不知过了多久，眼前出现城市的轮廓，大家松了一口气，终于到达要去的地方。

这时天空已经放亮，亮光首先从东边出现。先是一弧形光亮出现在东方的地平线上，光亮逐渐放大。后来整个东边亮了起来，大地进入光明世界。

进入城市后道路很滑，车速更加缓慢。这时马路上出现几个穿着红羽绒服的年轻人。他们蹒跚而行，车子几经绕行才避开路上的这伙人。看样子，他们并不惧怕已经滑行到跟前的车辆。

这几个年轻人肯定不是早起的人，他们像是喝多了酒，也像无业游民，整夜在城市里游荡。遇见第一辆进城的车子，他们都停了下来，等待有什么事情发生。然而，他们所期待的事情并未出现。

天亮后专家给蔷虹发了条信息，大意是他已经回到首府。时间紧，没来得及打招呼，请谅解。信息发出后好长时间没有反应，估计她还在梦乡中遨游，他只好耐心地等待。

清晨，太阳从城东升起。经过冬天的磨炼，平日里骄纵的烈日不见了，变得柔和、恬静许多，可以面对这个红彤彤的吉祥物观看很久。

阳光照到落满积雪的城市上，那种淡橘色的色彩出现在楼面上，高楼长长的影子在雪地里投射得很远，冰雪覆盖的万物更显清冷雅致、孤高淡远。冬天的太阳升不了多高就要向西运动，以致雪地上出现的影子持久地保持在那里，只有大小角度的变化，一整天都难以消失。

专家站在阳台上观看街上的一切。这个时候行人多了起来，他们穿得鼓鼓囊囊的，低着头在街边行走，行走的速度要被平时慢许多。没有人再去急匆匆地追赶，追赶永远都追赶不上的人生目标。

车辆在街道上穿行的速度很慢，它们老远就避让行人，一改平时呼啸而过的情形。因为一场大雪，整个世界都放慢节奏，人们安详地等待新年的来临。

专家焦急地等待那个信息的到来，不清楚她知道这件事如何反应，更想知道她第一句话到底说什么。这个春节有了期盼与等待的东西，心中充满无限憧憬。他站在阳台上一动不动地观看下面的世界，这种幸福的感觉平时很少出现。

大概 9 点钟的样子，她的信息来了。

你已经走了？

对，现在已经回到家里。

为啥这么急着走，没听你说过。

临时决定的，一场大雪改变了一切。晚上不走，第二天可能就走不了了。你刚起床？

事情突然得让人有些难以相信。

她显然在遗憾中透出埋怨的意思。

应该给你说一声。因为看完演出时间已经很晚，不想打扰你，知道你会理解的。

路上还顺利吗?

她开始关心途中的事。

雪很大，走得很慢，回来时天已大亮。

够辛苦的，赶快休息一会儿吧，不要太累。

谢谢，你多保重，节日快乐!

哈哈，祝节日快乐! 也祝节后早日返回!

呵呵，会的。

放下手机，专家简单地洗漱一下，然后躺在床上按照她的要求开始休息。他感到有点困倦，但怎么都睡不着。这个春节究竟是个啥样的春节，他的心里始终拿捏不准。心里有种说不出的幸福充盈着，只觉得甜蜜惬意，那是只有自己才能感受到的幸福，都不想与人叙说。

叁拾陆

专家迷迷糊糊地睡着了。他做了个梦，这梦有些伤感，以致他从悒悒不乐的状态里醒了过来。

老婆嘟囔着，一件黑色的夹克怎么不见了。他忽然想起将它遗落到她那儿。他借机去了苏瑾家，准备将它取回来。

这是一处农村的套间房。进入客厅后，发现有人在做木工活，其中一个还是他的亲戚。他向亲戚问候近况，他则不悦地说，几个月一直待在这里，从未离开。另一个陌生人，可能是他的搭档。他半躺在干活的椅子上，手指着套间，心不在焉地说，她刚生完孩子，差点要了命，乡上把几十万全部垫付进去。

她生孩子了？专家有些疑惑。怎么以前从未知晓，离开也就几个月，竟有这样的事发生。

套间的门大开着，他向里面探头看了一下。只见她斜躺在炕上，对着窗户看不清面部，怀里确有刚刚出生的小孩。他犹豫要不要惊动这个刚刚做完手术身体十分虚弱的人，最后还是悄悄退了出来在一旁观望。

此时，忽然看见玻璃窗里的她，正贴着玻璃向他打招呼。她的情形跟几个月前一样，干练、聪慧、洒脱，还有些大大咧咧的样子，不像产后的虚弱模样。透过玻璃，他看见那个刚刚出生的孩子，脸很大也很胖，跟她完全两样。正看着，她竟然从里面走了出来。

只见她手里拿着那件黑色的夹克。他接过衣服，看清就是他的那件有牌子的衣服，只是这衣服好像有些长，跟个套裙差不多，但并未考虑很多，拿着就往外走。她执意要送他出门，他婉言谢绝。但她根本不听他的话，还是跟着出了大门。她一向就是这样，一副天不怕地不怕的模样。只是走路的样子不太稳，仍有点趔趄。

走出院子时，他问，怎么生孩子也会出这么大的事。说话间，看到她的鼻子边上有手术后的痕迹。她笑着说，当时确实挺危险的，老公不在场，我在电话里对他说，要是再过一小时见不到你，就可能永远都见不到了。她把如此严重的事，竟以举重若轻的口吻说了出来，让你看不出问题的严重性。这就是她。

说着已经走出很远，到了院子旁边的小路上。他再次请她止步，她停下来看着他，仍然一副身体虚弱的样子，但神情很是阳光。

她转身往回走。正准备离开的他，忽然看见她的两只脚在一处斜坡地慢慢往下滑。下面是深沟，情形极其危险。这个斜坡，就是老家里熟悉的那个斜坡。他不容多想，几个箭步上前，将仍在下滑的她牢牢抓在手中。

她面带微笑地看着他，仍然举重若轻地说，你这次的反应还挺快的，似乎不是你惯常的模样。这种时候竟然还开玩笑，他的心里特别不放心。幸好，旁边站着一个当年的同学，他让这位同学将她安全护送回房。他愉快地接受任务，明媚的阳光下，他搀扶着她慢慢向院子里走去。

专家低头一看，自己抱在怀中的衣服，里面还套着一件红色的夹层衣服。他心里一怔，这要是拿回去让老婆看见，岂不闹翻天。他明白咋回事，马上返回追赶她。

此刻奇怪的一幕出现了。他看见她在院外的墙根下倚墙而立，似乎已脱去上衣，似乎在溢奶。这个古怪的举止，让他不明其中缘由。

她并未看他，就知道他到了身后。他刚说了句，这衣服里面怎么还有衣服。话还没有说完她就接过话题，说忘记跟他说，这是她穿的时候套在一起的，事一多就把这个忘了。

说完这个，在那位同学的搀扶下她进了院子。这次，她一反常态地再没有回头看。这让他特别伤心，顿时感到无尽的失落开始弥漫，正伤心嗟叹时醒了过来。

这个梦非常奇特，专家醒后反复琢磨竟然是她。苏瑾的形象第一次出现在梦中，尽管他们很久都没有再联系。专家感到一种莫名的惊喜，同时也充满困惑，他不明白这意味着什么?

已经听到迎新年的鞭炮声，四处噼噼啪啪响。这一定是那些心急的顽童们不甘寂寞，早早引爆庆祝新年的炮仗。专家仍在琢磨这个怪异的梦，为何出现在梦境里的不是蔷虹而是苏瑾。这个问题特别让人费解。

大约有一年时间再没见到她，她似乎从人间悄无声息地蒸发。

他的人生总是迟到

一如这严重过期的梦

专家品味这句名言，就像品味自己的尴尬人生。他的确错过许多不应错过的机会，到头来，留下无尽的遗憾。

有些事情是蹊跷的，甚至让人无法捉摸。他离开原单位很久，才知道有这么一个人长时间观察自己，他竟毫无觉察，她也没有更进一步的表露。按说，他离开后事情本应结束，该错过的已经错过。但奇怪的是，事情出现逆袭式的发展，这样的变化是无论如何也猜想不出来的。

然而，他们的幸福刚刚开始就迅速泯灭。他老回忆那种昙花一现的经过，仅有的几次交流全部发生在雅间小聚和车上兜风之中，所有的欢乐都局限于面对面交流中。他们海阔天空地神侃，她大咧咧的架势，无所顾忌的神情，给他留下美好的回忆。

坐着她驾驶的车子在城市的街巷里兜风，那种感觉甚好。她的车技不错，在小心避让的同时，还没有忘记跟他开玩笑聊天。一时间，他们似乎是这个车水马龙的世界里活得最幸福的人。她精力充沛，在小心驾驶的同时，还能察觉周围有无跟踪的人。她说我们可啥事也没干，不要让那些闲熊给盯上，到时跳到黄河都洗不清。

他们确实没干什么。只是到了城市的边缘处，车停下来之后，有些许肌肤相亲的举动，与平常所说的车震相差十万八千里。这样的举止到底算什么，他自己也搞不清楚。

网上在讨论男女之间是否有纯洁情谊的话题，讨论许久都没有一个定论，说是说非的都很多。他故意将这个话题摆出来让她回答，她很机智，说，就像我们现在这样，你认为是纯洁的情谊那就是，你认为不是那就不是。说这话时完全一副俏皮模样。

怀揣这句绕口令似的话语离开了她，也离开她驾驶的车辆，竟然再没有遇见过她。就是按概率算，也该有相遇的时刻。事情蹊跷得很，一别就是一年多，他们再无任何联系。

年关已近，准备迎接新年之际，她竟鬼使神差地出现了，梦境中的她比现实中的要洒脱得多。一招一式，都浸透不同凡响的做派。她还莫名其妙地生了个孩子，他都看清那个小家伙的长相。

鞭炮声不绝于耳，专家慵懒地躺在床上不愿起来。他知道一旦离开这个卧榻之地，她即刻会消失得无影无踪。生活总是让人哭笑不得，有时倾心去做的事，到头来竟是空忙一场。有时又有不虞之遇，到时忙碌得让你分不开身。有时上无片瓦遮身下无立锥之地，有时又阔绰得不知该如何分享。此刻，他仔细品味生活的怪异之处。平时很少有这样的机会，坐下来捋一捋繁乱的生活。

正胡思乱想之际，蔷虹的信息来了。

在干啥？

没干啥。

这么长时间没消息。

才一天呀。

一天也够长的，想你。

我也是。

今年的感觉不一样。

哈哈，能说说吗？

心老是静不下来。

我也是这样。

谁知道呢。

真是这样。

这阵子闲了下来，从梦中抽出身来。的确需要计划一下，这个年到底怎么个过法。

专家想到老家，这是他忽略很久的地方。这里虽说不是儿时待过的地方，但经过搬迁后，家族里的人已经定居很长时间，有种真把此乡当故乡的意思。他寻着梦中的那个场景，进行穿越时光的回溯之旅。

山路弯弯，于黄土高原的纵横沟壑里无限延伸。冬天的北方，到处都是凄清萧索的情景。山洼上，沟壑间，平时成片的树木，由于掉光叶子显得孤单冷清，枝条在瑟瑟寒风中来回摆动。而山坳里，经常有孤单的老树出现。它们孑然一身，默默度过寒冬。

每翻过一个山头，向阳的山坡总会出现一个村庄。庄子有大有小，有的集中连片布满山洼，也有零星几户点缀其中。山坡上的院落高低错落有致，忽隐忽现地有人活动。这是只有过年时才会出现的现象，要放到平时很难看到人。

再翻过一道山梁，就要到达家乡。此刻专家的心里特别激动，平日里忙碌的工作让他逐渐淡忘一切，没想到心中的那一份家乡情结还特别浓郁。这一刻，那种情结再次翻飞。

远远地，他就认出隐匿在那片山洼里的自己的家。院子边上有几个人向这边张望，大概他们也认出这个归乡的游子。他们一动不动地朝这边看，专家也盯着他们不眨眼睛。他知道自己回来了，回到阔别数年的家乡。平日里越来越虚幻的情景，现在真切地出现在眼前。

院子的大门上有红色的对联，远远看去，这红色很有感染力，让凋敝的冬季有了鲜活的气息。在任何恶劣的环境里，人们心中总怀有一种向善向美的追求，这是生生不息的源泉与动力所在，看上去很是感人。

渐行渐近，终于能认出站在院子上边的人。他们排成一行，望着这个从坡底一步步向上攀登的归乡游子。不知哪个调皮鬼点燃一个炮仗，顺着山坡扔了下来，炮在空中划出一道优美的弧线于至高处炸响。随着爆炸声，出现一阵惬意的嬉笑。

在老家，只有迎接尊贵的亲戚才有这样的待遇。专家听到鞭炮声，开心地笑了。他是闯荡的游子，家乡没有忘记他。这虽说是个恶作剧，但他很是享受这样的时刻。

接近院子，他下意识地往边上看了看，这就是他梦中的那个沟坡。当时她就是从这里开始滑落，眼看着就要堕入山沟的。他眼疾手快，一个箭步飞身上前，阻止她的滑落。她得救了，他的心中充满无限欣慰。

这梦飘散得很远，记忆中的情景却无限放大。这样的地方竟上演如此生动的故事，让他的注意力很长时间停留在那里不肯离去。现在真切实在地来到事发地，那个梦让他如痴如醉。

刚上到院子，就被热情地迎接进去，他被前呼后拥着进入大门。大门上的门神图案异常显眼，秦琼与敬德手持长剑与巨鞭，威严地守护着这个孤野的村庄以及村庄里的人。站在这里，有种被迅速接纳的幸福之感长久地溢满心头。这感觉如此真切实在，妙不可言。

这就是家乡，一个梦萦魂牵的地方。一回到家乡，平时那些迷乱的情景马上消匿得无影无踪。这里是欢快热闹的，看不到一点忧郁惆怅的影子。欢快的气氛感染了他，他也变得欢快起来。

家乡还是过去的习俗，这个习俗很早就流传下来。年三十要给故去的人烧纸祭奠，不过现在已经简化许多，那种重视仪式的年代仿佛正在远去。由于距离祖坟很远，所以每个年三十，大家都选择在院子外面的小路上遥祭祖先。

小时候，完全不是这样。

太阳升高后一群小伙子出发了。他们延续祖宗留下的习俗，踏着他们的足迹，一步步向祖先的坟场靠近。

冬天岔沟里的小溪完全结冰，在冰面上行走是很刺激的事，有种野外探险的感觉。在山沟里拐来拐去半天时光，迎面出现一个很陡的山坡。他们知道，爬上这高高的山坡就到了目的地。

山坡的陡峭非常有名，快到山顶的一段，简直就是直上直下，仿佛在刀背上行走，有时需要手脚并用才能攀上。经过这个惊险地段后，上到一个开阔的平地。

经过长途跋涉，他们终于来到祖先的坟前。放眼四周，这块高台平地很大，坟茔静默。这时刚才那种俏皮劲消失得无影无踪，大伙儿全都虔诚地跪在坟茔前，等着将带去的纸烧尽，直至灰烬随风舞动飘散于空中，他们才认为祖先如数笑纳他们的心意。

这个时候大伙儿齐刷刷地跪地磕头，将带着的供品象征性地发散后，整个活动就算结束。他们开始享受大部分仍保存完整的供品，吃饱喝足后开始返回。

通常返回的速度非常快。这个时候已是下午，各家各户都忙着贴对联挂门神，象征一年团圆的长面等待下锅。心急的人已经点燃迎接新年的鞭炮，炮仗声于山涧沟壑里回荡，很远的地方都能听到。

一般大年三十的夜晚是不能出门的，天将黑时，主人走出庄子来到岔路口处烧纸。这个烧纸是有讲究的，专门给那些没有后代断了香火的孤魂野鬼们。这一做法，到现在，专家都认为非常人性化，浸透着怜悯与关怀这种纯属中国人文精神的特质。

烧完纸后，一家人围坐在一起守夜，共同度过这个神秘而神圣的夜晚。门口常常立一把铡草用的大刀，刀刃朝外。据说是防止野鬼的袭击，确保一家的安全。

大年初一，大家早早地起来，将涂抹得五彩缤纷的牛羊骡马放了出来，让它们在空旷的天地里自由活动。一家人开始吃饺子，接着就要给长辈们拜年。

这个时候长幼有序，等级森严。高寿的老人端坐上面，接受子辈们的行礼，还要接受孙辈们的行礼，有时还有极个别曾孙辈也掺杂其中。看这个家族旺不旺，就看小家伙多不多。

接下来就进入胡吃海喝的阶段，猜拳行令声瞬间爆发，震得整个山沟里的隘洼洼都在回响。他们还保留一种到每家轮流吃饭的习俗，吃完了这家去那家，谁都怕把自家落下。后来这种吃饭演变成形式主义的东西，每家必到，每到必吃，有时刚放下筷子接着就端起碗，你不吃也不行。一整天都处在这样的状态里。

一连三天都这样，接二连三地吃着。这里还明显存留上古时代的遗风，淳朴、憨厚而慷慨。为能保存这样的习俗，专家由衷地喜悦，同时也感到确需改进。到底怎么个改进法，他的心里没底。就这样，怀揣兴奋激动与惴惴不安，离开家族聚集的地方。

他清楚地知道，这个年算是过了。

叁拾柒

年后没几天，专家回到工作之地。当地要举行庆新春花车游行与社火表演，他自然不能放弃这样的好机会。虽说仍在假日里，但并未影响他的出行。

街上，一列列装饰得五彩缤纷的花车开了过来。有的装扮成盛世巨龙腾飞，歌颂时代的伟大；有的装扮成高山流水，礼赞家乡的美丽；也有巨型人物造像以及神话故事演绎，全是向善向美的主旨。它们鱼贯而行，缓缓通过。车上的大鼓被几个腰系红丝带的人抡着鼓槌使劲击打，传出节奏高亢的声响。天气仍然寒冷，但抵挡不住人们欢度新春的快乐之情。

紧随花车的是秧歌队、社火队以及游行的队伍。他们耍狮子、跑旱船、打腰鼓、舞长龙，各显其能。整齐的方队之中，掺杂一些杂耍的高手，他们来回穿梭，自导自演，让人们忍俊不禁。

通常，走在队伍最前面的是扮相俊朗、头戴礼冠、身穿长袍礼服、手摇鹅毛羽扇、面戴三缕长须的仪程官。这是游行队伍里最具看点的人物。仪程官迈着方步，仪态沉稳，有着执掌乾坤的架势。常是看见什么说什么，自编自导自演。一会儿纵论国是，一会儿祈福平安，一会儿又把别人拿来调侃一番，总之在这个场合，他们是领袖人物，其话语权至高无上。

各乡社火进了城，
大街小巷挤满人。
舞狮摇船踩高跷，
悟空驾云斩妖道。

花炮本是炸药卷，
丢在空中响一片。
正月里来响几遍，
瘟黄时疾冲上天。

空中飞起一条龙，
地上飘着万盏灯。
龙腾虎跃金狮舞，
歌声笑语炮声鸣。

这辆彩车披彩色，
韩湘骑鹤悬在空。
鲜花盛开齐争艳，
好比百鸟来朝凤。

仪程官手摇羽扇，边说边向两旁的群众作揖。专家只在戏剧中看到这样威严而又正经的人物，现在几个类型差不多的仪程官亮相在大街上，慢悠悠地穿过人群。围观的人趁机起哄，不时出现大呼小叫的声音。

这个时候的固原是欢乐的。街上其他车辆被禁止，唯有花车和社火队通行无阻。整个街道就是没有尽头的舞台，而两边的群众就是观众。车上车下，街里街外欢乐一片，一同沉浸在节日的欢快之中。

专家站在拥挤的人流之中，观看花车与社火表演，完全沉浸在这里独有的文化享受之中。这里的文化与首府不同，也与他的家乡不同，他已经学会欣赏这里的一切。

独自在街上溜达，此时此地的年味正浓。临街的阳台上，悬挂许多大红灯笼，零星的鞭炮声仍不绝于耳，街上的树木披上节日的盛装。游人成分复杂，有城里出来看热闹的，也有从周围农村赶来凑热闹的。他们白天看社火，晚上看花灯，一整天都在热闹的大街上转悠。

专家随着人流在涌动，心情激奋。在无数陌生的面孔里，他试图邂逅那张非常熟悉的面孔。蔷虹并不知道，此刻专家已经回到这个城市。他认真观察悉心体验这里熟悉而又陌生的一切，同时也在慢慢琢磨那份不一样的情感。

感受阑珊之后的热闹，体验意想不到的温情。这总归是人生的别样享受。她的情感总有不一样之处，仔细咀嚼它，如同吮吸一根质地坚硬的黄褐色棒棒糖，那种甜是慢慢渗出的。时光流逝，温情犹在，并未由于冬天的寒冷而消退多少。

面前走过好几个人，怎么感觉都像她。高挑的身材，走路的姿势既轻盈又洒脱，仿佛在飘动似的。等上前仔细察看，才发觉认错了人，他弄不清自己这样做意欲何为。街上的锣鼓震天响，秧歌扭得更加带劲，旱船跑得着实卖力，但他的心思老也集中不起来，常常跑到她那里，流连忘返，乐不思蜀。

一种叫马社火的队伍过来了。人在机车上拨动转轮，整个高台便旋转起来，各种人物造型翩翩起舞、频频灵动，令观赏者目不暇接。有的扮演白娘子急追许仙，有的扮演孙悟空猛打白骨精。在空中搭建动感舞台，完成各种高难度表演，这样的创意真是千古奇绝。

这种形式的社火是由原来人骑在牲畜上表演的社火演化而来的，现在由机动车代替了牲畜。社火难度更大，也更惊险刺激。常有小孩被置于高高的台架上，随着机械的旋转舞动，完成整个表演。整个高台因角色而装置，有固定的，也有能上下起落、左右旋转的，通常都要多人才能完成。

旁边有人介绍道，这辆车上，一边站着财神赵灵官，手拿金元宝，祝福大家收入丰厚。另一边站着王灵官，左手拿照妖镜，右手持钢鞭，寓意平安吉祥。后面这辆车上，讲的是白娘子盗仙草的故事，寓意天上人间情义无价。专家时不时能听到大伙儿解读的声音，根据他们的介绍，他仿佛也看懂了这些精美造型的深刻寓意。

几个小时过去了，日已西斜。想必游行的队伍也累了。他们离开街道回到家里，街上看热闹的人也纷纷四散回家。这时从农村赶来看热闹的人，暂时被搁置在街上。有的进馆子饱餐一顿，有的进商场闲逛，有的索性找个向阳的地方蹲了下来就地休息。他们等待天黑，观看晚上的花灯。

专家回到办公室。这个时候还没有上班，楼里空空荡荡，只有门卫还在认真地坚守岗位，不肯离开半步。

过年好，这么早就上班了？

你好，有点事提前来了。还在值班？

只见门卫黝黑的脸上露出灿烂的笑容，有些无奈地说，没办法，谁叫咱干这个行当。

这个行当也挺好的。

嘿嘿，又是一笑，好不好天知道。

专家回到办公室。

刚离开几天时间，这里的一切既熟悉又陌生。所有东西原封不动地存放在那里，没有任何变化，他所熟悉的那个身影若隐若现。

阳光透过玻璃映照进来，屋里洁净亮堂。他仿佛又看到地上被月光或灯光映照的菱形方框，而每个变形的方框里都有她的影子在闪烁。如此寂寞苍凉之地，深深牵动他的魂魄，以致许久都走不出来。现在又回到这个梦萦魂牵的地方，他在琢磨如何将已经回来的消息告诉她。

时间在犹豫与磨蹭中快速滑过。冬日的时光特别短暂，尤其是下午，还没干什么天就很快黑了下来。专家离开办公室，再次向大街走去，他要先吃点东西，接着去欣赏花灯。

花灯初上，成群结队的人从四面八方的街巷出来后向着一个方向走动。他们生活在这个城市里，每年的看灯是生活的必需内容。街上的背阴之处，绿化带的松树下面残雪点点，洁白无瑕。被炸碎的炮仗屑片落在上面，细碎的红点一片接着一片，格外显眼。这些都成为快乐新年的组成部分。

专家再次融入走动的队伍里，不声不响地行进着。他要真正体验一下做一个常住居民的真切感受。行走的人是散漫的，他们漫不经心地享受生活的快乐，经常交头接耳议论身边的事、外界的事，偶尔也是怪异的笑声出现，在冷清的街道上传送得很远。

走了好长一阵，终于到达花灯绽放的地方。广场上已经挤满了人，偌大的广场到处都是观赏者。广场入口处，彩色的拱门特别惹眼。花灯于广场内的四周依次摆开，在广场的中央处有几组巨型的彩灯在闪烁。与马社火差不多，这些灯大部分是静止的，有个别动态变换的彩灯。

每个灯前都挤满了人，他们或赞叹或照相，忙得不亦乐乎。站在花灯前，专家再也忍受不住内心的冲动，他编了一条信息发送出去。

蓦然回首，那人却在灯火阑珊处。

过了一阵，她的信息来了。

你在干啥呢？

看花灯。

首府里搞灯会？

不在首府。

那在哪里？

市里。

哪个市里？

你在的这个。

你来了？

对。

不会开玩笑吧，咋没听说。

你知道我从来不开这种玩笑。

真的？那我现在就过来。

你不在现场？

一个人没心思看，现在家里。你说个具体位置。

在最高最华丽的彩灯下等你。

呵呵，可不许离开。

她像获取重要情报似的立刻整装出发。

不长时间，在几乎分辨不出差别的面孔中，一张熟悉的面孔出现了。它犹如春雷瞬间炸响沉闷的天空，明媚的春天即刻来临。

他们互相对视着，热切寻找那份期盼与幸福。眼前突然出现一个奇女子，淡雅的装束，轻盈的体态，巧笑嫣然，明眸顾盼流离间仍不失柔婉。它瞬间化解寒夜的萧索，让亘古苍茫的大地顿时五彩缤纷。那一瞬间，专家真切地感到幸福与快乐出现在眼前。他们重新回到幸福的情景中。

你来了，也不告诉一声。

想给你一个惊喜。

收到信息，还以为在开玩笑。

这种玩笑能随便开嘛。

知道我这个年是咋过的？

不知道。

每时每刻都在想你。

她的声音柔弱，混杂于嘈杂的声音里，但他听得特别清楚。他不想在这里停留许久，以免让那些无事生非者抓住把柄。

我们边走边聊。

好的。

经过短暂的前奏之后，他们开始行进在人群里。广场上的人越来越多，有的地方要擦肩而过。这样混乱的场面，恰好给他们提供活动的空间。他们边走边看，将所有的彩灯悉数看遍。幸好别人的兴趣只在花灯上，无暇顾及其他。要不，他们的行动就会暴露。这是精心准备的活动，又充满不期而遇的惊喜之感。短暂的别离之后，他们又聚在一起，整个世界变得无比美好。

回到办公室，夜已深。楼里除了看门的，再无他人。四处充满阒寂的气息，静得有些瘆人。专家站在窗前，多少熟悉的情景重现眼前，那些看似已经过去的记忆马上开始复活。

西边的白马山，在月光映照下若隐若现。月夜里的山峰，看上去更加苍茫寥廓，给人混沌初开的感觉。尤其是冬天里的几场雪，周围的山峰披上银色的素装。月光下的洁白世界，有天国里的晶莹也有冥国里的清冷。幽深、淡远、阒静，与鲜活生动的白天截然不同。

此刻，月已高悬半空。初六、初七的月亮，已经从弧线似的月牙变成半月，这应该叫上弦月吧。弯月映照浑莽的大地，大地静寞无语。在陇山下翘望明月，应该不只是他一人的雅兴。历史上，多少文人墨客与壮士兵勇在这里留下不灭的印迹。

专家感觉自己是幸运的，既没有无限感慨，也没有无限伤悲，有的是甜蜜得不想示人的幸福。在这样的夜晚静静地享受着，享受生命中突然赋予这样一种摩顶放踵的体验过程，其惬意自不待说。

站立很长时间，感觉月亮又升高许多。思绪开始慢慢回拢，回到现实中。他要把自己钟爱的地方史研究搞好，才不愧对这个神圣的地方。

叁拾捌

浏览历史，发现陇山一带的战争，其中最为惨烈的，既非汉朝对匈奴的作战，也非唐朝对吐蕃的作战，更不是十六国时乱如牛毛的相互争夺，而是宋朝对西夏的一次战争。

在今天隆德县的好水、观庄一带，那场有名的好水川之战，一役宋军有万余名士兵阵亡，而阵亡的将领竟有几十名。消息传来，“关右震动，仁宗为之旰食”。这是 1041 年的事，距离北宋建国仅 81 年，出现这样的事，皇帝推迟进食是可以理解的。

专家曾去过那里，它处于六盘山的腹地，距离主峰很近。这一带整体海拔很高但相对平坦，没有险峻奇崛的高峰，而是丘陵逶迤、川道纵横。这样的地方最适合冷兵器作战，骑兵可以展开进攻，步兵则可以依山势埋伏，而一役能有十万余人阵亡，听起来还是有些汗颜。怨魂遍野，六盘呜咽，其惨烈超乎想象，出现这种情况终归不是件幸事。

听当地人讲，现在耕地劳作时，仍不时有大量白骨出现。虽说时间过去近千年，战争的印迹犹在，还可看出当年的惨烈。白骨中有的铁箭头嵌入其中，生硬折断的不计其数。有时集中出现的惨烈场景规模之大让人惊悚。

西夏为了这场战争已经准备几十年，而李元昊则是成功指挥这场战斗取得胜利的枭雄。党项，本是北魏拓跋氏之后。到唐朝时归唐，被赐李姓，到宋朝时又归宋，被赐予赵姓。到了这个时候，他们已经对于皇族姓氏一点都不感兴趣了，而是想着建立自己的王朝。经过长时间准备，于 1038 年立国称帝。1227 年被元所灭，前后经过近二百年。

李元昊占据以天都山为中心的西华山（海原）一带之后，策划了这次战役。当时的固原镇戎军，以及周围陇干城（隆德）等守军均参与战斗，大名鼎鼎的范仲淹因为此役失败而被降职。仅从战争的形式上来看，这一战可以作为经典战例进行讲解。仔细研究这场战役，有许多经验可以总结，教训可以汲取。不管是从正面还是从反面，都能给人留下极其深刻的印象。

首先，由于宋军轻敌，直接导致战争的失败，这是思想上的问题。对于这个虎视眈眈觊觎已久的强敌，宋军缺乏充分的认识。由于多年经营，西夏强军备战，争夺天下的野心，已经到了不能不发的地步。所以，战争是必然要爆发的。

为什么这次战争是由西夏的李元昊引起，而且在六盘腹地好水川一带爆发？这里既有客观原因，也有主观原因。客观上，这里的地形适合骑兵作战。主观上，这位刚刚称帝的枭雄需要弄出点名堂，来提振自己的威信。事情就这样发生了。

李元昊 1038 年称帝，1041 年就策划了这场战争。建立政权才三年，这位雄心勃勃的王朝首领就把目标锁定，他要通过战争来巩固新生的政权。这次他是倾巢出动，十万大军全部出战。这是需要魄力与赌博精神的，万一弄砸了，那将会万劫不复。所以，好水川之战颇有点背水一战的味道。

李元昊并非草莽无能之辈，无论从战场的位置选择，还是战术的具体运用，完全由他来操作完成。就连战场上迷惑对方，作为传递信号的鸽子都事先准备好。就凭这一点，可以看出李元昊对战争的准备到了多么周全的地步。你说，宋军岂有不败之理。

从选址上看，将战场选在好水川，这里相对远离宋军守卫之地。如果选在瓦亭、木峡、六盘等关隘要口，宋军熟悉地形、防守严密，夏军断然不会有胜算。而好水川一带，有丘陵可以隐蔽埋伏，有长川可以使骑兵展开攻击。这样一个有利地形，对于李元昊来说可谓可遇而不可求。可怜的宋军，哪里知道人家花费多大工夫来设计布置这件事。

其次，从战术的运用上，李元昊也是经过精心策划的。他先是派一部分兵力去诱敌，打上一阵就佯装败退，将宋兵引入他布下的天罗地网中。这时，偏有自负的宋兵将领急于围追穷寇，进入早已布置的口袋阵里，让人家围歼属于正常。宋兵不但中规中矩没有新鲜战法，而且还刚愎自用，没有把战争当回事，惨败应是情理之中的事。

再次，具体的排兵布阵也极其讲究。这种精妙的设计，就是放在今天也不过时。这场战斗，哪里是古代战争，简直就是现代的红蓝对抗、沙盘推演。宋军进入伏击圈后，打开西夏军用来迷惑的盒子，数百只哨鸽瞬间直冲云天。此时，西夏军举黄旗而伏兵出，举赤旗而士兵进攻。宋军列阵未成，经西夏军铁骑冲击战斗力骤降。酣战至午时，西夏军阵中树起鲍老旗，挥右，则右边伏兵出；挥左，则左边伏兵起，双向夹击。宋兵欲据山险，此时山上伏兵向下攻击，宋兵大败。可怜的宋兵，就在类似游戏般的不断变换的阵法演练中方寸大乱，最后落得惨败结局。

看到这里，专家有些气愤，这那里是在打仗，纯粹就是在戏弄宋兵。宋兵四平八稳地运用平时的套路应对战争，而精明的李元昊，简直就是肚子里的蛔虫，早把宋兵那点把戏掌握，然后牵着其鼻子在陇山中肆意摆布，在不断变换的阵法中无情地消耗。这样的战例，从古至今，不胜枚举。比如当年的霍去病攻击匈奴，还有现代的游击战对付日军，都是不按常规出牌，而最后取得战争的胜利。

对于这场战斗，历史早有有定论。六盘山腹地竟有这样的事情发生，虽已过去千年，但影响犹存。这肯定不是件荣耀的事，是否由此背上沉重的包袱，或者说经过千年的时光，已经消解留下的消极影响，专家不能肯定。

他慢慢地翻过这一页接着往下看，感觉不能在这里停留太长时间。宋兵几次战争都先后失利，各地民黜财拙，老百姓苦不堪言。

为应对不利的战局，宋朝加强陇山一带的防御。1043 年，以笼竿城（隆德）建德顺军，当时镇戎军治高平。这个时候，陇山一带的德顺军影响很大。可以看出，在北宋时为防止西夏的骚扰，隆德的军事地位突显出来，与固原同。所以，固原的 5 个县区，在各个不同历史时期，其战略地位与战略重心还是有所不同。

后来宋夏言和，恢复贸易。双方和平 20 年后，再起冲突。尤其在北宋末年，政治腐败，西夏趁机进犯边塞。这个时候，生活在黑龙江流域的女真族强大起来，建立大金。金开始向西向南扩张。1124 年，西夏乾顺向金称臣。1127 年，北宋被金所灭。1131 年，金占领固原。从此，这一带又进入被金、夏合击的状态之中。

前后不到 100 年，陇山一带重新硝烟四起，固原百姓的抗争对象不断变化，先是党项人，后来又是女真人，有时则会遭遇金、夏的联手攻击。孱弱的宋朝廷悄然退到杭州，偏安一隅，自顾不暇。历史上，本来西北一带就够混乱了，现在东北的少数民族也加入这场混战之中。

北宋政权灭亡后，陇山一带的抵抗仍不曾间断，让党项人、女真人颇为头疼。这一带上演宋金夏三足鼎立局面，有时你都搞不清楚到底跟谁打仗，历史又一次把陇山推向战争的最前沿。这个地方好像就是为战争而存在，陇山一带的百姓就是为战争而生的。无休止的战争，成了他们生活的常态。

1182 年，为加强对于这一带的控制，金改镇戎军为镇戎州，德顺军升为德顺州。在南宋、西夏、金的三足鼎立时期，陇山一带遭到金军与夏军的双重侵扰。而随着时光的推移，金的统治占主导地位。

金在汴京（开封）建都时，将目光瞄准六盘山的原始森林，从此对这里森林的砍伐一发而不可收。金人南下，北宋王朝离开东京（开封），南迁临安（杭州）。金人为了炫耀其威，在汴京修筑新宫殿。他们发现隋朝长安宫殿所用之木材皆来自陇山，遂派人寻找。当他们找到这个地方时，真是大喜过望，这里原始森林的噩梦就开始了。

金派大军驻扎陇山，为方便运输，斩木辟道，遇沟谷架桥，遇悬崖筑栈道。这样一条木制大道长达百里，一直通往森林深处。从此，浩浩荡荡的伐木运输工作正式开启。一棵棵巨木倒下，经渭河入黄河最后直至汴京，陇山大雪山原始森林的命运就这样被改变。

专家曾在陇山的千沟万壑中转悠，这里树木葱郁，碧波荡漾，松涛阵阵。然听当地人讲，这里竟然没有原始森林，所有的树木都是 20 世纪七八十年代栽种的次生林，这是现代林业工人的伟大壮举。正纳闷为何没有原始森林，看到这里，专家找到答案。

金人为了掠夺这里的资源，竟然用当地树木做栈道，修造长达百里的木栈道，加快对珍贵资源的掠夺，原始森林岂有不绝之理。这就是战争，它在消耗人的生命的同时，也加紧对自然的掠夺。等战争过后，葱郁的森林变成荒山秃岭，而它维持的则是一个又一个快速生成而又瞬间倒下的政权。

近来对陇山的历史了解越多，专家越产生一种愤懑之情。陇山，本应属于陇山人的家园，可是在陇山活跃的到底是些什么人，他们发动战争意欲何为。让陇山承受的是对于资源的无度掠夺，让陇山人承受的则是生灵涂炭。而这些承受，成就一个又一个枭雄。他们热衷杀戮，热衷改朝换代，唯独不关心陇山的穷苦百姓。

陇山，你承担的东西如此之多，远远超过自身的承载能力。苍天在上，日月可鉴，公理何在？

叁拾玖

好久不见了，老兄，过年好！学者一进门就问候专家。

你年过得好。专家握着学者的手，有些激动地说。

这么早就回来上班了？

其实没上班就来了。专家回答。

他的话引起学者的重视，只见这位年轻人眼睛里放射光芒，他有些好奇地问道，没上班就来了，是不是这里有割舍不下的东西？

你这么认为我也不反对。

恐怕说到心坎上了，高兴还来不及呢。

专家呵呵笑了，对他的话既不赞成也不反对。

我今天要到开城王府去，你有兴趣的话，咱们一块儿去。

正愁着不知干啥，你来得正好，这是求之不得的事。

他们又聊了一阵，就坐上车直奔开城王府。

出城后，一条国道出现在眼前，车子进入国道便直接向南而去。春节已过，春寒料峭，大地没有回暖的迹象。一阵寒风袭来，路边的枯草使劲向着一个方向弯曲下来。有的抵挡不住寒风撕裂，折断后被刮得很远。

开城王府是元朝所建？

对，应该和元朝的开元时期差不多。

我不理解的是，固原城已经多个朝代的建设，基础非常好，为啥还要另辟蹊径，把王府建在这个干梁上？那里距离城里并不远。

这个我也说不清，可能游牧民族喜欢开阔的地方吧。到了那里你就知道，王府选址非同寻常。

你是说地势高出周围？

不但高出周围，而且非常开阔。

你的猜测很可能是对的，这与草原民族的性格有很大关系。他们喜欢纵马驰骋，地势开阔对这个有利。

我是胡诌的。

你诌得都在点子上。

过奖了。

一点都不。

出城半小时后，学者手指西边的高地说，前面就是开城王府，也叫开城安西王府。只见西南出现一台地，明显高出周围。远处的六盘山巍峨雄壮，将这片台地映衬得宽阔无比。

又过了一阵，他们上到台地。

车在一石碑处停了下来。石碑上清晰标明开城安西王府，注明国务院立，说明这是国家级文物保护单位。

台地很开阔也很大，上面的地势略微有些起伏，但整体上高出周围。这是一片庄稼地，粮食收割后地还没有犁翻，遍地都是直立的玉米茬。

这是庄稼地？

对，上面种着庄稼，王府就在庄稼地下面。我们现在处于王府的大门处，你看，这就是王府的外墙。

专家顺着手指的方向看去，这里有明显的棱坎之处，如果仔细观察，这道土坎延伸得非常有规律。看着看着，一座城池的大致模样就出现在眼前。

怎么没有保留下一丁点有用的东西？

因为一场地震，这场毁灭性的地震瞬间荡平一切。这个王府有五千多人死于地震，就连王妃都未能幸免。

哦，够惨烈的。

地下有无文物出土？

有，但值钱的并不多。

为啥会这样?

你想想看，经历近千年，盗掘活动一直没有间断，许多值钱的东西都流失出去。现在值钱的东西，说不准就在周围开的小店里，而博物馆里的确没有多少值钱的东西。

说到这里，这位年轻学者的脸上出现惋惜的神情。

他说当然还是有文物出土的，比如元朝铜权、琉璃四足香炉、金帽顶、黄琉璃塔刹、三彩鹰首饰等重要文物，以及三角滴水瓦、瓦当石雕龙首等建筑材料标本。调查中还发现比较集中的砖窑和琉璃瓦窑遗址以及墓葬区。这里，元代文物出土数量虽少，但其特色相当鲜明，一看就不同于其他朝代。

过了一会儿，他又讲了起来，不要小看这个地方，虽说现在地面上啥都看不见，当时可是盛极一时。

能不能说得再详细点，我对这里一点都不了解。专家态度诚恳。

这里曾与蒙古三代统治者关系密切。1227 年，成吉思汗南渡黄河，攻占德顺州（隆德），避暑六盘山，建立行宫，拉开了经营六盘山的序幕。但是，这位英雄七月份就病逝于此。有人说是中了西夏的毒箭而亡，有人说是自然死亡，总之死得有点离奇。

成吉思汗去世后，三子窝阔台以遗诏继大汗位。窝阔台将自己的三子阔出安置在凉州，镇守西土，称端王。

成吉思汗之孙蒙哥汗凭借六盘山，展开大规模的军事行动。六盘山成了他攻克金朝、进军川蜀的大本营。在这里，他还接见了被尊为国师的八思巴。这位英雄把帝国的事业推向巅峰，可惜他死得早，死于征战途中。金庸在小说里说，蒙哥汗是杨过用飞石打死的。还算沾上一点边。今天的研究认为，他是南宋一士兵用石车砸死的。

蒙哥汗死后，为争夺汗位，其弟忽必烈和阿里不哥挑起战争。双方均以六盘山为争夺目标，最后忽必烈胜。1271 年，忽必烈正式建国为元。忽必烈封其子忙哥剌为安西王，并在六盘山开城设立王府。至此，六盘山行营的政治、军事枢纽地位开始确立。

元代废镇戎州、德顺州和西安州，设开城路、开成州、广安州，属陕西行中书省。

六盘山经过三代最高统治者的经营，逐渐走向辉煌，尤其是安西王府的设立，红极一时。

你可以看出这座名山曾经的历史。

一代天骄成吉思汗，名震寰宇，陨落六盘山。

蒙哥汗率兵驻跸六盘山，控制秦陇，征伐川蜀。

忽必烈为爱子忙哥剌设开城王府，着力经营六盘山，主政陕甘宁。王府呈长方形，周长 4.6 里，王宫居中，四角城，可谓“毳殿中峙，车间容车，帐间容帐，卫生环列，威仪之盛，虽求之大单于无以过也”。

1280 年，忙哥剌卒，其长子阿难答继位。阿难答致力于伊斯兰教的传播，并使大部分蒙古军队皈依伊斯兰教。

1306 年八月壬寅，开城地震，开城王府毁灭，包括王妃在内的 5000 多人遇难。

1307 年，阿难答参与皇权争夺，事败后伏诛。后来安西王府完全废弃。从建造到废弃，前后大概 40 年。

听你讲历史，就跟听讲故事一样生动，如数家珍，娓娓道来。但我要说的是，其实大多数人并不知道这段历史。要让更多的人知道，才会更有意义。

这里遗存的资料并不多，是边研究边整理，宣传的事也还没有完全跟上。

有了这些鲜活的内容，六盘山才能称得上名副其实的圣山呀。别的地方，把没有的事都生搬硬套地往上扯。咱们这里倒好，放着这么珍贵的东西不往外传播，可惜呀！

不是不传播，只是不尽如人意。这里的情况比较复杂，与周边相比，陕西的关中一带，甘肃的河西走廊，人家都是传统文化比较集中的地方，好多游客来了之后就直奔那里而去。这里的文化资源虽说比较丰厚，但和人家比起来，影响就小多了。有时靠近文化资源富庶的地区，也不见得就是好事，这种无形的挤压还是存在的。

可话又说回来，与我们这里经营开发宣传力度不够也有很大关系。比如，距离泾原几十里的崆峒山，与六盘山同属陇山地区，自然资源差不多。但是人家经营得就很好，打道教的牌，效果特别明显。经常游人如织，应接不暇。

这几年六盘山的热度有所上升，尤其是节假日，也出现游人如织一票难求的现象，但是接待能力又成了问题，吃住玩等配套措施没有跟上。现在政府加大基础设施建设力度，这样的局面会有根本改变。

发展旅游关键要把自己的牌打好。专家说，人家打道教的牌，我们打名人的牌。你看，这个地方秦始皇、汉武帝、唐太宗、成吉思汗都来过。这么好的卖点都抓不住，旅游咋能兴旺起来。

现在的游人玩的是概念。你要说如此之多的名人都来此山巡游过，你如果不来看看，这辈子可能就虚度了，他保准就来了。

你说得非常对，我们拥有丰厚的文化资源，还要用适当的方式表现出来才行。现在许多景点还光秃秃一片，连必要的介绍都没有，导游都不知道咋说。这个问题可就大了。

我听来过的游客讲，到了我们的王牌景点，自然风景特别好，就是缺乏必要的介绍，有的地方连景点的名称都找不着，这不是坑人是干啥。

我们的旅游宣传也太抽象，常常大而化之，抓不住要害，你听了都不知道在说啥。以后的宣传要是能把特殊的历史与文化融进去，那效果肯定不错。比如宣传瓦亭峡，你可以说这是中国历史上征战最多、跨朝代最多的峡谷之一。当然再配上一些必要的辅助手段，能有声光电技术的支持，或身临其境体验一把效果会更好。比如宣传六盘山，你可以说这是中国从古到今，来过伟人最多的大山之一。你不到山上走一趟，可能此生要错过许多机遇。我觉得这样就切准要害了。我是不是话说得有点大?

一点都不大，句句都在点子上。现在的人最关心的是前途和健康之类的事，只有把这些东西抓住了，肯定会八九不离十。而这些卖点就要靠自己去提炼，提炼出来了叫得越响越好。让别人觉得若是不去，此生就会有重大遗憾才行。

哈哈，咱俩都成了旅游的策划者。

我是看到有些事来气，才乱发一通议论，也可能说得不靠谱。总之，感觉这么好的自然资源，这么好的人文资源，放着不利用心里堵得慌。

能不能策划创拍一些有关这里名人题材的剧目，让游人来过之后回去见人就说，我在六盘山见到李元昊了，那可真是个枭雄。让你见过一次，以后永远都忘不了。

要能达到这样的效果，那就真的进入境界了。

朔风还在吹，春寒没有减轻的迹象，他们二人为这里的旅游事业动起脑筋。聊着聊着竟热火起来，不觉寒风扑面，真切感到春天已然来临。

时间不早了，他们开始往回返。离开之际，专家再次看了一下这个王府遗址，感觉对它冷落得有些久，应该有个逐步开发的规划。现在就这样一片庄稼地，别人无论如何也是不会认同的。

车在国道上行驶，远处熟悉的城市又出现在视野中。专家已经待在这里好几年，但对这里的认识还很不全面。这么重要的地方，要不是这位老兄的极力推荐，他可能还想不到要来。他想，还有哪些遗漏之处没有去，总不能给自己留下遗憾吧。

肆拾

山上白雪皑皑，山下春雨潇潇。

远处的雪山绵延无限，大器磅礴。

山前是新建筑群，才一年工夫，就拔地而起有了气势。楼群前是宽阔的马路，车辆川流不息。

一辆辆繁忙的车，行进在雪线下宽展的高原台地上煞是壮观，与雪山、楼群组成一副立体生动的美妙图画。

此刻，远处近处都是春的迹象，绿色从山下的台地庄院处慢慢地浸透出来。

这里处于黄土高原与高寒地区的过渡地带。地面上的黄土，由于气温较低，加上过多的雨雪，在一些街角背阴处竟呈现苔藓斑驳的奇异情景，一簇簇绿色或者黑色凝固的覆盖物遍布。独特的冷风冷雨气候，适宜蔬菜生长，而苹果、葡萄则很少种植。

这里山岭逶迤，植被茂盛，天高云淡，苍茫邈远，形成以六盘山为中心的集旅游、观光、避暑为一体的优良区域，有春去秋来无盛夏的美誉。

这个春天注定是幸福的，那种欲回城而不能的困惑早已随风而去。专家欣赏春天的美景，也享受春天带来的一切。在黄土高原与高寒地区的过渡地带，在古代关隘要塞之处，在寒冷气候很是明显的地方，他细心体会这里独具特色的一切，兴奋得都有些难以自已。

她是个奇女子，经常红衣飘飘，来去无踪。与寒冷王国不同，她热烈火爆，飘逸潇洒。在雪地上留印，在细雨中留影，在轻风中疾行。一旦掀起情感的风暴，便开始风风火火的璀璨人生。

神奇的雨又下了起来，雨点飘落到脸上，有凉丝丝的感觉，并没有想象的那样冰凉。半个月前这里刚刚下过一场大雪，之后气温奇迹般地回升。这不，凉爽的细雨飘飘洒洒地落下，随意、自由、尽如人意。

专家站在高楼上看着对面的远山，雨中出现的黧黑色调有些沉重。它们就是这样，遇雨时山中尤其冷峻，似乎在倾诉什么。此刻，他异常高兴，在这个城市里有他向往与思念的东西。尽管不能时常见面，但同在一个城市，一想到这里，心中就暖洋洋的。此刻，远处的苍茫倒让他的心情更加舒畅，觉得这样的色彩，能够映衬人生的厚重与博大。

他特别在意天气的变化，似乎它就是神灵现身，能读懂人间的事情。曾几何时，幻想有自己的心上人，这个不敢奢望的东西说来就来了，来得有点奇妙。就像眼前的这场雨，尽管节气已过，还是洋洋洒洒地飘落下来，下得虽说有些突兀，但它的样子特别有神采。他喜欢眼前的雨，喜欢站在雨中淋着，体味那种凉飕飕的感觉，感到的不是清冷而是清爽宜人。

回想当初的情形，仍历历在目，在大雪弥漫中，怀着忐忑与迷惘来到这个城市。原本并没有这样的打算，却莫名其妙地来了。来到这里之后，几年过去没有任何变化，本已终结的挂职鬼使神差地发生变化，他要回去的那个位置已让别人挤占。一段时间，专家认为自己生活得很失败。

然而，这个阴差阳错的事却成就一段感情。专家悉心体会寒冷环境里的浓烈情感，感受其不一样的滋味。上帝说，你的另一半是上天早已配好的，只有早遇见与晚遇见的区别。你见到自己的另一半，原来就是这个模样。

晚上不能安然入睡，总在回忆那些甜美的事。蔷虹已然走进心灵，她走路很有力度，节奏感强，头发一飘一荡地有韵律。时常昂首阔步而来，轻盈飘逸而去，显得春风得意，神采飞扬。专家喜欢站在高处看这种走路的姿势，知道她又把好心情带了过来。

沉浸在甜美的日子里，他老想寻找自己的情感类型，看它到底是个啥模样。春天，春雪，春情，春景……这些激情的词语在眼前晃动。这时一个叫三岛由纪夫的作家，写了一本叫《春雪》的书走进专家的视野。专家暂时放下历史书籍。

《春雪》里面的情节很感人，写的是春天春雪里的爱情故事。那语言既典雅又浪漫，既放得开又很节制，始终不温不火的。他喜欢这样的节奏，也喜欢这样的语言，便摘录一段欣赏起来。

> 一片雪花飘了进来。落在清显的眉毛上。聪子瞧见，不禁啊地喊了一声。清显不由地把脸转向聪子，他感到有股凉气扑在自己脸上。聪子马上闭上了眼睛。清显面对着闭上了眼睛的脸庞，只有抹上京都口红的嘴唇映现出微暗的亮光。那脸庞活像被指尖轻轻掸了掸的花在摇曳一样，其轮廓在紊乱地摇晃着。清显的心在激烈地跳动。

与小说里的情节完全吻合，在冰天雪地的季节里，她走进他的世界。当时，他的聪子也是这样站着，静静地看着他。虽说没有雪花飘进来，但她刚从寒冷世界里带来的气息是存在的。她的衣服很冰冷，面颊很冰冷，红红的嘴唇也很冰冷。

帮她把外套脱下挂在衣架上，手捧着冰凉而洁白的脸颊，把嘴唇贴到那红红的弯月形的印迹上，首先感到的是冰凉。这是寒冷的冬天带给他们最直接的感受。

他接触一下就停了下来。她看着他的一举一动，有点好奇猜不透他的心思。今天她的模样有些变化，暗红色的头发，配上轮廓清晰的脸庞，加上洁白的皮肤与鲜红的嘴唇，造型感很强。心上人此刻就在眼前，亭亭玉立，只见她轻轻地闭上眼睛，他又一次把嘴唇贴到那殷红的地方。

这次与刚才不同，不再蜻蜓点水，一旦开始便越来越持久、越来越深入。她冰凉的嘴唇开始发热，那热从里面涌出将激情点燃。他们享受这样一个漫长持久的过程，把平时积攒的不平一一化解。

他们相拥时，她双手牢牢抓住他的衣服，仿佛为了保持平衡，也好像防止他突然跑掉似的，将这个接吻的过程无限拉长。她的能量开始释放并强烈地感染他，他很快融入她的火炉似的情感世界里，自己的热量也迸发出来。他们共同点燃的这团火焰旺盛地燃烧起来。这是平时未曾想到的。

正如清显感到的一样，这吻强烈而果断。专家再次感到自己之外另一物体的存在。它柔软纤细，却有着不尽的活力与热量，将他带入迷幻的世界里。这个世界只有和谐融洽与勃勃生机。

有了这个世界，其他世界相形见绌。多年积攒的郁闷与不平，在这里瞬间化为乌有。那种氤氲的惆怅消散得无影无踪，他重新成为鲜活的生命体。

专家继续贪婪地阅读三岛由纪夫的作品，从这位有些怪异的作家体验中验证他所拥有的快乐与幸福。一时间，响在耳边的威胁咋呼声，阴阳怪气的嚣叫声，言不由衷的表态声，还有种种让耳朵生茧的阿谀奉承声，通通销声匿迹。他的世界里只有光明与幸福。它简单而深刻，坚定而执着，将他的人生照得无限透亮。

她很有才情，这是接触一段时间的新发现。诗如其人，她的诗表面安静祥和，却浸透火一般的激情。那次接触后，她写下名为《冬日私语》的诗让他欣赏。他又陶醉在诗的情境里，真是诗中有情，情在诗中。

窗外
冬日里的阳光
温暖如春

随风舞动的纱帘
轻轻扣动心弦
增加更多神秘

轻柔的律动
浸湿了阳光
朦胧了纱窗

似入仙境
飘飘然然
让人留恋

她给出太多的惊喜，让他都不知该如何享用。随后他不再读三岛由纪夫的作品，而是专心感悟她的诗作。她经常有新诗出现，他成了最初的读者。她是诗人，还是浪漫的抒情诗人，他以前竟然没有发现。把作者与作品放在一起比对，是件趣味无穷的事。他悉心感受面前突然出现的一切，是那样亘古未有，寥若晨星。

时间过得飞快，转眼间已进入五月。五月本是鲜花盛开草长莺飞的黄金季节，这里由于海拔较高，气候变幻无常，常有疾风骤雨的天气出现。一阵冷风吹来，夹杂淅沥的冷雨，让人有种寒栗之感。

绿草如茵，鲜花盛开，如此明媚的春天，突然出现的疾风骤雨，似乎有些不协调。要在江南，这雨会温馨得让你心碎，而眼下高原山地的寒冷气候，会让人进入一种不敢妄想的境地。

对此，乡亲们早已习以为常。他们最常说的一句话是过了四月八，一切就都正常了。他们说的是农历，按照这个说法，如果换算成阳历，也就是说再过一周，一切就都正常了。已经换上单衣的人们，在风雨中冷得瑟瑟发抖，不想将已经脱下的衣物重新换上身，但眼下的情形着实让人有些窘迫。

再过一周，一切能正常吗？至少从眼前的情景，专家推断不出未来。树很静，冷风冷雨中它们只稍稍摆动一下树梢，重又回归平静。经过雨水的冲洗，那种碧绿更加浓郁。这种气候环境树木长得很慢，但木质却坚硬无比。这就是寒冷气候的好处，它会让一切放慢节奏，以便沉积出更好的本质来。

他们的感情也慢慢沉静下来。当初那种一日不见如隔三秋的冲动，现在被一种淡淡的思念和热切期待所代替。很明显，那种炽热已经进入一个新阶段。冷风冷雨仍然没有退却的意思，他们的情感变得沉郁深挚，一如眼前这些在风雨中安详自在等待迎接挑战的大树，岁月真的能锻造人。

肆拾壹

临近端午之际，专家邀请学者一同前去看望吴老先生。刚进大门，这位头发银白、精神矍铄的老者就出来迎接。

我们来看望您，老人家身体还好吧?

只见他微笑着说，我没问题，就是很长时间没见洪专家了，有些想念。

吴老，我最近确实来得少了些，主要怕打扰您老人家。

我都这把年纪了，有人经常来心里才痛快。你们来了我很高兴，赶快进屋里吧。说着掀起门帘。他一副鹤发童颜的模样，既像睿智的学者，又像和蔼的长者，给人的感觉特别亲切。

学者赶快上前替老人接住门帘，他们依次进入屋内。

屋里光线充足，一股暖意融融的惬意之感四处荡漾。

大家坐定后，老人家的儿媳将沏好的浓茶端了上来，每人一杯。茶冒着热气，将气氛烘托得更加融洽。

专家说，吴老，今天我和学者来是向您请教有关问题的。

老人客气地说，有关固原地方史，学者研究得非常透。年轻人脑子活，有些看法非常独到。我老了，反应大不如从前，就是掌握的史料比较多。

哪里的话，老先生一直是我的启蒙老师和引路人。在老师面前造次，那就是班门弄斧，不知天高地厚。再说，洪专家虽说来这里时间不长，但人家善动脑筋，对问题的看法非常新颖。学者马上谦逊地说。

我学习还来不及呢。专家马上回应道。

大家都不要谦虚了，我们共同讨论集思广益，肯定会有收获。吴老的话为讨论定了调。

学者率先发言。洪专家最近研究到明代这一段，看到明代时期固原的历史很兴奋，有眼前一亮的感觉，今天专门来请教。我说有关固原明代的历史，老师是权威，我们要好好请教，这就来了。

吴老说，应该说固原地区的辉煌在明代。明代距离现在相对比较近，资料也比较多。这种辉煌主要是指在固原设置的军事机构规格高，确立以固原为中心的战略防区，成为明代的大事件。为何固原在明代会辉煌，那是有原因的。

大家知道在元代，中国的疆域非常大。成吉思汗一直打到中亚与欧洲。当时的蒙古骑兵震惊世界，西方人称蒙古骑兵为“上帝之鞭”。但他们有个特点，攻下城后并不去占领，接着就冲着下一个目标而去。

元朝灭亡后，面对横跨欧亚的疆域面积，明代的统治者首先思考的是如何固守，巩固这个新生的王朝。因为远退到漠北的蒙古势力依然存在，他们时不时地南侵，骚扰这个刚刚建立的政权。

明代的统治者又一次将固原推上战略核心位置。他们主要做了两件事，一是设置高规格的军事机构，二是连接这里的城墙。从战略部署上看，采取的是守势。重筑长城，意思就是与北方蒙古势力划出一条防御线，也叫分界线。而设置高规格的军事机构，也是为实现这个战略意图。

老人家侃侃而谈，一下就说到要害处。

那为何要将战略重心设在固原？学者问。

这是为了稳定西北的局势。固原一直处在极其重要的地理位置上，蒙古势力退回北方后，经过一段时期的休整就不断南侵。尤其是到了秋天，他们经常越过黄河，南下清水河，抢劫粮食与美女。你知道，固原以北地区地势平坦，适合骑兵机动作战。他们经常来无踪去无影，糟蹋一番就不见人影。

到了固原这一带，有了天然的屏障，无数关隘可以阻止骑兵南下。这个不难理解，明代以前的历朝历代，固原都承担这样一个重要的职责。再者，固原地区的满四叛乱，也让明王朝对这里的重视逐步加强，并不是一开始就非常重视。

对于固原的战略地位，明王朝的认识是到位的。史书上记载：“固原居中而执其枢，左顾则赴援绥、灵，右顾则迎应甘、凉。击常山之蛇以合左右之节，逐中野之鹿以成犄角之形。固原实有焉。”事实证明，明王朝的判断是正确的。

平定满四的叛乱，正是这一战略的胜利。当时，从左右调集军队八万人之多，才扭转战争初期明军逢战必败的局面。固原的项背作用在战争中逐渐显现出来。

对于固原的作用，明王朝统治者是清楚的，退回到漠北的蒙古势力也很清楚。只要攻破固原，就可以越陇山进入关中地区。所以不管是瓦剌还是鞑靼，每次进攻的目标都选定固原。而明王朝对固原在军事与行政上的不断加强，正是基于此。

专家好奇地问，那固原最辉煌时达到什么程度？

吴老说，这个可就厉害了。当时设立三边总制府驻固原。总督由朝廷选派兵部尚书、侍郎等文武兼备的朝廷重臣出任。拿现在的话说，就是派国防部长或副部长来这里任职。凡出任总督者，一般均授予都察院左都御史或右都御史头衔，以监督、弹劾辖区里的各级军政官员。

三边总制的职责主要是节制延绥、甘肃、宁夏、固原四大军镇，总兵、巡抚均受节制，级别相当于现在的大军区的军事首长。不过，人家对行政长官还行使权力。你说那时固原的地位重要不重要。

还有如此辉煌的历史。专家感叹道，那这辉煌的历史有多长？

从首任总督王越，至末任总督李化熙，前后 169 年。这中间，时设时罢，或任或缺，先后有 56 人出任总制或总督。

啊，这个太了不起。专家再次惊叹，那对固原城的经营与建设，也一定起到重要作用。

那是自然的。吴老出现特别自信的神情。

据《万历固原州志》记载，万历四十四年（1616年），固原州城内有三边总制府、兵备道、镇守府、副将府、左游击衙、固原卫、州等官府衙门。各处官员 45 名，马步军丁 16967 名，马骡 24824 匹，军火器械 73824 件。从这些数字，你就能看出当时军队的规模有多大。

另据《广阳杂记》记载，当时三边总制府非常豪华。明代三边总制府驻固原，军门为天下第一，堂皇如王者。其照墙画麒麟一、凤凰三、虎九，象征一总制、三巡抚、九总兵。河西巡抚驻甘州，河东巡抚驻花马池，陕西巡抚驻西安。甘州、肃州、凉州、西宁、宁夏、延绥、神道岭、兴安、固原各一总兵。从统辖的地盘看，你就知道有多大。横跨陕甘宁青四省，西边到了青海的西宁。

固原城现在的格局，也是到了明代才确定的。固原城最早是西汉时期的高平城，到了元代被废弃，因为元代统治者将政治重心迁往城南 30 里的开城。

明代将开成州降为开城县，后来放弃重新经营固原城。固原城也不是一开始就很辉煌，先是升为固原卫，后又升为固原州，再后来才成为三边总制驻跸之地。

固原城从明代景泰三年（1451 年）开始重新修筑。成化五年（1669 年），兵备佥事杨勉整饬固原兵备，再次增筑固原城，并设楼橹。弘治十五年（1502 年），三边总督筑外关城，从此形成内城与外城的格局。万历三年（1575 年），三边总督石茂华主持给外城包砖，并增设角楼、炮台和东道。内城周长九里三分，外城周长十三里六分。东门有三道，西门有两道，北门有一道，南门有四道。就地势来讲，东门与南门都建筑在斜坡漫道上，重关巍峨，居高临下；北门和西门外是平川，可防可守。它是典型的防御性边关古城。现在，只有北门仍巍然屹立，见证曾经的辉煌历史。

有些地名现在仍在使用，比如从头营到八营，就是当时明代的军屯士兵所设的寨堡，平时屯田，战时应急。在固原城西边不远处的大营城，也是当时设的群牧所，为司牧而设。

专家说，我前几天还去过那里。大营城四周的城墙保存完整，里面似乎种过地，现在已荒芜。有条河从城边流过，好像叫硝河。有个商人想开发这地方，还多次前去考察。

对，就是这个大营城，在外的名气还挺响的。这是后来固原城城墙被破坏后，唯一保存比较完好的寨堡。

专家说，吴老，你对明代固原的地位与作用进行总体评价，听了让人很振奋。但你今天只说了个大概，我想对明代时期的固原有更为详细完整的认识。

哈哈，你的好学钻研精神很感人，有种偏把他乡当故乡的执着，这点尤其感人。其实学者对这方面的情况，了解掌握得比我多，他会给你提供很好的服务。吴老说。

他们告别吴老后往回走。专家再次表达对明代固原历史的兴趣。学者说，这个好办，咱们多在一起联合攻关不就成了。他们约好下次见面的时间，开始往各自的住地返回。

肆拾贰

他们再次聚集在一起，围绕元代灭亡明代建立的话题迅速展开，并且讨论逐步深入。

专家说，我发现一个规律，任何王朝一开始时都非常廉洁亲民，特别重视农耕，到后来就越来越不行了。尤其到即将灭亡的阶段，那就腐败没落得不成样子。元代也是如此。元代的历史并不长，后来的情形与成吉思汗统一时的情形有着天壤之别。

学者说，元代的情形好像还要特殊些。元朝初建时，这个马背上的民族所到之处所向披靡，他们的军事指挥才能以及战斗力举世罕见。但是军事统一后，如何巩固政权谋取发展，他们的短板就显露出来，发展经济与文化靠军事手段无济于事。

他们好像对文化也不太重视。

对，这种不重视主要表现在不重视文化的繁荣，也不重视文化的管理。元代不像别的朝代那样，把儒家思想作为控制人们思想的工具以稳固政权。相反，在这方面管理比较松懈。元代的腐败倒是挺有特点。

蒙古民族历来以强悍豪爽著称，元代建立政权后，他们也在全国各地任命了许多王侯。时间不长，这些地方统治者懒散、游手好闲的习性就暴露出来。他们喜好吃喝玩乐，对于其他事不感兴趣，互相争权夺利，百姓的负担日益加重。有一段时间，统治者频繁更换，弄得民不聊生。他们还奉行什么歧视性的政策，把人分成几等，这个更可怕。

后来爆发大规模的农民起义，就像点燃的火药桶，一擦就着，全国各地的起义风起云涌、一呼百应。出现这种情况，意味着王朝很快就要更迭。南方的朱元璋，先是联合各地起义军灭了元朝，后来又镇压各地的农民起义军，建立明朝。对于这个王朝的覆灭，人们从心底里讲不感到遗憾，这是很要命的，所以说失去人心是非常可怕的事。

你对历史的研究常有独到之处，分析问题时更是一针见血，让人有眼前一亮的感觉。

过奖了，我有时忍不住发点牢骚而已。

在朝代更迭中，固原地区的具体经历了什么？

哦，大概是这个样子。1368 年，大将徐达攻克大都（北京），元顺帝北走，元朝灭亡。1369 年，徐达率军攻克陕西行中书省兰州、平凉后，又攻克德顺州，越过六盘山占领开成州。你想想看，不到一年时间推进速度如此之快，从东边打到西边，似乎非常容易。

徐达四月攻占固原，五月出萧关，入平凉，攻庆阳。七月派骑兵收复隆德、庄浪、秦安等处。九月，徐达给开成派去知州及州丞，旋将开成州降为县。你可以看出，明军所到之地几乎没有遇到什么有效的抵抗。这与宋朝、明朝灭亡时，一些旧部旧将仍在很长一段时间里仍顽固抵抗形成很大反差。历史只有在细处，才能看出其神韵所在。

老兄呀，你真的很厉害，不佩服都不行。

你在调侃我，看我说多了。

不，是真心的。

明代刚一建立，就汲取元代灭亡的教训，采取移民屯田等安抚性措施。大规模大范围的移民，在明代达到高潮。同时让部队就地安营扎寨筑城屯田，让各地各族杂处共居。

可以说，明初采取的措施非常有效，这些措施既改变人口结构，促进民族融合，同时又促进经济发展，推动社会进步，使这个刚刚建立的王朝展示出生机与活力。

固原地区的移民，大部分是从山西洪洞广济寺下的大槐树来的。

我听好多人说，他们的祖先都是从大槐树那里来的。这种说法在宁夏特别普遍。

其实山西洪洞广济寺下的大槐树只是集散地，四面八方的人汇集到那里后，经组织调配再迁移到四面八方。所以大家说得没错，这只说明一个问题，那就是当时迁移的规模相当大。

这个大老粗朱元璋，干的事还挺漂亮，能够经得起历史的检验。大规模移民，对于推动全国的发展功不可没。

现在这里脱贫攻坚奋战正酣，运用的还是这套大规模移民搬迁的办法。真没想到，这个办法早在明代就成功地运用过。

固原城附近的村落就是当年驻军屯垦的结果。据历史记载，洪武二年（1369年），明代刚建立政权的第二年，迁山西官兵两万多人至固原，修筑头营到八营的堡寨。这些地名，至今仍在使用。

哦，去年夏天我去过那个地方，是头营还是二营我记不清了，反正距离城里不远，翻过长城梁就到了，肯定到不了三营。

你去那里干吗？

和当地的一个朋友去摘杏子。当时给我的印象特别深，那里树木葱茏，庄稼旺盛，四处一派生机勃勃的景象。农田连着农田，村庄彼此相望。村庄掩映在绿色的田野里，就像汪洋中飘动的几叶小舟。我当时有点惊讶，来到这里好几年了，一直以为这里就是边塞关隘，没想到竟然还有如此肥沃富庶之地。

在高过人头的玉米林里，我们找到挂满杏子的杏树。杏树不高，树冠也不大，但果实盈枝。那些泛着光亮的红梅杏，像一串串珍珠在那里闪光。一看到这情景，我们贪婪地吃了不少，接着肚子里出现发热的感觉。

主人善意地提醒，这东西不宜多吃，一次不能超过十个，可以慢慢享用，说着就给我们每人送了一小袋，我们这才停止在树下的采食活动。提着沉甸甸的胜利果实，离开硕果盈枝的杏树，离开密不透风的玉米林，满载而归。

学者一副浓眉大眼的模样，笑嘻嘻地听着专家的描述。等专家不再说话了，他又开始一番深究细考。

你去的这个地方是有名堂的，在历史上名气就很大。你是不是还发现一个大型水库？

对，有一段水面特别大，从东山到西山，汪洋恣肆，波光滟滟。那一瞬间，让我完全颠覆对这里的认识。

你说的那个就是现在的沈家河水库。沈家河水库所在的位置地势平坦，是这个山城里难得的精华之地。那里水量充足，环境优美，过去曾是一著名景观蓬沼烟波，是固原旧八景之一。蓬沼以其秀美亮丽流传于世。

史书上有这样的记载，沼俗称北海子，距城北6里许。阔数十亩，深丈余。四围清流，中起小阜，亭轩井然，青柳碧蒲，葱倩可爱，明总督石茂华所建之乐溥亭也。其右即太白祠，清同治兵燹后，提督邓增修葺之。太守谢威凤匾曰“小蓬莱”。知州王学伊名以莱沼。春暮夏初，流莺睍，载其好音，固适泳游之趣。但逢山雨欲来，烟波漠漠，一瓢无事，俯仰冥蒙，当有会心处。近市得此，大可洗净尘嚣，否则西海烟波不较胜欤。

这么有名的地方差点被我忽视。专家动情地说，军事要塞，山势挺拔峻峭之地，竟然有如此烟波浩渺之处，实在让人惊叹。这缘于一次采摘杏子时的偶然发现，着实有些幸运。

哈哈，好的东西常常是偶然发现的。

不知还会错过啥，但愿不要把遗憾留在这里。

你不会留下遗憾的。

我又要说但愿了。

哈哈。

明朝初期的开明政策，为这个新兴王朝集聚强大的力量。固原一带，由于水肥草美，加上鼓励饲养马匹，所养马匹常以万计数。尤其到了永乐时期，也就四五十年时间，这里的饲养数量达到巅峰。现在存在于城西边的大营城，就是那个鼎盛时期的象征。

凡事均盛极而衰，过了那段时期，由于官吏懂得饲养马匹之中的利益，手掌实权的总兵一类人物开始牧养私畜，有的则将牧场垦为农田，饲养的马匹呈锐减之势。

这时逃到北方的蒙古余部，经过近百年的休整后纷纷南下，这种侵扰持续超过百年。

这样此消彼长的过程注定了明朝的命运。腐败是古今中外的通病，尽管明初朱元璋对此采取了极为苛刻的措施，但是他最不愿看见的事还是出现了。它动摇军心也动摇民心，最后的结果只能是覆灭。

由于经常遭遇蒙古部落的侵扰，明朝的疆域面临极大挑战。明代的各地守军，面对强大的外来入侵者动辄全军覆没，朝廷震惊。

1450 年，瓦剌部经过西安州（海原西安），进犯开城县。之后，游牧河套的鞑靼毛里孩部数度袭扰固原。

1466 年，鞑靼毛里孩部由花马池（盐池）入侵，攻破开城县城，杀死知县，掠去马匹 1600 匹，固原千户所守备战死。明廷震惊，遂迁开城县治所于城墙坚固的固原城。

1501 年，鞑靼小王子、火筛部由韦州进犯固原。

1505 年，鞑靼小王子由葫芦峡口（海原李旺）进犯，杀掠二十余日。

1515 年，“虏十万余骑，从花马池入固原，联营而行，长七十余里，肆行抢杀，城堡为空”。

1536 年，鞑靼吉囊部分道攻花马池、固原等地。

1540 年，鞑靼吉囊部再次入侵固原。

1566 年，鞑靼俺答部自定边营入境攻固原，总兵、千总均战死。

他们入侵的线路大致有两条：东线是从定边、盐池，到同心韦州、豫旺，至固原；西线是从贺兰山赤木口进入，沿中卫、中宁一线过黄河，沿清水河南下固原。常于秋天南下袭扰，抢粮食，抢女人，杀害百姓。

从上面的屡次入侵的年代表上，可以看出固原承受的压力有多大。这就是为何在明代，固原的军事地理位置如此重要，军事机构设置规格之高的根本原因。

外忧尚未平息，内患也跟着爆发。土官满四，由于不满明朝腐败、官员欺压，于 1467 年自立为王。明朝雪上加霜。

明朝剿灭满四叛乱的过程惊心动魄。应该说，满四的叛乱发生在外忧尚不严重之前，明朝廷有足够的精力剿灭叛乱。要是叛乱的时间再晚一些，那后果不堪设想。最后满四在大石城那个地方，经过负隅顽抗，被明朝士兵诱捕，而好几千人命丧此地。

肆拾叁

你去过大石城没有？

去过。

那是满四最后的覆灭之地。

去到大石城，还能感到当年的血腥与恐怖，那里并未因岁月流逝而从战争的阴影中走出。

你有这样的感觉？

对，看见那些突兀的石山，孤零零地一座守望一座，一个个平地矗立，类似喀斯特地貌独有的形状。它巍峨庄重，阴沉晦暗，但霸气十足，有别于与它毗邻的火石寨，火石寨是红色怡人模样。一进入大石城，就能感到山间曾经的炮火与硝烟。那是壮烈而又凄惨的感觉。

你啥时去的？

去年春夏之交，小麦长有一拃高时和朋友到了那个瘆人的地方。去过之后，记忆永远留存在那里。这是我去过这里好多关隘古战场后，留下最特殊记忆的地方。不知为何如此。

哈哈，这个有意思。在历史上这一代水草丰茂，曾是汉代匈奴等少数民族的繁衍之地，唐代又是吐蕃人的生息之所，两宋时期为西夏辖地，素来民风既淳朴又剽悍。明初的一场战争牵动朝野，战争改变了环境也塑造了人。

明朝都察院右副都御史马文升在《西征石城记》中详细记录了石城的险要和这场战争，言“石城者，东西俱山，左山峭壁高数十仞，无径路，上者俱拽绳而登……两旁空处并后面悉筑墙，高二丈五、六尺，各留一小门，仅容单人马过之，不知何代人造此以避乱者。城外皆乱山，形甚恶，至此毛发耸然。满四等常围猎至此，熟知其险可据”。这个记载很详细，足见其险要程度。

在一群突兀的石山中，有一座尤为显眼，仿佛一巨型卵石摆放在那里，有种鹤立鸡群的傲然与威严。解说员指着这个庞然大物说，这就是当年满四最后覆灭的地方。四周悬崖峭壁，高数十丈，根本不可能攀登。仅有一条几尺宽的石台阶，可以攀绕至顶部。真是一夫当关，万夫莫开。

这条从峭壁上生硬凿出的台阶小道，每过一段就有一个小洞出现，这就是当年把守关隘士兵的藏身之地。他们躲在洞里，想要攀登上去非常困难。

当时，几个人站在石崖下，仰望这条如同天路般的小道，果真看见隐隐约约的小黑洞，每上一段台阶就有黑洞出现。整个巨石仿佛配上了一条飘逸的丝带，而丝带上又依稀点缀黑色的小珍珠。

你说当时满四的士兵全都上到悬崖顶上了？

差不多吧。上面面积有一万多平方米。当时有许多建筑，可住宿也可储备粮草。满四当时被明军围在山崖上断水断粮，但他们在山崖上仍坚持了大半年的时间，直到石城被攻破。就是现在，上面贮存水的大池仍完好无损。

这石城是天然形成的吗？

对。石城堡堪称天险奇观，虽说是城堡，但却与其他城堡不一样，它既无城墙又无城门，是由许多石山造就的天然城池。石城并非人工凿筑，而是由天然岩石构成，大体呈圆形。城中拔地而起的巨大石块，具有典型的火石寨丹霞地貌特征。周围悬崖绝壁，东、西各一道隘口可出入，异常险要，易守难攻。

石城中央屹立一座高大石堡，高 50 多米。石堡四面绝壁，唯东南有人工石阶可登。石堡顶部依次排列人工凿造长方形水窖 6 眼。东端有一个石窟，似哨所或灶房。顶部的建筑由于战争全部毁灭，现散布大量陶瓷碎片与琉璃瓦片。可以想见，城堡建筑曾经的华丽与辉煌。

石城天险有诗为证：“冈峦峻巍入云标，朝日苍茫夜寂寥。飒飒风声沉万壑，森森剑气透重霄。石级有路凭谁凿，荒城无烟待人烧。残迭徒资叙阳照，牧马悲嘶已非遥。”

现在没有保存下一点有用的东西？

战争结束后，明廷“恐后有叛者必据此为巢穴，遂令万人悉平之”。在明军的焚烧毁坏下，石城已难觅曾经的辉煌，一些非常有价值的历史古迹惨遭破坏，给石城留下难以愈合的伤口，成为千古遗憾。现在只能看到当年盛水的水窖和石窟遗址，再没有任何有价值的东西，留下的只是传说。

满四为何要反叛朝廷?

这与当时的局势有关。前面说过，明朝取得政权后，采取大规模的移民政策，目的就是为了防止已经灭亡的政权死灰复燃。在1449年土木之变后，明廷将大部分归附朝廷的蒙古人安置到两广地区，目的是为了隔断他们与蒙古族的联系。

这时已经退居到漠北一带休养生息蒙古势力，时刻都在寻找机会反明。正统年间，蒙古瓦剌、鞑靼等部落的势力渐渐变得强盛，于是屡屡南下侵扰中原。明朝的整个边疆地区，几乎一直处于战事状态。

满四的反叛与大局势有关，也还有其特殊性。

在明初，满四的祖父率众700多人归附明廷，被授予正千户，安置在固原开城一带居住。满四身上游牧民族凶悍的性格，是由长期游牧狩猎的生活习俗所致。他在六盘山一带过着猎牧生活，曾多次掠夺别人的牛马等。

驻守在这里的明朝官兵也是腐败至极，盘剥敲诈。久而久之，满四便萌生对抗官府的报复之心。

所以，这场战争的正义性与非正义性很难界定。既有明朝官员的腐败，满四逼迫无奈，也有满四的欲望膨胀，凶悍性格使然。总之多种因素汇集在一起，引发这场战争。

最后结果咋样?

那还用说，结果相当惨烈。战争先后持续半年多，起先明军屡战屡败损失很大。后来明廷急调陕西三边军进行讨伐。

这次石城大战，山涧血流数日不止，尸骨遍地，血流成河。

怪不得我一去到那个地方就感到阴森森的，原来死了那么多的人，几百年过去仍阴魂不散。这个石城堡突兀神秘，苍凉沉重，承载历史之痛。

现在不用担心了，时光过去好几百年，这里已经辟为旅游之地。与典型的丹霞地貌火石寨共同组成西吉县有名的景区。你可以抛开历史，从纯自然的角度欣赏一下大自然的鬼斧神工。

你说得特别好，去了之后，如果从战争的阴霾中走出，那么眼前的确是另一番天地。全国的名山大川去过不少，像这样有特点的地方还真不多。

去过火石寨没有?

去过。

感觉咋样?

非常棒。那年大概五月中旬，听说要举办丁香节，我们几人便去了。当时还有些疑惑，这样一个地方哪来的丁香。去了之后，才知道自己的孤陋寡闻。

你去的时间非常好，五月中旬正是丁香花开的季节。

一进入沟谷，漫山遍野的野丁香肆意开放。在高岭沟谷里，见到这种情形很感人。你猜我当时想到啥?

这个很难猜，那里有个情人谷，不会与情人有关吧?

那倒没有，想到在贵州的毕节地区看到漫山遍野的杜鹃花，也叫映山红。那也是野生的，红的花白的花铺天盖地，一道山岭连着一道山岭，给人的视觉冲击太强了，映红整个山峦。那是任何温室盆景都无法展现的惊艳场面。

火石寨的丁香花比之如何?

风格不一样，人家那里的杜鹃花开在山梁上，而火石寨的丁香花开在沟谷里，上到山梁上就看不见了。当时的情形有些特殊，车在红色的丹霞岩石间穿行，四周一片碧绿的情景。红色岩石与绿色树木完美地融合在一起，让人感到阳刚与阴柔的和谐统一。

车子一转弯进入峡谷，首先看到的是南边的阴面山坡上，紫色的丁香花艳丽绚烂，从下面的小溪一直开到山崖的至高处。一整坡的丁香花，生灵活现地出现在眼前，变化之突然让你的思维难以很快适应。

再往里走，阳坡上也有零星的出现。有的地方丁香花簇拥在道路两旁，似乎要遮住行进的车辆。温馨的小花贴着车身，有的竟探头进来，似对来客亲切问候。

进入沟谷不长时间，天就下起大雨。一瞬间，车外大雨弥漫，白茫茫一片，那些妩媚的丁香花从视野内消失。车子没有停，而是慢慢向前行进，行进在这个有些匪夷所思的峡谷里。当地导游说，这个季节一般很少下雨。今年怪了，一场春雨下得路壕里都起水了，似乎不是春天而是到了秋天。

这个壮观呀，可遇而不可求。专家赞叹道。

的确感觉不一样，这是少有的。学者跟着感慨起来。

大雨中有人想避雨，钻到山崖下的石洞里，也有的急中生智匆忙躲到松树下，硕大的树冠暂时遮挡住这种没有由头的瓢泼大雨。

没过多久，太阳从南边山崖上探出头来，整个峡谷又是阳光明媚的景象。雨后的沟谷漂亮极了。山岚薄雾缭绕半山腰，将本来就妩媚的紫丁香映照得更加娇艳。这真是个人间天堂。

过了一阵，到了情人谷。树木葱郁，石子小路向山谷深处延伸，峡谷开始变窄。对于接下来要发生的事，大家从这个景点的名称上就能大略猜出一些。这是绝对适合私密活动的空间。两旁花香袭人，脚下流水潺潺，不知名的鸟在啁啁啾啾地叫着。让你感觉到了一个不可言说的王国里。专家说得忘乎所以。

真的好浪漫呀，没发生什么事吧？

空谷里几个大老爷们瞎转悠，能发生啥事呢。

事先就没有一点准备？

事先不知道有这样空灵的地方。要是知道了，说不定还有啥情况出现。

唉，都为你有点惋惜。

世上遗憾的事太多，没有后悔药可吃。

你说这里毗邻大石城，为啥有截然不同的景色？

我也说不好，世上难以理解的事真的太多。

你倒是想得挺开的。

哈哈，你说还能咋样。

后来我们攀到山顶上。很奇怪，这个情人谷走到头，小路七折八拐慢慢地就上了山。

山上的景色如何？

那又是另一番情景，站在高处可以一览这片丹霞地的全貌。在夕阳余晖的映照下，远处露出头的红色砂岩，像泛起的浊浪正波涛汹涌地涌动。在这片黄土地的王国里，凶猛、倔强、蕴藏巨大能量的红色砂岩在涌动，那是怎样的景致。

同行的人指着前面刀背般陡峭的山峰说，这就是扫竹岭。这里峰势陡峻，危桥深洞，明朝时建有真武祠，俗称西武当。过去是固原与海原的界山，再往西就是月亮山，现在成为西吉著名的景点。

看来你真的感动了。

在这里见到的一切真的出乎预料，我都有些跟不上呢。

肆拾肆

最近没什么要紧的工作吗？

没有。主任有事吗？

有个短期培训，你要是愿意就参加一下。

在哪里？

上海。

谢谢，好几年没去那里，我会珍惜这个机会的。

那你准备一下，时间很紧。说着，主任将培训通知递给专家。专家如获珍宝似的看着，走出主任的办公室。

专家急切地把这一消息告诉蔷虹。

蔷虹有些依依不舍地说，才多长时间你又要走了。

机会难得，总共一周的时间，结束就回来。

谁知道呢。

她的话里有娇嗔的成分。

他亲吻一下眼前这个依依不舍的人，再次说，我会马上回来的。

可不许骗我。

怎么会呢。

在她的注视中，他离开这个缱绻之地。

飞机升上天空时，已是夕阳西下临近黄昏。本是一趟日常旅行，当飞机在跑道上疾速滑行，准备奋力一搏冲向蓝天的一刹那，专家心中还是出现些许的不安。

看见坐在对面的空姐，她被安全带五花大绑，眼睛直勾勾地盯着他看，似乎觉察到他的不安。他忘记自己的处境，开始同情起这个小丫头，哪里不能混口饭吃，干吗拿自己的鲜活生命一次次地去赌博。

专家仔细回忆曾经的瞬间，每次都会产生大致相同的感受，对自己经常出现的这种感觉很是好奇，但说不出理由。这次一样，飞机在上升的时候失重感明显增强，那种熟悉的感觉又出现了。而让他尴尬的是，坐在面前的这个女子，犀利的目光似乎要将他的灵魂彻底洞穿。

在有些难以忍受时，专家朝窗外看了一眼，夕阳下的黄河是另一番景致。它正处于枯水期，流量不大，河道中间还出现几道分岔的水流，使沙脊裸露，像披散长发的女人，在长滩中抖落自己的秀发，把一种情调留给愿意欣赏之人。

河岸两边，一片又一片的稻田刚刚灌过水，在夕阳映照下波光盈盈。现在正值分蘖期，这些正在长出新稻秧的禾苗，对于水的需求如饥似渴。黄河就像一位无私的母亲，把乳汁奉献给大地上需要哺育的万物，而任凭自己干瘪下去没有半点怨言。

自然中处处呈现生机勃勃的景象，这是忽略许久的新发现。人们受制于先入为主的观念，常常自以为是地盲目自信，因而错过许多认识机会。从前，专家还是蛮自信的，为有专家这样一个洋气的称谓心里有种乐滋滋的感觉。

现在不知遭遇什么，他的自信越来越弱。不知从啥时起，这个称谓竟成为贬义词，有调侃揶揄的意味。一种新语境已然形成，让一切完全改变模样，从此再没有高尚纯洁的东西。说专家就是码砖的家伙，教授成了叫喊的野兽，精英也变成精明的苍蝇。每当接触到这类东西，他的自尊心就会受到伤害，心里出现一丝酸楚楚的滋味。

在半空中仔细观察地上的一切，大脑会出现一些稀奇古怪的想法。这种想法自有它的好处，让一度紧张的神经松弛下来，忘却由于飞机急速上升带来的不适。这个办法效果很好，他确实暂时得以解脱。

慢慢地，地上的目标变小，飞行也渐渐趋于平缓，没有刚刚起飞时的那种急剧攀升带来的不安。等稍微好一点时，生命中与他有关的几个女人又不失时机地出现在眼前。她们好像早已等候在那里，只要有放松的瞬间，抑或生命遭受威胁时，她们都会适时出现在眼前。

离开地面时想她们的感觉与平时还多少有些不一样，他说不清楚到底不同在什么地方。与蔷虹告别时的情形让他刻骨铭心，他有些不敢正视她那双不肯别离的明眸。过了一阵，从记忆中消失很长时间的苏瑾和小倪妮也出现在眼前。她们似乎站在很远的地方注视着他，但他能看清她们的面容。她们时而单独出现，时而叠加在一切，个个明眸善睐，那种感觉既亲切神秘又飘忽不定。

可能远离地面的缘故，专家看问题的视角比平时更加开阔，他不自觉地将她们放在一起进行比较，这是平时不曾想到的事。他发现不论相貌还是神情，她们都有共通之处，这个发现让他欣慰。这说明上帝在安排世间的一切时，还是注意到某种内在的逻辑联系，要不这种相似就不可能得到合理解释。

正想着飞机，已升至高处，开始平稳前行。此刻坐在对面双肩被保险带紧裹的空姐卸下带子去忙机舱的服务工作，她们真的很敬业。飞机不再颠簸，坐在对面的那个小精灵不见了，专家感到空前的放松，没人再会将触角伸入，窥测他那多少有些诡秘的内心世界。他开始进入自由的遐想中，天马行空，独来独往，没有羁绊。

不知过了多久，他下意识地往窗外看了一下。西边的太阳像一叶小舟，云海仿佛白色跃动的海洋，白色的海洋载着发光的小舟，恰似一副动人的画卷。世界更加鲜活、洁白、一尘不染，并伴有生机勃勃的情态。太阳一动不动，云朵似动似静，完全一副天国里的瑰丽景致。

飞机向东飞去，距离西边的太阳越来越远，但不妨碍对这漫天云海的眷顾。飞机变得稳当起来，给人一种静止不动的感觉。刚才那种焦躁的情绪早已化为乌有，产生在天国里独来独往的缥缈之感，专家乐滋滋地回味着。人常说天上一瞬间，人间已千年。那意思是天上地下还是有很大差别的。现在离开地面接近九千米，虽说距离天上还差十万八千里，但也算到了半空，看问题的角度还真不一样。

天国瑶池的景致勾起专家的情思，他把注意力集中到眼前出现的几个美女身上。她们神情活现，俊俏秀美，宛若洁白天国飘飞的仙女，姿态妙曼，楚楚动人。由于洒脱、睿智、浪漫、娇嗔这些不同特质，又将她们活脱脱地区分开，并赋予更加迷人的风采。一时间，不同的风格流派聚焦，呈现出“五光徘徊，十色陆离”的景致。这个想法让他兴奋得有些得意忘形。

在幸福的徜徉中时光流逝得飞快，当专家再次调头欣赏窗外的风景时，发现曾经的云海发生很大变化，刚才较为平坦的云朵现在竟一团团穹窿起来。那些隆起的云峰，呈现更为艳丽的金黄色，点缀在云海中，绚丽壮观，把一种热烈活泼的情景推向极致。这是太阳没入云海时出现的奇特情景。太阳要西沉，不管在地上还是天上，这个规律亘古不变。在西沉的瞬间，出现奇幻的瑰丽光芒。

这种美景持续一阵后，太阳终于落了下去，云海顿时黯然失色，天空一片昏暗。专家的心情也跟着一个劲地往下沉，原来一切这样微妙，进退得失瞬间就完成。

正踌躇间，东边又出现亮光，这种亮光虽不能与刚才艳阳高照的情形相媲美，但它确实给万劫不复的黑夜带来希望。专家好奇地往前看去，原来一轮明月高悬东边的天空。月光下，他又看到云海。月光下的云海，就像落满白雪的苍茫大地，它们沉稳肃穆，安静祥和，没有半点浮躁。云海在月光的照耀下呈现出与太阳照耀完全不一样的效果，这个新奇变化让他兴奋。

日月当空，交替运行。瞬间的阴阳转变，让专家心潮澎湃难以停歇。他仔细观察这种美妙，若不是亲眼所见，是无论如何也想象不出的，大自然的神奇超过人们最奢侈的想象。

专家想起幼年时的情景。年幼的他不懂人生的真谛，曾在如银的月光里苦思冥想，那情形跟眼前有些相似。月光映照的世界万籁俱寂，山峦寂寞无语，四处一片虚空，连极远处的犬吠声都能听到。他望着皎洁的月亮心中迷惘不已，不知人生的出路在哪里。

月光莹莹的夜晚，对小男孩来说真的太幽深，会将他引入一个背离自己天性的世界。幸好没有走上那条路，他从月夜的静谧与幽深中走了出来，否则就不会像今天这样，坐在这里冥思苦索。回忆让专家的内心深处产生一丝不安，如果没有窗外这样一个特殊的氛围，他的记忆可能永远被封存。

在机舱里他一刻不停地往外看，生怕丢掉这个吊诡而旖旎的瞬间。蓦地，云朵的缝隙里有红色的光焰在闪烁，它时而出现，倏忽全无。起先，还以为是飞机的灯光，偶尔照在云朵上产生的奇特现象，但观察许久后却得出完全不同的结论。他发现这是云层中间出现的闪光，每闪一下，红色的背景前都会出现黑魆魆隐约可见的山峰。最初只有一处，后来好几处都这样，有时它们还会同时出现。他明白了，这是云彩间的雷电现象。

这个夜晚真的神奇，飞机在这样的天气中还坚持飞行，刻意绕过这些有雷暴的区域，执着地驶向目的地。应该赞扬飞行员的果敢，还是责备他们的冒失，专家一时弄不清楚。万一飞行员的判断有误，那不和这奇崛诡秘的闪电一样，瞬间消失在茫茫的天空之中。正想着，飞机右前方出现隆起的黑云，就像一座山峰飘移过来。专家心里一惊，意识到灾难顷刻到来。

他屏气凝神，仔细观察快速到来的黑色云团。与刚才看见的放电不同，这些云团兀自成峰，蹊跷而狰狞，有种来者不善的架势。云峰为何能在瞬间迅速攀升到如此高度，直接与飞机对峙起来，让他没有一丝思想准备。看着面前出现的黑峰，专家仔细察看飞机的一举一动，该如何应对这个不速之客。此刻飞机非常平稳，并没有躲避的举动，正悄悄地从它的旁边经过，生怕惊扰这个不速之客。

专家的大脑中出现熟悉的情景让他真实与幻觉难辨。这飞机的行踪类似在一部电影里见过的情景，它诡秘怪异，没有声响，似乎借助这山峰的掩护，去执行一个秘密的使命。再后来，完全被这样的黑暗所湮没，他清楚飞机在下降中。

一路的神奇，让他兴奋惊叹而又紧张不安。当意识到飞机在下降时，他马上收回想象之网，开始面对重新进入地面的一切。飞机进入跑道，后轮着地的感觉很明显，紧接着前轮也着地，开始在跑道疾速前冲。一切制动的措施都派上用场，他发现飞机翅膀上的减速板也立了起来，像一只发怒的公鸡怒冠竖翅向前冲去。终于它不再跑动，开始慢慢滑行。

夜已深沉，机场黄色的灯光里映照无数架停歇的飞机，它们排列整齐，似乎等待再次升空。地勤车来回穿梭，工作人员忙碌不已。地面上莹莹闪光，密集的雨水一刻不停地下着。在这个雨夜里，他悄然进入这个熟悉的城市。

肆拾伍

天黑下来时，淅淅沥沥一天的雨又变大了。与干旱的北方不同，这雨水给人一种特别温馨的感觉。你会觉得世界本来就该如此，湿润，柔软，细雨蒙蒙。现在非常轻易闯入这样一个世界，那种温馨浸入肌肤。

雨落夜更静，此刻只有一种声音沙沙作响，那是雨点滴落在树叶上的声音，有一阵子显得很急促。潇潇翠竹茂密而又疏朗，根根挺拔，在雨中更显高风亮节。夹竹桃粉红色的花朵，静静迎接雨水的洗涤。白玉兰洁白的花瓣在肥硕的绿叶间绽开，显得如此大器而又夸张。它们时而抱团簇拥，时而单列成行，构成一个多彩的世界。

听人家说现在到了梅雨季节，这雨要下少则十天多则一月，所以自从来到这里，一直都是阴雨连绵的日子。这个季节真好，是上帝的无私赐予，在炎热的夏天即将来临之际，还有这样一段情意绵绵的日子，你会感受自然的和谐奥妙。正值梅子成熟的季节，应该是梅子带来的好运，那就恭祝这种吉祥之物万福金安。

黑夜来临时万籁俱寂。雨夜特别神秘，路灯在弯曲的小道上延伸，点缀林子间，到处都是斑驳的情形。湖水在灯光下影影绰绰，雨水落入湖水中，水面出现些许涟漪，它一闪一闪的，似乎对来自天上的馈赠有了自己的谢意表达。整个夜晚都笼罩在或滂沱大雨或淅沥细雨的世界里，湿润的南方变成雨中泽国。沙沙的雨声像是赶路人的脚步，在寂寥的道路上匆匆行走，也像上天暗示什么，让你用心去倾听及时得以醒悟。

站在高处往下看，那是一个典雅的南国景致。四周绿树起伏，中间湖水滢滢。在树影的缝隙里有灯光出现，真是一道树缝点缀一盏明灯。

这样的夜晚很久不曾出现，它神奇得让人动心。还有这诗意般的梅雨称谓，让你在人生的旅途中有了短暂的放松与惬意的小憩。经过这样的夜晚，即便面对再多的暴风骤雨与冰雪严寒，都能从容应对。

几天的阴雨天气终于放晴，入夜，在朋友的陪伴下向外滩行进。车子很快上了南浦大桥。这座横亘黄浦江的大桥看起来很高，有一桥飞架东西天堑变通途的壮观。车子穿越大桥时似乎在穿越时空，那种通透畅快淋漓尽致。东方明珠电视塔、金贸大厦、上海环球金融中心、上海中心大厦近在眼前。它们是这个时代最具标志性的建筑。在夜上海中，更加威武雄壮、英姿勃发。

过江后，车子驶入圆筒状环形道路，并开始盘旋而下，这是工程师们最大器的一笔在江边生动地展现。大概有四层垂直在一个立面上，所有车辆进入后依次环行。它们不停地运动，如同环绕圆壁涌动的血液。从四层绕行到一层后，车子迅速融入大街车流中，然后沿着江边向外滩径直而去。

在苏州河入江处，殖民时代的英式建筑上海大厦赫然在目。就是放到今天，在密布的高楼群中，它仍然卓尔不群气质非凡。上海大厦外部风格硬朗，内部装饰豪华、典雅，呈现古典主义与新古典主义相融合的风貌。据说这个大厦曾接待过全世界近百位国家元首与政府首脑。登上 17 层的上海大厦，今日上海繁荣之景尽收眼底。听朋友讲，就是当地人也不见得有这样登楼观景的福气。

大上海灯火通明，黄浦江在这里形成一个大弯悠然向南流去。江对面就是新上海的精华之地陆家嘴。这个湾嘴由黄浦江折拐后形成。夜间的陆家嘴就像黄浦江臂弯内的一颗明珠在那里熠熠闪光。高层建筑错落有致，一户挨着一户的灯光伸至半空酷似天上人间。黄浦江轮船游弋汽笛长鸣，给这个城市带来流动之美。

脚下是外白渡桥，它处于苏州河与黄浦江的汇合处，这个连接南北的钢架桥承载着接近百年的故事。黄浦江臂弯外侧就是著名的外滩，外滩金融街以及邻近的南京路商业街近在咫尺。当年的十里洋场迄今仍然气韵犹存。这里有“万国建筑群”之称，你不出国门就能看到哥特尖顶、古希腊穹窿、巴洛克廊柱、西班牙阳台。难怪老外特别喜欢这里，他们来到外滩感觉到了家。

沿江的黄浦公园游人如织，自从这里开埠后一直如此。这样的故事延续百年。这是一个由江、河、楼、路、园组成的经典景区，融会百年的历史，汇集中外文明，也成为上海的精华与灵魂所在。

不知怎的，站在这个位置俯瞰眼前的一切，让人有种止不住回溯历史的冲动。高楼林立，江水涌动，游艇游弋，一种人造峡谷的雄奇与壮美在眼前涌现。俯瞰黄浦江犹怀抱璀璨，旖旎景致一览无余。眼前的情景像动漫也像油画，将现代都市的繁华生灵活现地展示出来。

此刻，专家的脑海中出现固原三关峡口的景致。它远在西北，深藏大山之中，也有与眼前大致一样的情形。高山林立，峡谷宛转，流水潺潺，二者惊人的相似。不过在峡谷中涌动的不是江水与游轮，不是休闲与惬意，而是金戈铁马，杀声震天，人头攒动。历史上所有企图扩张的北方民族，几乎都在这个峡谷中留下抹不去的身影。他们要到秦帝国、汉帝国、唐帝国的中心去分享文明成果。如今它们又都从历史的视野中淡去，没有人再会想起。

匈奴 20 万大军涌入瓦亭峡，企图通过狭窄的三关口时，整个十里长峡人马塞道，喊声震天，杀气腾腾。可怜的北地郡都尉孙卬，一心为了捍卫大汉的基业把守三关口。他哪里见过如此蜂蚁般涌来的胡人，将整个峡谷堵得水泄不通，最后战死在三关口上，也没能守住汉帝国北部的关隘萧关。胡人通过失守的关口时，由于峡口太窄流量受到限制，以至于挤满峡谷的人自相踩踏。

两岸高楼对峙，中间江水滢滢，轮船谨慎通过大桥的涵洞。与两山险峻对峙，峡谷里塞满的人马，急欲穿过峡谷，不正有着惊人的相似之处。他们入侵的目的是为了进入汉帝国的心脏，掠夺更多的财物。今天来往穿梭的船只，难道不是为了获取更大利益，才昼夜不息、忙碌不止。

这峡谷的历史十分悲壮，那里曾塞满形形色色的人，有匈奴人、突厥人、羌人、回纥人、吐蕃人、鲜卑人、氐人、党项人、鞑靼人。他们如出一辙地想通过这峡谷进入中原地带，思谋掠夺那里的财富。他们的欲望与野心无限膨胀，让这条峡谷这个关口在历史上从未消停过。守关的人换了一拨又一拨，一代又一代，他们年年岁岁把守在此。流逝的是无尽的岁月，守护的是关内的安宁与繁荣。

历史发展到今天，这些都成为过眼烟云。不知从什么时候起，人们不再需要这个关口也不需要守关之人，这条峡谷这个关口因此荒废。这些守关者及其后代，由于地理位置所限以及历史的原因成为最贫困的人。面对富庶与繁华，他们更多的是无奈与自卑。

没人记住他们曾经的贡献，也没人去评说他们的功过是非，他们甚至成了被嘲笑的对象。连同他们的耿直、虔诚、倔强，也一同卷入被嘲笑的范围，似乎时代的发展应该摒弃这些引以为荣的品质，他们追求生存价值、渴望得到尊严遭遇极大挑战。他们没有过多在意这个，仍继续守护在那里，背负历史赋予的职责。

以后的日子里大雨一场接着一场，这天像下漏了似的止也止不住。初夏季节的雨水就像北方的秋天一样，没有雷声大雨却倾泻不停。雨大的时候天空阴沉沉的，云雨混在一起让人很难分辨出来。

仔细端详，这雨也有节奏，老天狠劲地下上一阵之后需要喘息，于是雨量开始变小，似乎在蓄积新的能量。这时天开始透亮起来。当你以为雨要停歇时，它又开始变大，天空再次阴沉下来。原来这流动的云与飘洒的雨水密切相关，流动之云宛如蒸锅，一泼接着一泼地高涨起来，雨水就会断线似的下个不停，真是云蒸雾集雨水涟涟。

望着这雨，大伙儿齐声说道，梅雨季节真的来了。梅子真的这么神奇，让梅雨如此洋洋洒洒，把一个本来阳光炙烤异常炎热的世界变成汪洋泽国，让人不可思议。

久居北方，很长时间没有看到这么痛快的雨，即使秋雨连绵的季节，也不见得如此飘洒。它虽非电闪雷鸣却持久而耐心，急促之后是舒缓，足以让那种滂沱大雨自惭形秽。虽说急风暴雨来势凶猛，但它持续不了多长时间，威吓一阵后即会自行消散。而梅雨蕴藏足够的耐力，凭借挥洒姿态足以问鼎天下，它才是舞弄苍穹的真正英雄。

如果这样认识梅雨，轻柔、浪漫、飘飘洒洒，只见大雨不见雷声，那就大错特错。一个晚上的遭遇让专家完全改变看法。一整天的雨一阵大一阵小，始终变化着节奏，到了晚上情况则发生变化。

先是远处传来隆隆的雷声，这声音是和谐的梅雨季节里一个醒世的惊叹，打破人们对梅雨温文尔雅的认识。随着第一声雷响起，接着第二声第三声就来了。空旷偏远处传来的雷声，仿佛遥远世界的一声声呐喊，初听起来还有几分突兀。远处时时有闪电传来，闪电结束后间隔几秒接着是雷声，这种不和谐让人觉得雷电一体，其实不过因为传递的速度不同才变成这样。

过了好一阵雷声逼近，闪电也随之强烈起来。雷声的频率开始增强，急促的情形让人有些窒息。随着闪电，轰隆隆的雷声传递过来，紧接着就是刷刷的雨声，一阵闪电激出一声闷雷，一声闷雷又将倾盆大雨倒下。

很快雷声逼近这里，它是从旁边的那栋楼传递过来的。上一声虽很近但仍有距离，紧接着的这一声炸雷是从头顶响起的，震得整个楼都有了反应。随着雷声出现的闪电瞬间将屋里照亮。在闪亮的瞬间，专家看到熄灯后的墙面以及屋内之物。这种震撼天地的时刻平时很难见到，瞬间轻易读懂其中蕴涵的内容。这是大自然对人类的警告，那是不容轻慢更不容亵渎的。

这样的警示持续几次就开始消退，能明显感到自然之神离开这里转向下一栋楼上。等它刚一离开，专家便俯在窗前观看，那种瞬间被闪电照亮的楼下大树更是可怕。只见狂风将树木吹成波浪似的旋涡，这种旋涡随着疾风肆虐在快速翻腾。挺拔的大树遭遇突如其来的雷电大风袭击，只能乖乖地服从任其摆布，不能有半点的懈怠。

慢慢地，雷声开始远去，闪电也已转移，专家看了一阵楼下，由于缺乏强闪电的照耀，一切复归原来的状态。他回到床上仔细品味刚才发生的一切。

雷声远去但并未消失，闪电仍一映一晃地在窗帘上出现。索性拉开窗帘，在雨夜中体验闪电进屋的感觉。那感觉是重新回归大自然的怀抱之中，仿佛行进在草原上，沐浴在雷电世界里，尽管周身已被大雨淋湿，也没有要去躲避的想法。任凭雷电风雨光顾，不曾有半点恐惧与退缩，心安理得地融入其中，悉心体验其威严与神秘。

看着窗前出现的无数次闪电，后来竟安然入睡，似乎已安然回归大自然的怀抱之中。一觉醒来，雷声闪电犹在，只是大方位发生变化，似乎转了一大圈之后，此刻已转移到一个遥远的地方，它的强度明显减弱。

专家重新思考梅雨，感觉对它的认识才刚刚开始。大自然的谕示，一夜间的确读懂许多。格物致知，不能囿于一己之见，而偏离对事物本质的认识。这一夜注定难以消停入睡，索性又胡思乱想起来。

很奇怪，一旦对睡眠没有要求反而很快入睡。这一夜过得新奇而充实，也让这趟旅行充满意义。第二天一早就要离开这里，如此不凡之夜给这趟旅行增添意料不到的收获。

回到固原后，专家又地去了趟瓦亭峡，看到那个让他魂牵梦萦的三关口。这是历史上著名的萧关，它的厚重历史也寄托它太多希冀。

萧关的自然景色雄浑而秀丽，两种景色融为一体，给人的印象自是不同。由瓦亭村进入峡谷，沿泾水向三关口而行，两面双峰对峙，泾水中间流淌，越是前行景观越是奇秀。但见山势崎岖，峭壁直立，峰回路转，碧绿高耸的山峦与辗转的水流相映衬，呈现一派迷人景致。

蜿蜒东去的泾水流至三关口，清风吹来，其声如弹古筝般轻幽荡远，韵味深长，清越可闻。古人留在三关口峭壁上的摩崖石刻不少，但现在清晰可辨的只有“山水清音”“山水秀明”等。这些摩崖刻字，既是对三关口雄险奇绝的历史认同，也是对三关口、瓦亭一线怡人风光的真实写照。

这里一年四季景色都在变化，春夏秋冬迥然不同。

春天，山峦上野桃花盛开，夭夭灼灼，一片烂漫景象。入夏时节，山峦早已被茂密的森林和灌木丛所掩映，郁郁葱葱，蔚然成林。秋日里，那经霜而变成各色的山峦层林尽染，宛若色彩绚丽的风景画。如遇到一场铺天盖地的大雪，则又是另一番北国雪岭的景象。入冬时节，泾水边上凝固的冰花，宛若一条白色的带子在山谷里飘动，等待来年的春暖花开。

无论春夏秋冬，当你进入峡谷时，总有一种清静绝妙的感觉。这里景色优美，人烟稀少，阒寂无声，与热闹非凡的黄浦江两岸形成鲜明对比。季节的更替变化周而复始，历史的演化推进不可逆转。纷繁的战争远离这里，现在只有空谷静静地守望。

眼前的这条小河叫陇头河，也称瓦亭河。它是泾河的支流，习惯上都称为泾水。出自六盘山东麓、原州区瓦亭梁西侧的大湾、什字、蒿店三乡镇的各条山谷，全都东南流向，经瓦亭，越三关口，至甘肃平凉入泾河。这条河在六盘山自然保护区内长29.8公里，河流所经之地是军事上的战略要地。

瓦亭河流经区域位置险要。汉时在河畔设瓦亭驿，山头置有烽火台，以此为关口要塞，曾被誉为“萧关锁钥”，直接“控扼陇东”。自此后，历朝历代都有重兵把守。这个驿站名气很大，成为要塞的核心。公元前166年冬，匈奴14万骑兵与北地郡都尉孙卬战于萧关，孙卬战死，成为朝廷重大事件。

固原地区的峡谷很多，除了瓦亭峡外，还有青石峡、海子峡、西峡、沙南峡、凉殿峡等许多。由峡谷形成的许多关隘成为固原的知名景点，也奠定从古至今作为军事要塞的战略地位。

瓦亭峡位于古驿道的咽喉之处，这条窄狭的峡谷成为历史上著名的古驿道。由于泾水穿过峡谷有空谷足音的效果，因此美名弹筝峡。悠悠岁月，发生在这条峡谷和这个驿站的故事，由于时间的冲刷变得更加神秘缈远。

河水的流动声亘古未绝，但人们听到的感受却大不一样。太平盛世里听到的是美妙动听的古筝声，而守关将士听到后却是另一种感受。有一首诗，这样写道：

陇头十月天雨霜，
壮士夜晚缘枕枪。
卧闻陇水思故乡，
三更坐起泪数行。

陇头就指三关口这一带，而陇水就是眼前的这条小河。壮士们半夜里听见流水的汩汩声，为何会突然坐起泪如泉涌？因为他们思念故乡，厌恶这种持续不断的战争。希望天下和平安宁，人们能过上自由太平的日子，长年的战争能够停歇。

萧关曾发生无数次的战争，也留下千古流传的动人故事。汉朝与匈奴的和平使者王昭君出三关口向北而去，去到茫茫的大草原。唐朝与吐蕃的和平使者文成公主出三关口向西而去，去到冷峻的青藏高原。处于中国历史上最强盛的两个王朝，她们仍然需要肩负使命，走向遥远的地方。

这是两个奇女子，中华民族的责任，在那一刻历史地落到她们身上。她们是坚强的，为和平做出难以想象的贡献，已经成为民族的楷模。

她们均自长安出发，经关中平原到渭北高原，再到这个著名的三关口。经过三关口如此险恶的关隘时，她们的心中肯定忐忑不安，愈发留恋生于斯长于斯的关中大地。她们的心情不会像后来描写得那样从容淡定，因为她们年轻柔弱，承受的压力恐怕只有自己才能真切感受到。

一位诗人这样描写曾经通过两位巾帼英雄的萧关。他借用萧关道上遗留下来的一个年代久远的蜗牛壳抒发自己的情感，可以把这种描写看成对她们悲壮故事的真实记录。

萧关的风
吹响一个很细的蜗牛壳
那曾是一粒很古的眼泪
在长城的眼眶里
浅酌低唱

说真的，每当读到这样的诗篇，专家的心里都会隐隐作痛，他不知为何如此。假如处在今天这样一个盛世，她们的命运就不会以眼泪类比，也不再有如此悲壮的故事发生。

再次进入峡谷内，完全以欣赏者的眼光仔细观察这里的一切，夏季萧关的景色自是不同。

这里雄峰环拱，深谷险阻，易守难攻，为陇山咽喉要地。山色滴翠，黛黑远映，一副典型的青绿山水画，或者更准确地说是墨绿山水画。今天的宜人景象，冲淡人们对狰狞岁月的理解，也淡化曾经的意义。远去的历史，就像一个严重过期的咒语，当时那种特别灵验精诚所至的心声，随着时间的推移竟变成僵硬的符号。

峡谷里出现现代化的东西，多处有高架桥，火车在桥上不时穿过。大桥使天堑变通途，人们的生活更加方便快捷。然而在这样一个从古至今，保存完整战争纪录的峡谷里，出现这样现代化的交通运输体，一定程度上破坏了峡谷的神秘，对于其曾经的意义更是严重淡化。

这样的天堑、关隘，还是让其完整地保存着，不做任何改变原貌的事，也不要惊扰它，让它安详地沉静在对复杂而惨烈的历史记忆中。让后来的人们不忘历史，从这条命运多舛的峡谷里悟出点人道事理，这对个人、国家和民族都有好处。

在这里，你看到历史的风云、历史的神韵，也看到历史的惨烈、历史的辛酸。不知怎的，在这里每得到一丝丝的感悟，专家都相当欣慰。日头西斜，峡谷下边的溪水已经走出日光的照耀，它仍汩汩不停地流淌，并不因缺乏日光的照耀而怠慢半点。

是不是想得有点过于繁复，专家对自己的行为开始思考，毕竟谁都不能把自己的判断强加于客观之上。在这个峡谷里滞留得太久，以致思考问题的角度都变得怪异，既不同于往昔也异于来者。

经过一番思想上的搏斗，专家离开这里。最后看了一眼这个峡谷，依旧溪水潺潺，流水之音宛若琴声。还是让这个美妙的弹筝峡永远留在世人的心中，因为人们需要这样美妙动听的声音。

踌躇中，一列火车从山腰中的隧道中钻了进来，经过弧形的高架桥后，钻进另一隧道中，火车如虫子似的在山涧轻巧地穿行。开车或者坐车的人可能从未意识到，他们穿行的地方如此与众不同，穿越这个峡谷，就是从远古向未来进行穿越。时光不会停歇，运动不会停歇，消失的只有曾经的历史，当然还有那些短暂的生命。

一番感慨后离开这条峡谷，专家的心绪平静下来。这个峡谷他已经来过好几趟，不知受到什么影响，这次比任何一次都心神安宁。他决定暂时不再来这里，把目光放到更远的地方。

没过多久，车子到了六盘小镇。这是曾经住过的小镇。

小镇依旧繁荣，来来往往的大货车很多，把致富的希望得以延伸。街道两旁古色古香的建筑，容易将人拉回到历史的岁月里，但今天毕竟不同，人们不会也不可能回到曾经的岁月里。

熟悉的小镇，西南面的六盘山高耸入云，经常云雾缭绕山腰，把希冀与幻想传递得很远。山脚下的小镇车流不息，显得有些躁动不安。高山巍峨庄严，不会因山下拥满躁动的人而产生任何改变。

这种沉郁的汉唐风格建筑，加上酱紫色的装饰容易让人眩晕。处在 21 世纪百舸争流的时代，这里似乎仍在远古的时光中徘徊。街上行人不少，大都不慌不忙延续循规蹈矩的生活，小镇永远把自己定位在那个遥远的年代里。

在小镇上没有过多停留，专家继续往回返。瞬间他觉得自己正从远古的时代走来，开始慢慢一步步进入现代，走向未来。他要追赶时代的脚步，融入正常的生活，不能长久地停留在过往已久的历史当中。

回到单位时，外出挂职满一年的王贵出现在办公室。这次相遇让他们都有些惊诧。

你回来了，我以为你留到大都市了。

王贵笑得眯上眼睛。他说，哪会呢，人家根本就没打算留咱。再说真的让我留下，我还不一定高兴呢，还是咱们这里好。

是割舍不下家乡？

说不清楚，反正到了外面咋都觉得没这里舒服。

那些花花世界的东西，你也不喜欢？

不喜欢，享受不了那样的生活。

说的心里话？

肯定是心里话。首先是气候不适应，那里热得要死，晚上睡不着，有时连饭都不想吃，你看我都瘦了好几斤。我发现咱们根本融不进人家的圈子，在大都市，咱充其量就是街上一条流浪狗，那个城市跟你一毛钱的关系都没有，你说留在那里还有啥意义。

这就是你挂职一年的收获？

那也不全是，眼界还是开阔了，知道人家都在忙些啥，跟咱们有啥不一样。你咋样了，是不是快要走了？

不知道，我可能要长期挂下去。

长期挂下去好，我看你已完全融入这里的生活了。

呵呵，你想着早点回来却让我长期待着。

你和我不一样。

只见他那大嘴巴又开心地笑了。

专家搞不清他是随便说的还是另有所指，跟他说话老让他不停猜测。这个曾经熟悉的人消失一段时间后，现在又生灵活现地出现在眼前。

我一年不在这里，有啥变化没？王贵问。

你指的啥变化？

啥都算。

那就多了。城市变漂亮了，而我们一天天变老了；现在生活变好了，人们饭量普遍减少了。

王贵又是一阵爽朗的笑声。他见问不出啥名堂就改变话题。专家最近在研究啥呢？

你离开这里后，我都没心思再研究。

我有这么大的魅力？我自己都不知道。说着王贵哈哈的笑声再起，这笑声像是很欣慰也像在自嘲。

老王，我发现历朝历代能当上皇帝的人，尤其是开国皇帝，其胸襟气魄明显不同于一般人。

你是咋发现的？

通过研究历史发现的，特别是读他们所作的诗文，就能看出其中的名堂。比如曹操、刘邦、杨广等，都有与众不同的诗文。就是历史上那个贫苦出身的皇帝朱元璋，坐了皇帝后也有诗文出现。

朱元璋也会作诗？

没想到吧。

没有，我觉得那个大老粗就知道杀人。

那你错了，他既杀人也作诗，我给你读两句吧。

好。

百花发时我不发，我若发时都吓杀。要与西风战一场，遍身穿就黄金甲。怎么样?

这是他写的?

正是。

啊，我从来没有听过这么带劲的诗。

你看这诗多有气派，既豪迈又有风韵，与他这个草莽英雄的气质多么相像。这种类型的诗，你是不是很欣赏?

王贵咧嘴笑了。你说我的身上也有草莽气质。

差不多，要是放在那个年代，你说不定已经成气候了。

王贵笑得满脸通红。不知他认可这个说法，还是不接受这样的说法，总之他没有再吭声。

肆拾柒

回到单位后，专家又倾心于历史的研究。学习到明朝这一章，明朝的历史非常丰富，这个时期生产力得到解放，经济社会发展很快，孕育社会形态的转型升级。当然遇到的事情也不少，最主要的是始终面临退到漠北的蒙古势力的威胁与骚扰。

农民领袖朱元璋带头起义，将蒙古势力赶回北方草原。政权灭亡了，但它的实力仍在，所以防止北方民族袭扰的这根弦，朱氏家族始终绷得很紧。后来这种担心很快得到应验。蒙古骑兵不停南下骚扰，一到秋天收获的季节，大队骑兵就来了，抢了粮食不说还抢女人，粮食与女人抢走了还不死心，动辄大开杀戒，弄得风声鹤唳一片狼藉。

他们在黄河平原糟蹋够了就沿着清水河南下，一下子就扑到固原，并严重威胁关中平原。那个时候清水河谷水草丰美，能够满足大队骑兵的需要，不像现在这样。这条河已经成为涓涓细流，酷暑之际还会断流。优越的自然环境，使北方民族的袭扰成为常态化。

明朝一开始对于这种袭扰毫无办法，疲于应对但效果很差。后来明朝主动防御，又是构筑城堡又是建造长城，有的地方光长城就修了三四道，其用意就是阻止蒙古骑兵南下。

在固原朝廷设置三边总制，统辖宁夏、甘肃、延绥三地的军政，其首领常由兵部尚书级别的人物来担任。它的行政建制相当于今天的大军区级，而它的军事长官则更带有国家意义。所以其规格之高，在历史上并不多见。这样的建制，说明当时形势的严峻以及明王朝对付北方民族的魄力与决心。

除了设置机构提高级别外，还采取了一项战略性的举措，那就是修筑长城。尽管修筑长城的历史很悠久，但是到了明代，修筑长城的规模之大规格之高达到历史之最。长城不再是单一的土墙，附有许多配套建筑。明长城的建筑结构和防御体系是由城墙、关、城堡、墙台和烟墩等组成的完整军事防御体系。

固原的古城堡与其境内的长城，大部分是朱元璋采纳学士朱升“高筑墙，广积粮，缓称王”的建议，并作为明朝一项长期的战略方针而修建的。这位农民皇帝以及这位高士，以他们对国情的理解和战争的判断，为中国留下浩瀚的长城体系，堪称世界奇迹。

明朝在北部地区修筑完整的军事防御工程，东起鸭绿江，西达嘉峪关，横贯今辽宁、河北、天津、北京、内蒙古、山西、陕西、宁夏、甘肃、青海十省、市、自治区，全长6000多公里，俗称万里长城。

明长城是中国历史上费时最久、工程最大、防御体系和结构最为完善的长城工程。它防御外邦袭扰，保护国家安全和人民生产生活的安定，对于开发边远地区，保障与西北域外的交通联系起过不小的作用。

明朝为加强对长城全线的防务管理，将长城全线划分为9个防卫区，委派总兵镇守。因此9个防区亦称九边或九镇，其总兵驻地和所辖长城的地段非常清晰。

辽东镇，总兵官初驻广宁卫（辽宁北镇），隆庆以后，移驻东宁卫（辽宁辽阳）。所辖长城东起今丹东市宽甸县虎山南麓鸭绿江边，西至山海关北锥子山，全长970多公里。

蓟州镇，总兵驻三屯营（河北迁西）。管辖长城东起山海关老龙头，西至慕田峪，全长880多公里。

宣府镇，总兵驻宣府卫（河北宣化）。管辖长城东起慕田峪渤海所和四海治所分界处，西达西阳河（河北怀安），全长510多公里。

大同镇，总兵驻大同府（山西大同），管辖长城东起镇口台（山西天镇），西至丫角山（内蒙古清水河），全长330多公里。

山西镇，也称太原镇，总兵初驻偏头关（山西偏关），后移宁武所（山西宁武）。

管辖长城西起河曲（山西河曲）黄河东岸，经偏关、老营堡、宁武关、雁门关、平型关，东接太行山岭之真保镇长城，全长800多公里。

延绥镇，总兵初驻绥德州（陕西绥德），成化以后移治榆林卫（陕西榆林），故亦称榆林镇。管辖长城东起黄甫川堡（陕西府谷），西至花马池（宁夏盐池），全长880多公里。

宁夏镇，总兵驻宁夏卫（宁夏银川），管辖长城东起花马池，西止于宁夏中卫喜鹊沟黄河北岸，全长1000多公里，分五路防守。

固原镇，总兵驻固原州（宁夏固原），因总督陕西三边军务开府固原，所以也称陕西镇。管辖长城为东起延绥镇饶阳水堡西界，西达兰州、临洮，全长约500公里。

甘肃镇，总兵驻甘州卫（甘肃张掖）。管辖长城东南起兰州黄河北岸，西北抵嘉峪关，全长800多公里，分五路防守。

固原一带的长城，是长时间逐渐修筑完成的。

固原最早的长城是春秋战国时期的秦长城。这条长城由西南向东北延伸，现在固原城的北边，非常完整地保存了这段长城。

由于退到漠北的蒙古势力频繁攻掠，明朝加强边防战备。成化十年（1474年），王越为首任三边总制，统一指挥甘肃、宁夏、延绥三边兵马，调整官兵部署整修边墙。

弘治年间，蒙古火筛、小王子诸部多次窜入河套，南掠固原、平凉一带，明朝于弘治十四年（1501年）正式设立固原镇，设总兵，加大修筑长城的力度。

《皇明九边考》卷十记载："总制秦纮筑内边一条，自饶阳界起，西至徐斌水三百余里，系固原地界；自徐斌水起，西至靖虏花儿岔止，亦各修筑……屹然为关中重险。"这条长城以固原为中心，向东至饶阳堡，向西至靖远。

饶阳，指延绥镇饶阳水堡，为延、固二镇分界处。

看到这里，专家眼前一亮。饶阳，也有的记载为绕阳，这个闪闪发光的名字，竟多次出现在史书中。困扰他多年的问题，现在如此轻松地有了答案。

在固原地方志中，专家第一次找到故乡的影子。故乡与固原何其相似，历史上曾经发挥边关要塞的作用。

这个发现让他喜出望外。书中再现600多年前的故乡，那里有个城池，它残垣断壁，颓废不堪，风雨飘摇，早已退出历史的舞台。城虽废弃但并未在他的心里消失，随着时间的流逝，反而越来越高大伟岸。时间流逝得越快，他越想弄清它所隐藏的秘密。在他的期待中，它终于露出历史的真容。

专家如获至宝似的将这本地方史捧在手中，他要加紧对这个厚卷本的研读。他重拾家乡的荣耀，也慰藉了三年多在这里的付出。他为有这样的收获而自豪。

小时候一直被眼前这样一个神秘地方所诱惑。它位于群山包围之中，山巅烽台墩堠遥遥相望。而被群山包围的这个平台，三面环水，一面靠山。从军事角度看，它的价值极高。现在变成农田，经过岁月的磨砺瓦砾遍地，昔日的辉煌不再。

留在童年中的记忆总归是美好的，一场大风过后，他们争先恐后地跑到这个地方捡拾铜钱。大伙儿在松软的黄土地上仔细寻找，常有不错的收获。多少年过去了，对这个神秘地方的了解没有任何进展，现在它清晰地出现在地方文献中。它的神秘面纱从此揭开。

这是明代的一个城堡，作为长城的配套工程，存在至少600年。尽管现在已经废弃，但它的功绩不容抹杀。它是延绥镇与固原镇的分界处，曾经屯兵，也有过市镇，在明代最吃紧的年代，它发挥过重要作用。

史书记载，饶阳水堡始建年代无考，成化十三年（1477年）巡抚余子俊改建，万历二年（1574年）重修，“周围凡二里三十步，楼铺八座”。城垣已废，城内为废墟。明代张雨《边政考》卷二《榆林图》记载，饶阳水堡“设在腹里，东抵三山堡，西南抵固原红德城，北抵定边营”。

再仔细研读，还有不错的收获。专家对故乡的了解除这个城堡外，还意外地发现了一首诗。这首诗歌颂了儿时经常嬉闹的那条河与那个神秘的城堡。这个发现让他更加钟情生于斯长于斯的故乡。600年前，三边总督郜光先途经饶阳时，写过一首诗，名叫《早发三山经饶阳抵红德城》。

楼头鼓角动鸡声，
早梦惊回戒夙征。
月挂旌旗频闪烁，
烟笼灯火半昏明。
扶桑日旭三山晓，
饶水冰凝一线横。
古戍萧关何处是，
仆夫遥指在红城。

郜光先（1533年至1589年），明代陕西三边总督。字子孝，号文川，山西长治人。嘉靖三十八年（1559年）进士。万历六年（1578年）以兵部左侍郎兼右佥都御史总督陕西三边军务。因总督三边有功，晋升为兵部尚书兼左都御史，加太子少保。

这位兵部尚书让专家敬佩有加，他在总督三边军务之余还进行创作，文采的确不错，把他那不起眼的家乡留在史书里，并且写得像模像样的。郜总督是家乡的贵人。

专家在诗词中第一次看到对故乡的描述，触动很大。感谢这位三边总督，他在经过这里时诗兴大发，把古代城堡的月明星稀、灯火通明、雄鸡报晓、旌旗晃动的情景生动地记录于历史的长卷里，让后来者能够清晰地看到，当年守城士兵身披铠甲手持长矛，为大明江山辛勤值夜的情形。

从诗里可以看出这位总督是冬天经过这里的。当时饶水已经结冰，看上去一线长横。在这条冰凝的河道上，专家留下太多的记忆。留在童年的记忆是快乐的，曾几何时有关故乡的记忆慢慢淡忘，是总督大人将逝去的记忆重新唤起，感觉如此温馨。

绕阳这个名字，让专家一直充满各种猜测。现在史书里又将这里称为水堡，也有的称为腹里，将二者联系起来，专家豁然开朗。他终于明白，这名称一定与那里高山环抱的地形相关。

饶阳堡位于群山环抱的一个平台之上。周围的山过于高大，将这个平台拥于其中如置于桶中。冬天太阳从东边的山头升起，就会沿着山头向南边游动，最后在西边的山头落下，这就形成一个奇特的“绕阳”现象。

选择这样一个隐蔽的地方构建军事基地，说明古代军事家的英明伟大，把自己隐藏起来和敌人周旋，这无疑是英明的抉择。专家明白他的家乡之所以建成这个模样，完全是当时整个大局的需要，是政权延续、社稷永固的必然选择。

肆拾捌

时光是有情的，能让割断的记忆得以复活；又是残酷的，让曾经的辉煌改变模样，站在这个时代看曾经的辉煌之地，那里都有些目不忍睹。曾几何时饶水绕城而过，一副山环水绕的和睦景象。不知从哪个年代开始，这水直接冲着城而去。经年之后，水不断侵蚀，城不断坍塌。经常可以看到，过上两年城下的水流会让上面的城訇然坍塌一大块，响声震天动地。

这样的坍塌声肯定超过百年，规整的一块大台地正无奈地一点点消失，现在只剩下半个城。尤其令人心疼的是，到现在还没办法阻止这种侵蚀的蔓延。这个城的命运令人担忧。

三十年河东，三十年河西，说的是河流走向的变化。在饶水川，这条 S 形的河道不停变化形状。河水直冲山体而去，山体的坍塌已成必然。当 S 形的模样被无限拉大时，可能就酝酿着改变原来的形状，形成新的 S 形河道之变化，这就是自然规律。

有关这方面的体验专家刻骨铭心。有时在梦中这种訇然响起的坍塌声会将他震醒，知道自已眷恋的那个城又少了一大块，随着昼夜不停流动的河水，一同消失在岁月里。

城池已经废弃，然而寡居在城池周边的人们却延续下来。毫无疑问，这些人就是当年移民戍边者的后代。他们在城池四周的山腰上安家落户，一代又一代守护着这个早已废弃的城池，如同守护一个不能实现的愿望。曾经辉煌的饶阳堡激起无数人的梦想，也将无数人的梦想轻易葬送。

大明王朝灭亡数百年，这些移民戍边的后代仍然居住在那里，蜷缩在城池四周大山的窑洞里，面对日渐废弃的城池，心中除了苍凉就是孤寂。城虽已破，人们坚守的信念并未有任何动摇，他们的处境着实让人扼腕叹息。

由于久居这里，他们的记忆与城堡有关，他们的思想也与城堡发生千丝万缕的联系。远去的岁月赋予一种高古的情怀，一种别样的心境，让他们处于静寞凄凉的状态里却不会毁灭自己，感慨时光的流逝而不会心生烦躁。就这样一年又一年，一代又一代地守望着连自己也弄不清的陈旧记忆。

几百年后，社会早已停止纷争与杀戮，一场史无前例的文化运动波及这个荒僻之地。这种鼓荡人心的运动一旦开始，沉积数百年的古城人民再次显现不凡的魄力。

夜半三更，他们奋战在这片峥嵘的土地上，他们的激情发挥超越几百年前的古人。由于不知该如何发挥自己的主观能动性，导致不该发生的事情一再发生，尽管英雄情结依旧，但常常用错地方。

据说当时城中还保存一些古庙，在一些极端分子的蛊惑下，这群天不怕地不怕的移民戍边者的后人们，心中潜伏的躁动与狂热得以激发，他们的热情除了无休止地批斗坏分子、反革命分子之外，还对准这些历史悠久的古文物进行无情破坏。在他们的狂热行动过后，庙宇訇毁，文物遭到彻底破坏。他们的鲁莽与狂热，无情地毁坏延续的历史与传承的文化。

据说带头毁庙的人下场都不怎么好。有个积极分子很早就莫名地死去，另外一个将庙上用的布给自己做了一个裤头，穿上没过多长时间，肚子剧烈疼痛，差点胀死。最后采取忏悔的办法将自己的罪孽赎回，这才免于一死。

专家的思绪飘散得很远，在固原地方志里的发现，让他不能停止对这个荒凉、偏僻但又神奇的故乡的绵绵追忆。冥冥中他觉得有种东西是神奇的，它能左右一切。故乡与固原处于同一防御带上，偶然来到这个外形与精神气质都十分相似的地方，在这里又找到故乡的影子，这是巧合吗？他给不出答案。

故乡的人是否全是当年守城将士的后代，这个无从考证。但可以肯定的是，他们有的是从别的地方强行输送到这里戍边，有的流浪逃难到这个地方落户。他们的来历与经历都确凿无疑地与战争有关，战争让他们颠沛流离、远走他乡，战争也赋予他们一腔热血，有了破坏一切的冲动。战争结束了，他们就这样稀里糊涂留了下来，永远回不到那个曾经的故乡。这就是历史，从不以人的意志而改变。

他们有乡愁吗？可能有也可能没有。故乡对于他们来说始终是模糊的，由于搞不清自己是来自何方的游侠难民，乡愁从何而来？他们可能受当时统治者蛊惑愚弄，背井离乡来到现在的穷乡僻壤，也可能是被强行遣送到那里，冒着不走就要被杀头的危险无奈离开。

有一点是清楚的，那就是他们一旦离开就再也别想回去。没有人会关心他们的命运，也没有人在乎他们的真实想法。战争进行时他们拼命，战争结束后他们戍边。他们的命运是与战争紧密相连的。

他们可能相信命运也可能不相信命运，相信命运的人变得乖爽、老实、听之任之，一副与世无争的模样。不相信命运的人进行过抗争，与自己的不幸命运抗争。然而他们的抗争多半是徒劳的，可能仅仅获得心灵上的些许安慰。有的读懂这个开始收敛自己，有的并未这样凭借侥幸一条道走到黑，其失败的命运早已等在那里，这个不信都不行。

曾几何时他们斗地主分田地，打倒土豪劣绅，搞得不亦乐乎。思考革命大计，模仿战争样式，在众目睽睽之下将坏分子、反革命分子押成一长串，反架着快速进入会场，体验革命快感与战争豪情。他们在夜间生产，收割，大唱革命歌曲，看着月起月落、星稠星稀，在夜的更迭里体验生命的无限张力。

这是祖先留下的战争情结吗？专家感觉挺像，想到这里他莫名地笑了。封存多年的记忆让史书中的记载彻底激活，他感到自己身上有种豪情在闪烁，都不能停下对那个地方的思念。

故乡留下深刻记忆的就是这条叫饶水的河。

其实，当时他们并不知道这条河还有名字，而且这饶水的名字还是那位姓部的总督大人起的，总督离开后就把这个名字一同带走。家乡的人至今仍把这里叫大河、小河，按来水方位称西沟、东沟。他们要是知道饶水已经载入史册，会情不自禁地向四周传扬开。饶水是有来头的，原先的三边总督兵部尚书对饶水情有独钟，谁敢造次。

饶水最精彩的是一年四季的形态变化。总督说过，“饶水冰凝一线横”，这是描写冬季河水的形态。天寒地冻，饶水在山谷里凝结，整整一个冬天就像冬眠的巨蟒静卧山涧。小时候坐着自制的冰车在冰面上滑行去上学，常是一个跟着一个地快速前进，整个冰川里人头攒动、笑声郎朗。

到了春天解冻的时候，饶水更是壮观。先是迎春水在冰面上快速流动，紧接着蕴涵巨大力量的水流要将这整川的积冰通通抬起并运送到下游。很多破裂的冰块摩肩接踵而来，在水面上发出碰撞断裂的声音，整个饶水仿佛一条巨蟒在蜕一层坚厚的壳。冰被挤上岸边，河水上涨许多，水裹挟着冰在长川里涌流，展示大自然的无尽力量。

每当河里的冰开始解冻的时候，遇到的最大麻烦是如何过河到对面去上学，几十年后还不时地在梦境中遇到这个问题。河水很大，站在河的背阴处还未融化也没有被河水抬起的冰块上，就是找不到能过到对面的有利渡口。河水在脚下咆哮，他们会被牢牢地困在冰中，心生焦急却毫无办法。有时干脆就站在一块巨大的浮冰上向下游飘去，以致漂流很长时间仍找不到上岸的地方。

这如船的浮冰带给他的不是快乐，而是难以自拔的焦虑。有时焦虑升至极限，人自然就醒了过来，醒后梦里的恓惶还停留好一阵才慢慢消退。

记忆是童年留下的，这种惊险体验既新鲜刺激又让人局促不安。每当这样的梦境出现，仿佛回到童年的时光，此情此景难以忘怀。

夏天是美好的，河水流速不快，清澈见底。天热的时候，经常有青蛙、蝌蚪和其他生物在水流中嬉闹游玩。温顺的河流在夏季会有截然不同的表现，每当乌云密布、雷声大作的时候，这条河流就变得不同寻常。大家都静静地等待着，等待河水暴涨。

通常雷雨过后不长时间，沟谷河道里有声音传来。它们开始微弱比较沉闷，似空穴里有巨风穿过，村民们知道洪水已经来临。未见其形，先闻其声。

水面上有尺把高的水层整齐地向下推进。起先它们阵势不大，但推进的速度很快，相当于一个优秀的短跑运动员在快速奔跑。水位上涨很快，没过多大工夫河床爆满，泥沙俱下，怒吼声震天动地。河岸边的人放开嗓门说话，即便很近彼此也无法听清。

这个时候村民们的幸福时刻来了。仔细观察洪水中出现的一切，迅速展开行动，以最快的速度打捞上来。洪水流速极快，捕捞难度很大，捕捞住这件东西就意味着后面接连到来的其他东西被舍弃，因此人们在与迅猛下泄的洪水进行顽强搏斗时，能有啥样的收获完全与意志、能力、耐心、技巧有关，没有人能随随便便成功。

一般来说，洪水馈赠给河两岸人们的礼物在涨水的阶段。这时眼花缭乱的东西会出现在河中央，让岸边的人看着眼馋。大自然是公正的，他们可以尽饱眼福，但绝无可能一网打尽。洪水中的馈赠物能有百分之一落入他们手中，已是不错的结果。如有甚者，想以贪婪之心打破这样的定律，他很有可能送上自己的性命。

河岸边的人们懂得这一法则，他们很少有人为一己之利而葬身洪水之中。他们年复一年地与洪水对峙着，在这个过程中学会领悟大自然的真谛，懂得贪婪会要命的道理。如果与性命相比较，财物肯定要退到次要的地位。在这个真理的护佑下，他们年复一年安然度过，竟没有一次意外发生。

有一种情形会令人恐惧不安，那就是特大洪水的来临。它带来的不是上游的财富，而是要将他们自己的财富洗劫一空。

当漫过两岸农田，齐着东西山腰的特大洪水袭来时，这些平时打捞惯了的人只能仓忙逃到山上，无奈看着洪水如何吞没河岸上的一切，夺走他们钟爱的东西。

洪水冲走麦场、弄走麦摞的情形最是令人心碎。洪水进入麦场，先在场中旋转，这时场中的麦摞全部在旋转的水流中飘起，接着在场中打转。没过多久，便一个跟着一个整齐有序地离开麦场，进入洪峰之中。进入洪峰的瞬间竟没有一个坍塌。它们仍然排成整齐的队列向下游飘去。

站在山上的人眼看着自己辛勤劳作一年的成果，就这样十分轻易地被洪水请走，心里出现的伤痛难以想象。麦摞排列整齐一同出发的样子，让他们很久都不能忘记，仿佛兴高采烈地去参加什么有意思的聚会，不久即会凯旋。然而这只是他们的痴心妄想。

麦摞在洪水中很快就倒塌消失，只把如何消失的瞬间留下，让他们仅仅获得一种凄惨的美感。似乎告诫大伙儿，今年就这样了，来年再说吧。

每当想起这一幕，专家的心里就隐隐作痛，这些整齐出发的麦垛就像英勇赴死的壮士，从此走上不归之路。多少年过去了，始终忘不了它们离开时的情形。它们排成一列，在洪水中走了没多远就被撕扯而坍塌，变成一捆捆的个体存在，被下游正在打捞的人们捞取，成为他们的囊中之物。

专家突然想到，这个世界大体是公平的。你捞取别人的东西，你的东西也应该被别人捞取。所以当这样的时刻来临时，没有必要过分忧伤。此刻，有一首古人的诗出现在眼前。

一脉青山景色幽，
前人田产后人收。
后人收得勿欢喜，
又有收人在后头。

这首诗表面上是在安慰与劝告，但它表现出一股幸灾乐祸的味道，对于那些不劳而获者是良好的规劝。

留在童年记忆里的总归很美好。对于大洪水，人们不敢造次，最多是尽量捞取一些不义之财。而小洪水就不一样，还可嬉水玩耍，涉水而过，从这边径直到那边通行无阻。他们会选择有利的渡口，从河床的转弯处入水，借用水的浮力在下一个转弯处上岸，这样就会一条斜线穿过洪水。

他们涉水而过的情形很独特，经常将衣服脱下缠在脖颈处，就像一个个雄狮在水中穿行。有的还会显示自己的高超水性，在水中直立起来露出上身让大伙儿观看，现在这一切已然成为过去。

眼前仍是一摞厚厚的书籍，整齐地码放在办公桌上，专家的心绪早已飞得很远，那多年未归的故乡激起他极大的热情，他再也坐不住了，起身在屋里踱步。故乡多年未归，有种愧疚在升腾，他要寻着记忆亲眼目睹它的真容。此刻一个重要的决定已经做出。

肆拾玖

经过短暂的准备，专家回到梦萦魂牵的故乡，这是30多年前的故乡，后来搬到更远的地方就很少回到这里。车子沿着盘山路快速移动，山峁沟梁交替变化，记忆也在快速翻腾。

专家试着将眼前的情形与记忆中的进行比对，发现变化很大，记忆远比眼前的情形更为生动。空谷寂寥，万籁俱静，这个充满传奇的河谷，到处一副目不忍睹的惨相。已进入夏季，这里仍旧光秃秃的，只有树上的叶子有绿色的迹象。没有绿色装扮的河谷，露出的只能是狰狞面目。

他仔细盯着车外的一切，不让一丝一毫从眼前溜过，悉心揣度冷峻的现实与内心印象之间存在的巨大反差。由于河水下切，河床也变高许多，这条S形的河道已经改变形状。河水冲刷城池的位置也发生很大变化。在这里没有找到乡愁之类的东西，感到的却是些微的恐惧与不安。

故乡怎么如此凋敝，它生硬地刺痛了远行游子的心。专家仔细寻找其中的缘由，发现山还是那座山，但水已经不是那水了。当初清澈的河水早已不见踪影，留下的是飘着油花、散发恶臭的混浊之水。

油井队为了极尽可能地钻采石油，将这条河肆意攫取，不给一点自我修复的机会。听说河谷里的人，为了这水与油井队的人进行过殊死搏斗。当得到油井队的补偿后，再没有人提出油井队破坏环境、影响生存这类严峻的问题，甚至还帮助他们更大限度地利用这河水，把环境变坏的事早已丢到脑后。

眼前浑浊的河水中飘着油花，这是地下石油污染所致。现在不知这掺杂油类的水冬天是否还会结冰，欢唱的迎春水是否准时来临，生活在河岸边的人是否还会翘首以待，迎接春天的到来。人对自然的掠夺是无情的，自然对人的报复是残酷的。

在一个高阔的靠近塬畔的崾岘处，专家碰到几个故乡的人。他们围坐在大路边上谝闲传，也好像期待着这条路上有什么新奇的事情发生。油井队已经离开这里，把后续的工作留给他们，他们既护油也偷油，把石油队留下的故事接着演绎。

专家认出其中的一位，这是儿时的伙伴，当时以调皮顽固著称。只见他身着橘黄色石油服，头发爆炸似的在顶部开花。虽肤色黝黑，但喜悦之情溢满面部，嬉笑时露出黄色的大牙，活像传说中的巡海夜叉。他显然也认出专家，急忙站起来双手相握。他们热情地寒暄起来，在寒暄中逐渐接近。专家很快融入故乡的浓烈氛围里。

好几年前，他们从爱发洪水的沟谷搬到相对平坦的地方。现在住在河岸边的人已经非常少。油井队离开这里的沟谷时，把石油与传奇故事留了下来。他们明着暗着享用这些物质财富，也在欣赏与传扬那些惊险刺激、离奇荒唐的故事。讲到兴奋处，大伙儿神情专一，情绪亢奋，进入超级体验与享受的状态，人人自得其乐，四处弥漫某种狂野、刺激、迷乱的气息。

有些更年轻的小伙子诧异地看着专家，显然他们没有见过这个人。

连这个人都不认得，你们还瞎活着干啥。类似夜叉的儿时伙伴用训斥的口吻告诫大伙儿，这可是我们这一带的名人。

你说过头了。专家说。

我说的是实话，你出名时这些愣头青还没有来到这个世上呢。他的话有些言辞恳切的味道。

专家没有再接这个话题。他说，好多年没回来，看大家过得挺得意的。

几个人面面相觑，瞬间流露出难以掩饰的喜悦，似乎对他的判断特别赏识。

还行吧，我们都瞎活着，不像你。

哈哈，还不知谁在瞎活呢。专家被他们的话逗乐了。

话匣子打开后他们争先恐后地讲述着，其精彩超乎想象。显然他们没有把他当成外人，把最贴心的话都讲了出来。

前年的秋天，正当油井队的人忙于肆意掠夺河谷里的石油，忙于用石油换取的人民币进行赌博和肉体交易时，大自然的报复悄悄开始。

夜半三更，正是人的欲望极度膨胀之时，一场罕见的大洪水悄悄袭来。这场洪水没有以往那种未见其形、先闻其声的预告，也许它已发出预告，但被金钱所俘虏的人早已身心麻木，忽略了它的提醒。

有位赌博者夜间出去小便，在月光映照下，看见河道里如同巨蟒般的怪物闪闪发光。他先是一怔，以为自己眼睛出了问题，再仔细一看，不禁大声叫了起来，我的妈呀，洪水来咧！

他大叫着提着裤子跑了进来，把这一震惊人寰的消息告诉大伙儿。由于过于激动，以致发出的声音丝丝拉拉的，有些像口吃。

他的反常举止引来旁边赌博者的肆意嘲笑。

这个狗熊膛子太浅，这么点钱就输得发神经了。说完继续赌博。

不是的，发大水了。说完他一个蹦子跳了出来，并没命地往山上跑。

他的举止引起大家的怀疑。

狗日的今天肯定是疯了。有人还在嘲讽，有人警觉起来，出门查探虚实。

不得活了，洪水下来了。

确切地说，这个人的话语才真正震惊这些赌博者。这时人们纷纷往出跑，有人还趁机抢收桌上散乱的赌资。

日你妈，再不跑就没命了，拿上钱准备见阎王去！

他们在咒骂中乱哄哄地往出跑，这时洪水已经接近油井队驻扎的帐篷。洪水的怒吼声，人们嘈杂的逃命声，房子的倒塌声连成一片。整个山谷里瞬间乱了套。

月光下，逃到高处的有石油工人，有打工的农民。他们茫然地看着肆虐的洪水，不再大呼小叫、浮躁嚣张，只噤若寒蝉地蹲着，知道自己这条小命，由于逃跑及时才算保留下来已实属万幸。

这场洪水整整怒吼了一天一夜。

洪水冲走石油设施，漫过两岸的农田，穿过树林，将不太粗的柳树通通冲得向下游方向倾倒，泥沙巨浪地将树头缠裹，让其彻底沉入洪流中。

在咆哮的洪水面前，人们嚣张浮躁的气焰慢慢降下，他们开始认识自然的力量，不再盲目炫耀自己的能量。这时最难过的不是工人，油井被淹，他们丧失的只是赚钱的机会，因为油井本来就不是他们的。他们赚取的只是九牛一毛，真正的财富让老板掠夺。没有机会赚钱，等于暂时剥夺他们享乐的权力，再说他们一旦有了钱，也会轻易将到手的钱用于当下的感官刺激上。

最难过的是石油老板，只见其脸色铁青，像个霜打了的茄子，蔫蔫地坐在山腰上，盯着滚滚洪水一声不吭，往日那种被财富膨胀的嚣张与蛮横一扫而光。他做梦也没想到，这个喷出滚滚财富的山沟说变脸就变脸，有让他瞬间倾覆甚至搭上老命的危险。

有段时间人们搞不清这些钻探者到底代表国家、集体还是个人。听说油井可以随便打，打一口油井可能需要百万的耗资，如果出油了利润会成倍地翻番，如果打不出石油则白耗百万。这次出油了，正当他陶醉在喜悦之中，一场突如其来的洪水让他损失的不仅是油井，而且还有一整套的设备，就像疯狂的赌徒一样，瞬间输得精光。

老板眼睁睁地看着帐篷被冲走，井架被冲倒，就连那些巨型的储油罐，也轻易地被洪水抬起向着下游移动，他的双眼泛出死鱼般的灰白色。洪水仍在不停地咆哮，把它的威力疯狂地施向贪婪的人们。

蹲在山坡上的人重新变得一贫如洗，不过他们倒并不对自己的处境悲哀，因为他们本来就一贫如洗。这样一来，反倒平静下来。

蹲得久了，山坡上的人开始自嘲起来。

你看一场洪水把啥都冲走了。这是老天睁眼了，它想让你得多少就多少，有时不信命不行。

也不全是这样吧。

你说还有别的东西？

那当然。

这个人的神气劲引起大伙儿的注意，正当人们不理解他的意思时，他乜斜一眼旁边正瑟瑟发抖的人。

他们仔细看，是一个女的，由于衣着较少，加上受到惊吓，几乎缩成一团。这个女人的长相一看就不是本地的，这立刻引起大伙儿的注意。他们再仔细看，竟然认出她，就是几天前半夜三更曾遭当地人抢劫的那个妓女。

这时说话人的神情更加诡秘，他的暗示相当明显。

你刚才说的就是这个?

对。

现在穷光蛋一个，还有心思想这个，人家认你是老几?你以为自己长得俊就能当钱使?

这个女人不说话，只斜眼看了一下几个无聊的人，始终低头不语。

大家都一样，黑猪不要笑老鸪，说不定患难出真情，还能凑一打。

你们这些人天生就该饿死。油老板实在听不下去，突然迸出一句极其恶毒的话，之后继续一声不吭。

他们听到老板的话后只是嘿嘿地笑着，弄不清这种笑声的确切含义，是认可还是不认可，总之他们从来不对老板的苛刻语言进行任何反驳。

月光照在河里又反射过来，整个河床就像一条巨蟒在摆动，洪水的咆哮声震天动地。坐在山坡上的人在月光下能够大致看清对方的容貌，他们仿佛产生惺惺惜惺惺的情感。

这时，首先发现逃跑中有女人并说着俏皮话的人，他的举动引起大家的注意。只见他从容地走过去将自己匆忙逃离时带的外套给这个女人披上。

女人调转头先是一惊，似乎为这个举动惊诧，有一瞬间迟疑、惊慌、不知所措，但她马上意识到这是关怀之举，于是欣然接受。月夜中，她仔细看着这个危难关头出现善行义举之人，眼睛里放射出夺人魂魄的光芒，在月光下异常明亮。

旁边有人开始起哄。这小子行呢，我看是有门道了。你们就知道钱钱钱，一点情趣都没有，也不学学人家。

山坡上顿时出现一阵开心的笑声，在月夜里是那样奇异张扬。它盖过河道里咆哮的洪水，似乎在挑战它的淫威。

人在极度困惑与尴尬中出现的幽默，会相当感人。

饶水竟有这样的疯狂，许多人竟忽略它很久。

浩浩荡荡，摧枯拉朽，势如破竹，所到之处无不折服于它的疯狂。一天一夜的洪水泄后，饶水川满目疮痍，两岸丰收在望的粮食早已冲得不见踪影。那些韧性极强的柳树通通向南倒下，树头埋在淤泥里不能动弹，而树身则像一张巨型的弯弓指向天空。一整片的林子都是这个模样，看上去十分壮烈，酷似一张张排列整齐的弯弓愤怒地指向天空，也像古代高人布下的一个神秘的巨阵。

洪水过后，河道里的情景让油老板后背发凉。除了个别的诸如水泥杆等稀稀拉拉的物件仍矗立在原地之外，其他所有的东西通通被洪水吞食，没有留下一点痕迹。在洪水留下的泥淖中，他已经不能很好地定位石油井场的确切位置。

一场洪水不仅冲走了他的所有财富，而且也改变了这个地方的形状。他怎么看都有些异样，不是那个曾经招来无数财富的聚宝盆。眼前的这个地方相当陌生，仿佛初来乍到似的，他开始陌生地打量四周的一切。一夜之间到底发生了什么，竟让他僵立在那里，没有回旋的余地。

洪水过后，整个河岸都变成黄褐色，与山梁上寸草不生的黄土地融为一体。洪水不仅漫上了岸，冲走岸上的一切，而且在两岸的山腰处留下曾经肆虐的黄线，让他看见心里就发憷。

油井老板是个外地人，一直干着攫取巨额利益的事，从没遇到啥过不去的坎。他用地下石油换取的金钱摆平许多看似根本不可能摆平之事，现在怎么会鬼使神差地落到这个地步，连自己都闹不明白。他不知道这里的情形，平静的山谷里竟潜藏如此危机，难道雇佣的这些人，他们祖祖辈辈生活在这里，竟没有一个想到会出现这样的事。

老板惘然地张望着，不能理解面前发生的事情。他们似乎对这样的事并不怎么惊讶，甚至还有些幸灾乐祸的样子。身处如此境地，还一个劲地开玩笑取乐，仿佛欣赏一个惊心动魄的美国大片似的逍遥自在。

现在老板开始彻底绝望，对这山这水，也对世代生长在这里的形形色色的山野之人。正愤恨之际，眼前出现的情形惊呆了他。

他看见几个站在河岸边的年轻人，也就是昨晚与他在山坡上一道看洪水的人。他们迅速脱掉衣服，每个人精光得只剩下一个裤头，快速向深不见底的泥潭靠近。不知他们要干啥，是要藏身这深不见底的泥潭吗？刹那间，他有些紧张，目不转睛地盯着这几个亡命之人。

只见他们跳入泥潭迅速躺倒，开始快速地向泥潭的中间地带翻滚。这情形若不亲眼所见，打死也想象不出来，还有这么壮观的黑色幽默或者行为艺术在眼前上演。

他们一个个翻滚得相当快，刚一阵工夫就滚到泥潭中央。只见他们十分麻利地捡拾起浮在泥潭上的西瓜，并怀抱着大西瓜开始往回翻滚。瞬间他明白他们的用意，洪水并未让他们屈服，他们还在想方设法获取洪水带来的不义之物。

洪水泄后，圆溜的西瓜被遗落于泥潭之中，这些东西又勾起站在岸边远眺之人的欲望。他们熟悉眼前的泥潭，如果站立起来很快就会陷入没顶之灾，于是惊人的一幕出现了。

不大工夫，他们每人抱着一个大西瓜上岸。上岸后浑身糊满泥浆，但他们并不介意这个，而是匆忙擦去瓜身的泥巴，紧接着嘭的一声就将西瓜砸开。红瓤黑籽的西瓜特别显眼，他们将一半给了他，另一半给了那个从夜晚到白天自始至终跟着他们的女人。拿着似乎以性命换来的东西，石油老板有些不知所措。

吃吧，想那么多干啥。只要老命在世上，好东西多着呢，干愁有个屁用。

听到这话，油老板不再疑虑，开始放下身段像他们一样大口吃了起来，山沟里瞬间又有了笑声与活力。

专家强烈地感到故乡已经发生巨大变化，这变化与石油关系密切，它改变这里的物质形态，也深刻地改变着人们的思想。在破除羁绊激活思维后，呈现一种无序失控与恣意妄为的特质，这是原来没有想到的。

石油快速地改变一切，它让贫困的人们富裕起来，也让穷乡僻壤变得面目狰狞。曾经知足常乐的人们，现在心情浮躁起来，已经没有什么能够安抚日益焦虑的内心。

对于迅速变化的故乡，专家的准备明显不足。看到日益富裕的乡亲，他的心里相当高兴，但他们致富的手段有时特别邪乎，该欢迎还是拒绝这样的事情，他给不出答案。事情仍实实在在地发生着，多少温馨的记忆从此化为乌有。他那个记忆中的故乡似乎已经消失。

伍拾

接下来的时光，专家仍行进在荒原上。

离开朝思暮想的故乡，要到自己的母校看看。离开母校同样已经30多年，记忆变得模糊不清，没有一点可以附着之处。

放眼望去，躁动的陕北面貌依旧。浑莽的大地上千沟万壑、面目狰狞，似乎上帝在打造这个地方时，有意施了点魔法让其不再柔顺，或许由于他的疏忽，把本来可以做得很好的事情给耽误了。这里山连着山，峁连着峁，沟壑连着沟壑，嵝岘连着嵝岘。山势在起伏，地形在变化，似乎永无消停的时刻。

难怪有人把这里比作火药桶，人们的性情直率刚烈，身上天生就有一种不安分的因子在躁动，属于一点就燃，一擦就着的高危险区域。历史上农民揭竿而起，敢于向黑暗的势力叫板，由于把握不住分寸经常闹大，把事情做过了头，有的甚至更邪乎，在历史上留下抹不去的恶名。

起义成功的农民领袖，在夺取政权后不知该如何挥霍与享受，绞尽脑汁地想着比过去的皇帝还要奢侈，于是就有了绝妙的法子。他们让后宫的女人们即使白天也全部不穿裤子，在人群里走来走去，以满足他们随时享受的需求。如此行为，反映出这些造反者本身动机不纯，有种说不清楚的阴暗心里在作祟，他们一时不知该如何消受来得太快的幸福。

今天这个沉寂多年的区域火爆起来，随意望去，到处都有躁动的老陕在行动，他们再次活跃起来。这次躁动与历史上任何时候都不相同，不是为了翻身谋解放，而是由于地下巨大的能源宝藏刺激他们沉睡多年蠢蠢欲动的心。在利益的刺激下，他们又一次开始摩顶放踵的浪荡征程。

随着油井队的逐步深入，井架、抽油架在穷山秃岭上越来越多，激发亘古未有的欲望，人们变得空前浮躁与膨胀。言必以油，言必以利，似乎在这个世界，只剩下油与钱这两种有用的东西。围绕这两种东西，又滋生出盗窃、卖淫、械斗等许多已经销声匿迹多年的事情。

有一阵子社会风气极其恶劣，赌博肆虐，盗窃成风，黑吃黄，黄吃黑，他们互为帮衬演绎出许多形形色色的真实故事，在这片土地上肆意飘荡，把一向以恪守文明、礼仪、传统的地方弄得面目全非、鸡犬不宁。这些表面的繁华，正肆意毁坏业已形成的某种文明。

面前的公路上拉水车、油罐车正呼啸而过，震得大地瑟瑟发抖。在穷乡僻壤，从未见过如此之多的日系车、美系车、德系车竞相驶过，在世代务农、苦大仇深的老乡面前轮番展示威风，让他们体会一个张扬时代的来临。

在这里可以看到现代与落后突然奇迹般地嫁接在一起，正畸形地发展着。这样的进程来得太快，让人们没有消化的余地，没有思考的空间，只能生吞活剥、囫囵吞枣地吸收与被动地接受，现实正严峻地考验着每一个人。

这些地下财富究竟给这片沉寂千年的土地带来了什么？是繁荣与富华吗？没有人能给出准确的答案，也没有人能停歇片刻，想想这个与己无关却又息息相关的重要问题。

专家在穷山秃岭中穿行，坐在旁边的同学说，马上就到镇上。车子经过一个横亘在沟壑里的土坝上到塬上。在记忆中这个坝前的坡度曾经很陡，现在看上去非常一般。镇上已面目全非，似乎进入一个从未去过的普通小镇。

这里房子很多，由于两边的房子使劲挤占路面，道路显得非常拥挤，给人的感觉有些零乱。30多年前的影子一点都没有留下，眼前完全是个陌生的世界。

专家印象中最深的是学校在城墙的下面，而公社就在一个城墙围拢的寨子里。

他有些惊讶地问，怎么不见城墙？

早就拆了。

这句看似平常的话产生很大的震动，他努力控制自己不让情绪变坏。城墙已毁没有留下任何踪影，取而代之的是这些毫无特点的房屋，它们却代表时尚代表未来。这是人们目前最普遍的理解，也是镇上的主流观念。过去的一切不复存在，现在唯一能看到的是穿过小镇的一条街道，在荒原上非常夸张地展开。

街上的繁华远胜于过去，大多是餐馆、商店、旅馆之类的建筑，店铺林立，风格驳杂。也有三四层的楼房，它们多为学校、医院等公共部门使用。街上来回穿行的车辆很多，挤占这条并不宽的街道。油井队的重型车辆从街上经过时，两边的房子会产生共振。匆忙的车辆成为这个繁华小镇的一部分，将本来安静的小镇弄得轰鸣作响。

进入魂牵梦萦的校园，仿佛突然坠入一个陌生的世界，让你来不及躲闪。这里完全没有记忆中的影子，眼前的情形在使劲灼伤曾经的记忆。

一位 30 多年不见的老同学出来迎接。他的大模样还在，即使 30 年不见也能辨认出来。那机警而热情的眼光给人的感觉有些复杂，一如这面目全非的校园。他热情地招呼客人，说着既像激动又像没话找话的话。专家猛然觉得三十年过去了，一切都在发生变化，有些变化已不能复原。

同学就是向导，带着专家在校园里转悠，并不时地指着眼前的建筑物，详细介绍前后的变化经过。你说的那些建筑早就不存在了，这里已大修过三四次，每次的动静都很大。他的语速平稳、态度平和，没有掺杂任何主观因素。

走到校园的深处，他手指着前面的教学楼。这是你说的当年的操场所在地，旁边就是当年的教室。顺着他手指的方向看去，在接近校园的围墙处有一片空地，围墙外是一片开阔的农田。

他的话让专家激动不已，不知何故，经常梦到这个教室，它留下的记忆竟如此深刻。梦境中铃声响过，他无论怎么都赶不到教室。有时在宿舍里找不到上课要用的教材，看来迟到已无法避免。而通往教室的各个要道，总有一位认真负责的校领导把守，他的命运最后不是被逮着就是无奈地逃逸。

专家仔细端详教室所在地，他说，这后面应该有片树林。

对，那些树早就砍掉了，现在是周围群众的责任田。

树林后面的墙角处应该有个豁口。

对，说得太对了。你的记忆咋这么好？

不是记忆好，是过去经常迟到，从大门进不来就从这个壑口溜进来，逃避教师的责罚。专家的话引来一阵笑声，看来对过去的追寻，还能找到一些共同的东西。

你那时老坐第一排，而我老在最后一排。

坐在最后一排的懂事早，啥都知道。

大家又是一阵哈哈大笑。

说着他们走到一排平房边，是女生宿舍，似乎正在粉刷。突然有种莫名的力量，让专家感应出这个位置的神奇。这个地方肯定是当年老师的宿舍，这里一排十间房，每个房间住的老师的顺序，我现在都能准确地说出来。

专家的话，让在场的人吃惊不小。

没错，这就是当年老师宿舍的位置，但是哪个老师住在哪间房子我们确实记不清了。

在校园里简单地转了一圈，他们边走边聊着出了校门。因为找不到任何想要看的东西，再待下去其实已没有多少意义。出了校门往东走了几步，这位同学像想起什么似的，突然说，这里还有一位同学在开商店，咱们过去看看。

是谁?

见了就知道了。

到了门前，只见两间门面房铁锁紧闭，他拿出手机拨通电话。

哎，你到哪里去了？怎么门上别着两把大铁锁不见人呢。

在县城里，现住在石油宾馆。

你狗日的好好在石油宾馆住着，在宾馆里把病染上再传给老婆，让老婆受罪呢。

你能不能带我到省城去?

把你带去就胡逞得更凶了。

他们像开玩笑又像在说真事，就这样嘻嘻哈哈地说完了电话。

现在人不在，这就是当年外号很响的刘某。他在老家种地多年，现在不种地了，跑到这里开商店，生意还行。

专家沉静在对刘某的回忆中。对于这个人，他的记忆尤为深刻，他的学习不错但最后没能考上大学，听说还为此悔恨许多年。现在总算朝着自己的理想迈进一大步。

中午他们在小镇上用餐，街面上的饭馆非常干净，吃着家乡的特色风味备感亲切。席间饭馆老板认出了专家，他吃惊地说，你就是当年考上大学的那个人吧？几十年不见了，你的样子没怎么变。

专家努力回忆，就是想不起眼前这个人。

饭馆老板则主动说，我比你低两级，你上高一时我才上初一，你可能想不起了。

专家说，你这么一说，我倒是有点印象了。

他们边吃边聊，很快结束用餐，在出门之际，饭馆老板挽留专家住下来喝两盅。专家抱歉地说，实在不好意思，要马上走，下次再喝吧。说着车子开始启动，他们挥手告别。

眼前的小镇快速消失。他们都知道这肯定是套话，下次还不知猴年马月，喝酒的事更是无从谈起。专家怀着一种说不清的心情离开母校。在离开之际他仍在仔细端详车窗外的一切，想从这里找到童年的记忆。无奈车速太快，没有找到多少有用的东西就很快离开了。

离开小镇，眼前杂乱的情景开始淡化，而深处的记忆却涌现出来。刚到这个小镇上学时，他也就十二三岁的样子。由于长期处在封闭的大山深谷里，能到小镇上学也算开了眼界。当时的镇上的确热闹，那时的心境与现在不一样，满眼都是新奇，到处是生机勃勃的景象。

校园的情形更是如此。印象最深的是那钟声。一口大钟悬挂在两根粗棍间横着的一根棍子上。钟声就是从这口大钟发出的，洪亮而悠远，从鸡叫五更到半夜三更间歇性地响起，整个荒原十几里地都听得一清二楚。

当当……当当当……

钟声是命令，是号角，钟声控制整个学校的节奏。

早晨黑漆漆的，每当预备铃声响起，在半道上赶路的学生就会加快脚步，要在早操前进入校园。睡在被窝的学生听到钟声得赶紧起床，再香甜的梦也不能继续，在简单的洗漱过后就要赶到教室前集合。

从清晨开始这钟声就不断响起，上课，下课，上自习，下自习，早饭，午饭，晚饭，晚自习，直到熄灯，都要打钟。一年四季，一天24小时，大伙儿活在钟声里，这钟声已经成为生命的一部分。要是偶然外出听不见这声音，浑身就不自在，仿佛丢了什么东西一样失魂落魄、难以自拔。

多少年后那钟早已不在，但仍能感到它的威力，它的庄严，它的律动。荒原上的钟声早已融入生命，时时不停地响起，成为催促人们奋力前行的不竭动力。它持续不断地响起，将你的人生敲打得紧张而又激昂。

听到这鸣响的钟声，会很自然地想到钟下还站着一个人，这个人让这钟声变得威严、冷峻、不能小觑。

这个人是学校的负责人。

他与钟谁更古老已无从考证，他与这口洪钟同样严谨、认真地守护着某种秩序不舍昼夜。

每当钟声响起，不论是白天黑夜，还是刮风下雨，他都笔直地立在钟的不远处仔细观察，看周围的学生是否紧张起来，看钟声的作用是否发挥。有时他像遇到猎物一样满脸威严，有时笑容可掬、意味深长。他仔细盯着你不说一句话，让你弄不清那笑容里包含的具体内容。

总之，这个学校在这口巨型大钟的催促下，一切都井然有序、不乱分毫。这口钟在这个人的注视下形成一种精神气质，钟的气质忠实地反映他的气质，而他的气质则代表这个学校的气质。更确切地说，学校的气质确凿无疑地从他的一言一行中反映出来，这气质让大伙儿可感可知，经年难以忘怀。

现在这口大钟不见了，这位负责人早已离开这里回到县城。听说已到耄耋之年，但仍精神矍铄不肯服老。这人呀天生什么样会永远什么样，不会有根本性的改变。专家突然觉得学校里少了这样一位人物，就缺少了灵魂。一个没有灵魂的地方，打死也不会有大的出息。

他开始思念这个人，曾几何时，对于这个却一直耿耿于怀不肯面对。曾经的岁月，他把独有的做派彻底留在这个还未成年人的记忆里，以至于经年不能释放，没有哪个人比他更精神、更活泼、更革命。

他刀削似的面庞，鼻子挺拔尖细，眼睛炯炯有神，牙齿由于长期饮用高氟水而泛黄，标准的三七开头发梳理得一丝不苟，永远一副革命者的形象。

这种类型的人形象大致一样，都有用不完的精力，使不完的劲，好像一出世就决定要充当革命者，充当引路人，这个负责人尤其如此。很奇怪，经过多年历练，专家开始相信面相学，认为它肯定是一门科学。

专家十二三岁的时候遇到这位革命者，他童年的记忆就永远留在那个年代。除了在巨型大钟下，他大义凛然、正经八百傲视群雄外，平时也行色匆匆，永远一副行进的姿态。讲起话来更是慷慨激昂、喋喋不休，常把一件很小的事讲得头头是道、入木三分。专家在那个年代遇到这位革命者，不知是他的幸运还是不幸。

那时“文化大革命”接近尾声，声势浩大的革命运动已成强弩之末，欢欣鼓舞、战天斗地的人们被这种高强度的兴奋罕见地折腾了近十年。当人们有些疲惫想歇息的时候，一代英豪伟大领袖陨落了。人们无法想象也不能接受的这个事实。广播电台里一遍遍地播送，人们不知究竟发生了什么，也不知今后应该怎么生活。这时全国人民都在哭泣，他们那个公社也不例外。

人民公社的办公地址就在那座巨型的寨子里。寨子四面城墙很高，过去为防守贼寇而设，现在要在这里举行隆重的纪念仪式。参加悼念的人前后左右排成整齐的队列，那些用白灰勾出的线很直也很白，他们站在线上神情紧张，与站在刀锋前线上没啥两样。

哀乐一遍遍地响起，人们缄默不语，有的人忍受不了这种氛围开始呜呜啼哭。四周城墙上站满基干民兵。他们排列严密全部荷枪实弹，把整个悼念地围得水泄不通，似乎阶级敌人随时都会出现对这一肃穆悲壮的悼念活动进行捣乱、破坏。

当广播里传来低沉的哀悼词声音，对伟大领袖一生进行高度评价之时，会场上的呜呜声开始变大。先是个别人发出，细微不很齐整，星星点点四处迸发。刹那间，这些细微的声音趋于一致，开始变大变强形成高潮，哭声宛如波涛一样涌动，人们开始放声大哭。这种集体的哭泣，其悲壮伤感之势感天动地，一时盖住高音喇叭里的哀悼词声音。

经历那样的仪式后你会知晓什么叫庄重与敬畏，一生都不可能忘记。

那样的集体伤感过后不久，专家的个人伤感接踵而来。他无论如何也没有想到，童年的他在革命的洪流中也会和伤感这类东西沾上边。这种重叠错位有些滑稽，也显得不可思议。

现在咀嚼起来仍不能有正确的判断，尽管时光过去近四十年。

伍拾壹

车在山涧沟壑里盘旋行进，过去几十年的一件旧事，又从记忆深处跳了出来，让专家的心绪不能平静。

有天周末到了该回家的时候，班长叫住正准备回家的他，说学校教导主任让他半个小时后到高二（1）班的教室去一趟。对于这样的事他特别诧异，有种不祥之感在升腾。平时与教导主任没有任何瓜葛，怎么在快要回家之际有这样的事情出现。他问，有啥事。这位负责人不紧不慢地说，去了就知道了。

怀着忐忑的心情艰难熬过漫长的半个小时，进到一间大教室里。那里人很多，各年级各班的学生都有，大伙儿聚在一起都有些莫名其妙，谁也不知道为啥要集中，只茫然地等待着。过了一会儿，学校的负责人走了进来，就是这位经常敲钟、严谨认真的革命者。

他一脸的严肃，目光四处扫视，站在讲台上讲话时，一副大义凛然的样子。

今天是周末，把你们留下来举办学习班，知道为什么？全校的学生都能在规定的两天报名时间里头一天到校，而你们这十几个人却选择第二天。虽说第二天报到也没错，在规定的时间范围里，但是如果从思想深处去挖，还是能找到根源的。为什么不学先进甘愿落后呢，这里面本身就有问题。今天举办这个学习班，就是要让大家从思想上深挖根源。思想问题解决了，其他问题就会迎刃而解，只有放下包袱才能轻装前进，这个道理千真万确。

说完，他目光锐利地在每个学生身上扫射，酷似一只鹞子追赶着一群拼命逃命的鸽子。

专家第一次听到学习班这个名词，多少年后其他的记忆已经淡忘，唯有学

些特别，刚刚欣赏过，又迅速融入身后弥漫的大雾里。这情景就像放映的片花一样，整个情景被分割成一个又一个的单镜头，让你慢慢进入，一个个单独品位。

在弥漫的大雾里，眼前又出现几个俏丽的形象，她们虚幻而又真实，淳朴而又妖冶，让你只能屏住呼吸，满怀希望地憧憬这些似真似幻的精灵在眼前飘荡。她们或洒脱不羁，或清丽怡人，或娇滴可爱，个个空灵飘逸。

这曼妙的雾构成人生最浪漫的情调，它们氤氲飘动，杳杳渺渺，是融合国画水墨晕染技巧的水彩写意画，水色交融，墨色斑斓，水韵十足，有着浓浓的思念之情。

正沉浸在奇思妙想中，手机嘟地响了一下，出现一条短信：

> 气象台5月10日07时50分发布大雾橙色预警。六盘山区已出现能见度小于200米的浓雾。预计未来6小时，六盘山周围大部有能见度小于200米的浓雾，请防范。

专家看了一下信息，感觉气象台报得还不够精准，这会儿雾浓得惊人，能见度早已小于100米。原来今天是周末，难怪清静得有些反常，大伙儿都回去了，平时热闹的地方一下子冷清下来。这个周末他没有回去，该如何打发闲暇的时光，他在认真思索。这个问题看起来很简单，但处理起来还真的有些难度。

伍拾肆

天气变暖时他们约定向六盘山深处挺进，这是个激动人心的时刻。来这里好几年，知道有大雪山这样一个地方，只是没有机会去，现在终于如愿以偿。

大雪山，这个名字听起来非常诱人。很明显，这虽不是六盘山的主峰，但它肯定是至雄至险的，能攀上这样一座高峰，是心中梦寐以求的愿望。今天，这个愿望马上就要实现。

去过大雪山吗？专家问。

没有。王贵回答。

自己家门口的地方都没去过？

唉，有时感觉这辈子白活了。

这样说有些沉重。

我说的是真心话。

专家看了看旁边的王贵，只见他神情凝重，一向嘻嘻哈哈的神情不见了，似乎真的为这个而较真。

这么严肃干吗，不是马上就去了。

不是因为这个，我想到别的。

你倒说说看。

你说人与人的差距，有时比人与动物的差距还要大。

王贵的话逗乐了大家。

学者问，你今天咋了？说话一副怪兮兮的腔调。

没啥，咱们不说这个了。

王贵不想多说，出现少有的哀叹与自责，看上去有些反常。

一定有啥心事，老王平时不是这样。

那我们就说说别的，不提老王伤心的事。

你去过大雪山吗？专家问学者。

上去过两次。学者回答道。这个季节不是最好看的，要是秋天上去，山顶上的草甸像地毯一样柔软，各种各样的花草点缀其中，那样的情景非常绚丽。

哦，那我们约定秋天再去一趟。

到时不要忘记我。王贵开口说话了，脸上露出惯常的既憨厚又诡异的神情。

关于六盘山的情况，你给我们再介绍一下，好让这次旅行印象更加深刻。专家说。

学者一双大眼睛盯着专家看，那里除了英武之外还充满无尽的活力，他稍微停顿一下，便侃侃而谈起来。

六盘山横亘陕、甘、宁三省交界处，地处宁夏和甘肃南部、陕西西部，位于西安、银川、兰州所形成的三角地带的中心。山体大致为南北走向，长约 240 公里，是陕北黄土高原和陇西黄土高原的界山，也是渭河与泾河的分水岭。这 240 公里长的山脉笼统地叫陇山，古代“陇”与“垄”通用，指的是田埂。人们看到横亘关中平原西部的山脉如同田埂一样，就把它们称为陇山。

所以，现在陕、甘、宁的人都在争陇山的归属。陕西有个陇县，在陇山之东。他们说我们以山命名县，陇山自然应该属于陕西。他们说的陇山实际上是指小陇山，它是大陇山南部的延伸。甘肃境内华亭的山脉也是其自然延伸。

陇山的主峰在宁夏隆德境内，又名大陇山、六盘山、鹿盘山、鹿攀山等，主峰海拔 2928 米。古代盘道六重始达山顶，故今名六盘山。山的东南有老龙潭景区，为泾水源头之一。

北部西吉境内的山脉，也可以看成陇山的自然延伸。以久负盛名的须弥山石窟为中心，包括西吉火石寨的云台山，还包括再往北一些的南华山。这条山脉很长，景色也不相同，特点鲜明。

主峰在我们的地界里，那我们应该最有发言权。专家说。

唉，争来争去几百年了，也没啥意思。大家现在和平共处，一致同意陇山是三省的名山，这样就不再争了。学者说。

这样也好，各自经营好自己的地段就行。

说话间到了大雪山跟前，只见一座拔地而起的山峰矗立在眼前，周围还有绵延不绝的山岭相映衬。

大雪山这个名字很好，会让人产生无尽的想象。专家说。

学者再次说道，这个时候登顶还有些早，山上气温低，草甸的草还没长起来。他的话听起来多少有些遗憾的味道。

季节不重要，能上去就行。

恐怕等不到秋天了，听别人说你马上要走，否则不会这么急着登大雪山。王贵说。

一听话不对头，专家急忙制止这种武断的推测，他说，这个说不准，说不定明年这个时候还待在这里。

王贵笑了笑，那笑意味深长，他没有再说走不走的事。

学者手指窗外告诉专家，我们现在已到大雪山的脚下，车将沿着盘山路慢慢上山。这里的路况不好，前几天刚下过雨，有些路段还很泥泞，你要做好思想准备。

没事的，我来之前就已做好充分的准备。

车子进入山脚下的松树林中，碧绿的松树整齐地从路旁排列到远方，像一列列等待检阅的部队。

这里的松树好齐整。专家有些惊叹。

这是人工林。

人工林？

对，是20世纪六七十年代栽种的。当时从北京等地来了好多知青，组成林建师，他们与当地人一同植树造林，才有今天这样的大片森林。

他们到这里来植树？

对，是响应国家的号召来这里的。这些人受苦了，他们把青春奉献给这些谷，好多人回去后年龄大、文化低，工作安排得不好。去年有几个多年不见的老知青又回到这里，当看到自己当年亲手种下的树苗已经长成郁郁葱葱的一大片森林时，几个人当时相拥而泣。他们的哭声感伤噎人，在林海中回荡，当地陪同的人都感动得流了泪。

专家仔细听着，听到这里心里酸酸的，虽说不是知青，却能理解这些老知青的心情。那是极其复杂的心情，不光悔恨伤心，也有兴奋激动，还有对无常人生和流失岁月的无奈叹息。

从山下往上看，山坡上的树木一绺绺排列特别整齐。它们的颜色都是绿的，但有明显有差异，表现为深浅不一，像大手笔画出的一道道粗犷线条。

你看这山上的树排列如此整齐，颜色也极其规律，就像人为设定的一样。专家说。

是造林工人有意这样做的。

是为了好看?

不全是为了美观，不同类似的树种在一起可以防止病虫害，有些东西天生就是相生相克的。

哦，原来是这样。专家知道自己这方面的浅薄，表现得很谦虚。

他们边走边聊，车子进入大雪山的深处。从这边的山坡拐到相邻的山坡上，车子慢慢向着山顶靠近。

这里全是人工林，就没有原始森林吗？专家又好奇起来。

有。学者非常坚定地说，但那是以前的事了。接着，他对森林的历史侃侃而谈。

过去大雪山的森林覆盖林深似海。这里海拔高，气候寒冷，所以木质非常坚硬。树身高大，树木参天，有的树两个人手挽手都抱不住。这片黄土高原的原始森林在历史上很有名。

隋朝时长安城修筑的楼阁宫殿，所采用的木料多是大雪山的松杉之木。后来金人南下，北宋王朝离开汴州南迁临安。金主为了炫耀其威，在汴州修筑新宫殿。他发现隋朝长安宫殿所用之木皆来自陇山，遂派人寻找。当他们找到这个地方时，这里原始森林的噩梦从此开始。

他们派大军驻扎，为方便运输斩木辟道，遇沟谷架桥，遇悬崖筑栈道。这样一条木制大道长达百里，一直通往森林深处，从此浩浩荡荡的伐木运输工作全面开始。一株株巨木倒下，经渭河入黄河，最后直至汴州。大雪山原始森林的命运可想而知。

后来在"文化大革命"时期，山上还有一些原始森林，当地组织人员连续砍伐，毁掉仅存的大树，现在能看到的全是人工次生林。

学者讲完了。专家看着眼前不断出现的树木，想这片原始森林遭遇的厄运，与这里从未绝迹的战争一样，对于百姓的浩劫，对自然的掠夺，是伴随统治者贪婪与征服欲的不断高涨而同时生发。只要有这样一批野心家、阴谋家存在，这里的自然万物，这里的百姓都难逃厄运。

正想着，车已行至半山腰，此刻往上看往下看，到处都是郁郁葱葱的树木，树木遮睹视线。转过一个沟垴，眼前出现显眼的桦树，它们就长在窄狭的道路外侧，红红的枝干格外引人注意。

这里还有桦树？

有，这是红桦树，还有白桦树、黑桦树。

它们咋能长到半山腰上？

这很常见。桦树脱落的皮是常见的药引，如果拔火罐子，里面放上少许桦树皮，效果会更好。

王贵抢着回答问题，他对桦树皮的药用价值很了解。

这时外面的雾气在加重，能明显看到流动的雾霭，空气中的湿度在迅速增加。

怎么好像要下雨了？

大雪山经常这样，山下晴朗山顶大雾弥漫，有时下面是晴天，上面还会下雨，看样子今天上面有大雾。学者指着车里的海拔仪说，你看现在已到海拔 2400 米的高度。

山顶有多高？

大概 2700 米。

这是六盘山最高峰吗？

不是，最高峰在米缸山，那里接近 3000 米。

那为啥这里叫大雪山?

这里的海拔虽然不是最高，但森林茂密，植被良好，气候湿润，每年三四月份，山下风和日丽，草木吐嫩，百花争艳，山巅仍大雪覆盖，所以叫大雪山。大雪山也叫湫头山。

湫头山？这个名字挺怪的。

这个湫字，就是水潭的意思。

你说山顶上还有水潭?

对，在山顶有一低洼处，常年积水，碧波粼粼，人称天池。

这山顶上还有天池?

专家越听越激动，他登顶的心情高涨起来。这时雾越来越大，车前只能看见十几米远，他们在大雾中慢慢向着山顶靠近。

又过了好一阵，车沿着山脊直接往上开。两边是隐约可见的树木，它们掩映在浓雾中，一副影影绰绰的模样。视线所及非常有限，此刻天地万物都隐匿在大雾里。

山脊上的这段路很陡，有直上直下的感觉，经验告诉他马上就要接近山顶。

一阵颠簸后车身突然平正了，专家发现进入一个草甸。这时车停了下来，学者说，到了，这就是大雪山的山顶。

他们下了车，一脚踩在松软的草地上，发出扑哧扑哧的声音。仔细看，地面上有细小的黄色蓝色的小花朵，它们长在很细很长的茎蔓上，让人不忍心抬脚踩下去。

这就是大雪山的山顶，如此苍凉粗犷的地方，竟然孕育出这等柔弱妙蔓的植物。它们相拥在一起，于大雪山上尽情展示自己的妩媚与温柔。

专家终于登上梦寐以求的大雪山。环顾四处，这片草甸并不大，四周的树木隐约可见，它们似乎围拢在一起，共同营造这样一个温馨的空间。

见专家不吱声，学者以为他对这个地方有些失望，急忙说，今天大雾弥漫视线受阻，天晴时站在这里往下看是非常壮观的。要不改日天晴时，再陪你上来。

不，不，这样很好，我还没有见过如此动人的情景。他的话一时让学者不知如何回答。在雾气弥漫的山顶，他仔细观察大雾笼罩的大雪山，看这浓雾世界里专家的表情，但并没有看出想要的结果。

在这里伫立一阵后，专家问，这就是湫头山？

对，这就是湫头山。

那怎么没有看见湫呢？

你说的是天池吧？

就是山顶上有潭水的地方。

就在前面不远的地方，这山顶蜿蜒曲折，绵延很长，越往前道路越难走。今天的路面有些湿滑，对于安全问题我有些担心。学者的话语中透出畏难情绪。

哦，知道了，那就改天再去。专家倒是很洒脱，他说，我们看看就下山吧，不要一次都享用了，留点念想下次再来。

说着，他们一同上了车，沿着来时的路线往回返。

刚走出草甸不远，就到了刚才上山时又直又陡的山坡。车速很慢，车头低了下去，人前倾的幅度很大。大家都不说话，屏气凝神，小心经过这个危险地段。

车窗外的山梁隐约可见，那刀背形的山脊对于正在行进的车辆构成挑战。只见右边山洼的雾气似浮云般涌动上来，翻过山脊路面后，顺着左边的山洼流动下去。车子慢慢经过浮云穿过之处，给人既惊险刺激又缥缈虚无的感觉。行进在大雪山上，宛如进入虚幻的境地，一切都显得不很真实。

突然手机一连串收到好几条信息，打断正穿行在天国梦幻世界的专家。信息是红衣女子发来的，她说，你现在哪，怎么一条信息都不回。

我正在大雪上山。

大雪山上？她不能理解他的话，以为在开玩笑，说，那是不是快成神成仙了？

真的在大雪山上，这是六盘山的著名景点。

哦，我说五六月天哪来的雪山。你真幸福，我们当地人都没这种福气去神仙才能游玩的地方，为啥不带我去？

走得匆忙，没来得及。

这个借口很烂。

专家正要辩解，信息却发不出去，他们又进入信号盲区。世上的事就这样

阴差阳错，关键时刻的误解会影响整个事件的进程。他就这样干坐着，等待信号重新出现。这个过程很漫长。他猜测她肯定在想他是有意不回信息，怕什么东西被戳穿。

受信息不畅的影响，下山时的心情发生一些变化。专家不再欣赏周围的美景，只等待中断的信号重新畅通起来。有一阵子谁都不说话，车上的气氛很沉闷。

学者似乎发觉什么，他对专家说，看来你今天玩得不尽兴，没关系的，下次天晴时再来，我保证你能看到天池。

哦，不是的，很尽兴。

尽兴个啥呢。王贵神秘莫测地说，脸上露出更高深莫测的神情，有些难以捉摸。

下山的速度很快，车在坡洼与山坳中交替运行，没用多长时间又回到上山时那片特别规整的松树林里。这时信号过来了，她说，我要见你。

看样子，她真的有了误解。

那好，晚上见，等我的信息。

好的。

专家再度陷入茫然的思绪里，事情瞬间很纷乱，让他难以理出头绪。

这五月的天气也很奇怪，别的地方都热得快要着火，这里却依旧凉爽宜人，还有几分凄风苦雨的味道。斜风吹过，树枝摇曳，雨水扑打在脸上，散发出一股沁人心脾的凉意。春夏之交，按说不该是这种秋风秋雨愁煞人的情形，但它确实如此，没人能说出它的不是。

专家从大雪山上下来后，又回到熟悉的城市里，他想着去见那个嗔怪他的人。

伍拾伍

近来游历的频率明显变快，从大雪山上下来没几天，他们几人就又出发了。这次选择的是东南方向，要去探寻神秘的古县城遗址。还有一个不同，那就是蔷虹也出现在考察队伍里，她的出现给这个小分队带来愉悦，一路上大家的兴致始终都很高。

我们今天要去哪里？专家问。

去看千年前的百泉县遗址。学者说。

百泉县，这个名字很有诗意，现在还有泉吗？

有，那是我的故乡。小时候经常听说有牛羊喝水时不慎跌入泉中，从此不见踪影。现在几处泉眼仍在泛水，好像没有过去旺了。学者不紧不慢地回答专家的话。

要不咋叫百泉县呢。蔷虹说话的口吻有点调皮。

还是美女机智，一下子就点到要害处。

故乡的历史很悠久。说这话时学者一脸的得意。

我们一起待了这么长的时间，今天才实现到你的故乡看看这个愿望。你是好货沉底，不轻易示人？

好像没有这方面的因素，主要是想让你完整地了解这里的历史，慢慢进入其中。

这里的历史的确悠久，随便一个地方都能说出好多故事。你的故乡自然就不用说了，固原最早有记载的就是这里。专家兴奋地说。

学者开始介绍起来。百泉县位于古朝那县的正南边，属红河流域，与古朝那县所处的茹河流域完全不同。它没有朝那县的历史悠久，朝那县秦朝时就有了。这个百泉县在隋朝建立，现在算起来也超过千年了。

专家在想，一千多年前的古县城遗址究竟是个啥模样，后来由于什么原因让这个出道很早的地方，从人们的视线中彻底消失，变成久远的历史与神秘的传说。

夏日午后阳光高照，白云在蓝天上快速移动。他们一行人出发了，直奔百泉县的遗址而去。

这地方很是特别，一道山梁后面就是一道平川，过了平川又是山梁。这些平川就是从古至今人们生产生活的聚集区域，百泉县位于其中的一道平川中，就是现在的红河川。

过了不长时间，到古城路口处，车子调转方向径直拐向南边，直奔百泉县遗址。

川道不是很宽，没走多大工夫就上了慢坡。盛夏之际天上云彩流速加快，看样子马上就要下雨。夏天就这样，雨说到就到，说过就过，来得快过得也快，正欣赏之际车子已上到高处。

向下俯视，沟壑不是很深，山坡上层层梯田缠绕，梯田里的玉米绿油油的，已经长到半人高。每层梯田都是绿茵茵的玉米，给整个山坡缠绕上一条条绿色的带子。翠绿的玉米林中偶有金黄色的小麦出现，小麦快到收割时节，把绿色的海洋点缀得恰到好处。

这里的一切非常奇特，每个沟壑都长满树木，大的沟壑绿树成林，小的沟壑仅有几棵树，有的微型沟壑仅有一棵大树旺盛地生长。树木之绿，与玉米的绿色以及山梁上的绿草还不大一样，绿中带有飘逸的浅黄色，丰富的色彩将山川大地装扮得美丽动人。

车子在山梁嵝岘间来回盘旋，无尽的风光于眼前不停变换。蔷虹被窗外的景致所打动，眉宇间露出兴奋的神态。

你来过这里吗？专家问。

她看着专家说，今天是第一次，要不是你，我可能永远都不会到这里来。

平时很少带你，主要是怕你忙。

她看了一眼这个正忙于找借口的人，显然对他的回答不以为然，随即说，还不至于忙到那个份上。

对话并不影响她的好心情，只见其长发飘逸，神情悠然，对眼前出现的情景很是好奇，看得出她已经陶醉于回归自然的兴奋之中。

走了不长时间便开始下山，远处平川里的景致豁然出现在眼前，两条山系中的这个平川恬静而神秘，完全一片绿色的海洋。

你们看，到我的家乡了。学者指着窗外激动起来。

大家顺着那个方向看去，只见远处绿色海洋中隐约有楼房出现，它们掩映其中，不仔细看很难发现。大伙儿怀着兴奋之情，议论着只有乡镇才会有这样的楼房。

你们家乡啥时有了楼房?

最近几年的事，我在的时候全是平房。

回去还能找到原来的地方吗?

说到哪里去了，我经常回来。学者不满意这样的问话。

车在绿色的田野里穿行，周围的玉米硕壮挺拔，长有半人高。旱田里的玉米能有这样的长势，的确让人惊叹，都快赶上银川平原的吨粮田。玉米田里偶尔夹杂小麦，它们虽然高度不及玉米，但麦穗肥硕，籽粒饱满，黄澄澄的正待开镰收割。

在树木较多的地方往往就有人家出现，人们习惯住在树荫遮蔽的地方，在高大树木的庇护下，于习习凉风中享受生活。要是周围再有一些桃李杏梨等，常有鲜花盛开，果实盈枝，那就是不一样的人生。

这个地方还真有点灵气，怪不得是古县城遗址。专家感慨起来。

你以为呢。学者的兴奋之情越发强烈。

这叫地灵人杰嘛。

地灵是肯定的，这人杰嘛就不好说了。

谦虚啥呢，你够厉害的了。

他笑声郎朗，特别享受这样的氛围。

说话间，车子进入街道。街上的人与车很多，仿佛集市日，让本来就不很宽敞的街道变得有些拥挤，两边的楼房零星散落。这是典型的北方小镇。

车子在街上行进不大一会儿，两边的房子全部变成平房且很老旧，似乎有些年代。

我原来就住在这里。学者手指街边的房子说。

现在房子还在不?

在，不过已经卖给别人。我上次来过，还是原来的模样，也没有翻修过，我还待了很长时间。

你对这里很有感情嘛。

那是肯定的。

说着车已行至河边，一座大桥直通半坡，把那条河撂到下面很深的地方。

哦，你们看，这条小河我小时候经常玩耍。从这边的小坡下去，趟过小河，上到那边的山坡采摘杏子、桃子，那是小时候最快乐的事。

那时没桥吧?

没有，一上一下很费劲，现在容易多了。

还是有桥更方便。

方便是方便了，但那种翻越的感觉没有了。

学者带着些微遗憾回味逝去的一切，有明显的乡愁。

车子过桥后行驶很快，刚一会儿工夫就上到坡顶，在坡顶没有停留便向下行驶。在一片向阳的坡面，一个完整的村落出现在眼前。

真是山重水复疑无路，柳暗花明又一村。完整的村落静静地出现在山坡的阳面，有种巧夺天工的美妙，让人感到自然的和谐与神奇。

这地方好幽静呀，有点世外桃源的感觉。专家说。

蔷虹看着窗外一掠而过的情景，仔细品味专家的话，感觉这个村庄神秘得有些超乎寻常。她似乎在这里获得一种意想不到的亲近与惬意之感，瞬间融入这个广袤无垠的神秘之地。

车子没有停，继续向着百泉县遗址驶去。

在红河川上游两座山脉合拢处形成的盆地里，车子向深处挺进。道路越来越窄，车速越来越慢。拐了几个弯之后，在一片茂密的树林前停了下来。学者说，到了。

这是盆地中地势相对较高的地带，类似一个坝子，里面树木苍翠挺拔，中间出现连续不断的水潭。潭中水草青青。

学者说，这就是百泉遗址。现在水量有所下降，过去这些水潭是连在一起的，类似一个大湖。底下泉眼无数，有的地方泛起的泉水就像烧开的水一样，有水柱凸起。牛羊经常在泉边饮水，不慎跌入其中，会不见踪影。

一行人伫立泉边，好奇地看着这个水潭，他们的潜意识里早已认定，这里就是古百泉县的遗址。黄土地上有如此灵动的泉水涌出，哪有不建县的道理。百泉县，顾名思义，泉眼很多。没有泉水，哪有如此响亮的县名。大家纷纷拿起相机、手机照相拍摄，记录这个神奇的地方。

当地文管所的同志个头高大，面容清癯，一副近视镜度数很大，足见其多年的文化考古历练，已形成独特的气质。他说这就是古百泉县遗址，尽管许多同志现在还有不同看法，但他确信无疑。这位文物考古工作者非常自信，表现出让人不容置疑的自信。

他说，这个百泉县历史很短，隋朝建县，唐朝废除，与安史之乱有关，与当时强大的吐蕃入侵有关。那时以弹筝峡划界，等于把这里大片的地盘划给吐蕃。你想，临近边界的这个县城废除是很自然的事。

对于百泉县的建立，他猜测说，可能隋炀帝为了实现自已的雄才大略，意在割除与前朝北周的联系，而将朝那县改名为百泉县，从此划归平凉郡管辖，但治所还在原州。

这位皇帝的政治理想过于远大，他想让所有的东西都发生变化，以符合内心那个没有边际的想法。结果这样的抱负仅仅实现一部分，就被那些实现理想的具体操作者所杀害，还把暴君的形象赋予他并流传下来，千百年来都难以洗清。

从近几年的考古发现来看，这个推断是正确的。此地发掘出许多隋唐墓地，出土的文物表明它们价值不菲。有波斯的银币，表明北魏、西魏、北周在这里有高级别的人物存在，他们的墓葬才如此珍贵。

说着，这位考古工作者带领大伙儿走上一个小山坡。在山坡土崖处，他手指面前的土层说，看这里就知道，这是过去的垃圾处理地，里面有陶瓷碎片，还有许多灰层，这个可以提供佐证。如果没有集中的居住群，这样的封土层是不会出现的。只可惜，现在还没有找到任何文字方面的记载。

说到这里，这位基层的文物考古工作者口气缓和许多，他意识到自己推测得再有理，没有其他证据支持就很难自圆其说，说到底还是有些底气不足，因为考古是需要证据的。他是称职的，以敬业与执着守护这片土地曾经发生的历史以及还未探明的未来。

看，地椒椒。

不知谁喊了一声，大伙儿顺着缓坡看去。只见一簇簇的低矮植物附在地面上，类似岩石上生出的苔藓，这些花朵般的植物给山坡画上朴素的图案。它们独立成团，遍布山坡，相间适度，兀自开放。

他们向着有地椒椒的地方走去。只见它们开着美丽的粉花，只是这花太小，与叶子一样仅有麦粒大小。这可能是世界上最微小的叶子与花瓣。看着这些袖珍的叶子与花瓣，让人顿生怜爱之情。

别看它们个头小，医用价值极高，是夏天解暑安神的宝贝。这是咱们这一带特有的宝贵植物。当地一位种植地椒椒的老板自信地说。

他们蹲下身，每人采摘一朵粉红的花瓣，花瓣上带有两个小耳朵的地椒叶，拿在手里仔细观看。看它微型的身材，品味它的奇妙效果，这是大山奉献给人们的精灵。在百泉县，它们就这样生长着，今天它们仍然以不变的情怀，哺育生活在这片土地上的人们。

不远处，杏树枝叶繁茂，它们从不深的壕沟里生长起来，枝头刚刚伸到沟沿边，触手可及。变黄变红的杏子盈枝，向人们展示一副绚丽情景。一千多年前的百泉县，大概也是这个样子。那时的杏树与杏果与现在没有多大变化，照样四月里开花六月里成熟；照样杏子成熟、地椒开花的季节，引来无数的企慕者驻足观赏。望着这些成熟的果实，会产生伸手揪下来的冲动。

然而时光荏苒，朝代更迭，物是人非，季节还是这个季节，环境还是这个环境，观赏的人已历经无数变化。

面对此情此景，蔷虹激动起来，窈窕的身材，轻盈的脚步，在古国的旧址上游弋。她神情饱满坚定，用热情的目光四处寻找，寻找曾经的过去，寻找美好的未来，站在果实盈枝的杏树前，用手机轻轻拍下动人的情景。这里的山水草木牵动她的神经，也成了手机捕捉的对象，她在努力寻找合适的角度，不停地拍下眼前的一切。

这是与专家情投意合后难得的一次旅行，那种新奇与兴奋，他能感觉到。她拿着手机不停地拍，在这个景色迷人的山间丘陵里，记录下美好的瞬间。

后来才知道，这趟旅行是他们甜蜜历程的中断。虽说不是画上句号，但至少有了间隔。冥冥中自有安排，没有这样一场热闹聚会，他们相聚与分离的意义会打上折扣。让他们天各一方，回忆起曾经的经历时，如此美妙的时刻给记忆增添许多亮色。

伍拾陆

挂职干部轮换得非常快，专家自从来到这里，第三拨挂职干部已经来到山城。但他仍没有一点要走的迹象。这位新来的同志一直生活在南方大城市，缺乏农村生活经验，初来乍到的他对什么都感兴趣。经常睁大眼睛看着四周，兴奋地欣赏着这里再平常不过的一切。

来了没几天，他就被派到基层调研危窑危房改造情况。改造危窑危房是脱贫解困的一项重要内容，为全面推进工作，首先是进行地毯式的调查摸底工作，为下一步工作奠定基础。专家也被抽调参加这项工作，他们正好一同前往。

正值盛夏，这里依旧没有灼热之感。一阵微风吹来，把山巅凉爽的气息送到高原，这位老兄不时把头伸出窗外，体验难得的惬意时光。车在丘陵遍布的川道里行驶，到处一片翠绿的景色，偶有农户出现在山间，漫不经心地干着农活，他都莫名地兴奋上好一阵，并询问许多不甚明了的事情。

太不可思议了，还有如此漂亮的地方。他操南方口音的普通话，听起来软软的，与怡人的季节非常合拍，仿佛童心未泯的孩子，好奇地打量着眼前不断出现的一切。

专家见他对这里的山水非常钟情，尤其喜爱夏天山野间的一草一木，就将手上正在翻阅的刊物推荐给他。这是当地青年写的一首农家诗，我猜你肯定感兴趣。先看看吧，对这里有个大概的了解。专家说。

他接过刊物认真地读了起来。

农家

披头散发的玉米
以狂野之心一再拔高夏天
文静的胡麻
泊在紫色湖里
荡漾着细碎的梦
连为一体的是菜畴
越包越紧的甘蓝
宽叶韭菜
传香很远的茴香
忍不住露出身子的胡萝卜
这是北方一个普通农家的庭园
栅栏边蹿高的芍药花不忘点缀
门庭紧闭，农人在对岸的河畔
如果阵雨将至
在田地里劳作的亲人会早点回家

看完之后，他果然激动起来。

这是我至今读过的最好的诗词。细软的普通话再次响起。只见两小只眼睛在镜片后面放射灼人的光芒。

他指着窗外一闪而过的田野激动地说，你说这些泛着蓝光的植物是胡麻？

对。

胡麻与大麻有关系吗？

纯粹两种东西。胡麻是油料作物，我们吃的胡麻油就是用胡麻制作的。大麻是毒品，吸食会上瘾。

太不可思议了，胡麻是我见过的最富有想象力的植物。它生长在人间，本身就是一首绝妙的诗。它的妖冶程度要高过薰衣草十倍，能不能停下看看？

哈哈，你怎么看出妖冶的？我看这些兰花朴素而庄重，一点妖媚的影子都没有。

哈哈，这个你就不懂了，道理就在这朴素里面。朴素而不庄重，那才是上品，并不是一味妖艳就好。

专家好奇地看着眼前这位初来乍到者，惊诧他的审美。

咱们不说这个了，下去看看如何？

不着急，这种东西到处都是，等到了目的地保准让你看个够。专家说。

他一双小眼睛仔细打量专家，判断他说的是否属实。

可不能愚弄我呀。

咋会呢。

过了一会儿，车子拐进山崖下的一个院子里停下，他们下了车。

窑洞里出来几位老乡，黝黑的面颊挂满喜悦。他们热情地迎接客人，忙将他引进窑洞。这位挂职者看着眼前的窑洞疑惑起来，只见他的瞳孔微微有些放大，起先说什么都不肯进窑洞。

专家笑着说，我们是来调查危窑危房的，进窑洞是工作需要。你不进去工作就无法开展，难道我们要折身而返？

一提到工作，他马上振作起来，看来他训练有素，对于职责范围的事不会有半点含糊。他跟随专家走进窑洞。

窑洞里住着人，里面比较光堂，至少没有外面那样看起来让人发憷。崖面上裂缝无数，看样子要垮塌下来。穹形的窑洞里一应俱全，一进门就是一面土炕，土炕连着灶台，灶台对面是一绺水缸。再往里就是擀面用的台子，上面还摆放着碟与碗之类的东西，总之不大的空间里布置得井井有条。

这位挂职者小心翼翼地坐在土炕沿上听村民汇报。初来乍到，对于当地方言绝大部分听不懂，所以不时地回过头来询问专家。专家实际上承担这趟调研的翻译工作。

他们的工作要靠当地同志协助完成，这次的任务主要是了解情况。调查几户之后，这位挂职者要求当地以文字材料报告情况，说窑洞大同小异，就不用再看了。

专家带着南方老兄出了窑洞，他觉得再待下去可能要出事。走出窑洞后，外面晴空万里，艳阳高照，惠风和畅，老兄又是眉开眼笑的模样。刚才无形中形成的窘迫逼仄感马上烟消云散。就这样他们告别当地的同志，开始往回返。

看样子刚才那种兴奋之情，尤其是看到开着小兰花的胡麻时出现的惊喜之情，显然被眼前出现的窑洞所影响。从亢奋到沮丧，出现180度的大逆转。他的情绪变化专家看出来了，只是不明白这位南方同志为何对窑洞如此敏感。专家在车上一直琢磨这个事情。

正沉默，他说话了，黄土高原的窑洞是我此生中看到的最神奇的事情。

这个挂职者对窑洞有了感慨，似乎想说点什么。

这些窑洞很神奇，为什么？专家很想知道他为何感慨。

首先看它的形状，在如此糟糕的山崖上凿出这些洞穴状居住地的确不易。其次看它的功能，人们建造它的目的很单纯，仅仅是为了居住。这种生活方式可能从原始社会就开始，到现在都没有改变。他们为何不住在房子里，老待在洞穴里，有何用意？

他们已经居住习惯了，你看有的人家院子里有房屋，但他们就愿意住在窑洞里。

有这种事？他疑惑地看着专家，判断这种说法的真实性。

千真万确，我没必要骗你。

这是为什么？

你没有住过，就不了解其中的奥妙，那里面冬暖夏凉舒服着呢。现在好多人把需要恒温生长的东西都搬进窑洞里，比如培养菌类植物，效果非常好。

不起眼的窑洞，还有这些功能？

不止这些，还有许多。你对窑洞的感觉如何？

感觉朴实憨厚，就像这里的人。

你刚说过朴实也一样会神奇，并不是说只有炫耀才会神奇。看见胡麻开花，你兴奋得不得了，其实在我们眼里，这种植物一样很淳朴。

这个我懂。他一副笑嘻嘻的模样，不再吭声。

你以前没有见过窑洞？

在书本和电视里见过。

这是第一次亲眼所见？

是的。

不想住下来体验一下吗？

哦，不不不。

他一连说了好几个不，似乎担心这样的挽留一旦变为现实，后果将不堪设想。

感觉好奇就试一下嘛，担心啥呢？

不不，看看就行了。

这个挂职者的古怪行为进一步刺激了专家，专家有打破沙锅问到底的嗜好，这个嗜好能运用到研究方面还是值得称道的。

我还是想问一下，这窑洞有啥可怕的？

只见他滑稽地笑了一下，似乎对专家的执着很感兴趣，这次没有再绕弯子，而是单刀直入。

怕倒是不怕，住在里面总有种入土为安的感觉。

你说啥？入土为安是什么意思？专家好奇地问。

这次轮到他瞪大眼睛，惊诧地看着眼前这位有点怪异的人，似乎被他的回答给弄懵了。

只见挂职者用双手在头顶比划出一个穹形的样式，并把自己装在里面。从这个举动中专家领悟到他的意思。

怎么会有这种感觉？专家更加吃惊。

感觉不由人，这是真的。总有种被赤条条抬进来的感觉，像要永远回归大地母亲的怀抱之中。

专家连忙笑着说，谢谢，要不是你，我可能一辈子也想不到，对于窑洞人们还会有那样的感觉。

哦，随便说说，随便说说，不必在意。

他倒像泥鳅似的非常光滑，说溜就溜了。

他们再不谈窑洞的事，这方面的话题很不投机。

挂职者对窑洞的比喻永远留给了专家，这个类似玩笑的话长久地影响着他，让他很长时间都不能从比喻中挣脱出来。常常无意识中想到这个比喻，有时还不自觉地顺着这个思路往下想。

窑洞是生命的摇篮，见证他的存在，现在却遭到这个外乡人肆无忌惮的嘲弄与揶揄。他为了一时之乐，兴致所至脱口而出，而他却被深深地刺伤。这种伤害说不出来，只能埋在心灵深处独自品味。

他见过形形色色的窑洞，它们的形状大体上一致，但仔细观察还是有差别的。首先大小不一，巨型窑洞空间特别大，进入其中有种进入教堂似的深邃高阔之感。其次深浅不同，有的足有几十米深，即使大白天站在门口，也难以望见窑洞的尽头。还有纵向套着横向的窑洞，其形状类似地道，主窑洞旁凿出分岔的窑洞，形成窑洞体系。还有专门用砖箍成的窑洞，它们的形状类似，功能相近。

巨型的黄土窑洞常常开凿于万丈深渊的崖畔之下，这样的窑洞通常很深，深不见底，一个窑洞容纳好几百人都不成问题。那些巨型窑洞不像坟墓，可能只有秦始皇才能弄出这样级别的大坟墓。它像冥国世界，在那个世界里这位皇帝仍主宰一切。

而微型窑洞进去后可能都直不起身，得弯腰爬在炕上。按照这位老兄的说法，这种小窑洞倒更像墓穴，一两个人待在里面似乎空间刚好。

墓穴的制作过程是，挖下一个大炕后，再从旁边掏出一个放棺材的小窑洞，待放入棺材后再用黄土掩埋，上面留下一个坟冢。入土为安者就住在地下的小窑洞里，因为掩埋的黄土到不了墓室。

这位老兄的话的确厉害，让人印象深刻。听过他的话之后，只要碰见崖畔下的窑洞，专家都会不自觉地想到墓穴，健在的人与故去的人都需要这个。窑洞似乎成了他们躲不开的宿命，生命注定要与这种穹形的东西相伴随。

现在的政策好了，政府开始危窑危房改造，这是美丽乡村建设的开始。人们大多从窑洞里搬了出来住到房子里，他们似乎摆脱这种宿命。当然也有冥顽不化者，上好的砖瓦房就在院子里，他们白天待在砖房里，晚上还会偷偷地搬进窑洞住，体会这种独特的坟穴之美。从心里讲，他们仍愿意寓于宿命之中。心安是归处，让喜欢住窑洞的尽管住好了，窑洞里照样能实现小康。

伍拾柒

离开窑洞，从现实又回到历史之中。专家再次翻开史书，发现厚厚的几卷本即将阅读完毕。上次看到明朝灭亡，这次接着看清朝政权的建立。

清初建立的政权很不稳固，退回陕西的李自成主力仍在各地不断发起抗清活动。由于难以形成对清王朝的认可，全国各地的抗清活动持续不断，固原及六盘山地区的抗清活动持续十多年。战乱导致固原“四鞠茂草，无处不有荒田，无户不有绝丁，户口仅存十分之一二”，社会经济凋敝至极。

由于采纳汉臣建议，清政府采取屯田戍边政策，在延安、庆阳、平凉、固原一带驻军屯田，同时招募流民一同开垦。经过清初的政策调整，社会矛盾得以缓和，百姓有了休养生息的机会，清政权渐趋稳固。

顺治二年（1645 年），陕甘总督驻固原道。顺治十四年（1657 年），移驻汉中。陕西三边总督府设置固原 13 年。陕西三边总督节制 2 巡抚、3 提督、11 镇，统辖提标 5 营。这个时候，由于距离明朝灭亡不久，固原的战略地位仍很重要。

之前，固原州隶属于陕西省平凉府，后改属甘肃省平凉府，迁三边总督于兰州，迁固原总兵于河州，固原的战略地位开始下降。

康熙十二年（1673 年），吴三桂举兵叛乱。陕西提督王辅臣（当时驻平凉）于宁羌（陕西宁强）领兵叛乱，积极响应吴三桂。与此同时，固原道陈彭、定边副将朱龙均据城叛乱。一时，由西南燃起的烈焰瞬间烧到西北，局势极其严峻。

康熙时的吴三桂叛乱给清廷带来巨大冲击，清廷采取镇压与招降两种方式，才使局面转危为安。此时固原的重要性再次得到清政府的认可，并加强驻防力量。

为拉拢西北的军事势力，吴三桂送王辅臣白金 20 万两，并封其为平远大将军。固原道陈彭被封为巡抚，定边副将朱龙被封为招抚总兵。随后，王辅臣派总兵李国良攻占花马池、惠安堡、灵武、兴武营等地。宁夏总兵陈福领兵抵御，攻打固原时受阻被其部下杀害，清廷急忙调天津总兵赵良栋为宁夏总兵。

赵良栋采取“散其党羽”的办法，孤其势，诱杀许多叛乱头目。康熙十五年（1676年），清廷调遣兵将镇压王辅臣。王辅臣率领陈彭、周扬等所属官兵投降清廷。陕西提督由平凉改驻固原。

陕西提督驻固原近百年，期间由固原迁往西安，后来又从西安迁回固原直至清末。

平定王辅臣之乱后，移提督于固原。康熙时期，固原提督洞察边情，熟悉地势，修葺城垣，兴修水利，各项工作走在前面，受到康熙皇帝的称赞。康熙对于固原提督这个岗位非常看重。他说，固原提督任为天下第一营伍，人杰以地灵也。

史书中这样记载。

> 康熙谕潘之善曰“固原提督任，为天下第一要任”，信矣。然毋宁谓固原为天下第一要地也。得之可以据险济艰，失之则形殊势绝，非区区标兵弓马所能折冲御侮也。盖天下之势在于关陇，关陇项背在固原，疏于扼塞，变乱立起，不可以不审也。

康熙对于固原提督这个岗位的称赞，实际上是对于固原优越的军事战略地位的肯定。所以说，平定天下首先要解决关陇地区的问题，而固原则是关陇地区的要害所在。历史上，如果固原一带的关隘疏于防守，天下立刻变得不安宁。这话虽然说得有点过于自满，但固原地区的重要性，在历史上已得到充分证明。

史书又列举以下事例支持这个观点，论证固原地理位置和固原兵士对于朝廷的重要意义。史书里这样记载：

> 秦末，秦将所徙谪戍边者皆复去，于是匈奴复度河南。唐玄宗时，安禄山反，边兵精锐者尽征发入援，吐蕃遂尽占陇右，凌夷京畿。宋

钦宗靖康元年春，金人围汴京，诏种师道帅泾原、秦凤兵入援。清文宗咸丰末，太平军势尚盛，诏向荣率固原绿营兵东下。故曰，关陇之防不可疏，而关陇项背之固原尤不可失也。

这里有一组具体数字，说明清朝前期的固原仍处于比较重要的地位。当然，这与明代鼎盛时期的固原相比，已经有很大差距。

乾隆四十六年（1781 年），将西安提督调驻固原，称固原提督。固原提督节制延绥、兴州、河州 3 镇和西凤、潼关、庆阳、靖远 65 营，拥有副将 9 员、参将 8 员、游击 28 员、都司 40 员、守备 39 员、千总 65 员、把总 140 员，兵额总计 3.5 万多人。提督府驻固原城鼓楼北。

固原的行政区划，随着朝代更迭也在不停变化。可以看出，明代固原军事战略地位达到巅峰。到了清代，固原的战略地位开始下降。清代以后固原慢慢从人们的视野中淡出。

回眸历史，固原地区的灾难是深重的。不仅由于连年持续不断的兵燹战争，自然灾难频发也是重要根源。近百年前的一场地震，有点灭绝人寰的架势。它就发生在过去属于固原，后来划分给中卫的海原。尽管时光过了近百年，但地震造成的灾害现在仍清晰可见。

临近固原城，驻兵遗址大营古城出现在视线里。它坐落于两条南北走向的山系形成的盆地中，这个已经废弃的城堡，见证固原曾经的沧桑。

不经意间，路边的情形引起专家的注意。本该平坦的土地，在这里却发生变化。只见地面呈现出高高低低的微型土丘，它们分布均匀，一眼望去特别壮观，延续数公里。这些小土丘像土地干燥皴裂所致，也像肌体受凉引起的鬼风疙瘩。农人们在小土丘的缝隙中耕作，他们并未平整这些看起来并不费劲的小土丘好让耕作变得顺畅。

这是自然造就的模样吗？看起来如此独特，犹如粒粒珍珠镶嵌在广袤的山间盆地之中。询问周围的人，没人能说得清。后来专家在书中找到答案，这个答案让他久久难以平静。

原来这是历史上著名的海原大地震的产物。1920年，海原发生8.5特大地震，这次地震上海、广州均有震感。地震造成的构造变形带为两条，其中一条经过此处。它留下的情景正如眼前所见。平整的地面上草皮冻土拱起，呈串珠状分布。而所经山脉沟壑处，山崩坡滑比比皆是。即使现在，也能看到山上的弧形断裂状，裂开的坡面冲到下面，村庄要么被淹没，要么冲出很远，有的地方滑坡面越过下面的沟谷，冲到对面山坡上。整个山崩地裂的情形可见一斑。

史书这样记载：

> 民国9年十一月初七日傍晚，弓月尚明，西北陡起黑雾，崩山倒海之势，随以俱来。使人体不附地，目眩不能仰视，但闻风吼沙鸣，鸡鸣犬吠。继而崖谷胀裂声、水石硼渤声、树木摧折声、墙屋倾塌声、老幼哀号声，万声嘈杂，荡魂悸魄。悲夫，哭声亦足以震地矣！此时如凌惊雷之硫磕，掷身于怒涛骇浪之中，天地不容踽蹐人似距跃三百焉。俄顷间，邑之人口殉此地变者五万余，伤者无可计数。
>
> 李俊堡西山崩坠，沟壅成湖。三营至海原杨郎镇间，地裂而复合，黑泉涌而旋凝；有盐驼七八链（五只为一链）中途陨没。十合堡南山走失，夷为平地。治城东门外河水矗立如群峰。各地坠崖断岫，填壑停流，不一而足。迨初八夜，比户搭棚，并肩席地。寒气凛冽，砭人肌骨。时震势尤甚，人心徬徨。讵料棚火失慎，风力助威，远近棚户，尽数焚如。
>
> 由是均在冰天雪地中露宿过冬，而冻死者时有所闻。

这段文字，现在读起来脖颈后仍有寒气凉飕飕吹。时间过去将近一个世纪，仍能体会当时的惊悚情景。

专家终于明白这些串珠状地型形成的原因。百年前的这场震感传遍大半个中国的大地震比战争更为残酷。这片可怜的土地在无声地向世人诉说着，灾难似乎特别眷顾这里，有人祸也有天灾，自古以来没有停歇。

这个不幸的地方，各式各样的豪杰枭雄频频施展才能，上演惊天大比拼，视生命为草芥，把杀人当儿戏，让历史从来没有安宁过。就在人祸还未完全平息时，老天爷又添了一把力，将它推到绝境。山崩地裂的情景究竟向人们传递一种什么样的信息，难道注定这里就要在风雨激荡的状态中度过。

望着这片皴裂的土地，无数诡异的鬼风疙瘩，专家瞬间感到自己无意间闯入了一个喧嚣动荡的世界，仿佛能听到铁戟撞击声，战马嘶鸣声，人民哀怨悲戚声。四处弥漫恐怖、紧张、令人窒息的气息，并非眼前这样静谧安详、超然物外的祥和之态。历史与现实产生的时空交错之感，让他沉浸其中难以自拔。

这究竟是片什么样的土地!

哲人说过，只要努力就会成功。可是我们的祖先已经努力了几千年，现在这里依然贫穷。他们成功了吗？多少代人的努力，抵不上个别人私欲野心的膨胀；多少代人的奋斗，经不起那些挑起战争的阴谋家、极端分子的肆意毁灭。

历史到了今天，他们承受了什么，又将得到什么？这片土地还要经历多少战栗才能回归平静？

伍拾捌

进入新中国，固原发生很大变化。这里是革命老区，也是民族地区和贫困地区，历届政府都把扶贫攻坚作为第一要务。它原先优越的军事战略地位，放到和平发展的环境里似乎变成劣势。军事战略地位优越，就是经济社会的发展短板。

改革开放后一场声势浩大的扶贫攻坚战役打响。经过多年努力，山川大地发生翻天覆地的变化，被破坏的植被得以恢复，形成独特的小气候。这里雨水充足，气候湿润，自然环境优美，生态得到根本改善，延续多年的抗旱工作已然成为过去。如今这里成为人们纳凉避暑的好去处。

现在新一轮的脱贫攻坚战役打响。五年任务，三年完成，也就是说再过三年，固原将彻底摘掉贫困的帽子，意味着人们居住在优美的环境里，过上小康生活。这是场革命性的变革。

现在，第一书记纷纷进村，“两个带头人”挑起帮助农民脱贫的任务。市、县、乡三级干部组成混合编队，进村摸底，建档立卡，层层帮扶，责任到人。精准扶贫，已成为时代的最强音，这不亚于历史上任何一次战争。

有数据表明，“十二五”期间，固原市贫困人口由50.1万人下降到26.7万人，贫困发生率由32.8%下降到17.9%，农民人均可支配收入由3477元增长到7002元，扶贫工作取得显著成效。

“十三五”期间，固原作为宁夏全域贫困市，将按照前三年集中攻坚，后两年巩固提高的目标，到2018年，实现现行标准下的26.7万农村贫困人口全部脱贫，435个贫困村全部销号，5个贫困县区全部摘帽的目标。这里占宁夏贫困人口总数的 46%，占宁夏贫困村总数的 54.3%，打赢扶贫攻坚战意义重大。这是庄重的承诺，同时也是兜底工程。可以看出，如今工作的重心已转入基层。

六盘山地区将发生革命性的变革。过去这里一直以饲养战马闻名于世，一切为了战争准备。现在则以养牛取代养马，一切为了脱贫致富。饲养品种不同，折射时代主题发生的巨大变化。

政府的口号非常响亮：

贫困人口精细化管理
扶贫资源精确化配置
贫困农户精准化扶持

通过实施“五个一批”计划，具体落实扶贫任务。发展生产和转移就业脱贫约 12.7 万人，易地搬迁脱贫约 4 万人，生态补偿脱贫约 1 万人，发展教育脱贫约 2 万人，社会保障兜底脱贫约 7 万人。这样就把标准线下的 26.7 万农村贫困人口全部囊括进来，这个计划宏伟而周密。

各地都有自己的具体实施办法，上下紧密呼应，左右联动进行。每个县都有一张县级统筹、乡级落实、到户到人的“路线图”，有一张分年规划、按季落实、年终评估的“时间表”，有一个管用的规划、一名县级责任领导、一个帮扶部门、一个驻村工作组、一名第一书记，构建横向到边、纵向到底的责任体系。这是多少年来手笔最大、着眼最细的脱贫攻坚计划。

如今打赢脱贫攻坚这场特殊战役已然摆开决战的架势，“要与西风战一场”已经成为固原的共识。领导群情激奋，群众磨刀霍霍，这是一场能调动人的心智与精力的歼灭战。这次遇到的敌人不是外来入侵者，也不是内部的造反者，而是贫困。

善用战术思维、习惯军事动员的六盘儿女，又要经历轰轰烈烈的建设高潮。相信用不了多久就能听到胜利的喜讯。这是给历史上一向战火熊熊燃烧，尔后静默近百年的战略要地一个最好的安慰。

没想到一步踏入这片土地，它的厚重让你无法想象。从古代开始，这里就留下文明的印迹，以后历朝历代没有停息。朝代更迭，帝王将相的雄起与毁灭，在这里都留下印迹。

悠久的历史与这个战略要地有关。从某种意义上来说，它的历史就是一部慷慨悲壮、可歌可泣的战争史。这片土地轮番上演铁马金戈和血雨腥风的故事，似乎它生来就该担负这样的职责，百姓的安乐则不足挂齿。

后来它终于沉寂下来，淡出视野被人们逐渐遗忘，它所有的奉献与牺牲不会再被提及。当现代化、国际化、信息化这样的大势来临时，它委屈地偏居一隅，成为人们同情关注与帮扶的对象。现在，人们更关心的是它会不会在全面建成小康社会的进程中拖别人的后腿。

这片厚重之地已然进入新时代，进入新时代终将面临更多的阵痛与蜕变，最后才能凤凰涅槃、浴火重生，除此之外别无选择。这片古老而庄重的土地不应再沉沦，应当从历史中汲取养料，重现曾经的辉煌与繁荣。

这里丘陵沟壑、高原台地、高山大川纵横交错，正如史书所说："原之四周，如山如阜，如岗如陵，如川方至，层出不穷。"战国秦长城从这片土地上横亘而过，给这片土地留下最古老而又绚丽的一笔。到处都是遗弃的城堡，烽火台、墩堠遍布四处，成为一道独特的风景，把厚重的历史留给山川大地，让人始终轻松不起来。

古城堡成为这里的历史遗存与文化标志，也成就一批文化研究学者。专家喜欢与学者探讨这方面的问题，他对这样的话题最有发言权。后来专家才知道，这位年轻学者的经历很不平凡。他早年经商，在生意红火之际毅然放弃生意，一头扎进地域文化与历史遗存的研究之中，企图从这些遗存中寻找一些对于今天的人们有用的东西。

学者的研究是有意义的，抓住了这里文化的根脉并取得了一定的成就。对于已经废弃或正在消亡的城堡，他用"失守"二字来定义，并将这个主题不断拓展，似乎找到传承优秀文化的基因。

失守到底指什么？专家曾问过学者。它是指人们思想意识上的主动放弃，还是由于熬不过时光的洗礼，无奈接受今天的这个样式？失守是否意味着人们心灵上最后一道防线已然崩塌，大伙儿早已弃械投降？

学者没有直接回答这个问题，似乎两种因素都有。

可以看出，在这里物质上的蜕变不可逆转，精神上的角力仍在进行，还有搏击的痕迹存在。而在大都市，或者较大一点的发达城市，这种搏击与角力早已荡然无存。固守当然不对，事实上也固守不住，但是难道意味着一定要失守吗？

失守是一种趋势，是一种常态，人们似乎不可避免地趋向这样，那么我们再讨论这样的话题是否还有意义。然而总有一种声音冥冥中告诫人们，事情并非这么简单。一位诗人兼学者的小诗，给人以启迪。

萧关的风
吹响一个很细的蜗牛壳
那曾是一粒很古的眼泪
在长城的眼眶里
浅酌低唱

寥寥几句，传递的信息相当多，有种深邃无限、触不到底的远古气息强烈地袭来。历史不应被忘记，尤其是血雨腥风的历史更不应被忘记。

过了一会儿，月亮上来了，世界万物重新回到清淡无奇的光芒映照中。专家猛然觉得，在这山这水这峡里转悠得太久，自己的一部分已永远地留在这里，难以从记忆中忘怀。

岭上的明月照例升起。对于人间的沧桑变化，它似乎热切关注，又似乎冷漠不语。今人不见古时月，今月曾经照古人。古人今人若流水，共看明月皆如此。这就是历史的法则，也体现时间的本质。它在于持续，持续就意味着变化，而变化是永恒的。

站在古雁岭上，苍穹浩渺，月明星稀，弯月高悬天空。历史的硝烟早已散尽，没有战鼓咚咚的急促，也没有刀箭相撞、马声嘶鸣的狰狞。如今清静安宁下来，这是漫长嘈杂的历史中难得的温馨和谐的瞬间。

曾几何时，山下战斗激烈，山上弦月如钩。月光杳杳，喊声震天，攻山的与守山的在这里摆开决战架势，大有人在阵地在，誓与山头共存亡的英雄气概。到头来，无论攻山还是守山的人都湮没于历史之中，没有胜利者，只留下月夜中厮杀的场景。

现在山下灯火璀璨，一派祥和的城市景象映现眼前。站在高岭上，仿佛坐在一架即将着陆的飞机上，眼前的情景耀眼炫目。上方明月高照，可谓月光坠落如浮云，天地苍穹尽如水，下面万家灯火通明，昭示人间的绚丽，仿佛正期盼亲人的归来。

如今没有肃杀，没有悲苦，只有些微的苍凉与失落停留在人们的意识里。这苍凉与失落，可能来自于月光盈盈的夜晚，或者受到军事要塞无数凄迷传奇故事感染，它是那样抽象而又清晰，朦胧而又实在。时代已然发生深刻改变，但历史不能中止，它曾经的剑气惊鸿、血色争夺氲氤现在，弥漫在人们心间。专家突然感到自己像个从关口要塞归来的壮士，身上的热血涌动不息。

时光已逝，自己却不能从历史的负荷中走出，感觉像伫立坑中的兵马俑，也像高古的物什，承载海量信息不能卸载。反观内心，虽不能与历史上肃杀悲壮的情形相比，但那种挥之不去的失意情怀将陪伴终生。这里遍地可见的失守城堡，还有那些死去多年形骸仍在的烽堠，千百年来未曾挪动，有种从亘古走来的悲怆一直陪伴，直至永远。

了解固原的历史，专家很不平静，为固原有如此悠久丰富的历史而感动。站在一个平常人的角度上，愿意想象假如自己是一个活得足够久的老人，从有记载的历史开始，一直活到现在，看到固原这个处于帝国门户上的重要区域，曾经来了无数形形色色的人，遭遇许许多多的事，但和平已然成为永恒的主题。如今一切皆成过眼烟云，此刻会感到特别的平静与安详，原谅残酷的杀戮，也原谅粗暴的掠夺，会不再把这些当成罪过，因为现在一切融合得想找点痕迹都难。

光阴是无情的，它将多少英雄豪杰埋葬，它又是多情的，抹平弥合多少看起来根本不能抹平弥合之事。当然这样的想象也是奢侈的，因为知道自己不可能活那么久，也不可能体验那么多，只能以极其有限的精力感悟这个宏大丰富、悠久漫长的历史过程。在体悟的过程中，也收获意想不到的东西，这是极其幸运的。他会以虔诚的心态和谨慎的姿态，对待这些已经过去和正在发生的事。

此刻，专家觉得自己的灵魂已经融入这片土地，融合得不留一点痕迹。因此会更加坦然地面对这个表面平静实际很不平静的人生。曾经经历过，此生应无憾。

伍拾玖

天气好的时候，邀请学者去了二龙河。这是专家主动提出的，学者欣然接受。专家没有想到，这趟旅行成了他在这个地方的收官之作，发生在离别前夕。如果早知结局如此，他不会随意安排剩余的时光。但是，人生的蹊跷就在于，你不会知道明天会有什么事情发生。

二龙河与大雪山的地位一样重要。它们一险一秀，一显一隐，一刚一柔，共同形成六盘山的骨架与灵魂。有了二龙河，才彰显大雪山的雄伟与高大，没有二龙河，阴阳就是缺位的。专家非常看重二龙河的价值。

二龙河是泾河上游的一条重要支流，它幽静深邃，直通六盘山顶。由于目前还没有开发，很少有游人，基本上保留原始状态。游历二龙河具有探险性质，要在茂密的林地中择路而行。这非常契合专家与生俱来的探索气质。所以，二龙河作为在这里游历的最后一程，他回想起来，觉得自己很幸运。

二龙河水曲折蜿蜒，从源头出来便水流急促，斗折蛇行，似罗带飘动在山谷里。河水清澈见底，顺着石台阶一层层轻快地流淌下来，向着下游流去。

沿着河谷逆水而上，溪水在脚下缠绕，始终不离不弃，给人一种欢畅亲昵之感。沟谷时而通畅开阔，仰望蓝天，白云飘浮，两边茂密的树木鲜嫩欲滴；时而迂回曲折，巨石挡道，正困惑无路可走时，眼前却出现别开洞天的景致。大自然的鬼斧神工，会超出你任何奢侈的想象。

经年的流水冲刷，水中的石头光滑圆润，成为河谷亲密的一员。而石上生出的苔藓绿茵茵、毛茸茸，让石头变样，似乌龟爬行，似碧玉沉睡，万千变化显示造化的神奇。在这里，彼此相差甚远、看起来根本不可能相容之物，变得亲密异常，在这个世界营造出亮丽的色彩与柔软的情调。

山上绿树成荫，树间雾岚缭绕，如山水画般缥缈。只见白桦、黑桦、红桦树挺拔直立，周身树皮翻卷，密集地出现在松树林里，仿佛要在碧绿的山林中凸现自己的特色。还有许多说不出名目的植物争相显示自己的存在，它们合而不同，共同妆点这个多彩的世界。流水汩汩，小鸟啁啾，更显沟谷的幽静。这世界安逸祥和，纯净空灵，心灵会得到净化，荡涤任何不切实际的想法。

二龙河，多少奇险秀妍汇聚一身，桂花崖、虎啸峰、菊花涧、植物园、鬼门关、镇鬼塔、跌水潭、清泉瀑、九阶水、蘑菇石等，不计其数。它秀美神秘，不可言说。

学者陪伴身边。他感慨地说，我快40岁了，今天还是第一次来。说到这里，他流露出兴奋与遗憾双重交错的复杂心情。

这个不应该呀。

唉，世上不应该的事太多，到处存在遗憾。

过了一阵，他煞有介事地说，听人说这个沟谷里经常出怪事。有一次周围农民的几头牛不慎闯入其中，到处寻找没有结果。当寻着踪迹进入这个神秘的沟谷时，发现它们已经齐刷刷地死在里面。没有被伤害的痕迹，而且死时都是腿朝天直立着。后来这个沟谷就越传越神秘，以致周围的人都不敢来。

你受这个传说的影响，不敢来这里？

我倒不怕这个，但对传说还是讳莫如深。他言词凿凿地说，这里不是有啥神鬼，而是有种瘴气，它不知不觉会麻醉你的神经，等意识到时已经来不及了。

听到这里，专家问道，那今天咋敢到这里来？就不怕瘴气袭扰？

他哈哈大笑说，你们都不怕我怕啥呢。

稍停顿了一下，他又说，这瘴气很怪，一见阳光就会自动消散。你看咱们来的时候，太阳已经升得很高，瘴气自然就没了。所以在茂密的林子里，人们一般不敢在这里过夜。对于他的话专家将信将疑，这个地方的确有其神奇之处，连这些传说都被赋予神秘的色彩。

向上游的沟谷走了一阵后，向导手指上方说，大家抬头看左边的山崖，那就是著名的鬼门关。大家抬头往上前，只见山崖高处的一片幽林之中，有高高耸立的峭壁危崖相对而立，酷似鬼关门户。两崖间天然地形成一条线，天空狭窄如缝隙，又近在咫尺。

好险要的地方，不愧对鬼门关这个称谓。专家感慨道。

鬼门关，山套山，进去容易出来难。

向导的话激起专家的兴趣，他说，我们今天能不能进去领略一下？

这话让向导有些为难。她略微沉思一下，说，登鬼门关是需要特殊装备的，你这皮鞋肯定不行，还得准备一些辅助工具，有的地方根本没路，压根儿就爬不上去。我们当地一位文化人，写了一首关于鬼门关的诗。我读一下，你听好了。穿云拨雾觅仙山，峰怪石奇谁敢攀。最是令人魂乱处，眼前突现鬼门关。

专家仰视这个关口，有点无奈地说，既然向导都说不能攀那就不攀登了，留给下次吧。说着他们又开始向上游前进。沿着小溪绕来绕去，拾级而上，有点追根溯源的感觉。

阳光充足的上午，他们一直行进在沟谷里，寻找熟悉与陌生的世界，感悟与思考那些既能把握同时又超越思想界限的东西，这个过程充满新鲜与刺激。这趟旅行使人生充满离奇色彩。

走了两个小时后，沟谷越来越狭窄，似乎变浅了，不像刚开始时那样幽深。

向导说，再往前就没有路了，要走到沟谷的尽头，起码还得三个小时。河水的源头在大雪山顶上，那是由无数草甸下的泉水汇集而成的。她的意思很明确，不想再走了，但又不肯直说。

我们坚持一下走完沟谷，到草甸上看看，这样正好与上次大雪山之行连接起来。专家坚持要走下去。

我也是这个想法，已经走到这里，不能半途而废。学者与专家的意见一致。

见他们如此坚持，这位导游和善地说，不是不想带大家去，还是老问题，你们的鞋不行。再往前，那里根本没有路，要上陡坡穿荆棘，这样的装备是上不去的。你们要是想去那就下次武装一下，我带你们爬上大雪山。她的话中止了这趟旅行。

大家面面相觑，只好无奈接受这样的安排，接着他们调头往回赶，等回到峡口时已是下午。就这样带着兴奋与遗憾，他们又回到城里。

刚游历完二龙河，专家就被主任叫到房间。

起先以为又要布置什么任务，专家拿着笔记本等待吩咐。

你就不用记了，这次的任务很简单。

专家有些好奇地看着主任，感觉他与平时不一样，一向谨慎的态度变得有些松弛，脸上出现莫名的诡异神情。

主任，你今天有点反常。

我很正常，只怕你听了之后表现反常。

专家意识到将有不同寻常的事发生。

停顿片刻，主任说，你要结束挂职工作回首府了。

专家仔细看着这位年纪不小的主任，感觉他不像在开玩笑。专家说，这事我怎么一点都不知道。

我也是刚知道的。这几年辛苦你了，给我们帮了大忙。回去后千万别忘了这里，我们毕竟一起共同工作过好几个年头。

看主任说的，几年中我学到不少东西，感谢还来不及呢，谢谢主任的关心。

说到哪里去了，真应该感谢你。你回去收拾一下做个准备，领导还要亲自为你送行呢。

从主任的房间出来，专家有一段时间大脑出现空白。他知道自己肯定是要走的，但当真正到了分别的时候，感到事情来得如此突然，让他没有一丝思想准备。

主任的话似黏度极强的胶，瞬间将专家的思维黏合在一起。一向清醒的他，在主任面前彻底懵了。当时不知嘴里咕哝些什么，把这个非常尴尬的局面应付过去，要是再多待上一阵，可能会彻底崩溃。

一瞬间眼前出现太多的东西，它们彼此胶着在一起，他的思维特别困顿，努力回忆曾经的一切，却一下子想不起来。他强烈地意识到，要第一时间把这个消息告诉蔷虹，但怎么说，这件事让他犯难起来。

夜慢慢黑了下来，有种强烈的使命感不停催促着，让他难以平静，他必须尽快做出决定。曾经谙熟的夜晚此刻竟如此陌生，黑暗侵袭过来特别瘆人，大有乌云压城城欲摧的架势。他在居住的大楼前转悠，害怕进入已居住好几年的宿舍。

街上一如从前，天黑前车辆渐渐变少，那些打工的人乘坐三轮车、摩托车在大街上匆匆驶过。他们辛苦了一天，急于回到自己的家中，享受辛劳后难得的快乐时光。单位里白天熙熙攘攘的情景不复存在。大楼充溢阒静的气息，窒息噎人。

必须第一时间把这个消息告诉她，否则无法度过这个纠结的夜晚。想了很久，学者的形象出现在眼前，他能够帮忙解决困难，于是邀请他出来喝咖啡。

怎么现在想起喝咖啡？学者有些不解。

问这么多干啥？今天不知怎么，心里乱得慌，就想一起坐坐。

一听这话，他立马说，你等着，我马上过来。

订好地方后，专家给蔷虹发了条信息。大意是来了个客人，现在一起喝咖啡，他们都期待她能来。

蔷虹有些疑惑，她问，这个时间参加你们的活动是否方便？

他赶紧回复，当然再带上一位更好。

看得出她先是迟疑，迟疑过后随即答应前来。

过了一会儿，她果然带来一位女士。进门的瞬间，她机警地看了他一下。这一眼让专家有些毛骨悚然，感觉做了啥见不得人的事情。

当坐在一起时大家面面相觑，平时那种轻松活泼的局面不见了，雅座里的气氛特别压抑。专家尽量控制自己的情绪，但还是被他们看了出来。

她们刚坐下，学者就开口了。你是不是要回去了？问话多少有些严肃。

没有呀，我都不知道。

肯定的。

你怎么看出来的？

这个时候喝咖啡，我看十有八九是要走人了。

我们先不说这个好不好？

他的话无意中把这个消息透露出去，几个人默不作声，房间里弥漫着一种凝重的气氛。

专家看了一眼坐在对面的蔷虹，她低头看着自己的手机，平时那种嘻嘻哈哈的神情荡然无存。她的样子有些沮丧，看得出是在隐忍自己不让内心的冲动爆发。她是敏感的，已经意识到事情的严重程度。

席间，她好几次出去接听电话，好像有什么疑难的问题需要解决。很明显，她不在状态。

这注定是个尴尬的夜晚，专家早已预料到。然而他们仿佛比他更早地知道事情的真相，这让他完全没有想到。喝咖啡的事稀里糊涂地结束了。

夜已深，他们走出咖啡屋。学者伸手叫了辆的士，把两位女士送上车。他们站在有些寂寥的街上，目送载着蔷虹的出租车驶入城市深处。

送走两位女士，学者冷峻地看着专家说，我知道这一天终究要来，但没想到这么快。街灯下，他盯着专家的眼睛竟如此之大，远远超过平时。

专家双脚像生根似的站在地上不能动弹，他的喉咙哽咽着，始终说不出一句话。

学者把那只大手轻放在专家的肩膀上，有些安慰他的意思。对于不能改变的事，我们应该学会接受才是。他的话语调低沉，听了让人有种流泪的感觉。

他们开始慢慢往单位走，那只轻柔的大手，很长时间在他的肩膀上不肯离开，在危难时刻它带来巨大的能量，帮助他不会被瞬间到来的打击所击倒。街上的行人越发稀少，偶有车辆从身边掠过，他们行走在这个厚重的地方，心里的负荷可想而知。

到了办公楼下，专家停了下来，他说，时间不早了，你也该早点休息，让我一个人待会儿，稍微平静一下。

学者站在那里，仍在观察他的反应，眼睛里充满怜惜与关切。

没事的，我还不至于那么脆弱。

听到这句话，学者才调头往回返，走出没几步，他又回头看了一下。

专家伸手示意，他也挥手告别。目送学者从视野里消失，专家再也忍受不了这样的伤心情景。

他快速上楼后，拿出一瓶珍藏许久的酒，打开瓶盖倒入口杯，几口就灌了下去。没过多久，他就把剩下的也倒了出来，不多不少，正好两口杯，他分几次就将它全部灌入肚里。

慢慢地酒劲发作，他失去记忆。

陆拾

酒醒后已是鸡叫时分，专家和衣躺在沙发上。外面很静，路灯在漆黑的夜晚中放射慵懒的光芒。灯下一排松树静静伫立，期盼白天的到来，此刻马路上没有一辆车，完全一个阒静的世界。

不知过了多长时间，马路上有零星的车辆通过声，一辆过去之后，等待很长时间下一辆才出现，后来声音渐渐嘈杂起来。天色开始微微发亮，他再也待不住了，起身站在窗前。

黎明前有段时间，天色突然昏暗起来，这可能就是人们常说的黎明前的黑暗。黑暗过后天亮得很快，东边的亮度呈弧形扩散开来。趁还没有大亮之前，他赶紧穿好衣服走出大楼，向着东边的古雁岭走去。

东边出现亮光不久，整个天空明亮起来，大地也随即清晰明朗。院子周围布满松树，经过一个夜晚的休整，它们一同进入白昼世界。借着亮光，专家看见松树上挂满小露珠，露珠晶莹透明。整片林子里的小露珠，把清晨浸润得更加湿润清凉。

他有晨练的习惯，但今天不完全是，因为待在房子里实在有些憋闷，都有些透不过气了。经历昨夜淬火般的洗礼后，她到底怎么样，能否挺过这个纠结而伤心的时刻，他心里始终没底。怀揣这份难以割舍的思念，他不知怎么面对未来，思绪繁乱异常，不知不觉间上到古雁岭的高处。

远处，东岳山巅出现弧形的小亮圈，慢慢地弧形在扩大，亮度在增加。过了一会儿，太阳像娇羞的孩子露出半个脸，一改往日的跋扈架势，能够仔细端详这从来都不可能正面端详的面庞。

山下城市的轮廓清晰起来，这是个古老而又年轻的城市。城里到处都是拔地而起的高楼，高楼点缀其中，给这里带来现代气象。她就居住在在古雁岭下面不远的地方，他能够大致判断出方位，在西南边那片灰色的楼群里，有他牵挂的人。

太阳上升的速度极快，眨眼工夫就露出大半个脸庞，还没来得及好好端详，它就迫不及待地跳了出来。专家确信太阳在离开地面的一刹那，确实是跳离的。已经升起的太阳变得不再温和，它的光芒开始增强，平时威风的一面展现出来，再也不可能仔细打量这个照耀大地的神圣之物。

山顶上高音喇叭播放着秦腔，这种曲调听起来苍茫浑厚，有种诉不尽人间苦难的味道四处扩散。大地静静倾听秦腔，晨练的人们倾听秦腔，就连隐藏在林间的小鸟也在静静地倾听。

每当唱到激愤处时，总有红腹锦鸡从林间跑出，快速穿过人行步道，进入对面的林子里，它们也难以承受如此厚重的情感宣泄，才慌不择路地逃离。秦腔让本来就沉重的心情变得更加沉重，都有些难以支撑。

这样一个时刻终于来临，尽管事前曾有充分的思想准备，也知道这一刻迟早要来临。但当真正到来时，还是让他有些手脚无措。

与她的点点滴滴像放电影似的慢慢展开，他不能停止对她的回忆。去年深秋季节，就在一切准备就绪马上要离开时，事情出现鬼使神差的变化，他没有走成。

更没有想到，在遗憾无奈之际他们有了真正的接触，隆冬季节他们的情谊达到巅峰。从深秋到隆冬，再到春天与盛夏，他们的曲调始终是欢快的。要是再经过这个秋天，那将是个圆满的四季通。可惜还没等到这样一个季节的来临，他们的事情被宣布停止。这是暂时停止还是已经终止，他心里没有一点底。

在山上转悠很长时间，太阳已经升起一竿多高。山下马路上的车辆重新繁忙起来，有许多车辆涌入院子，在院子里一栋高楼处停了下来。

这是办公大楼。已是上班时间，能够看见火柴头大小的人三五成群地进入大楼，新的一天已经开始。在这里踌躇许久他开始下山，向着人群聚集的地方走去，要面对现实，他此刻的想法异常清晰。

刚要进入楼门的一瞬间，发现蔷虹从旁边走了过来，他确信这是巧合。她转身看了一眼，却目不斜视地走了进去，完全忽视他的存在。经过一个夜晚，她的确出现很大变化。望着即将离开的她，他情急之下说了一句，有空的话你过来一下。她在犹豫中似乎轻轻地嗯了一下，那声音很弱，几近于无。

回到办公室耐心等待她的到来，这注定是个令人心碎的时刻，肯定比昨晚还要纠结。

过了好一阵，听见轻轻的敲门声，知道是她来了。专家过去开门，站在眼前的蔷虹完全不是原来的模样。她的脸色有些蜡黄，眼睛微微发肿，看得出她仍在极力控制自己的情绪。

接她进来后，他随即关上门。她到桌子对面坐下，头始终微低着，不正面看他。他们的交流短暂地停顿，没人说话。

看着她伤心的模样，专家的感情再次翻腾起来。他说，我没想到事情会这样。话音微微发颤。

她抬起头。他看见熟悉的面容中除了忧伤的表情之外，还增加了陌生的成分。

你是不是早就知道这件事？

她的声音不大，但透出不容怠慢的威严。

昨天晚饭前主任告诉我的，当时就懵了，不知该如何面对，想了很久，就把大伙儿约了出来。本想先不说这事，没想到一见面，好像大家就知道发生什么事。

本来不想再理你了，见到你时我又控制不住自己。

说话间，她开始流泪。

他急忙过去安慰。

她说没事的，你不要动。

她的声音纤弱，只见细细的泪水从眼角渗出来开始往下流，似乎速度很快，如不仔细，还容易被忽略。他第一次见到泪水如细线般涌流。她的纤细特点与生俱来，感情细腻，声音细弱，就连流下的泪水也是一副细细长长的模样。

她的泪水感天动地。第一次见到洒脱干练的她，一副涕泪涟涟的样子，他的心中涌出的激动难以克制。

她说，知道这一天迟早要来，为此还做过充分的思想准备，当真正面对时，才发现自己并非想象得那样强大，很脆弱。

她说，只要闭上眼睛就会流泪，感觉很难度过这一关，也感觉自己很无用。她的话让他难以面对。它纯真而又直率，具有撼动人心的力量。

他说，我有点内疚，没想到事情会变成这样。

她急忙制止这种调门不对的话。你别这样说，我只是遵从自己的内心。伤心的她，开始安慰起他来。

面对如此圣洁的瞬间，他有种腾空而起的冲动，此刻世间一切规矩、观念、思想都显得笨拙、迟钝、苍白无力，她的柔情触及他的软弱。

他再次走过去，他们相拥在一切。她的体温开始升高，有战栗之感。她的双手紧紧抓住他的衣服，生怕他即刻就要逃跑。他们紧紧相拥没有任何语言，唯有彼此的体温快速流动，在挽留曾经的过去，也在担心不很明了的未来。

她的嘴唇很烫，这是从未有过的，显然她的激动已经超过负荷。这是否验证了一句古老的名言，在情感世界里，最容易受伤害的还是女人。

这样的情形持续一阵后，他们又回到各自的座位上，开始回忆相识以来的点点滴滴。看得出来，现在她已能很好地控制自己的情绪，谈话在理性的道路上进行很顺畅，片刻间有所解脱，不再为情所困。

你昨天晚上没休息好？

还行。

行啥呢，眼睛都肿了。

她不再坚持，说，昨晚流了许多泪，总也控制不住自己。从洗脸时就开始，睡下后老是停不下来。后来迷迷糊糊地睡了一会儿，半夜三点就醒了，再没有睡着。

我没说要走的话，你就成这样了。

这意思很清楚，别人都看得出来。席间我出去好几次，担心别人发现我情绪有变化，我真的控制不住自己。

看见你出去好几次，以为你有事，你昨晚说话很少。

我控制不了自己，也不能说出来，只能出去稳定一下情绪再进来。

听到这个消息，我当时也乱了方寸。一个人无法控制自己，不知这个夜晚如何度过就约别人出来，也约了你。你当时是否感觉到了？

感觉有些不正常，怎么很晚了想起喝咖啡，平时也没见你有这样的兴致。再就是昨晚的气氛有些沉闷，不像平时那样快活，你是否早就知道自己要走？她又一次问到同样的问题。

没有，是刚刚听到的。如果早知道就不会这样匆忙，事先会告诉你的。

我以为你知道。

如果事先知道，再像演戏一样，那就缺德了。

她相信他的表白。

待了好几年都不熟悉，刚熟悉了又要走。他的这句话似乎在讲一个无奈的道理。

他们沉默起来。

沉默片刻，他又说，其实并没走远，还是有见面机会的。

她不同意这样的说法。

那就几乎见不着了，我要天天看着你。

他说，就是现在，也不是天天能见面。

那不一样，远远近近地总能看到。

他们说着别离时的话，其实还真没到那个时候，其架势好像为真正别离那一刻而演练。光演练，就出现撑不住的局面。

她的话不多，不是平时侃侃而谈的样子，时常会有幽默的句子出现。而现在很多时间，保持一副沉默的样子。看得出她很伤心，总在理智与情感的博弈当中，似乎很难度过这个关口。这是他没有想到的，她说自己也没有想到。

你要学会保护自己。

没人能伤害到我，除了你。

没想到事情会这样发展。

你别担心，我会努力调整自己的。

那我就放心了。

她的表白很平淡，将那种翻江倒海的波涛生硬地压制下去。看到处于险境的她不畏艰险，临危不惧，任凭风吹浪打，仍在精心呵护那只处于汪洋中的一叶孤帆，他被这种精神所打动，一时眼前有朦胧的东西生成。

坐了很长时间，他送她出门。

在出门的一瞬间，她转身看了一下他，提醒他别出去。

她出门后，在门将合拢的瞬间又回头看了一下，在门缝的里面，他痴痴地张望着，不肯离开半步。

门将合拢的瞬间，他们都看见对方。一条细细的门缝，将两个人变得有些夸张，人生充满吊诡的意味。

陆拾壹

接下来的两天时间里，蔷虹的痛苦升至极限。

只要一闭上眼睛，泪水就不由自主地流下来。从白天到夜晚，从夜晚又到白天，两天后她的眼睛出现干涩疼痛的感觉。她意识到再这样下去，身体可能会出问题。

幸好这两天单位没事，她一个人待着，否则很可能会弄出事情来。为此，她曾试图加大工作量，将家里所有的东西都重新收拾整理一遍，好让注意力有所转移，她为此付出太多的代价。

待在一起的日子不多了，他们同时想到这个要命的问题，这是最后的时光。剩余的时光将严峻考验他们的身心，他们试图共同制服这个不期而遇的难缠魔鬼。

为了别离这一刻，他们彻底打开自己，迎接即将到来的可怕结局。他们剩下的日子注定是悲伤的，也很迷乱，专家的幽魂从此遗落于陇山之中。

两天后再次见到她，她的眼圈有点发青，光洁的脸上出现发涩的迹象。他知道，她所承受的压力超出负荷。

我们到外边走一走，待在屋里实在太闷了。

好的。她同意这个想法。

上车后，他们出发了。他坐在后排，第一次坐在她驾驶的车上感觉很新奇。那双纤细的手紧握方向盘，将车子精确地驶出城。从闹市出来后，车辆明显减少，这个脱离大众的车辆向着西北方向前行。

专家通过后视镜仔细端详正在驾车的蔷虹。看得最多的还是她的眼睛，她的眼睛有些发涩的样子，出现难以掩饰的疲惫。她发现这个之后，也不时把目光转向后视镜。

往前看，注意安全，你老在镜子里看啥。他半开玩笑地说。

你担心啥呢？她同样半开玩笑地问。

不担心，看你开车的样子很独特。

哦，你要担心的话，我就开慢点。说着，车速真的慢了下来。

他发现两天来她所遭遇的折磨非常大，还发现一个现象，仅两天时间，他们中间出现一些细微的隔阂。面对突如其来的事情，她在努力调整自己，现在他能感到调整的效果了，那就是慢慢从原来的状态中走出。

车在环形路上行驶，一会儿接近一座新建的大桥。

这地方你来过没有？

没来过，啥时建成的大桥？

这个都不知道？

不知道，我这个人平时不出来，是典型的宅女。

这么好的风景，不看多可惜。

我的生活很简单，就是在家与单位间进出，很少出门。

是简单而深刻吧？

没你想象得那样丰富。

说着到了大桥上，她把车停在桥上，他们下了车。倚栏而看，下边的沟壑极深，大桥悬置半空显得奇崛而超拔。她说，站在桥上，有种眩晕之感。

此刻，一阵风从深谷吹了上来，将她的秀发吹起，并张扬地飘散开来，这个画面非常好。他不自觉地将手轻抚在她的肩上，她的目光从桥下深谷里转了过来，深情地看着专家，随即他们紧紧地拥抱在一切，长时间一动不动地站着，任山风吹拂长发。这是一个典型的发生在大桥上的爱情故事。

我真的不知还有这么好的地方。

新闻里早就报道过。

当时听过并没当回事，是你让我知道许多，收获未曾预料的东西。她此刻平静下来，一扫两天来的不快。

她望着他，困倦的眼睛出现欣喜的光芒。

他们拥抱得更紧了。又一阵山风吹了过来，从沟谷经过大桥，再次将的秀发吹起。随着风速的变换，就这样一闪一晃地飘落在他的面颊上、脖颈处。他们一动不动地享受这个美好的瞬间。

待了一会儿，他们上车继续前行。车在环形路上行驶，走完北边的路程后转向东边。车子行进在东边的路上，新修的路在山脚下延伸，路修成时间不长，路面仍然发黑。旁边重重叠叠的大山，依次慢慢从眼前往后移。环形道路上车辆不多，偶有一辆超越而过，并没有影响到他们。她开得很慢，一直低速行驶。

这里来过，我有印象。她的话开始变多，慢慢恢复过去的情态。他们的情感在快速恢复中，开始谈到两天中所遇到的一切。他在努力安慰她，她很平静，看得出她渐渐从痛苦的状态中脱离。

大概经过一个小时，他们从东边到南边再到西边，又绕回到这个大桥上，他们同时为上到桥上而感到喜悦。他说，老这么绕着也不是个事儿，得找个地方停下来，也让你歇息一下。她同意他的想法。

车在一个小岔路口处拐出大道进入林子里。过了一会儿，眼前出现一块平整的工地，面积不大，像刚刚挖出的看似准备搞建设的样子。他说，这儿不错，就停这里吧。她顺势拐了进去。车子停在靠近里面的坡坎处，这样可以观察到路边经过的车辆。

车停下后他们坐在一起，这时感觉她的浑身很烫，面颊也开始发热。

没感冒吧？

没有。

那怎么这么热？

见到你呗。

她已经完全放松下来。

车停在这里，过路人的会怎么看？

他们可能以为这个人是来搞开发的，看这里建啥样的房子比较合适。她幽默的话语又开始出现，这让他特别欣喜。

他们拥在一起回味曾经的过去，也对这两天来造成的伤害进行弥补。这是与时间赛跑，分秒必争，不愿放弃每一刻。她的体温升高很快。

一辆车突然从下边的路上经过，他们马上停止温存的行动。端坐着仔细观察它有无靠近的可能。车子离开后，他们再次拥在一起，不愿说离去，不肯说放弃。

下午的阳光斜射过来，给这个小天地带来温暖，车里温度很快升高。四个车窗的上方留有细缝，有清风徐徐吹进，给这个逐渐升温的空间慢慢降温。一切好极了，这是他们相识以来从未有过的美好时刻。

过了一会儿，他们停止温存的行动，端坐观察路边不时经过的车辆，说着绵绵不绝的情话。又过了一会儿，他们再次拥在一起，生怕这个幸福时刻悄悄溜走。时间过得真快，很快到了晚饭时刻，西边的太阳即将落下，他们仍待在车里不愿离开，不想中断重新到来的美好时光。

天快黑了，我们回去吧。

她似乎不太同意这个想法。片刻之后，她说，我们唱歌去，他欣然应允。

他们开始往回返，沿着来时的线路。

半小时后他们坐在歌厅里，她点歌后开始唱了起来，声音细柔深情，把一首首爱情歌曲唱得婉转动听，多少带着凄美忧伤的味道。她有如此美妙的歌喉，这是以前从未想到的，他一个劲地喝着啤酒，陶醉在她营造的幸福世界里。

她点了一首《我只在乎你》，对着荧屏唱得特别投入。他从来没有听过她唱歌，声音婉转清丽，唱得很到位。唱到得意处，还转过头看着他，把他一同带到快乐的世界里。他开玩笑地说，我们是否缺少这样一个环节。她则娇嗔地说，缺的环节多了。

他们相依而坐，时而喝上一点啤酒，时而说上一阵悄悄话。过上一阵，她又点歌给他听，暂时忘记即将分别带来的苦恼。她点了一首别离的歌，是那英的《默》，歌中渗透分离后的痛苦。她说，为了能适应分离之后的生活，特意学会这首歌。说着便唱了起来。

歌声充满分离之后的无奈，那是甜蜜散尽后的忧伤与惆怅，他听得心都碎了，仿佛看到一个因爱而变得无助的人，在凄凉的境地中应对芜杂的人生。这是令人不堪回首的情景，爱能成全一个人，也能毁灭一个人，这种充满刺激与挑战的东西，弄不好就会出现玉石俱焚的恶果。想到这里，他的内心出现不寒而栗的感觉。

等她唱完，播放一首音乐，他们开始跳舞。他们紧紧依偎，共同迎接即将来临的挑战。他说，我们共同的事要一起来承担。她说，就是毁掉自己，也不会让他受到啥影响。他们依偎得更紧了，此刻一切都已置之度外。

接下来的几天，他们进行告别前的演练，这个过程甜美而辛酸。

自从那次歌厅相会后，她的情绪明显好转，虽然没有恢复到巅峰时的状态，那时她的面部放射光芒，有种自里而外的兴奋与激动不间断地呈现，将她映照得光彩鲜亮。一举手，一投足，都充盈飘逸自信的神采。

经过几天短暂的低谷运行后，现在她重新回归正常状态，这个成绩来之不易。她的眼神虽没有先前那样神采飞扬，但明显光亮许多，面部肤色仍有隐约的暗影，却不再憔悴。她经历一场罕见的情感变化，这个过程跌宕起伏、险象环生。

看见她遭遇的挫折，他的心里不是滋味，没想到半年交往带给她的除了快乐之外，还有深刻的痛苦。心中稍微平复后，他轻声地问，现在感觉咋样？

好多了。

千万别再哭了，这样会伤身体 。

现在不会了，感谢给我这样一个缓冲过程，否则都不知怎么挺过来，我没想到自己这么脆弱。她还是那句话。

没有感谢的道理，这是我们共同酿造的，有了甜蜜共同分享，产生的后果得共同分担。

他的话明显感染到她，他们又相拥在一起。每次都一样，她的体温升得很快，能够感到身体的灼热与心跳增快。与她说的一样，她确实不再流泪。他曾见到的眼泪扑簌簌落下的情形，现在已经大为改观，这让他特别欣慰。

不知没有你的日子该咋过，你已经成为我生活的一部分。

他说，人虽分开，但感情并未分开。事情就是这样，天天在一起，说不定还会吵架，我这个人缺点很多，你可能还没发现。暂时的分离，可能还会让感情升华。我不会背叛自己的承诺，也不会亵渎感情。

她松开拥抱，仔细看着他，判断其中的真假。

她说，可不许哄我，我很真诚。

想到哪里去了，相识这么久，你认为我是那样的人吗。如果真是这样，那就说明你喜欢上一个并不值得喜欢的人。那样的话，你说还有啥值得留恋与牵挂的。他的话总是逻辑性很强，有点不容置疑的味道。

你真会说话，谁能说过你。她的话里出现娇嗔之情。

她的生活很规律，充满期待与向往，总能从现有的生活状态中发掘美好的东西并充实自己。她一直处在完美的平衡状态里，他的出现打破这种平衡，让一贯自信从容的她瞬间乱了分寸。

没想到会遇到你，更没想到你会把我的生活搅得七零八落。才半年时间就难舍难分，要是时间更长一些，那后果就不会是现在这个模样。她理性地分析遇到的一切。事实上，在女士中她属于能够控制情感，比较坚强的那类。

你说我们是谁先喜欢上谁的？她突然问道。

我感觉是同时的，这个重要吗？

对于他的话她不置可否，现在完全处于理智的状态里，自信在慢慢回升。看到她这样，他很高兴。他说，只有在正常状态里，一切才能持久。他又说了句哲理性的话。

对于他的话她没有表达自己的看法，只在认真体味，努力从一字一句中判断其中的意思，也通过交流仔细认识眼前这个还不是特别熟悉的人。他比较特别，说简单很简单，可以达到透亮的程度，说复杂也很复杂，让你永远都不可能完全掌握。他的有些东西她特别熟悉，也发现一些她并不熟悉的领域，但这并不影响交往的继续。

回去后不许忘了我。

哪会呢，你不放心？

不好说。

他们在认真细致地探讨着，对于前一段工作进行小结，同时对以后的工作进行认真的规划与设想。她说得对，有了这样一个短暂的缓冲过程，他们能够仔细梳理曾经的过去，同时也对未来的发展进行规划。由此可见，这个缓冲十分必要也相当及时。

经过几天的努力，他们明显感到能够把控自己，也对未来充满希望。时光让他们重新回归正常的生活，他们将共同面对即将发生的一切。

盛夏的山城之夜，玫瑰色的夜晚。一排路灯延伸过去，将黑夜映出一片光亮。灯光映照在云杉树上，云杉出现半边阴影半边光亮的奇异效果。云杉映照在窗帘上，图案若隐若现纹丝不动。

她仔细看着映照在窗帘上的图案静静地不说话。借着映照进来的光亮，他看清她的模样，神情安详也很镇定。刚才还像小鸟似的咕吟咕吟地叫着，现在完全处于静止的状态。

她身着丝质睡衣静静地躺着，看得出她的生活极其规律，有种长期养成的良好习惯支配着日常的一切。现在虽说平衡被突然打破，但她还在极力回复那种惯常的稳定状态。坚毅自信的品格，平时总被漂亮斯文的外表所遮蔽，这一刻那种自信坚毅出现了。她在冷静地应对平衡被打破后带来的一切，也在冷静地思考未来。

发现在观察她，便将目光从窗帘上移到他的脸上，随即做了一个深长的吻，它低沉、热烈、持久，把过去的全部情感倾注其中，同时也把对未来的希望全部寄托其中。

这个过程结束后，她说，有时我想其他都不重要，我会跟你走的。看得出，这阵子情感的力量又占了上风，理智又乖乖地退到一边。

他不再说话，紧紧地拥着她，感受温度升高以及心脏的跳动。她像个纯真透明体，里面的每一丝变化，他都能感受得到。这种情景非常感人，他深刻体会到爱情的力量，甚至能清晰地感受它的存在，在他们的周围游弋。

他受到刺激，再次开始已经停止好一阵的行动，她则温顺依从，将最柔弱的一面呈现给他。很快，她的那种奇特的咕吟咕吟鸟叫声重新响起，悠长、持久、撩人心神。这个快乐的过程，暂时遮住即将来临的离别痛苦，夜变得更加寂静。

不肯说分离，不愿说再见，这样的旋律一直萦绕心间久久不散，已经成为他们这段时间的主旋律。有了这样的旋律，他们能够平静面对即将到来的任何暴风骤雨。

陸拾贰

正值盛夏季节，这雨说下就下。一连几天，放晴一阵，雷声一阵，阵雨一场接着一场。

午休刚结束，雷声从东边的古雁岭上传了过来，西边仍然晴空万里，真是半边瑟瑟半边红。没过多久情况发生变化，高高的古雁塔尖已直戳入黑漆漆的云层中，表明一场雷雨马上就要来临。

他们正经受离别的考验，那个心碎的时刻越来越近。

一周来情感高速运转，有近乎毁灭的危险，她的情绪时好时坏，看得出身心正经受严峻考验。这种东西以前在电影里小说中出现过，现在显身于活脱脱的现实生活中，让他们有了淬火般的强烈体验。

心爱的人要离开，将漫长的无奈与孤寂留了下来独自品味，这近乎残酷。他们有种担心，情感随着别离有逐渐消失的危险，渺茫的未来留下无数可怕的空间，而想象则将这种恐惧无限放大。有时真的感觉熬不过这个阶段，尽管还没有离开。以前幸福的瞬间都变成痛苦的回忆，而经常相聚的地方，则变成痛苦存在的永恒纪念物。

得抓住最后的时光，哪怕一分一秒，这是他们的共识。要在有限的时空里，将业已形成的感情固化，以不懈的努力冲破时空的牢笼，打碎观念的羁绊，让生命的光芒尽情燃放。

雷雨来势凶猛，没过多长时间就过境消散，天空重新晴朗起来。雨过天晴的景致特别迷人，他们再次沿环形路运行，不久到了东岳山下。巍峨的山峰矗立眼前，山下的车辆行人似进入大山的怀抱，那感觉如此亲密。

我们上东岳山吧？

她看了一下他，说，是不是准备许愿呢？

我不太相信那个。

那上去干吗？

平时老是从远处眺望，看见山上有许多庙。到现在还没有上去过，心里一直期待着，不能留下遗憾。

那就帮助你实现这个愿望。说着车子已经开到山门前面，她顺便将车停放在路边，他们下了车。

山坡下的大殿很是雄伟，大殿依山而建，面向西边的固原城。两侧有偏殿陪衬，规制小了许多。下边的广场不算很大，但在山脚下整出这样一片空地已很不易。广场入口处有巨型的牌坊，他们经过牌坊后向着大殿走去。

这里的人不是很多。

平时不多，到了节庆日，山上山下到处都是游人。尤其是四月八，上山下山都很困难。

庙宇倒是不少。

对。

庙里供着什么？

我也说不清楚。有孔庙、财神庙，有玉皇大帝，还有鲁班，好像主要是道教，反正烧香磕头的人很多。

哦，还挺热闹。

每年高考前，来孔庙烧香的人很多，他们希望孩子能有个好成绩。那些想发财的人，自然是要敬财神了。

这个灵验吗？

我咋知道。要是连这个都清楚，那不成了神仙？

他们沿着山上的步道慢慢向上攀登。她紧紧跟随在他的身边，并时常说出幽默的话语。

这是我们第一次看风景。

她看着他，说，你以为呢。

上去干啥?

不知道呀，不知道你领我上去干啥。

他们像一对情侣，瞬间从烦乱的尘世解脱出来，开始追寻难得的幸福时光。

偶有下山的人从眼前经过，他们沉醉于游山的快乐中，没有人对他们的行为进行猜测，看来这些游山的人都已得到心灵上的某种慰藉。

到了山顶上，视野极其开阔，西边的固原城一览无余。站在庙宇的山墙外，他们轻轻地依偎在一起眺望远处，共同俯视这个给他们带来快乐的宁静世界。这样自由自在地欣赏山下的一切，的确是第一次，那感觉如此亲切。

过了许久，他们来到一巨型石碑处。砖砌的石碑很大，上面的雕刻古朴苍劲，石碑上的蛟龙雕刻得异常生动，犹如在波涛汹涌的大海里翻飞。

你猜这里面有几条龙。

他数了半天，说，有四条。

不对，是五条。说着她将石碑中的蛟龙一一指出，还找到两条鱼。

他在灵动的砖雕图案中，发现其中一条没有发现的蛟龙。

你真厉害，我看了半天都没发现。

她指着旁边的小石碑说，你看看这个就知道了。

他看到石碑上“补修东岳山五龙壁碑记”的字样，说，原来你知道答案。

没有，是真的数出来的。

他们仔细看碑文：

东岳山位于固原县城四里许，明朝道教创修泰岳神庙而得名。经明清民国多次增补修葺，庙宇林立，素有东山秋月之誉，曾为固原八景之一。一九五八年被毁，仅存五龙壁一处。

原来山上的真迹仅这一处。

就是，其他都是后来重建的。

看到这里，他们都为东岳山的遭遇而惋惜。

你在这里待了好几年都没上来过，不觉遗憾?

主要是一个人上来没意思。

现在有意思了？

那是肯定的。

说着，轻轻揽住她的腰身，那里柔软纤细充盈无限的魅力。他们相挽着从这里开始下山。

山中的庙宇很多，吸引一对难舍难分的人。他们走走停停，把这个山上的庙宇通通看了一遍，下到山底时已是中午。

不知怎么，自从有了这次登山之旅后，他们纷乱的灵魂有了着落之处，不再肆意飘飞，是东岳山如此神秘的环境给予他们无限慰藉。

经过几天的努力，完成一次难得的洗礼，做得比想象还要好。他们的预期目的已经达到，以至在分别的瞬间，还能平静地执手相看对方，没有出现激烈的情感迸发的情况。她一袭长裙站在车前，两眼注视着车子缓缓离开，将其永远定格在他的记忆之中。

她站在院子里为他送行，那天送行的人很多，他一一握手告别。当握着她的手时，感觉一丝轻微的颤抖，他马上松开，没有勇气正视她的目光。

车子启动后，他们全部举起手，一排高高扬起的手在飘动，他无法分辨哪双属于她，任它们慢慢从视线中消失。熟悉的人群从视野中消失，熟悉的大楼从视野中消失，熟悉的古雁岭从视野中消失。他慢慢离开这个宁静的城市。

城市里车流不息，行人穿梭，没人意识到有个人正在离开。

不长时间，他就坐在停靠在山边的火车上。站上送行的人很多，他们都有自己的送别对象。专家看到王贵和同室的朋友站在车下向他招手，这时一向任性的王贵眼圈红红的，他也受到别离的影响，感动了那颗好像不大容易感动的心。

火车一声长鸣后开始启动，随即出现咣当咣当充满节奏的声响，车下的送行者慢慢从视线中消失，专家知道自己开始离开这地方。

长长的铁路从东岳山下穿过，铮亮的铁轨将旅客带向遥远的地方。坐在火车上，俯瞰下面平静的湖面，突然觉得坚硬冷峻的关隘有了妩媚动人之处，这是以前忽略许久的新发现。

平川沃野，满目葱茏，到处一派生机勃勃的景象。专家在这片绿色的海洋里，寻找曾经采摘梅杏之处，好多掩映在翠绿之中的村庄，都像他去过的地方。后来他不再刻意寻找，把目之所及都当成曾经留下美好记忆之处。这个北海子，连同这里的一切，将永久地储存在他的记忆中。

火车的轰鸣声又大了起来，这片美丽的地方渐渐淡出视野。远处城市的轮廓隐入山后，瞬间消失得无影无踪，专家眼前一片朦胧。已经离开这个难以割舍的地方，他的心里茫然若失，想象不出未来究竟是个啥模样。

过了许久，对面一位玩手机的朋友，玩出一首歌曲，专家听着惊呆了。

细雨霏霏，寒意微微，
东风柳上归。
陌上烟尘，撩人心扉，
世事几轮回。
一样春光，两种明媚，
往事不可追。
看流年似水，叹物是人非，
芳心独憔悴。

相知相遇，相依相随，
此生最珍贵。
好事难留，天意难违，
神伤心破碎。
青山依旧，莺燕双飞，
似是故人来。
分不清悲喜，却无怨无悔，
也知足安慰。

这是罗大佑的歌，歌名叫《似是故人来》，用粤语演唱的歌后梅艳芳已经过世，这是她的绝唱。现在女歌手田维英唱的是国语版，尖细的声音很要命，完全不输粤语。听完，专家立刻有崩溃的感觉。

外面一望无际的玉米地，酷似绿色的海洋，火车正穿行其中。由于行进在不深的堑壕里，感觉这个庞然大物降低身段在绿色的田间穿梭。他想起来了，平时看见的隐于玉米林中的火车烟囱快速移动，像大白鲨高高的鳍划行在水面上，而整个身体潜藏在水中。现在的情形正是如此，火车潜藏玉米林中，给人的感觉如同水中潜行的大白鲨快速前行。

已经离开几小时，专家感到前途未卜，前路茫然，这就是天意难违，好事难留。这首歌浸透一种深沉的失落感，特别是优美的女声唱出来，真的让他神伤心碎。

离开仅仅一天时间，固原大部分地区出现中雨及雷暴天气，部分地区出现短时强降水。曾经共同游历过的古百泉县，刚刚去过的古木峡关，一小时最大降水都超过 80 毫米。

蔷虹曾说过山风呼啸，雷声大作，很像她的心情，让人心中封堵异常，仿佛自己不复存在。此刻距离他们分别仅一天的时间，她肯定又要经历这种难耐而封堵的时刻。他把离别后的煎熬抛给了她，不知她能否躲过这场劫难。

不时地有片断似的回忆出现，奇怪的是，离开之后思维变得很慢，仿佛经过情感的高速运转，此刻不可避免地进入调整期。这个状态懈怠、阑珊，萎靡不振，与外面的暴风骤雨形成鲜明对比。

他曾说过，兴奋之后的寂寞不可避免，只能期待新阶段的开启，这话听起来有逃避的嫌疑。

她不悦地说，你对每个阶段的研究如此细致，那么寂寞之后又是什么样的阶段。这话听起来有些冰冷。他急忙说对于阶段的事并无研究，只知平静下来，才能冷静地应对未来。

一时他们都不再说话，保持沉默，这是少有的出现意见分歧的情况。不过分歧归分歧，并没有影响其他，他们尽力理解对方的想法，努力接受这样一个已然来临的现实。

现在时空将他们彻底分隔开，从前经历的一切，不规则地从眼前倏忽闪过。亲密没有了，分歧没有了，只有断断续续的记忆。它们像雨季流动的云，一阵子云淡风轻，另一阵子乌云滚滚，匆匆过境后从此不见踪影。

离开两天后这边也下起暴雨。

隆隆雷声，将在床上歇息的专家震醒，他第一反应是不知身在何处。长年奔波在外，储存在潜意识中的记忆经常有错乱，错把此地当彼地。

窗帘微微晃动，雷声在不远处作响，在闪电的间隙有急促的雨点滴落声出现。他定睛看了看，认出窗帘的颜色，知道正躺在自家的床上午休。恍惚中，这样的事好像变得很奢侈。

这雷声与那雷声有联系吗？他追问这个只有老天爷才能知晓的挠头问题，一时间思绪又跑到那边的雷暴天气里。

轰轰雷声中，专家眼前出现红衣女子攀登黄峁山的情景。

情绪激愤的红衣女子，再也控制不住内心的冲动，她驾车独自出城向着黄峁山驶去。不长时间来到山下，尽管天空电闪雷鸣，黄峁山被白茫茫的雨幕遮挡，但动摇不了她登上黄峁山的决心。为何要固执地于雨中登临此山，他弄不清缘由。

黄峁山，也叫黄髦山，在固原城东南15里处，是固原的一座大山。绵亘百里，跨镇原、泾原两界，是六盘山东北走向的支脉。自此又出现北向、东向、南向所结之山岳，势如鸟足鸿爪，间而不断。这样一座雄伟的山脉，盘亘在固原东南处，给这座著名的古城要塞增添非凡气势。

红衣女子开始上山，猛雨扑打车窗，刮雨器快速运动，山上的洪水一股股冲了下来，似乎要阻止行进的车辆。红衣女子目不斜视，谨慎驾驶车辆逆势而上。

大雨中她要到哪里，没人知晓，只见其气宇轩昂，双手紧握方向盘，在山岭高处蜿蜒前行，没有什么能阻止她此刻前进的步伐。

大雨中的黄峁山影影绰绰，雨幕像过境的大军一列列行进不止，横过山腰，跨过沟壑，向远处进发。平时的黄峁山不是这个模样，它巍然耸峙，傲视群峦，山脊雄伟，余脉支离，与东南诸山错相攒缀。其主干向北行，走势明显，忽起忽伏，忽隐忽现，连结固原的云雾山、环县的兴隆山、正宁的桥山，连峰接岫，绵延不绝。

可惜雷雨交加的今天，怎么也看不清如此壮观的情景。

云绕山头，大雨弥漫，红衣女子沿着山势的走向一直向东北行进，转过一弯又一弯，翻过一岭又一岭。

她要到哪里去？没人能确切地知道。

山峦有她的记忆，沟谷有她的记忆，难道她寻着这记忆而去，去追寻曾经的梦想？那是一个带着古百泉县记忆，跨越时空飞越千年的梦想。

雷雨过后，天空放晴，雨霁天晴后的景色很动人。阳光照在湿润的万物之上，这些经过雨水浸润的生灵，再次沐浴和煦的阳光中，世界处在短暂的和谐状态里。专家从楼群里走了出来，来到开阔之处眺望远方。

过了一会儿，西边又有云朵出现，它们整齐地向东飘动。凝望款款飘动的白云，他心中难平。这个季节的云彩的确好看，即使不下雨也充满勃勃生机，他喜欢这种给人类带来无限生机的万千气象。

白云渐渐远去，他仍在固执地寻找。黄昏到来的时候，西边的天空突然放射出万丈霞光。雨霁晚霞红，这种瑰丽的晚霞，一下子点亮整个天空，就连那些薄薄的云朵，也都染上羞涩的模样。

最后一丝晚霞在地平线与草原之间徘徊，迟疑着不肯退去。专家看见刚刚离开的山城，它存在于若隐若现的晚霞间。终于夜幕慢慢降临，世界进入另一种状态。专家的眼前朦胧一片，一同进入这迷蒙的世界。